U0530410

父母

Romance of

珍存集　中册Vol.2

刘静 著

Our Parents

爱情

长江出版传媒　长江文艺出版社

北京长江新世纪文化传媒有限公司
www.cjxinshiji.com
出品

目 录
CONTENTS

第十六集	· 001
第十七集	· 032
第十八集	· 071
第十九集	· 106
第二十集	· 134
第二十一集	· 179
第二十二集	· 203
第二十三集	· 242
第二十四集	· 278
第二十五集	· 314
第二十六集	· 346
第二十七集	· 377
第二十八集	· 412
第二十九集	· 444
第三十集	· 478

第十六集

1　白天　安杰家

安欣：你以后说话注意点儿！

安杰：我够注意的了！你没看我小姑子来了以后，我都快变成小媳妇儿了！你没发现我怕她吗？

安欣：你怕谁呀？这个家里你是老大！

安杰叹了口气：唉，你不知道，我是真有点儿打怵我这个小姑子！

安欣：你行了吧！别身在福中不知福了！你小姑子人不错，除了嘴有点儿厉害，不饶人，哪都挺好的。

安杰：行了！人家有她哥向着就够了，你就别再向着她说话了！

江德福进门恰好听到两人的对话，问安欣：你又向着谁说话了？为什么不向着我老婆说话呢？

安杰代答：她向着你妹妹说话！她还能向着我！

江德福笑了：他大姨，这可就是你的不对了，为什么不向着自己的妹妹？干吗要向着人家的妹妹？

安家姐妹笑出了声。

江德福：德华呢？

安杰：你说呢？

江德福：问你呢！

安杰：这还用问吗？

江德华这时推门进来了：怎么还不吃饭呢？我都饿了。

江德福：你是谁呀？还饭来张口、衣来伸手了！让你来干什么的？不是让你来帮忙的吗？你看你这甩手掌柜的样子，像什么话！

江德华并不反驳，而是去看安杰，看完安杰又看安欣，一副不满的样子。

江德福：你别看人家！我刚训完她俩，你没赶上！

江德华：你训她俩啥了？

江德福：训她俩老是护着你，给你打马虎眼！行了，准备开饭！

安欣和江德华进了厨房。

江德福去洗手，安杰从镜子里望着他，江德福问：你看我干什么？

安杰：我觉得你前世肯定是个泥瓦匠。

江德福：为什么？

安杰：会和稀泥呗！

江德福点头：很可能！可惜呀，这么点儿稀泥，哪够我和的！

2　白天　安杰家厨房

江德华：大姐，你们怎么帮我打马虎眼了？

安欣一时不知说什么好。

江德华：你说呀！你咋不说话呢？

安欣：你哥问你到哪儿去了，我们……

江德华：嗐！你们说就是了！打什么马虎眼！俺嫂子还没生，这家里的活都让你抢着干了，再说，俺干得也不如你干得好。俺又没啥事，串串门咋啦，你说是吧？

安欣不得不点头：是……是呀。

江德华：大姐，给你传个话，你可千万别给俺嫂子说。

江德华：隔壁嫂子说，细端详，俺嫂子长得可没你好看！

安欣这下子更不知说什么好了。

江德华叹了口气：唉，这就是命呀！俺嫂子的命比你好！

安欣不得不附和：是呀是呀！

江德华：她要是能学你，再生俩像你闺女那么俊的小丫头，那就更好了，更了不得了！

3　早晨　王主任家院子

大门被敲得咚咚直响，张桂英吓得赶紧跑去开门。

门外是江国庆的声音：张阿姨，我妈昨晚生了个小弟弟，还生了个小妹妹！

张桂英：是吗？龙凤胎呀？

江军庆：不是龙凤胎，是小弟弟和小妹妹！

张桂英笑了：你妈可真能干！像兔子似的，一窝一窝地生！还花着生！

4　早晨　病房里

安杰靠在枕头上，身边是两个襁褓中的婴儿。家人们喜气洋洋地围在病床边。

江军庆：妈妈！妈妈！张阿姨说你是兔子！

安欣：怎么说你妈是兔子呢？

江德华：兔子能生！一生就是一窝！

江德福：这哪有一窝呀！

安欣：你就知足吧！

江德福：知足！知足！当然知足了！哎，这消息怎么尽快通知你家老欧呢？

江德华：干吗要尽快通知他？

安家姐妹互相笑了笑，都不说话。

江德华问她哥：问你呢！为啥呀？

江德福：这是我们爷们儿之间的事，你别管。

江德华：她们都能知道，我为什么不能知道？她们也是爷们儿吗？

安杰赶紧说：没什么大不了的！老欧气你哥，说他能生双胞胎，你哥不能生。

江德华不明白：双胞胎不是你俩生的吗？关他俩什么事？

几个人又忍不住笑起来。

江德华生气了：你们又笑！又笑！你们到底笑什么！

5　白天　安杰家院子

张桂英在杀鸡，江德华在一旁帮忙。

江德华：嫂子，你可真能干！胆儿真大！

张桂英：不大怎么办？总不能吃活鸡吧？

江德华：你家鸡都是你杀吗？王主任不杀吗？

张桂英：十有八九是我杀。有一次，他杀了只公鸡，手一抖，没杀死，让人家公鸡流着血跑了半天。造孽呀！

江德华大笑：哎呀，笑死俺了！你说，他们打仗的时候没打死过人吗？

张桂英：打死过吧？打了那么多年仗，能没打死过敌人？

江德华：那为什么不敢杀鸡呢？

张桂英：还真是呢！连人都敢杀，怎么就不敢杀鸡呢？

有人敲大门。

江德华：谁呀？这么烦人！来了就自己进来呗，敲什么门！（大声地）谁呀？

门外传来葛老师的声音：我呀。

江德华小声对张桂英说：谁知道她是谁呀？（大声地）你是谁呀？

门外：我是葛老师。

江德华小声问张桂英：葛老师是谁呀？

张桂英：葛老师是个渔霸的女儿，可漂亮了，是个老姑娘。

江德华：渔霸是什么？是干什么的？

张桂英笑了：渔霸相当于咱那儿的地主，是剥削人的！

江德华：她来干什么？

张桂英：她来看你嫂子，她跟你嫂子可好了。

江德华：真是鱼找鱼，虾找虾。

张桂英：乌龟找王八！快去开门吧，别让人等急了。

江德华：地主的女儿，让她多等等！

张桂英：不是地主，是渔霸！

江德华：那还不一样！（大声冲门外）来了，来了！

江德华开了门，上下打量着门外的葛老师。

葛老师：你是参谋长的妹妹吧？

江德华：是呀，你咋知道？

葛老师：我听你嫂子说的。

江德华：她说什么了？

葛老师一时语塞，不知怎么回答了。

江德华：进来吧！

葛老师：谢谢。

江德华：这有啥可谢的！进来吧！

葛老师：……

张桂英打招呼：葛老师来了？

葛老师：我来看看双胞胎。

张桂英：快进去看吧，可稀罕人啦！

葛老师进屋后，张桂英问江德华：长得好看吧？

江德华：这么好看，怎么会成老姑娘呢？

张桂英：这还用问吗？高不成低不就呗！条件好的，人家不要她。条件不好的，她又看不上人家！

江德华：条件好的怎么就不娶她呢？她长得这么好看！

张桂英：你是不是傻子？她成分这么高，谁敢娶她？

江德华：俺嫂子家成分也高，俺哥咋就敢娶她？

张桂英：世上有几个你哥这么胆大的？

江德华：他比你胆还大呀？也不知俺哥敢不敢杀鸡！

张桂英：哎，好像资本家比地主渔霸他们好点儿吧？

江德华：好什么呀！资本家比地主家可阔多了！俺村里那家地主，跟俺嫂子家比起来，差得十万八千里呢！他家过的啥日子？俺嫂子家过的那叫啥日子？唉！想想都替人家屈得慌！

张桂英：这话可不敢让你嫂子听见！

江德华：那当然了！让她听见还不坏了？又该告俺的状了！俺哥又该训俺了，又该说俺是主要的毛病了！

张桂英：你哥对你嫂子可真好，就没见过这么疼老婆的男人！

江德华叹了口气：大概俺哥上辈子欠她了！

6　白天　安杰家卧室

葛老师在看孩子：还没见过这么漂亮的小月孩！起名了吗？

安杰：起了！女孩儿叫亚菲，男孩儿叫民庆。

葛老师：挺好听的。

安杰：亚菲还行，民庆就太一般了。不过也没办法，他得顺着他上边哥哥的名字起，只能叫这个名儿了。

安欣端茶进来：您请用茶。

安杰介绍：这是我姐，这是我同事葛老师。

安欣和葛老师互相欣赏地望着对方。

安欣冲葛老师笑笑，退了出去。

葛老师：你姐可真漂亮！

安杰笑了：比我好看吗？

葛老师：你俩的好看不一样。

安杰：怎么不一样？

葛老师：说不上来，反正就是不一样。

安杰：你还教美术呢，连这个也说不上来！

葛老师：那你说你俩哪儿不一样？

安杰：我怎么说？我不好说！

葛老师：你姐说话真好听，真有礼貌，（学安欣）"您请用茶。"

这样的话，我只在电影里听过。大户人家都这么说话，真好听。

安杰：有什么好听的？这是大户人家的下人们端茶倒水说的话！

安欣一直在门外听着，听到这儿，脸沉下来，一声不响地走了。

7　晚上　安欣房间

安欣已经上床，江德华推门进来：他大姨，你没睡吧？

安欣笑了，调侃地：他大姑，我没睡。有事吗？

江德华：有点儿。

安欣：什么事？

江德华：你能不能去说说你妹妹？

安欣吃了一惊：她又惹你了？

江德华：她惹俺倒好了！俺不怕她惹，大不了再回老家去！可俺哥不行啊！俺哥可禁不起你妹妹这个折腾法！

安欣：她怎么了？她折腾什么了？

江德华：你见了下午来家里看她的那个葛老师了吗？

安欣：见了，怎么啦？

江德华：你知道她是啥人吗？

安欣：她不是老师吗？教音乐和美术的老师。

江德华：你光知道这些呀？你知道她是啥出身吗？

安欣敏感地望着她，不说话了。

江德华：她家里是渔霸！你知道啥是渔霸吗？渔霸就跟地主一样，都不是好东西！

安欣更不能说话了。

江德华：他大姨，俺嫂子跟这么个人走得这么近，你知道人家都说她们什么吗？

安欣终于说话了：说她们什么？

江德华：说她们鱼找鱼、虾找虾、乌龟找王八！

安欣倒吸一口冷气。

8　白天　安杰卧室

安杰在床上看书，安欣进来：你别老看书了，对眼睛不好。

安杰：你是听江德华说的吧？

安欣：不是！我是听张桂英说的！

安杰：那还不是一样？她们这些人，穷讲究可真多！坐月子不能这样、不能那样的，哪有一点儿医学根据？

安欣：注意点儿总是没错吧？再说，民间的东西有些也是有道理的。

安杰：坐月子不能看书，看多了眼会瞎也有道理吗？

安欣笑了：行了，安老师，就你话多！

安杰：本来嘛！

安欣：叫你安老师，觉得挺奇怪的。

安杰：奇怪什么？

安欣：也不是奇怪，大概是羡慕吧。

安杰：羡慕什么？

安欣：羡慕你当老师了。看到你和葛老师的样子，让我想起了苏联电影《乡村女教师》。那个叫什么娃的乡村女教师，多美丽呀！

安杰：这里不是乡村，这里是渔村！我不是什么乡村女教师，我是渔村女教师！

安欣：渔村女教师有什么不好的？照样挺浪漫的。

安杰：浪漫什么呀？我教的是复制班，你知道什么是复制班吗？

安欣：知道，不就是两个年级在一个教室里上课吗？也挺有意思的。

安杰：挺有意思？有什么意思！一天到晚吵得我头痛！你来试试就知道了！

安欣：我哪有资格当老师呀！大概我只能压一辈子面条了！

安杰：你们那儿的人也真是！你又不是"右派"，你干吗不能当教师？岛上的老师这么缺，有点儿文化的，都来教书了。你看，连葛老师这样的人都能当老师，她家里是渔霸，"右派"难道还不如渔霸吗？

安欣：哎，对了，既然你说到这儿了，我也顺便多几句嘴，给你提个醒。那个……那个葛老师……

安杰：葛老师怎么啦？

安欣：葛老师的成分不好，你跟她走得这么近，行吗？

安杰：有什么不行的？

安欣：这样影响不好吧？尤其是对你丈夫。

安杰：嚄，想不到连你也学会注意影响了。

安欣不高兴：怎么，我不配注意影响吗？我连影响也不配注意了吗？

安杰：你干吗这么敏感？我的意思是……我的意思是你不该说这种话。

安欣：为什么？

安杰：你不是一直对别人疏远你感到苦闷吗？为什么要劝我疏远葛老师呢？你难道不能将心比心吗？

安欣：……

安杰：人哪，就是这么奇怪，有嘴说别人，无嘴说自己。

安欣：是呀，我的确是这样。可我这样也不是为我自己，我是替你们着想。看来我是狗拿耗子多管闲事了。

安杰扯着嘴角笑了笑。

安欣敏感地：你笑什么？

安杰：我没笑什么。

安欣：你没笑吗？

安杰：我笑了吗？

安欣不说话了。

安杰：为什么不说话了？

安欣：我无话可说了。

安杰：对我吗？

安欣：对你，也对我自己。

安杰：为什么？为什么突然就无话可说了？

安欣：怎么可能是突然无话可说呢？我早就无话可说了！早就什么都不想说了！只是……只是出于姐妹的情分，我才多嘴提醒你一下，想不到却是自讨没趣！

安杰：姐，你这是何必呢？我说什么了？惹得你这么多的牢骚话？我们是一母同胞的姐妹，难道我们说话也要注意分寸、注意影响吗？

安欣：我们是一母同胞的姐妹不假，但此一时、彼一时呀！我们现在是不能同日而语了！

安杰：为什么？

安欣：这还用问为什么吗？你这样明知故问觉得很舒服吗？

安杰：你这是什么意思？

安欣：我没什么意思！正如你所说，我只是发发牢骚罢了，既没有意思,也没有意义!

安杰:姐,你变了,你原来不是这样,可不是现在这个样子。

安欣:是吗?我变了吗?我大概变了吧。我怎么可能不变呢?而且,在我看来,你也变了,你也怎么可能不变呢?

安杰:我变什么了?

安欣:你变得居高临下了!而且……而且变得不知天高地厚了!变得身在福中不知福了!

安杰:我不知天高地厚?我身在福中不知福?我身在什么福中了?不就是身在当了个渔村女教师的福中吗?我这是福吗?上课的时候,教了三年级的语文,再教四年级的数学,口干舌燥得不得闲。放假的时候,我还要像这样在家里兔子似的一窝一窝地生孩子,这就叫福吗?

安欣:行啦!你就知足吧!你也将心比心吧!跟别人比你就知足吧!

安杰:我跟谁比?

安欣:你跟左邻右舍的女人比!你跟我比!

安杰:我干吗要跟你比?

安欣:我们是一母同胞的姐妹,我为什么不能跟你比?难道我不配跟你比吗?难道我说了句"请用茶",就真的变成下人了吗?我是谁的下人?我是你的下人吗?

安杰目瞪口呆,无话可说。

9 白天 安杰家外屋

江德华抓着一把芹菜在门外偷听,房门猛地开了,安欣出来了,江德华吓得够呛。

10　白天　安杰家大门口

江德华倚在门边,东张西望,正巧碰到打水回来的张桂英。

张桂英:德华,干啥呢?

江德华:等俺哥。

张桂英:等你哥干啥?有啥事吗?

江德华迟疑了一下,又回头看了看家里,一副欲言又止的样子,张桂英越发来劲了:咋的啦?看你这贼眉鼠眼的样儿!

江德华附在她耳边,刚要说,看见江德福回来了,吓得赶紧离开:俺哥回来了,回头再跟你说。

张桂英一步三回头地走了。

江德福皱着眉头问江德华:干什么你?贼头贼脑的!

江德华:咋都说俺像贼?俺哪像贼了?

江德福:人家也说你像贼了?

江德华:她说俺贼眉鼠眼的。

江德福:不简单,还会说成语了。你在这儿干什么?

江德华:俺在这儿等你!

江德福:什么事?

江德华又要凑到他耳边说,江德福后退一步,皱着眉头:你就在这儿说!

江德华看了看四周:你老婆跟你大姨子打架了!

江德福一愣,不相信似的望着她。

江德华:你还不信!俺亲耳听见的!

江德福:她俩当你的面打的?

江德华:不是!俺在门外听见的!

江德福：你这偷听的毛病什么时候能改？

江德华不高兴了。

江德福：她们为什么打架了？

江德华不说话。

江德福：问你话呢！为什么打架？

江德华大声地：不知道！

11　白天　安杰家饭厅

一家人在吃饭，谁都不说话。江国庆看看这个，又看看那个，最后盯着安欣不动了。

江国庆：大姨妈，你哭了。

安欣：没有，没有。

江国庆：你哭了，你肯定哭了！谁惹你了？

江德华去看安杰，江国庆也跟着看。

江国庆：妈，你惹大姨了？

安杰看了江德福一眼，见江德福也正盯着自己，连江军庆都盯着她不放了，她不知说什么好。

江国庆：妈，你说话呀！是不是你惹大姨哭了！

安欣：不是不是，你妈没惹我。好孩子，快吃饭吧，饭都要凉了。

一桌子姓江的人依然盯着安杰不放，安杰不得不以攻为守：都看我干什么？我脸上又没贴画！

江德华：哼！

江国庆：哼！

江军庆：哼！

江德福训江德华：你哼什么？

江德华一拍筷子：你就敢欺负我！

江德华说完起身离开，其他人一下子都老老实实地低头开始吃饭。

12　白天　安杰卧室

安杰在奶孩子，江德福进来问：怎么回事？

安杰：也没什么。

江德福：没什么你姐哭什么？

安杰不想说，江德福盯着她不放。

安杰这才说道：她……她说我们把她当用人了。

江德福：什么？谁把她当用人了？

安杰：她说我，说我把她当用人。

江德福：她怎么会这么说呢？

安杰：大概……大概我跟葛老师开玩笑，让她给听见了。

江德福：你开什么玩笑了？

安杰：她跟葛老师说"请用茶"，葛老师说她像大户人家，我说……我说大户人家的用人才……才这样说。

江德福听后气得团团转，又用手点着安杰：你！你！你让我说你什么好！

安杰：那就什么也别说了，我这正后悔呢！

江德福：光后悔有屁用！你给人家道歉了没有？

安杰望着他不说话。

江德福：我问你话呢！道歉了没有？

安杰：还没有。不过，我会道的。

江德福：什么时候？

安杰：找机会。

江德福：还找什么机会！你马上给我道歉去！

安杰：等一会儿我再去。

江德福：你还等什么？

安杰大声地：你总得等我喂完孩子吧？

江德福：等一会儿再喂也行！你现在去，马上就去！

安杰瞪着江德福，江德福也怒视着她，结果还是安杰败下阵来，她起身将怀里的孩子塞给江德福，噘着嘴出去了。

13　白天　安杰家外屋

安杰出来了，江德华和两个侄子看着她进了安欣的房间。

江德华冲两个侄子比了个噤声的手势，自己悄悄走过去，把耳朵贴到门上。两个孩子也挤了上去。

江德福抱着孩子出来了，看到这一幕，感到又气又好笑。恰巧此时怀里的孩子哭了起来，姑侄仨同时吓了一跳。

江德华吓得语无伦次：刚听，才听一会儿，啥也没听见。

江德福：那就继续听！

江德华直摇头：不听了，不听了。我们不听了。

江国庆：姑，我爸让咱们听！

江德华去拉他俩：让听咱也不听了！

14　晚上　安杰卧室

熄灯了，两个婴儿却哭闹不休。

江德福：怎么回事？怎么老哭哇？

安杰：他们没吃饱，所以才老哭！

江德福：你不能喂喂他们？

安杰：我倒想喂，可没有奶呀！

江德福吃惊地望着她。

安杰：让你这么一通骂，把我的奶吓回去了！

江德福急了：真的吗？是真的？

安杰忍不住笑了：是假的，看把你急的！

江德福：我当然急了，我的花棒的饭碗要砸了，我能不急嘛！

安杰：你怎么也花棒花棒地叫？

江德福：都这么叫，我也就少数服从多数吧。真是开玩笑的吧？

安杰：真是逗你玩儿的！

江德福：你姐姐不生气了吧？

安杰：好多了。

江德福：你看你这个人，怎么跟谁都搞不好团结呢？跟我妹妹搞不好也就算了，怎么跟自己的姐姐也搞不好，也不团结呢？

安杰：你还有完没完了？再说我的奶可真回去了！你这花棒的饭碗可就真砸了！

江德福：哎呀！你的武器可真多呀！够十八般了吧？

15 白天 安杰家大门口

安欣要走了，安杰把她送到门口。

安欣上了吉普车，安杰依依不舍：姐，我就不去码头了。

安欣：不用客气，你多保重身体。

安杰：你也一样，别太累了。

江德华在车上大叫：别啰唆了！再啰唆就赶不上船了！

16　白天　码头上

船开走了，江德福和江德华还站在码头上不停地招手。

江德华：唉，大姐走了，我的日子该难过了！

江德福盯着她看。

江德华：看什么？不对吗？没有大姐帮忙了，活儿不都该我干吗？

江德福：你嫂子是那不干活的人吗？

江德华：她不上班了吗？

江德福：正因为她上班，活儿才应该你干呢！

江德华盯着他看了一会儿，"哼"了一声，转身去开车门。

江德福：哎，你干什么？

江德华：俺回家！

江德福：自己走回去！坐什么车！

江德华：俺就是坐车来的！

江德福：那就更不对了！这车是给你坐的吗？

江德华：她娘家人能坐，她婆家人咋就不能坐呢？

江德福：人家是客人，你是吗？

江德华气得直喘粗气，江德福上了车，刚要开口，车门就被江德华"咣"的一声摔上了。

司机探出头来：大姐，我们不回家，我们下部队。

汽车开走了，江德华冲着车尾连声"呸"着。

17　傍晚　院门口

安杰下班，还没进大门，就听见江德华的笑声。她循声望过去，大吃一惊：江德华和张桂英一人抱着一个孩子，站在自家房顶上！

18　傍晚　院子里

安杰进了院子。

张桂英：下班了？

安杰：啊，你们怎么上去的？

江德华：瞧你问的，我们爬梯子上来的呗！

安杰：不是，我是问，你们抱着孩子怎么爬？

江德华一边演习一边说：就这样爬呗！我们把他夹着，这样爬。

安杰看得心惊肉跳：快下来吧，多危险！

江德华：危险啥！一点儿也不危险！

张桂英：咱还是下去吧。

两人夹着孩子爬下梯子，安杰在下边揪心地看着她们。

19　晚上　安杰卧室

江德福回来了，问安杰：你还没睡？

安杰：我在等你！

江德福：等我干什么，你先睡你的。

安杰：等你自然有等你的事！

江德福：什么事？

安杰：你知道你妹妹今天把你女儿抱到哪儿去了吗？

江德福：抱哪儿去了？

安杰：抱房顶上去了！

江德福：什么？你再说一遍！

安杰：你妹妹把你女儿抱到房顶上去了！

江德福：怎么抱上去的？

安杰顺手拿起枕头，夹在腋下：这么夹上去的！

江德福：你没说她吗？

安杰：我哪敢说她呀！我现在敢说谁呀？我现在除了国庆和军庆，我谁也不敢说！

江德福叹了口气：唉！真是吃一堑长一智呀！

安杰：怎么光我吃一堑长一智，别人就长不了智呢？

江德福：你是安老师！别人是大老粗！

安杰：大老粗还光荣啊！

江德福：谁说她光荣了？抱着孩子上房顶是光荣的事吗？

安杰望着他。

江德福：你看我干吗？

安杰：我发现你越来越能说了，我都说不过你了！

江德福：我天天搂着个老师睡觉，能不进步嘛！

20　白天　安杰家厨房

江德华在刷碗，江德福进来：我听说你把孩子抱房顶上去了？

江德华：是你老婆告的状吧？

江德福：先别说告状的事，先说上房的事！

江德华：是呀！是抱着孩子上房了，怎么，不行啊？

江德福：你说呢？多危险哪！

江德华：危险什么？我们早上了，也没出啥危险！

江德福：什么？你们不止上了一次？

江德华：是呀！上了好多次！只不过你老婆没看见就是了！

江德福：你还有理了？

江德华：没理也不该背后告状啊！她当面说不就得了，干吗还要跟你说？不行，我找她去！

江德福：干什么你？你还越说越来劲了！你嫂子是怵你，不好意思当面说你，才让我背后提醒你一下，你怎么这么不知好歹！

江德华：你老婆怵我？说出去谁信呢？也行，我再当面问问她，她怵我什么！

江德福：你嫂子现在正在喂孩子呢，你把她的奶问没了，你来喂呀！

江德华马上就不吭声了。

21　白天　院子里

安杰在洗床单，江德华抱着孩子站在一边。

江德华：嫂子，清明要到了，你不给你爹妈烧点儿纸吗？

安杰直起腰来：烧纸干什么？

江德华来了精神：烧纸就是送钱，给阴间的人送点儿钱花！

安杰笑了，还撇了撇嘴。

江德华：你撇嘴干啥？你不信哪？

安杰：那是迷信，我不信！

江德华：爱信不信，不信拉倒，反正我们信！今儿晚上我要跟隔壁嫂子烧纸去，好心好意叫上你，你还不领情！

安杰：情我领了，但我不会去干这种迷信活动的。

江德华：迷信！迷信！什么都是迷信！你们城里人是没碰上事，等你们碰上了，就信了！

22　晚上　安杰家外屋

安杰在洗漱，江德华回来了。

安杰调侃她：钱送到了吗？

江德华：你不用这么说俺们！反正俺们去孝敬爹娘了！俺们爹娘在那边有钱花了！可以买好吃好喝好穿的了！饿不着、冻不着了！不像你爹你娘，没有钱，什么也买不起！看着别人吃吃喝喝的，多可怜！

安杰还在笑，显然还是不信。

江德华：你是不是以为你爹你娘是资本家，有的是钱？告诉你吧！那没用！到了阴间，大家都一样！花钱都要靠阳间送！你们这些城里人都不送，让自己的爹娘在那边遭罪！

安杰心中一动，不由停下手来。恰好这时电灯又开始一明一暗地给信号了。

江德华指着头顶上的灯泡：你看这灯，早不暗、晚不暗的，偏偏在咱说这事的时候它暗了，你说这是为啥？

安杰：为啥？

江德华：老天爷在警告你！不让你再说这是迷信了！

江德华说完就回自己房间了，安杰望着头顶上的灯泡，胡乱擦了把脸，跑回卧室了。

23　晚上　安杰卧室

安杰上了床，江德福已经快睡着了。

安杰推了他一把：哎，问你个事。你说，这世上有阴曹地府这些事吗？

江德福闭着眼胡说：大概有吧。

安杰：你说，纸真能变成钱吗？这边烧纸，那边就收到钱了？可能吗？

江德福打起了呼噜。

灯慢慢地灭了,安杰往江德福怀里钻。

江德福:干什么?

安杰:我害怕。

24　晚上　安杰家院子里

一束手电光从屋里射出来,只见安杰一手拿着手电,一手拿了张报纸走出来。

安杰蹲到菜地里,划着火柴,点着了报纸。火光照亮了她的脸,她长长地出了一口气。

25　早晨　安杰家院子里

江德福站在院子里活动筋骨,看见地里的纸灰,回头大喊:江德华,你给我出来!

江德华跑出来:干啥?喊俺干啥?

江德福指着地上:这是你干的好事吧?

江德华大吃一惊:老天爷!这是咋回事?

江德福:你还挺会装!这种事除了你会干,这个家里谁还会干?

江德华:青天大老爷呀!你可冤枉死俺了!俺昨天是烧纸了,但俺在外边十字路口上烧的呀!谁会在自家院子里烧纸钱?多不吉利呀!

江德福让她说迷糊了:奶奶的,这还见鬼了!

江德华蹲下仔细看,发现了报纸的一小角,说道:这是烧的报纸!是不是……

江德华回过头去看江德福,江德福也有点儿半信半疑了,朝屋里大喊:哎!你出来!

26　早晨　安杰卧室

安杰站在窗前，望着外边的一切，有些难为情，听见江德福喊她，她没有动，朝外边喊：哎！你进来！

27　早晨　安杰家院子里

江德福往屋里走，江德华紧随其后。

江德福停下脚：你跟着我干吗？

江德华：俺想听听！

28　白天　王主任家

江德华和张桂英笑成一团，张桂英不小心用被针刺破了手指，用嘴吸着：想不到你嫂子还会干这事！

江德华：她是让俺给吓的。你没见她吓的那样，可好玩儿了！俺嫂子有时候像小孩儿似的，可好骗了！

张桂英：人心都是肉长的，天底下哪有不想自己爹娘的人呢？她那是想她爹想她娘了，也怪可怜的。

江德华：说得是呀！我说到她爹她娘在那边没钱花的时候，她眼都直了！心里大概着急了，着急给她爹娘送点儿钱花，所以才烧报纸呢！哈哈……

张桂英：她一个城里人，读的是洋书，她哪里懂这些，怪可怜的！要不咱今儿晚上带她出去烧纸吧？

江德华：她去吗？她能去吗？

张桂英：你不会问问她！

29　傍晚　安杰家

江德福和安杰进了家，江德华在自己屋里叫安杰：嫂子，你来一下。

安杰去看江德福。

江德福：你看我干吗？人家叫你！

安杰进了江德华的屋子，江德华特意将门关上。

江德福感到奇怪，走到门口去听里边的动静。

30　傍晚　江德华房间

江德华盯着安杰：你去不去？

安杰小声地：让你哥知道了怎么办？

江德华：你非告诉他呀？你不说，我能去说吗？再说了……

安杰：再说什么？

江德华：俺爹俺娘都有钱花了，他凭啥不让你爹娘有钱呢！

安杰点头。

江德华：就今儿晚上？

安杰：万一让人家看见怎么办？

江德华：哎呀！你咋这么多事呢？你给个痛快话，去还是不去？

安杰：去，去吧？

31　傍晚　安杰家外屋

门开了，江德华搂着安杰出来了，吓了江德福一跳。

江德福：你俩这是？

江德华：哥，想不到你也学会偷听了！

32 晚上 十字路口

流动哨兵发现前边有火光，跑了过去，大喝一声：干什么的?!

安杰、江德华、张桂英吓得缩成一团，连头也不敢抬。

安杰小声地：都赖你！非要半夜三更出来！说这时候没人，这不是人哪？

张桂英笑了：这不是人，这是哨兵。

哨兵又在她们身后大喊：都起来！转过身来！

三个人站了起来，转过身子。

33 晚上 安杰家

安杰和江德华进家，江德华笑个不停。

安杰：都赖你！没事叫我出去烧什么纸！

江德华还笑：反正不是烧报纸！

34 白天 马路上

安杰在前边走，江德福从后边追上来：听说昨天晚上差点儿叫哨兵崩了？

安杰：谁嘴这么快？

江德福：你也真好意思！一个人民教师，半夜三更跟两个农村妇女去搞迷信活动，还差点儿叫哨兵抓起来，你丢不丢人！

安杰：不丢人！你不是老说我架子大、假清高吗？以后我就是要同她们搞到一起，看你还能说我什么！

江德福：跟她们搞到一起是可以的，但要学她们身上好的东西，不要学这些乌七八糟的东西！

安杰：这是乌七八糟吗？我怎么觉得是精神慰藉呢？烧了纸以

后，我觉得心里舒服多了！而且……

江德福：而且什么？

安杰：跟你妹妹她们同流合污以后，我觉得跟她们的关系一下就拉近了！

江德福：我替她们谢谢你！麻烦你以后别跟她们同流合污！

江德福说完大步流星朝前走去，安杰一路小跑地跟着。

35　白天　安杰家大门外

江德福和王主任下班回来，听见房顶上一阵大笑声，两人抬头一看，见安杰和江德华、张桂英正在房顶上笑得前仰后合。

王主任笑着：真奇怪！安老师什么时候跟她们打得这么火热。

江德福气地：哼！

王主任：你哼什么？你不高兴？

江德福大声地：我高兴！我太高兴了！

36　白天　安杰家房顶

江德华和张桂英在切大白萝卜，房顶晒的都是萝卜条，安杰在一旁帮忙。

江德华递过来一根萝卜条：嫂子，你再尝尝这个！

安杰直摆手：我都撑得慌了，我不尝！

江德华：尝尝嘛！最后一根了！

安杰接过来，刚吃了一口，突然捂着嘴笑开了。

张桂英停下手：德华，你又放屁了吧？

江德华：我没放！

张桂英：不是你又是谁？我又没放！

江德华扭头去看安杰,见她正捂着嘴偷着乐。

江德华:是你放的吧?

安杰点头,小声地:不好意思,是。

张桂英笑了:放个屁你客气啥?还不好意思,有啥不好意思的!

江德华:就是!你没听人家说吗?屁是人身之气,全身窜来窜去……

张桂英跟了上来:哪有不放之理,放了哈哈大笑!

三个女人真的哈哈大笑起来。

37　白天　安杰家院子里

江德福冲房顶上喊:喝傻老婆尿了?笑什么笑!

江德华来到房边:俺嫂子放了个大屁,又响又不臭!

三个女人又是一阵大笑。

江德福:这有什么好笑的?莫名其妙!

38　晚上　安杰卧室

江德福在床上看报纸,安杰在地上抹雪花膏。

江德福直抽鼻子:你抹的什么?怎么这么香啊?

安杰笑着:你猜。

江德福:香油!

安杰笑出了声:去你的!你才抹香油呢!

江德福:快上来吧!都老了咔嚓了,还抹什么抹!抹给谁闻哪!

安杰凑了过去:抹给你闻哪!

江德福搂住了她:那我就好好闻闻!

安杰:讨厌!放开我!我还没完哪!

江德福松了手:那就快点儿!别磨蹭!

安杰继续,江德福盯着她看:哎,跟你商量个事。

安杰:什么事?

江德福:你以后离她们远点儿,别老跟她们搅和在一起。

安杰:她们?她们是谁呀?

江德福:是谁你知道,还用我说?

安杰:是你妹妹和张桂英吧?

江德福点头。

安杰:那不行!我好不容易跟她们团结到一起了,我容易吗?

江德福:你不容易!所以才让你不用费这个事呢!

安杰:你又不嫌我搞不好团结了?

江德福:那是两码子事!

安杰:怎么会是两码事呢?团结就团结呗,难道还跟穿鞋一样,分大小号哇?

江德福:我不是这个意思!

安杰:那你是啥意思?

江德福:我的意思是……是……是你要注意场合,也要注意分寸!你好歹也是个知识分子,大家闺秀,怎么能跑到房顶上去哈哈大笑呢?这还不算,还跑上去放屁!

安杰笑了:屁是人身之气嘛,哪有不放之理嘛!

江德福:你可以放!又不是不让你放!但你不要跟她们搅和在一起放啊!

安杰:就我一个人放了,人家又没放!

江德福:那就更不对了!你一个大家闺秀,怎么能当众放屁呢?还是爬到房顶上放!

安杰不好意思了，扑上去捂他的嘴，被顺势搂住。

39　白天　卫生所
安杰从卫生所里出来，手里拿着化验单，闷闷不乐。

40　白天　马路上
江德福跟司令、政委、王主任等一行人，边走边说，看见安杰从卫生所里出来。

政委：参谋长，你家属是不是生病了？

江德福：不知道哇。

政委：那还不快去问问看，关心关心。

江德福在众人的笑声中离开。

政委：参谋长这种尊重妇女、爱护老婆的作风，值得提倡。

司令：这是什么作风？此风不可长！

众人大笑。

41　白天　马路上
安杰在前边走，江德福追了上去：安老师！安老师！

安杰转过身来，面无表情地望着他。

江德福：安老师，你哪儿不舒服了吗？

安杰：……

江德福：你怎么了？

安杰还是不说话。

江德福：看样子不是生病了，是生气了？

安杰停住脚，不满地望着他。

江德福：谁又惹你了？不是我吧？

安杰：怎么不是你？除了你还能有谁？

江德福不明白地望着她，安杰将手中的化验单抛出：给！自己看吧！你做的好事！

江德福接过化验单，面露喜色：是不是又有加号了？

安杰大声地：是！

江德福乐了：这是好事呀！是喜事，你为什么不高兴呢？

安杰：我为什么要高兴？我像兔子似的，一窝一窝地给你生，还让不让人家喘口气了！

江德福更乐了：难道……难道又是一对儿双胞胎？

安杰：你想什么呢？这是白天！

江德福笑容满面：你不是说一窝一窝地生吗？生一个，哪叫一窝呀！

安杰"哼"了一声，转身就走。江德福低头又看化验单。一阵风刮过来，化验单被吹走，江德福撒腿去追，安杰望着他的背影，不由自主地笑了起来。

第十七集

1　白天　安杰家院子

江德华在洗衣服,两个婴儿躺在竹车里。

安杰回来了。

江德华:下班了?

安杰"嗯"了一声,径直进屋去了。江德华望着她的后背,自言自语:谁又惹她了?

紧接着,江德福握着化验单也回来了,一脸喜色。

江德华:你媳妇儿回来了。

江德福:知道!

江德华:她好像有点儿不高兴!

江德福:知道!

江德华:是你惹的她?

江德福:算吧!也算吧!

江德华来了精神:你咋惹她了?

江德福抖了抖化验单:德华,你嫂子有了!

江德华一时没反应过来：有啥了？

江德福高兴地：有孩子了！

江德华先是目瞪口呆，继而愁眉苦脸，她把手里的衣服往盆里一摔：老天爷呀！你们还让不让人活了！累死俺算了！

2 白天 安杰家院子

（一九六九年）

院子里，铁丝上挂着昔日华丽的服装。人到中年的安杰风韵犹存，她抚摸着金丝绒面料的旗袍，眼里充满留恋和向往。

院门突然被撞开，江国庆（15岁）和江军庆（13岁）头戴柳条编的伪装帽，呼啸着回来。

江国庆皱着眉头：妈，你对这些封资修的东西这么上心，你什么用心？

安杰脸一沉：你说我什么用心？

江军庆抢着答：亡我之心不死！

江国庆笑了：去一边去！这是说苏修的！

安杰：你们干什么去了？搞得这么脏！

江军庆：山后搞演习，实弹演习！（拿出一个蛋壳）看！你知道这是什么弹壳吗！

安杰：我管它是什么弹壳！

江国庆捅了江军庆一下：你简直是对牛弹琴！

安杰扯下江国庆头上的草帽抽他：我让你没大没小！我让你胡说八道！

草帽一下子散了架，安杰又抽出一根柳条接着抽打，江国庆灵巧地躲开了，柳条抽到了江军庆身上。

江军庆大叫：哎哟！你打我干吗？

安杰笑了：对不起，对不起！打错人了！你也是，榆木疙瘩似的戳在这儿，你不会躲开呀！

江军庆：我又没惹你，我躲什么呀！

安杰：你刚才还说我什么之心不死呢！

江军庆：人家那是说苏修的，又不是说你的！哎哟！你看，都抽红了！

安杰：我都说对不起了，行啦！哎，看见你爸了吗？他好像也到后山去了。

江军庆：没看见！

江国庆从屋里出来：我看见了，我爸换了单帽，我差点儿没认出他来。

安杰：换了单帽就不认自己老子了？你这没大没小的玩意儿，长的是狼心狗肺吧？

江民庆（8岁）哭着回来了。

安杰：怎么啦？谁又惹你啦？

江民庆：妈，懒肉打我！呜……

江国庆：笨蛋！你哭什么？你没长手哇？你不会打他呀！

江民庆：他有鞭子，他拿鞭子抽我，把我胳膊都抽红了，呜……

江军庆扭头去看安杰。

安杰：你看我干吗？

江军庆一伸胳膊：我这也红了！

安杰：红了活该！谁叫你不知道躲的！（又扭头训江民庆）你不知道躲呀？长腿干什么的？

江国庆：长腿是为了躲的吗？哼！

江国庆撒腿往外边跑。

安杰喊：你干什么去？

江军庆：肯定报仇去了，我也去！

安杰：回来！都给我回来！

门外传来江德华的喊声：小祖宗，你们跑什么！

3　白天　大门口

安杰追出来，江德华背着江亚宁（5岁）站在门口，江国庆和江民庆一前一后地跑着。

江德华：他们又惹祸了？

安杰：快了！这不跑着去惹祸嘛！

拐角处，江亚菲（8岁）跑了出来，边跑边往后边看，好像后边有追兵似的，一下跟江国庆撞了个正着。

江德华：娘吔！这下撞得可不轻！

4　白天　拐角处

江亚菲大叫一声，捂着头蹲到了地上。江国庆也龇牙咧嘴地捂着胸口呈痛苦状。

江军庆：亚菲，你跑什么？

江亚菲大口喘着气：懒肉，还有他哥……

江军庆：怎么啦？

江亚菲：追我，要打我……

江国庆：他们敢！他们在哪儿？

江亚菲手一指：在……在后边……

正说着，懒肉和他哥追了上来。哥俩（十二三岁的样子）一个急刹车，立在了江家兄妹面前。懒肉的脸上淌着血。

江国庆抱着胳膊挡在江亚菲面前。

江军庆：你们真好意思！两个男的追一个女的打！

懒肉哥：她是女的吗？她比男的还男的呢！你看我弟，头都让她打破了！

江国庆放下胳膊，扭头去问江亚菲：真的是你打的吗？

江亚菲站了起来：谁让他用鞭子抽民庆的，活该！

江国庆又去问懒肉：你用鞭子抽民庆了吗？

懒肉一迟疑：抽了，他骂我懒肉。

江国庆：你不是懒肉吗？

懒肉：我不是懒肉！你才是懒肉呢！

几个孩子同时笑了。

江国庆：你不是懒肉，为什么别人都叫你懒肉呢！别人叫你懒肉你不打，为什么偏偏打我弟呢？

懒肉：那你干吗不说你妹呢？她也打我了，还把我头打破了呢！

江国庆：好男不跟女斗你知不知道？再说，你让一个女的打破了头，还好意思追到这里，你说你丢不丢人？

懒肉哥：那我弟就让你妹白打了？

江军庆：那你弟还打我弟了呢！

懒肉哥：你弟的头破了吗？

江军庆：他的手都红了！都肿了！

几人争论不休，这时安杰和江德华、江民庆跑了过来。

安杰：哎呀，这是怎么回事？你头怎么破了？

孩子们都不吭声，同时看向江亚菲。

安杰不相信：亚菲，是你干的吗？

江亚菲：我又不是故意的！我跟他夺鞭子的时候不小心碰的！

江军庆说懒肉：你可真能呀！还不如一个女的劲儿大！

安杰：你给我闭嘴！走走，我带你到卫生所上药去！

5　白天　小路上

江家的人往回走。

江德华：啧啧，亚菲呀，你让我说你什么好哇！你一个丫头片子，跟人家小子打架，还能把人家的头给打破，你看你有多能啊！

江军庆：就是！让别人说你比男的还男的！也不嫌害臊！

江亚菲指着江民庆：你们干吗不说他？他让人家追得满世界跑，还鬼哭狼嚎的，他才丢人哪！

江德华叹了口气：唉！这是什么世道！男不像男，女不像女的！

江国庆停下脚步，严肃地：姑姑，你说话要注意了！你说这是什么世道？难道这世道不好吗？

江家兄妹都站住了，都异常严肃地盯着他们的姑姑。江德华不自在起来，颠着在她后背睡着了的江亚宁不知说什么好。

6　白天　山路上

江德福坐在吉普车的前座上打瞌睡，司机将车开得飞快。突然，前边路上蹿出来一头猪，司机猛打了一把方向盘，吉普车撞到了路边的树上，江德福一头撞到挡风玻璃上，血流满面，江德福被卡在车玻璃上。

司机吓坏了，哆哆嗦嗦地不知如何是好。

江德福：你他妈的愣着干啥？还不找家伙把玻璃砸了！

司机赶紧用扳手敲挡风玻璃，他小心翼翼地一点儿一点儿地敲着。

江德福：你这是在绣花吗？不会用力呀！

司机哭了：司令，你今天要是不换单帽就好了，要是还戴着棉帽就好了！

江德福：你少啰唆！快点儿砸！老子要是知道你要撞树，今天就捂着棉被出来了！

江德福说完自己笑了，司机也破涕为笑。

7　白天　卫生所

安杰领着涂了紫药水的懒肉出来，正碰上被簇拥着进来的江德福。安杰几乎不敢相信自己的眼睛：你……你这是……

江德福：挂了点儿小彩，不碍事！

8　白天　安杰家

孩子们围坐在饭桌上，敲着碗等着开饭。

院门打开，一大群人护送着头上缠着绷带的江德福进来了，孩子们目瞪口呆。

江民庆：爸爸这是怎么了？

没人理他，他又扯住江军庆的胳膊：爸爸怎么了？

江军庆：我哪知道爸爸怎么啦！

江民庆又冲后边厨房喊：姑姑，不好了，爸爸负伤了！

江德福被人扶进来，安杰被挤在人群外，江德华跑了出来：老天爷呀！你头咋也破了？

孩子们都回过头去看她，江亚菲还用眼白她。

江德福直接进了卧室。

江民庆:爸爸疼不疼呀?

江亚菲:废话!能不疼吗?你没看爸爸都不高兴了!

江军庆:你更是废话!负伤能高兴啊!

江国庆:为什么不能高兴?负伤是很光荣的事,你们懂不懂!

江亚菲:爸爸是怎么负伤的?

江军庆:不会是让懒肉他爸打的吧?

江国庆:你胡说什么!懒肉他爸敢打咱爸?咱爸打懒肉他爸还差不多!

江军庆:那咱爸是怎么负伤的?

江国庆:我哪知道!

司机在院外探头探脑,一副想进又不敢进的样子。

江家兄妹一窝蜂地跑了出去。

9　白天　院门口

江亚菲:小方叔叔,我爸怎么负的伤?

江国庆:是演习负的伤吗?是让流弹打伤的吧?

司机:嗯,是,是……

江亚菲:是什么?你快点儿说!

司机:我不小心撞……撞树上了。

孩子们面面相觑,脸上都是失望的表情。

江国庆极其失望:撞个树还这么兴师动众的!

10　白天　大操场

江国庆坐在障碍板上,双脚将木板敲得咚咚直响。他脚下围了一群半大的孩子,男女都有。

江国庆：据可靠情报，敌军这次可是来者不善。据说他们装备精良，女的还都化了装。

秋燕（15岁）：那叫什么装啊！她们从墙上撕了些大红纸，吐上唾沫擦到脸上，一个个猴屁股似的，恶心死了！

于红（13岁）：就是！我听说他们把家里的被面都拆下来了，披在身上，装牛鬼蛇神。

江军庆：人家还有被面呢，你们有什么！

于红：好像谁家没有被面似的，好像谁不敢拆似的！

赵建国（16岁）：你这叫拾人牙慧！

于红：你什么意思？

江军庆：他的意思是，跟人家学，吃狗蕨！

众人大笑。

江国庆双脚敲着木板：肃静！肃静！

大家静了下来，仰望着他。

江国庆：我有办法了！你们在这原地待命，我去去就来！江军庆！

江军庆：到！

江国庆跳了下来：跟我来！

11　白天　路上

江国庆在前边疾走，江军庆在后边紧跟。

江军庆：这行吗？

江国庆：有什么不行的？

江军庆：万一让咱妈发现了，怎么办？

江国庆：她又不会去看咱们的活报剧，她怎么会知道？

江军庆：我是说万一！万一知道了怎么办？

江国庆：毛主席教导我们说，要奋斗就会有牺牲，死人的事是经常发生的！

江军庆站住不走了。

江国庆回过头来：你怎么不走了？

江军庆：我知道！牺牲的又是我！死的也是我！

江国庆笑了：同志，革命尚未成功，我辈仍须努力！战斗还没打响，你怎么就打退堂鼓了呢？

江军庆：你少来这套！要偷你去偷吧，我不去偷！

江国庆：当然是我去偷了！这么重要的任务哪能交给你！但你要配合我呀，给我打掩护呀！

江军庆：咱可说好了，出了事，可别赖到我头上！

江国庆：你看你这熊样儿，离叛徒不远了！

12 白天 家门口

江国庆停下脚步，从门缝往里看。

江军庆：家里有人吗？

江国庆：门没锁，肯定有人。

江军庆：那怎么办？

江国庆：你进去侦察一下，看看谁在家。

江军庆：你怎么不去？

江国庆踢了他一脚：你连掩护也不干哪？

江军庆进去了，江国庆倚着墙根蹲下了。

隔壁院门响，王海洋（18岁）出来了。

王海洋：江国庆，你在那干吗？

江国庆：我在晒太阳，不行吗？

王海洋笑了：行行！太阳又不是我家的，你晒吧！

江国庆：你们尖刀战斗队最近怎么不活动了？

王海洋：树倒猢狲散，活动不起来了。

江国庆：人家都去当兵了，你怎么不去呢？

王海洋：我等着去当空军，我要当飞行员，海军和陆军通通不考虑！

江国庆：你还挑肥拣瘦的！人家空军要不要你还两说呢！

江军庆出来了，跟江国庆耳语：姑姑在家里，在家里缝被子，正好把樟木箱子挡得严严实实的。

江国庆：早不做，晚不做，偏偏这时候做被子！你去，把她骗出来！

江军庆：怎么骗？

江国庆：笨蛋！怎么骗还用我教？你就说，外边有人在吵架，女的跟女的吵，吵得可厉害了！

江军庆笑了，起身要进院子。

王海洋：你俩贼头贼脑的干什么？

江军庆：干革命！

王海洋：你俩能干什么革命？你俩反革命还差不多！

江国庆和江军庆异口同声：你才反革命呢！

王海洋笑了：你俩别这么气急败坏，听我说呀，我最近研究了你家孩子的名字，发现你们的名字相当反动。

江国庆和江军庆都站了起来。

王海洋得意地：你叫江国庆对不对？你叫江军庆对不对？

江家兄弟互相看看，莫名其妙。

王海洋：你们把你们中间的字合起来念念试试。

江军庆：国军。

江家兄弟大惊失色，一起望着王海洋说不出话来。

王海洋更得意了：反动吧？共军的孩子起国军的名字，你们说反动不反动吧！

哥俩都不吭声。

王海洋：还有更反动的呢！你们名字后边都带了个"庆"字，庆祝的庆。你们要庆祝什么？庆祝国军反攻大陆吗？

江国庆：放你妈的屁！你血口喷人！

江军庆：就是！你血口喷人！你不得好死！

王海洋笑了：哎，有理不在声高，无理也不要骂人嘛！

江国庆：他是神经病！咱们别理他！走！

13　白天　院子里

江国庆在前边走，江军庆拽住了他：哎，不是让我掩护吗？

江国庆：让你掩护，黄花菜也凉了！

14　白天　王海洋家门口

王海洋倚在家门口吹口哨，江民庆和江亚菲一前一后地回来了。

王海洋：双棒回来了？

江民庆：你才是双棒呢！

王海洋：我哪是双棒，我那个棒呢？

江亚菲紧走了几步：你那个棒在你妈肚子里！生不出来了！你才倒霉呢！你是个单棒！

王海洋张口结舌，一时不知说什么好，反身回了家，将院门摔得山响。

江德华出了院子：亚菲呀，外边谁在吵架？

江亚菲：我在吵架，我跟王海洋在吵架。

江德华：不是说两个女的在吵架吗？

江军庆探出头来：她们在那边吵架，在厕所那边吵，快去吧，晚了就看不上了！

江德华一路小跑着走了，江民庆和江亚菲也跟在后面跑。江亚菲跑了几步又站住了，回过头来，正好看见江军庆在捂着嘴笑，她又折了回来。

江军庆挡在门口：你怎么又回来了？

江亚菲：你就骗人吧！

江军庆：我骗什么了？

江亚菲：你骗什么你知道！

江军庆：我不知道，你告诉我！

江亚菲：你让开，我要回家！

江军庆：你告诉我，我就让你回家！

江亚菲：你这个大骗子！起开！

江军庆：我不起开！你能把我怎么样？

江亚菲气呼呼地望着他，江军庆两只胳膊撑着门，得意扬扬。

江亚菲突然冲上来，张嘴咬住江军庆的胳膊，江军庆疼得大叫，江亚菲冲了出去。

江军庆捂着胳膊冲屋里大叫：不好了！江亚菲回来了！

15 白天 安杰家

江亚菲冲进家里，正好跟挟着个包袱的江国庆碰了个正着。

江亚菲：你拿的什么东西？

江国庆：你管我拿的什么东西！

江亚菲：让我看看！

江国庆站住了：我为什么要让你看？

江亚菲：我想看！

江国庆：你想看我就要让你看哪！凭什么？

江亚菲：凭我是你妹妹！

江国庆：你是我姐姐也不行！

江国庆撒腿就跑，随手带上了家门。

16　白天　安杰家院子里

江国庆跑了出来，冲到门口时，给江军庆布置任务：我撤退，你掩护！

江军庆一个立正：是！长官，保证完成任务！

江国庆看了一眼王海洋家，压低了声音：傻瓜！不能叫长官，要叫首长！

江军庆笑了，又一个立正：是！首长！你赶紧跑吧！

江亚菲追了出来，哥俩一起跑出院子，江军庆将院门关上，在外边死死地拉住门闩。

江国庆嬉皮笑脸：同志，后会有期！

江军庆也笑了：你别逗我了，再逗我就没劲了！

江亚菲在里面拍着门大喊大叫：开门！开门！让我出去！江国庆！江军庆！大坏蛋！王八蛋！

江德华和江民庆气喘吁吁地回来了。

江德华：你这个小兔崽子！敢骗我！哪有打架的？

江军庆：你就那么爱看别人打架呀！

江德华：你想找打呀！

江军庆撒腿就跑。

江亚菲出来了：他们往哪儿跑了？

江民庆一指：往那儿跑了！

江亚菲撒腿就跑，江民庆也跟着跑了。

江德华：啧啧，这是个丫头片子吗？投错胎了吧？

17　白天　大操场上

女孩子们穿着旗袍、高跟鞋，男孩子们看得目瞪口呆。

赵建国：天哪！这是坏人穿的衣服吗？这简直就是仙女下凡！

男孩儿甲：世上哪有仙女？再说仙女也不是什么好东西！也是封资修的破玩意儿！

秋燕抚摸着身上的旗袍：这种衣服我只在电影里见过，真好哇！真高级呀！

男孩儿甲：好什么呀！电影里穿这种衣服的人，没一个好东西！

江军庆：你胡说！电影里地下党也穿这种好衣服！

赵建国：地下党穿这种衣服是要装成坏人，装成敌人！是要跟敌人打成一片，打入敌人内部去！

于红：照你这么说，穿这种衣服的人都是坏人，都是敌人喽？那安老师也是坏人吗？是敌人吗？

江军庆：你妈才是坏人呢！你妈才是敌人呢！

女孩儿甲：江军庆你傻呀！于红是在替你妈说话呢！

坐在障碍板上的江国庆看到江亚菲跑来了，一个高蹦下来，大喊一声：不好！快跑！

穿着高跟鞋的于红跑不快，被江亚菲追上了。

江亚菲一把扯住于红身上的旗袍,大喊大叫:好哇!你偷穿我妈妈的衣服!

于红:我哪是偷穿的,这是你哥让我穿的!

江亚菲:你脱下来!你给我脱下来!

秋燕等几个女孩子围了过来。

秋燕:亚菲,你听我说,这些衣服先借姐姐用一用,等姐姐演完戏了,再还你,行吗?

江亚菲:演戏?你们演什么戏?

秋燕:我们演活报剧。我们要跟下边村里的孩子比赛,你不想让我们输吧?

江亚菲:你们能赢吗?

于红:当然能赢了,只要你让我们穿这些漂亮的衣服。

江亚菲:那好吧,你们什么时候演?

于红:今天下午,你来看吧。

江亚菲点头。

18 白天 学校院里

两拨孩子在比赛活报剧。

先是渔村里的孩子上场,果然个个儿抹着红脸蛋儿,披着花被面,惹得场上场下笑成一团。

紧接着部队的孩子上场,江国庆穿着白西服,刚一出场,场下的气氛马上变了,等女孩儿们一出场,更是震得场上场下鸦雀无声。

懒肉的哥哥跟他耳语了几句,他跳起来一溜烟跑了。

懒肉领着一群戴着红卫兵袖标的人来了,红卫兵用武装带点着几个女孩子。

红卫兵头：说，这衣服哪儿来的？

女孩儿们不吭声。

红卫兵甲：问你们话呢，你们哑巴了！

于红：你才哑巴了呢！

江国庆对军庆耳语着，江亚菲也凑过去听。江军庆起身准备离开，懒肉兄弟挡住了去路。

懒肉哥：干什么去？

江军庆：你管了？

懒肉：我们就要管！

懒肉哥：对！我们管定了！

江军庆：你们管天管地，还管人家拉屎撒尿哇！我要上厕所，我要去拉屎！

懒肉：好！我陪你去！

江军庆：你不嫌臭哇？

懒肉：我不嫌！

懒肉哥：你想去通风报信？没门！

懒肉：对！没门！

他们吵吵的时候，江亚菲贴着墙边溜走了。

红卫兵头：好哇，江国庆！你妈太反动了！家里竟然藏了这么多四旧玩意儿！还藏在军营里，是何居心？

江国庆：谁告诉你这些衣服是我妈的？哪写着我妈的名字？我妈叫安杰，这上边有"安杰"两字吗？

红卫兵头：谁不知道你妈叫安杰？谁不知道你妈是资本家的阔小姐？要不是有你爸护着，她能那么逍遥自在吗？好！这下好了！这些罪证到了我们手里，看你爸还怎么护着你妈！

江国庆：你们想干什么？

红卫兵头：你说我们想干什么？我们想上你家抄家去，不行吗？

身后传来王海洋的声音：行！

王海洋戴着红卫兵袖章，领着三四个人跑来了，后边跟着气喘吁吁的江亚菲。

红卫兵头：你怎么来了？

王海洋：我怎么不能来？破四旧立四新只能你一个人干吗？

红卫兵头：你们尖刀战斗队不是解散了吗？

王海洋：谁告诉你解散了？我们人虽然少了，但革命斗志一点儿也不少，战斗精神一点儿也不弱！怎么，我们不能跟你们并肩战斗吗？

红卫兵头：好！并肩战斗就并肩战斗！上次你们尖刀战斗队跑到葛美霞家去搜变天账，什么也没搜到，现在这变天账就藏在你们眼皮子底下，就看你们敢不敢去搜了！

王海洋：变天账在哪儿？哪是变天账？

红卫兵头：在她们身上，铁证如山！

王海洋：这明明是衣服嘛，哪是变天账？

红卫兵头：这是什么衣服？这是劳动人民穿的衣服吗？这是地主老财资本家穿的衣服！是绫罗绸缎！是剥削的罪证！他妈把这些东西藏到今天，他妈想干什么？

王海洋扭头问江国庆：你妈想干什么？

江国庆没好气：我哪知道我妈想干什么！

红卫兵头：你妈想变天！

红卫兵甲：对！你妈想变天！

懒肉等人也随声附和。

王海洋用列宁的手势：安静！安静！我想请问，家里有几件过去的衣服，就是想变天了？

懒肉等人：就是！就是想变天！

王海洋问红卫兵头：我记得你妈忆苦思甜的时候说，解放的时候，分了葛美霞家里好几件好衣服，都不舍得穿。请问，那些衣服哪儿去了？

红卫兵头一愣：我哪知道哪儿去了？

王海洋：那可以到你家去抄家吗？

红卫兵头：你凭什么要抄我家？

王海洋：那你凭什么要抄人家家？

红卫兵头：他家有四旧！

王海洋：我还怀疑你家有四旧呢！

部队的孩子活过来了，挤过来一起嚷：对！你家有四旧！你家有四旧！

于红：没准葛美霞家的变天账就藏在你们家呢！我听说葛美霞管你妈叫姑！对不对？

秋燕：闹了半天他们是亲戚，还有脸说别人！

赵建国：怪不得他老提上葛美霞家搜变天账的事，原来有怨气，原来想报复！

于红：你自己的立场都不正，还有脸管别人！

赵建国：你自己的屁股都坐歪了，正人先正己吧！

王海洋又像列宁那样挥手：安静！安静！

王海洋对红卫兵头：这样吧，咱们还像过去那样，铁路警察，各管一段吧？下边的事你们负责，上边的事我们负责，行吗？

红卫兵乙：不行！凭什么你们能到下边去抄家，我们不能到上边去抄家呢？

王海洋：你想抄上边谁的家？

红卫兵乙指着国庆：抄他们家！

王海洋：你们胆子不小，敢去抄江司令的家？

红卫兵甲：革命无罪！造反有理！我们管他是什么司令了，就是天王老子我们也不怕！

王海洋拍起了巴掌：好！勇气可嘉！这样吧，关于抄家的问题，我们先商量商量。

红卫兵乙：我们抄家，还用你们商量！

红卫兵头拽住他：好吧，你们商量吧。

19 白天 校园一角

王海洋领着部队的孩子们退到角落里：大家都把腰带解下来，一会儿准备战斗。

于红：我们怎么解腰带？

王海洋：又不用你们上，等我们这边打起来，你们趁乱快跑，千万不能把这些衣服落到他们手里，知道吗？

女孩子们赶紧点头。

江军庆：坏了，我今天没扎腰带，怎么办？

江亚菲解下自己的腰带：给！用我的腰带！

江军庆：哎呀，太轻了，用不上劲儿！

秋燕：用我的！我的腰带宽！

20 白天 校园另一角

渔村的孩子散坐了一地。

懒肉一声惊叫：看！他们要打架！

红卫兵头一声冷笑：我早就料到了！咱们也把腰带解了！

懒肉哥：我没腰带。

红卫兵甲：我也没有！

红卫兵乙：我也没有！

渔村的孩子撩起衣服，裤子上大部分系的都是布绳。

红卫兵头：谁家近，回去抄家伙！

懒肉兄弟跳起来就跑。

红卫兵头对一个披着花被面、抹着红脸蛋儿的女孩儿说：一会儿你们给我盯住那些女的，不能让她们跑了，要留下罪证！

女孩儿点头：哎，她们跑不了！

21　白天　学校大门口

江军庆、赵建国等三个男孩儿立在大门口，手里的皮带啪啪作响。

懒肉兄弟被堵在门口。

江军庆：干什么去？

懒肉：管天管地，管人家拉屎撒尿！我要去拉屎！

赵建国：不准去！憋着！

另一个男孩儿：拉裤裆也行！

三个男孩儿哈哈大笑，懒肉兄弟扑了上去。

22　白天　校园一角

江国庆见那边打起来了，一挥手里的皮带：弟兄们，给我上！

王海洋一把扯住他：你小子！想夺兵权哪！我是指挥员！指挥权

在我这儿！这里哪有你这国军发号施令的份儿！

江国庆：好好好，听你的！听你的！你快发号令吧！

王海洋笑了：我让你这国军给搅的，都忘了共军怎么说了！

江国庆：你说，同志们，冲啊！

王海洋：同志们，跟我上！

一个男孩儿做吹冲锋号状：嘀嘀嗒嗒……

男孩子们喊着"冲啊！""杀呀！"冲了上去，双方一场恶战。

女孩儿这边，部队的孩子想溜，被渔村的孩子堵住，双方撕扯起来，于红身上的旗袍被扯烂，江亚菲不干了，揪住扯烂旗袍女孩儿的辫子，大喊大叫：你赔！你赔！你赔！

女孩儿：好好，我赔，我赔，你松手我就赔！

江亚菲：你上哪儿赔！你拿什么赔！

23　白天　卫生所门前

部队打架的孩子陆续出来，几乎人人都挂了彩。先出来的孩子坐在台阶上，互相评头论足，出来一个笑一个，热闹非凡。

赵建国：咱们评功评奖吧？

江军庆：怎么评？

赵建国：当然是按伤势评了！谁伤得重，谁的功劳大！

男孩儿甲：那不成了评残了吗？

于红：今天数江国庆厉害，数他勇敢。他打得最厉害，伤得也最重！

赵建国：他那是将功补过！他要是不把他妈的衣服偷出来，还惹不了这场祸呢！

江国庆：呸！你放屁！

秋燕：哎呀！江国庆，你唾沫都是红的，伤得可真不轻！

于红：就是！人家好心给咱们拿来服装用，你还这样说人家，真没良心！

赵建国：我不过是说说而已。

于红：说说也不行！

秋燕：江国庆，怎么办呢？你妈的衣服丢的丢、破的破，连高跟鞋都被他们抢去了一只，你怎么回去交差呀？

江军庆：要战斗就会有牺牲，死人的事是经常发生的！

众人又笑。

于红：我听说，你妈当初就是穿着一只鞋上岛的，你知道吗？

江军庆：我不知道，你听谁说的？

于红：我听我妈说的。

江军庆：你妈胡说！

于红：你妈才胡说呢！

江军庆：我妈什么都没说！

于红：你妈……

江国庆学王海洋的样儿：安静！安静！

秋燕：你这学的王海洋吧？

江国庆：什么呀！王海洋是学列宁！学的列宁同志！

江国庆站了起来，挥着手：安静！安静！

秋燕：我们安静着呢！

众人又笑。

江国庆：安静！安静！布尔什维克同志们！我现在郑重宣布：我改名了！我不叫江国庆了！

于红：那你叫什么？

江国庆：我叫江卫国了！保卫祖国的意思！准备随时为祖国抛头颅、洒热血的意思！

众人鼓掌。

于红：怎么突然想起改名了？江国庆不是挺好听的吗？

江国庆：我早就想改了，只是没想好改什么好。今天光荣负伤，我觉得很不过瘾，就流了这么点儿血！我准备随时为祖国抛洒一腔热血！

于红：你今天这是怎么啦？怎么老想着死呢？

江国庆：不是我想死，而是我想为祖国去战死！

于红：那不一样吗？还是想着死！

江国庆：那可不一样！为个人而死，轻于鸿毛，为国家而死，重于泰山！

赵建国振臂高呼：向江国庆同志学习！

于红更正：什么呀！应该是向江卫国同志学习！

众人高呼：向江卫国同志学习！

赵建国：向江卫国同志致敬！

众人高呼：向江卫国同志致敬！

赵建国：踏着江卫国同志的足迹前进！

众人笑得东倒西歪，口号喊得七零八落。

秋燕：妈呀！真瘆人！好像江国庆真成烈士了。

穿白大褂的医生跑出来：吵什么？你们打架有功啊！快走！快走！赶紧走！

孩子们拍着屁股走了，下了台阶，江军庆想起什么，反身又跑回卫生所。

24 白天 卫生所门口

江军庆再出来的时候,头上缠满了绷带。他在门上的玻璃上左照右照,十分满意。

25 白天 路上

江军庆追上了大部队,在他们身后大喊:你们看我!

众人回头,先是一愣,然后放声大笑。

赵建国:江军庆,你想干什么?

男孩儿甲:他想评残,想当残废军人。

江军庆:哥,你也给我改个名儿吧,我也想改名儿了!

江国庆:自己的名字自己改!

男孩儿乙:就是!好不容易捞着自己起名了,还不自己起!

秋燕:你们自己改名,你们爸妈让吗?

江国庆:你别管让不让,你只管叫就行了!

于红:那不行!你们爸妈要是不同意,我们不是白叫了吗?叫了也是瞎叫!

江国庆:你们叫就是了!我爸妈会同意的!

江军庆:那我改什么名儿好哇?

赵建国:你向你哥学习,叫江献身好了!也准备随时为祖国献出生命!

江国庆:那不行!他不能牺牲!他要留着给我爸妈养老!

赵建国:你家不是还有一个男孩儿吗?

江国庆:你别管我家的事,管管你自己家吧!你家五个男孩儿,起码可以牺牲三个!

赵建国:你放心!到时候我也不会含糊的!不改名,我也不会含糊!

于红:江军庆,我看你就叫江卫东吧!你哥保卫祖国,你保卫毛主席,保卫毛泽东!

众人鼓掌,一致叫好。

江国庆拍着江军庆的肩膀:江卫东同志?

江军庆拍江国庆的肩膀:江卫国同志?

26　白天　安杰家

一家人在吃饭,鸦雀无声。这个家成了伤员之家,江德福和江军庆头上缠着绷带,江国庆额头上包着纱布,脸上多处涂着紫药水。连江亚菲脸上也有伤,一个眼是乌眼青。

江德华从厨房里端出一锅鸡汤:多喝点儿鸡汤,好好补补。

安杰阴着脸:补什么补?补好了再出去打架呀?

江军庆小声地:不是打架,是打仗。

安杰看了江德福一眼,江德福笑了。

安杰:你还笑!你还笑得出来!你看这个家像什么样儿了?这还是个正经人家吗?有一半的人伤着,这是伤员之家吗?

江德福:先吃饭,有什么话吃完饭再说。

安杰:我跟你们这些野蛮的人有什么话呀!说了也是白搭!是对牛弹琴!

江国庆放下饭碗站了起来。

江国庆:你没话,我有话!

安杰敲了一下饭碗:你有什么话?你现在还有资格说话呀?

江国庆不理母亲,望着父亲。

江国庆:爸,我改名了,不叫江国庆了,叫江卫国了,保卫祖国的意思。

江军庆也站了起来：我也改名了，也不叫江军庆了，叫江卫东了，保卫毛泽东的意思。

江德福喝了口鸡汤，烫得龇牙咧嘴：改得不错！不过，你们怎么想起改名了？

江国庆：你不问我，我还问你呢！你说，是谁给我俩起的这么反动的名字？

江德福吓了一跳，急忙看安杰，安杰也是吃惊的样子。

江德福：怎么反动了？

江国庆：我俩的名字合起来念就是国军，再加上"庆"字，就是庆祝国军反攻大陆的意思！

江德福拍了桌子：胡说八道！哪有这个意思？你这是听谁说的？

江国庆：人民群众的眼睛是雪亮的！我是听人民群众说的！怎么？你想找人民群众算账吗？

江德福：哪个人民群众？哪个混账的群众？你把他叫来，看我怎么收拾他！

江军庆：爸，你敢收拾人民群众？你可真反动！

江德福又拍桌子，又要骂人。

安杰：好了好了，改就改吧！不就是个名字吗？不就是个符号吗？你改成什么啦？

江国庆：我都说过了！

安杰：我没记住！你再说一遍，我好叫哇！

江国庆：我叫江卫国！

江亚菲：保卫祖国的意思！

安杰又问江军庆：你呢？你叫什么啦？

江军庆一挺胸脯：我叫江卫东！保卫毛泽东的意思！怎么，不好吗？

安杰站了起来：好好！多响亮的名字啊！江卫东，今天该你刷碗了吧？你收拾吧！

江卫东：人家都负伤了，还让人家干活！

安杰：你是为谁负的伤？是为保卫毛主席负的伤吗？

江亚菲：妈！他是为保卫你负的伤！我们都是为保卫你负的伤！

安杰：保卫我？你们保卫我什么？我还用你们保卫？

江卫国：江亚菲你胡说什么？江军庆你快干活吧！

江卫东：我叫江卫东了！别再叫我江军庆了！

江民庆：不行！不行！你们都改了，我也要改！

江亚菲：你改什么？你要保卫谁？

江民庆：对呀，让我保卫谁呀？

江亚菲：看你个熊样儿，你能保卫谁？你连自己都保卫不了，谁敢让你保卫？

江卫国：我看你就叫江卫民算了，保卫人民吧！

江民庆：行！那我就保卫人民！

江亚菲：哎呀，妈呀，人民算倒了霉了！

27　白天　安杰卧室

江德福上床午休，安杰进来了：哎，你说，他们保卫我什么啦？

江德福：我哪知道他们保卫你什么啦！反正是保卫了，都保卫得头破血流了。

安杰自言自语：怪了，我用他们保卫什么？

江德福：你当老师的，得罪学生的事多了，别人说你坏话，你的孩子们不干了呗！

安杰笑了：这么说，他们还怪有良心的。

江德福：那是孝心！什么良心！

安杰：人首先要有良心，其次才有孝心，你懂不懂！

江德福：我不懂，你懂！你走开，让我睡一会儿，下午我还学中央文件呢！再要打瞌睡，王政委又该说我不政治挂帅了！

安杰：王振彪这个人，我看就是个投机分子！一点儿也不实在，比他老婆差远了！

江德福：别在背后说人家的坏话，这个毛病不好！你怎么还不走？还让不让我睡会儿了？

安杰笑了：我再问最后一个问题。如果，我是说如果，如果有人在你面前说我的坏话，你能像孩子们那样保卫我吗？

江德福：我是孩子吗？我能像孩子似的为了别人说你坏话，就跟别人打架吗？

安杰：我是说，你能为了我，跟别人拼命吗？

江德福：我不能！为什么要跟人家拼命呢？就为别人说了你的坏话？你怎么就不能虚心听取呢？怎么就不能有则改之、无则加勉呢？

安杰气得大喘气，胸口起伏着。

江德福笑了，掀开被子一角：要不你陪我睡会儿吧？

安杰扑上去，掀江德福的被子：我让你睡！我让你睡！

28 白天 安杰家厨房

江德华在刷碗，江卫东跑进跑出地忙活着。

29 白天 安杰家外屋

江卫东稀里马虎地擦着饭桌。

江亚菲：你擦桌子怎么像猫洗脸似的？

江卫东：你说话怎么像你妈似的？

江亚菲：我妈不是你妈呀？！

30 白天 安杰家厨房

江德华听他俩斗嘴，笑了。突然，一块儿抹布飞了起来，没落进水池中，却打到她身上。

江德华：江军庆！你找死呀！

江军庆像没事人儿似的站在外屋。

江德华：说你呢！你耳朵聋了！

江卫东：姑姑，我不叫江军庆了，我叫江卫东了，你骂错人了。

江德华：江卫东，你找死啊！

江卫东：姑姑，你说话要注意呀！江卫东是保卫毛泽东的意思，你说我找死，你是什么意思？是何居心？

江卫国从自己房间出来，重重地拍了他脑袋一下：江卫东，你别拉大旗作虎皮了！

江卫东抱住脑袋：哎哟！你怎么打我头？你不知道我头负伤了？

江卫国笑了：我再助你一臂之力，好让你评上甲级一等残废军人！

江卫东抱头鼠窜，江卫国追了出去。

31 白天 家门口

江亚菲和几个小姑娘在跳皮筋，江卫民也在其中。

懒肉兄弟带着一群红卫兵,大步流星地朝这边走来。

江亚菲说了句"不好了",一溜烟跑回了家。

32　白天　院子里
江亚菲冲进院子,关上大门,插上插销,扭头往屋里跑。

33　白天　安杰家客厅
安杰一边听着留声机里的京剧,一边织着毛衣,一副悠闲的样子。

江亚菲慌慌张张跑了进来:妈,大事不好了!你快躲起来吧!

安杰:什么呀?你说什么呀!

江亚菲:红卫兵来了!

两人正说着,门外传来咚咚的擂门声。

江亚菲:你听!他们来了!他们找你算账来了!

安杰:找我算账?找我算什么账?

江亚菲:衣服!你的衣服!

安杰从窗户上望出去,只见江德华刚把大门打开,一下子拥进半院子红卫兵。

江亚菲扯着母亲的袖子:妈,你快藏起来!你快躲起来!

安杰:躲?我往哪儿躲?再说,我为什么要躲呢?我又没做什么坏事!我又没什么见不得人的事!

安杰挣脱了女儿的拉扯,放下毛衣,往外走。

江亚菲也跟着往外跑,跑了一半又折了回来,拿起了电话。

34　白天　院子里
安杰出了家门,站在台阶上,有点儿居高临下的样子。

安杰：你们来干什么？有事吗？

红卫兵头：安老师。

红卫兵甲：不能叫她安老师，要叫她名字！

懒肉：她叫安杰！叫她安杰就行了！

红卫兵头：安杰！你看，这些东西是你的吧？

一个女孩儿从人群中挤出来，将一包衣服丢到安杰脚下，其中有一只高跟鞋。

安杰奇怪地望着这些东西，又莫名其妙地望着红卫兵们。

红卫兵头：你别装了！

女红卫兵：对！别演戏了！演得还挺像！

红卫兵乙：像真的似的！

女红卫兵：像无辜的一样！

安杰：你们这是什么意思？

红卫兵头：你别问我们什么意思！你也没资格问！我就问你，这衣服和鞋，是不是你的吧！

安杰：是呀，怎么啦？再说，我的衣服和鞋，怎么会在你们这儿呢？

红卫兵头：这个你别管！你也没资格管！我再问你，你在家里藏着这些四旧的破玩意儿，是何用心？用心何在？

女红卫兵：她想变天！

女红卫兵乙：她想重过资本家小姐的日子！

红卫兵甲：对！她剥削人没剥削够！

红卫兵乙：她还想骑在人民头上作威作福！

懒肉哥：你做梦！

懒肉：白日做梦！

江德华到前边来,弯腰捡起一件旗袍,抖开一看,见旗袍被撕得很厉害,惋惜地直咂嘴。

女红卫兵甲:你咂什么嘴?

江德华:嘴长在我身上,你管了?

女红卫兵乙:你是什么人哪?在这儿多嘴多舌?

江德华:我还想问你呢!你是什么人呢?你们是什么人呢?跑到我家来耍威风?

懒肉哥:你家有什么了不起?你以为司令家就了不起呀?

红卫兵丙:对!司令家有什么了不起的?我们照样抄家,照样砸!

门外突然传来江德福的声音:谁这么大的胆?

江德福边走边吆喝:让一让!让开!

江德福挤到前边,问安杰:怎么回事?

安杰:你问他们吧!

江德福转过身来,目光直逼红卫兵们:你们谁是头?

红卫兵头:我是,怎么啦?

江德福:不怎么!既然你是头,那就进来吧!

红卫兵头:我不进去!我们就在这儿说话!

江德福:你们不是要抄我的家,砸我的家吗?那就请吧!

红卫兵你看看我,我看看你,谁都不吭声了。

江德福:刚才谁说的抄家、砸家的?

没人吭声。

江德华指证:他!他说要抄家、砸家的!

江德福做了个请的手势:你进来砸呀!

那孩子反而往后退了。

江德福：我现在数三下，要么你们进去砸了老子的家，要么你们马上给老子滚蛋！一、二、三！

红卫兵进也不是、滚也不是了。

江德福：滚！都给老子滚！

大部分人往后撤了，还有几个人站在那儿不动。

江德福转身从墙角抄起扁担，举了起来：你们滚不滚？不滚老子动手了！

那几个人转身往外跑，跑到门口，红卫兵头停了下来，扒着门框，探进头来：江司令，你包庇你资本家小姐的老婆，你等着！有你好瞧的！

江德福握着扁担：小兔崽子，有种你别跑！看老子不打断你的狗腿！

红卫兵头：你等着！

江德福：我等着！我天天等着你！

红卫兵头一溜烟跑了，江德福意犹未尽，丢下扁担，拍了拍手：奶奶的，这么不禁吓，还怎么打仗！

35　白天　安杰家客厅

安杰进了客厅，江德福紧随其后，留声机里的京剧正唱得热闹，安杰上去拿开了转针。

江德福：奇怪，你摆在桌面上的四旧没事，你藏在箱子里的四旧怎么就被发现了呢？

安杰一屁股坐到了椅子上，自言自语：吓死我了！

江德福：你快把这些东西收拾收拾清理了吧！

安杰：你说他们还会再来吗？

江德福：我又不是他们，我哪知道！

安杰：他们说有你好瞧的，什么意思？

江德福：我又不是他们肚子里的蛔虫，我哪知道他们什么意思！

安杰：没事吧？不会影响你吧？

江德福：影响不影响都那么回事了！我还怕影响！

安杰：谢谢你！老江！

江德福：谢什么，这是我应该做的！

江德福说完笑了，安杰也笑了。

江亚菲进来了：哎呀，吓死我了，你们还笑！

江德福：我们不笑，还哭哇！今天你立了大功了，要不是你，你妈就麻烦了！

安杰：是你打电话叫你爸的吧？

江亚菲：是呀！当然是我了！是我让我爸回来救你的！

安杰：那我也谢谢你！

江亚菲不好意思了。

江德福拍着江亚菲的头：我们亚菲不好意思了，少见哪！

36 白天 江德华房间

两个樟木箱子大开着，安杰在清理衣服，江德华和江亚菲在帮忙，五岁的江亚宁在一旁添乱。

江德华：哎呀，这件更好，更好看！

江亚菲：这件好看，这件好！

江德华：哎呀，这么好的衣服，烧了多可惜呀！

江亚菲：就是！还不如留着给我穿呢！

江德华：我也能穿，改改我穿！

安杰心中一动：是呀，咱们改改不就得了吗？

江亚菲：就是呀！

江德华：谁说不是呀！

安杰：亚菲，你找剪子来。

江亚菲拿了把剪子来，安杰拿起一件金丝绒旗袍，对江德华说：这件给你改件棉袄吧？

江德华高兴地：行！咋不行！

安杰比画了一下，准备铰了，试了几次，又下不了手。

江德华夺过剪子：给我！我来！

江德华说完一剪子下去，安杰闭上了眼睛。

37　白天　安杰家外屋

安杰坐在小板凳上，面前摆了一溜高跟鞋，她拿着一把斧头，正在剁鞋跟。

安杰一斧子下去，江德华闭上了眼睛。

江亚菲穿了双高跟鞋出来：妈，把这双高跟鞋留给我吧，等我长大了穿！

安杰摇头：不行！一双也不能留！留着是祸害！

江德华：我不怕祸害！我敢穿！可惜我脚太大了，穿不上！

江亚菲：我也不怕祸害，我也敢穿！可惜我脚太小了，穿不了！妈，你再穿给我们看看吧，以后就看不着了！

江德华：就是！穿给我们看看吧，以后想看也看不见了！捞不着看了！

安杰放下斧头，脱下布鞋，穿起了高跟鞋，腰身立马就挺起来了，她在外屋走了一圈儿，觉得不过瘾，又绕着各个屋子走。江亚菲跟在她屁股后边,江德华坐在外屋听皮鞋的响声。

安杰从江德华房间出来,上身穿着铰了一半的旗袍,江德华不干了:你不是给我了吗?你怎么又穿上了?

安杰:让我最后穿一次吧!

38　白天　学校

大喇叭里放着"不忘阶级苦,牢记血泪仇……"的歌曲,学生们排着队领忆苦饭。

江亚菲看着缸子里黑乎乎的地瓜叶汤,又皱眉头又撇嘴。

江卫国和赵建国蹲在墙角吃着忆苦饭,江卫国吃得狼吞虎咽,赵建国则东张西望。

赵建国捅了捅江卫国:哎哎,你看你妹,多反动!又皱眉头又撇嘴的!

江卫国抬头看过去,见江亚菲无比痛苦地吃着忆苦饭。

39　傍晚　安杰家外屋

江亚菲蹲在痰盂前呕吐,江德华在给她拍背,安杰端着一杯水站在一旁等着。

江德华:哎呀哎呀!你这都吃的些什么呀,这么难闻!

江亚菲回头:不是告诉你了吗?吃的忆苦饭!地瓜叶子做的忆苦饭!

江德华:你不会不吃吗?

江亚菲:我敢不吃吗?

江德华:那你不会少吃点儿吗?

江亚菲:这还嫌我吃得少呢!

江德华：谁嫌你吃得少了？他吃得多吗？

江亚菲：江卫国嫌我吃得少！他吃得可多了，吃了三大碗，校长都表扬他了！

安杰踢了她一脚：怎么不叫哥哥，老叫名儿呢！

江卫东和江卫民跑回来了。

江卫民：好哇！江亚菲！你敢把忆苦饭都吐了！你反动！我给你告老师去！

江德华：你敢！你敢给她告老师，看回来我怎么收拾你！

江卫东看着江卫民：你别在这儿废话了，你快去吧！

江卫民冲进屋里，拿了样东西就跑了。

安杰：他干什么去了？

江卫东：我哥拉肚子了，他去厕所送纸去了！

江德华：他是吃忆苦饭吃多了吧？

安杰笑了起来。

江卫东：妈，你笑什么？你不该笑！

江德华：你妈笑了又怎么了？

江卫东：我妈出身不好，她再笑，别人更该说她了！

江德华：别人说你妈什么了？

江卫东：别人都说我妈要是没我爸护着，早就该挨斗了！说我爸包庇我妈！

江德华看了安杰一眼，安杰马上把脸扭向了一边。

40 傍晚 安杰家外屋

一家人在吃饭，江德福不在。

江卫民突然放下筷子，捂住肚子：哎呀，坏了！我也要拉肚子了!

江亚菲：你还说我反动，你才反动呢！你敢把忆苦饭拉出来，看我不告老师去！

江卫民又坐下了，肚子似乎疼得更厉害了。

江卫国打了他一下：还不快去！你想拉裤子里呀！

江卫民一溜烟跑了，安杰皱起了眉头：吃饭的时候，胡说些什么呀！

江卫国：妈！就你穷毛病多！

江卫东：妈这不是穷毛病，妈这是富毛病！妈家里是资本家，资本家都很富！

江亚菲：资本家怎么了？很富怎么了？

江卫东：很富就不行！资本家为什么富？还不都是剥削穷人剥削来的！

江亚菲：谁是穷人？你是穷人吗？资本家剥削过你吗？

江卫东：我又没生在旧社会，我怎么能是穷人？姑姑是从旧社会过来的，姑姑家就是穷人！

江德华：你妈家可没剥削过俺家！俺家受地主老财家剥削过，俺可没让资本家剥削过！

安杰感激地看了江德华一眼，江德华更来劲了：哎，我说卫东啊！现在外边都在批地富反坏右，可没人批资本家吧？你为啥挑这个头呢？

江卫东一愣，马上去看江卫国。

江卫国：姑姑，这你就不对了！虽说你没被资本家剥削过，但你也不能跟资本家穿一条裤子呀！

江德华：俺啥时跟你妈穿一条裤子了？你妈的裤子俺能穿吗？

第十八集

1　晚上　安杰卧室

熄灯了，江德福躺下了，安杰坐在床边发愣。

江德福用脚踢了她一下：干吗呢？想什么呢？

安杰叹了口气：我在想我姐他们，我都这样了，她们可怎么办哪！

江德福：你都哪样儿了？你铰了几件衣服，剁了几双鞋跟，你就受不了了？

安杰：哪只这些呀！唱片也砸了，酒具、茶具、咖啡具都收起来了，家里一下子变得空空荡荡的，我的心也空了！

江德福：你们这些资产阶级真是欠改造！那些乱七八糟的东西收起来，你的心就空了？我们这些活蹦乱跳的人，还填不满你的心吗？

安杰：我不是这个意思！我的意思是，这么活着，还有什么意思！

江德福坐了起来：噢，不听京剧了，不喝咖啡了，不穿高跟鞋了，你就没法活了？活着就没意思了？

安杰：我不是这个意思！

江德福：那你是什么意思？

安杰叹了口气：现在连孩子们也敢对我指手画脚了，我连吭也不能吭了。

江德福：他们还不懂事，等大了就好了。

安杰：他们什么时候能长大呀？这日子什么时候是个头哇！

江德福看了她一眼，安杰吓得捂住了嘴。

2　早晨　安杰卧室

两口子起床在穿衣服。

江德福：你看我这脑子，老觉得有什么事要告诉你，老是忘。

安杰：什么事？

江德福：老丁要来了。

安杰：哪个老丁？

江德福：哪个老丁？你认识几个老丁？青岛的老丁！炮校的老丁！

安杰：真的？他来干什么？

江德福：他来工作呗！他调到我们司令部当副参谋长了。

安杰：副参谋长？副参谋长不是正团吗？

江德福：是正团。

安杰：他怎么？

江德福：具体情况还不知道。炮校下来了一批干部，守备师就分了两个，老丁是其中的一个。我就知道这些，只能告诉你这些。

安杰：那王秀娥一起来吗？

江德福：当然要一起来了，这批干部是家随人搬，要一步到位。

安杰：我们有多少年没见了？

江德福：十多年了。

安杰：你这样猛地一提他们，我还挺想他们呢！恨不能马上见到他们！

江德福：他们明天就到。到了你帮他们好好归置归置家，这方面你是专家。

安杰：这还用你说？我肯定会全力以赴帮忙的！我现在一闭上眼睛，眼前就浮现老丁两口子帮我捆箱子的情景，绳子断了，他俩人仰马翻。

江德福：行了！你快睁开眼吧！赶快下地做饭吧！

安杰：德华呢？

江德福：我的记性不好，你的记性更差！你忘了，昨晚她就告诉你了，今天早晨退大潮，她跟张桂英赶海去了！

安杰：她们怎么那么爱赶海！有瘾了！尤其张桂英，哪像个政委家属，晒得黑乎乎的，简直就是个渔民的老婆！

江德福：是谁的老婆，也得做饭呢！你快做饭去吧！

3　白天　安杰家饭桌上

安杰问江卫国：你今天干什么？

江卫国：不干什么。

安杰：不干什么帮我挑一缸水，我要洗床单。

江卫国：不是有自来水吗？干吗非让我挑水！

安杰：自来水太硬，不能洗衣服。

江卫国：自来水都能喝，怎么不能洗衣服？

安杰拍了桌子：我说不能洗就是不能洗！你少啰唆！你上次把我

的衣服偷出去，惹了那么大的祸，我还没找你算账呢！

江德福放下碗：你这人也是！怎么老是秋后算账呢？你让他挑水就挑水，干吗翻老账呢？

安杰：你看他挑吗？

江德福问卫国：你挑吗？

江卫国：不翻老账我就挑！

安杰：好！我不翻老账！

江卫国：不行，你已经翻了！

安杰：你不挑是不是？

江卫国：我不挑！

安杰抬头看江德福，正要离开饭桌的江德福弯下腰对江卫国耳语了几句，江卫国欢天喜地地跳了起来：好好！我去挑！我去挑！我现在就去挑。

江卫国挑着桶走出院子，安杰目送着他，一脸莫名其妙，问江德福：你对他说什么了？灌什么迷魂汤了？

江德福笑了：我告诉他，明天有两条德国警犬要进岛，放到警卫连，可以让他玩儿。

安杰：明天不是老丁要来吗？

江德福：老丁要来，警犬就不能来了？真是的！

安杰笑了：我不是这个意思，我是说，怎么突然来两条警犬呢？

江德福：这些警犬本来是破案的，现在不让狗破案了，公安局也用不着它们了，所以就发配到岛上了。你别小看这些狗，人家都有户口！城市户口！还带口粮呢！哎，对了，它们还是你的老乡呢！

安杰：它们不是德国狗吗？怎么会是我的老乡？

江德福：但它们是从青岛来的呀，跟你从一个地方来的！

安杰：去你的！

江亚菲：妈妈，老丁是谁？

江卫民：你傻呀！听了半天还听不明白！老丁是条狗！一条狗的名字叫老丁！对不对，爸爸？

江德福重重地拍了他头一下：你才傻呢！听了半天都听些什么？乱套了！

4 白天 路上

江德福和王政委边走边聊，迎面碰上挑水的安杰。

江德福：哎，卫国不是挑了一缸水吗？

安杰白了他一眼：一缸水哪够！

江德福：你非洗那么多吗？

安杰又白了他一眼，从他们身边走过。

王政委在一旁笑。

江德福：你笑什么？

王政委摇头：真是卤水点豆腐哇！

江德福：谁是卤水？谁是豆腐？

王政委只笑不回答。

江德华和张桂英一人挎了个篮子迎面走来，张桂英浑身上下都湿着，像个落汤鸡。

王政委眉头紧皱：怎么回事？

张桂英只笑不回答。

江德华代她说：俺嫂子掉海里了，差点儿没淹死！

王政委"哼"了一声，从张桂英身边走过。

张桂英在他身边喊：你哼啥？有啥好哼的！

江德福在一旁笑出声来，王政委看了他一眼。

江德福：谁是卤水？谁是豆腐？

5　白天　吉普车里

江德华坐在前边，江德福和安杰坐在后边。

江德华大叫：看！那不是葛老师吗？

前方不远处，葛老师和一个中年妇女抬着一筐东西，吃力地走着。葛老师没有了大辫子，头上包了条绿色的头巾，将脸遮挡得严严实实。

汽车从葛老师身边驶过，安杰目不转睛地注视着她。葛老师也看见了车里的安杰，马上转移视线，安杰也慌乱地假装看向江德福，江德福正怜爱地注视着她。安杰朝他身边靠了靠，悄悄地握住了他的手。江德福笑了，笑得很满足。

江德华又大叫起来：看！她抬大粪！嫂子，葛老师在抬大粪！

江德华说着回过头去看安杰，安杰慌忙松开了紧握着江德福的手。

江德福沉下了脸：你吵吵什么？没人把你当哑巴！

6　白天　码头上

安杰下了车，见江卫东、江亚菲和江亚宁都在码头上。

安杰问江卫东：你哥呢？

江亚宁抢着答：大哥在那儿！

安杰顺着江亚宁的小手，看见江卫国正在电线杆上翘首瞭望，他一只手抱着电线杆，一只手遮住额头，一副急不可待的样子。

江卫国突然大叫：看！船来了！

码头上的人先是被吓了一跳，继而都笑了。

7　白天　码头上

江德华：卫国，你就那么喜欢狗吗？

江卫国：姑姑，跟你说多少遍了，你怎么就是记不住呢？那不是狗，那是警犬！

江德华没好气：犬不就是狗吗？狗不就是犬吗？

江卫国摇头，小声嘀咕：跟这没文化的人说话，真费事！

江亚菲大声告状：姑姑，他说你没文化！

江德华生气了：有文化有什么用？该抬大粪还要抬大粪！

孩子们听得莫名其妙，但都哈哈大笑。

汽笛阵阵，船越来越近了。

江卫国兴奋地大叫：看！德国黑贝！

江德福没听清：德国什么？

江卫国：德国黑贝！那两只警犬是黑贝，是世界名犬！

江德福：谁告诉你的？

江卫国：警卫连长！

军船越来越近了，两只黑贝威风凛凛地立在船头，码头上的孩子们沸腾了。

江德华手一指，大喊：看！老丁！

江德福：看见了！谁又不瞎！

江德华不高兴了：谁说你瞎了？

江德福语重心长：公共场合，不要大喊大叫！

江德华：谁大喊大叫了？

安杰：公共场合，不要没完没了！

江家兄妹都住口了，都不满意的样子。

安杰：哎，大嫂呢？王秀娥呢？

江德华率先沉不住气：对呀，怎么不见大嫂呢？她没来吗？

安杰：可能是晕船吧？在舱里躺着吧？

江德华：还真是呢！一般人都会晕船！

安杰：你是二般人，所以你不晕船！

江德福：公共场合，不要没完没了！

安杰笑了，白了他一眼。

江德华撇嘴。

江亚菲：姑姑，你撇什么嘴？

江德华：我的嘴，我爱撇！

江亚菲：妈，我姑在撇嘴！

安杰：人家的嘴，人家爱撇！你管了！

江亚菲：真是好心没好报！

江德福哈哈大笑。

8 白天 船头

两名战士分别牵着两只黑贝，他们望着码头上欢呼雀跃的男孩子们，高兴地笑了。

战士甲拍了拍黑贝：伙计，你行啊！排场够大的！

战士乙：军区慰问团下来，也没受过这种待遇！

战士甲：你小子，哪能这么比！

战士乙：怎么不能比？慰问团下来是组织人欢迎的，这些小孩儿是组织来的吗？

战士甲：这倒是。

9　白天　船尾

老丁站在船尾，看到了哈哈大笑的江德福，心里很不是滋味。

三样（十七八岁）挤过来：爸，那个笑的人是江叔叔吧？

老丁：你还记得他？

三样：咱家有他的照片，他跟照片上一模一样。

四样（十三四岁）：废话！他的照片，能不一模一样嘛！

三样打了他一下：你说谁废话？

四样：我说你废话！

三样又打了他一下。

四样：爸！你看他！

老丁：别闹了！一会儿见人要有礼貌！

三样和四样异口同声：知道啦！

10　白天　码头上

船刚一靠码头，孩子们争先恐后地往船上挤，把准备下船的老丁挤得都站不稳了，江德福又哈哈大笑。

老丁上了码头，江德福上来就给了他一拳，竟把他打得一个趔趄。

江德福笑了：你小子！这么不禁打了！

老丁笑了一下，什么话也没说。

江德福：奶奶的！这么多人来欢迎你，你就笑一下呀？

老丁：奶奶的，是来接我的吗？是来接狗的吧！

大家都笑了，气氛一下子热烈了。

江德福给老丁介绍前来迎接的一干人马：这是陈参谋长，这是柳副参谋长，这是作训科的左科长，这是军务科的钱科长……

轮到介绍安杰时，江德福：这个我就不用介绍了吧？

安杰：丁大哥，您好！

江德华挤上来：大哥，还记得我吗？

老丁笑了：记得！记得！怎么不记得！

老丁招呼身后的儿子：来来，叫人！这是小安阿姨！

安杰高兴地：不能再叫小安阿姨了！

江德福也笑：那就叫老安阿姨！

安杰：去你的！叫安阿姨就行了！

两个儿子：安阿姨。

老丁指着江德华：这是姑姑，叫姑姑。

两个儿子：姑姑。

江德华高兴地看着其中一个：你是二样，（看向另一个）你是三样吧？

三样：不是，我是三样，他是四样。大样当兵了，二样回老家照顾俺爷爷奶奶了。

江德华：噢，这是四样呀！我还奇怪呢，这么多年，咋就没长大呢！你妈呢？

四样低下头不吭声，连三样也不说话了。

老丁叹了口气：他妈不在了，生他的时候难产，大出血。

安杰等人都大吃一惊。

11　白天　操场上

江卫国穿了身马裤呢军装，戴了顶钢盔，套了双高腰雨靴，牵着黑贝，汗流浃背地站在检阅台上，接受台下孩子们的欢呼。

赵建国：江卫国，你应该背着手，挺着胸，（赵建国示范）应该这样！

男孩儿甲：不对！那是国民党军官！（男孩儿甲掐着腰示范）共产党军官应该这样！

江卫国先背着手，挺着胸，台下的孩子们齐声大喊：不像！

江卫国又掐着腰，挺立着，台下的孩子们更大声：更不像。

孩子们笑成一团，赵建国边喊"我来教你"边往台子上爬。

江卫国牵着黑贝过来阻止他，黑贝往那一站，赵建国就摔了下去，孩子们笑得更欢了。

远处一辆吉普车开过来，江卫东眼尖，大喊一声：不好！爸爸来了！

江卫国扭头一看，吓得拉着狗仓皇逃窜，由于雨靴太笨了，跑不快，只得任由跑在前边的狗拖着他，狼狈至极，孩子们笑倒了一片。

吉普车开过来，停下。车窗开了，江德福上下打量着江卫国：你这是什么打扮？

江卫国：我们在闹着玩儿。

江德福：你上次把你妈的衣服拿出来，闯了那么大的祸，怎么不接受教训呢？

江卫国：我妈的衣服是四旧，你这衣服又不是！

江德福：你还挺有理的！快回去脱了！免得你妈新账老账跟你一起算！

江卫国：哎。

吉普车开走了，江卫东和赵建国跟了上来。

江卫东：挨骂了吧？

江卫国：我挨骂你高兴啊？

江卫东：我高兴什么？关我什么事？

赵建国：我看你爸好像没发火呀？

江卫国：当然没发火了！他发什么火呀！

江卫东：那你跑什么？

江卫国瞪眼：滚一边去！老子愿跑！

赵建国：你干什么去？

江卫国：我回去换衣服，热死我了！

赵建国和江卫东交换了个眼色，抿着嘴笑了。

江卫国：你们笑什么？

赵建国：你没挨骂，我们替你高兴。

江卫东：就是！

江卫国上下打量着他俩：你俩给我老实点儿，别惹我不高兴！我能饶过你们，我的黑贝可饶不过你们！

赵建国和江卫东赶紧学汉奸那样点头。

赵建国：太君饶命！太君饶命！

江卫国笑了：老子是共军！不是太君！

赵建国：你这身打扮哪是共军，是国军！

江家兄弟异口同声：你放屁！

12　白天　山下路口

三人走到路口，碰到了背着柴草的懒肉哥俩，三人停住。

江卫国站到路中央，江卫东和赵建国一边一个护在两边，前边是虎视眈眈的黑贝。

江卫国捅了赵建国一下，赵建国心领神会，大喊：干什么的？站住！

懒肉兄弟站住了，他们被大捆的柴草压弯了腰，不得不歪着脑袋看他们。

　　江卫国：敢这样看我们，大胆！

　　江卫东：就是！胆大包天！

　　赵建国：吃了豹子胆了？

　　懒肉哥将柴草放下，往地上"呸"了一口。

　　江卫东：你吐谁？

　　懒肉哥：我吐狗！

　　江卫东：吐狗也不行！

　　懒肉哥：不行也吐了！你能怎么着？

　　懒肉也将柴草放下，也重重地"呸"了一口。

　　江卫国一声冷笑：我们不能怎么着你，但这黑贝能怎么着你！你们无缘无故地呸了它，它能干吗？

　　懒肉：不能干怎么着？

　　江卫国：我也不知道，你问它吧！

　　江卫国拍了黑贝脖子一下，喊了声：上！

　　黑贝一下子跳了起来，懒肉兄弟吓得撒腿就跑。

　　三个男孩儿哈哈大笑。

　　江卫东大喊：快跑！加油！

　　江卫国踢他屁股一下：你小子给谁加油哇！

　　江卫东拍着屁股：我瞎喊呢！

　　江卫国：两军对阵，哪能瞎喊！

　　赵建国：你刚才还真让黑贝咬他们？

　　江卫国：我哪有这个胆子呀！绳子在我手里攥着呢，黑贝上不去！

　　赵建国：吓死我了，吓得我心都怦怦直跳！

江卫东：我也是！

江卫国：就你们这兔子胆，还想上前线！

江卫东：哎呀！他们的草！怎么办？

赵建国笑了：我妈今天早晨还让我上山拾草呢！这真是得来全不费功夫哇！

江卫东：这行吗？这是人家懒肉他们的草！

江卫国：这不是草！这是战利品！你俩一人一捆，背回家！

赵建国：好！得令！

13　白天　路上

江卫国牵着狗，江卫东和赵建国背着草，慢慢往回走。

赵建国从胯下望着江卫国：我俩像奴隶，你像奴隶主！

江卫国笑了：你俩像俘虏，我像押俘虏的人！

江卫东：共军优待俘虏，你却让我们背草！

江卫国：我还想让你背炮弹呢！快点儿走吧！一会儿懒肉他们该找来了！

两人一听，加快了脚步。

14　白天　家门口

江卫国拽住江卫东。

江卫东不耐烦：干吗？

江卫国：麻烦你进去侦察一下，看看妈在不在。

江卫东：我还盼着妈在呢！

江卫国：为什么？

江卫东：看我拾了这么多草！

江卫东进院了，江卫国倚在墙上等消息。

王海洋夹了本书过来了，他上下打量着江卫国，笑了。

江卫国：你笑什么？

王海洋：你知道你这身打扮像什么吗？

江卫国：像什么？

王海洋：像德国的党卫军，再配上这只德国的黑贝，更像了。

江卫国也上下打量自己。

王海洋：你再配上党卫军的见面礼。哈！希特勒！

王海洋一个立正，教江卫国党卫军的军礼。

江卫国认真地学了起来：哈！希特勒！哈！希特勒！

王海洋笑着回家去了。

江卫东出来了：妈不在，快回来吧！

江卫国：哈！希特勒！

江卫东吓了一跳！

江卫国得意地：不知道吧？这是德国党卫军的军礼，是它老乡的礼节！好看吧？

江卫东：嗯，挺好看的。

正说着，一辆吉普车停在王海洋家门口，王政委下了车。

江卫国一个立正，手一举：哈！希特勒！

王政委好像很不高兴，上下看了江卫国一眼，进了自家院子。

15　白天　外屋

江卫国和江卫东坐在饭桌前，江德华扎着围裙从厨房里出来：今天太阳是不是从西边出来的？没人赶着，你们怎么想着上山拾草了呢？

江卫国：姑姑，你别老跟我妈学，动不动就讽刺人！我们是看你太辛苦了，想替你干点儿活！

江卫东：草是我背回来的，有你什么事！

江卫国：没我的事吗？

江卫东：当然没你的事了，有你什么事呀！

江卫国：好好，你等着！你等着！

江卫东：我等着怎么了？你以为我怕你？

江卫国：你别在姑姑面前长脸！哼！狗仗人势！

江卫东：你才是呢！你是人仗狗势！哼！

江德华：又吵又吵！你们是属狗的吗？凑到一起就汪汪地咬！你们饿不饿？

江卫国和江卫东异口同声：饿！

江卫东：我饿！

江卫国：拾了一上午草，能不饿吗？

江卫东：那草是你拾的吗？

江卫国：好好好，是你拾的！你拾的！行了吧！

江卫东：姑姑，有什么吃的？

江德华：厨房里有馒头！

江卫东：馒头谁吃呀！

江德华：忘本的兔崽子！馒头都不想吃了！那你想吃什么？

江卫东：我想吃桃酥，行吗？

江德华笑了：行！看你拾草有功，给你块儿桃酥吃。

江德华从腰上取下串钥匙，打开半斗橱的柜子，给了江卫东一块儿桃酥。

江卫国蹦过来，伸出手：我呢？

江德华打了他手心一下：你拾草了吗？

江卫国：拾了！

江德华问江卫东：他拾了吗？

江卫东：拾了吧？

江德华：到底拾了没有？

江卫东点头：拾了拾了！

江德华又给了江卫国一块儿桃酥，她正要关柜门，江卫东眼疾手快，伸手将柜门挡住。

江卫东：姑姑，再给一块儿吧！

江卫国：就是！一块儿哪够吃呀！

江德华：就你们？十块儿也不够呀！行啦！解解馋就行了！

江卫东：这哪是解馋呀！这是勾馋！你把我们肚子里的馋虫勾出来了，你说怎么办吧？

江德华：拿蒜办！蹬着鼻子上脸，给脸不要脸！你放手！

江卫东放了手，江卫国在身后捂着嘴笑，江卫东气呼呼地望着他。

江卫国：得寸进尺，没有好下场！

江亚菲领着江卫民、江亚宁回来了。

江亚菲：咦？你们吃桃酥！哪儿来的？

江卫东：偷来的！

江亚菲大叫：姑姑！他们偷吃桃酥！

江德华跑出来，解腰上的钥匙：姑奶奶，别喊！别喊！都有！都有！

江德华分桃酥时，江卫东舔着手指说怪话：姑姑，你早多给我俩一块儿，我俩早回屋吃去了，还能让他们发现？你这叫偷鸡不成，（他回头问江卫国）怎么说来？

　　江卫国：多给了一把米！

　　江卫东：好像不是这么说，好像是浪费了一把米！

　　江卫国：反正就是这个意思吧！

　　外边大门响，安杰回来了，身后还跟着懒肉兄弟。

　　安杰在外边喊：江国庆！江军庆！你们给我出来！

　　江卫东：哎呀！妈呀，坏了坏了！

　　江卫国跑进自己房间，江卫东也跟了进去。

16　白天　王家院子

　　张桂英在洗衣服，王海洋在翻地。

　　安杰的叫声传来：听见没有？你们给我滚出来！

　　张桂英：这又是怎么了？

　　王海洋扛着铁锹侧耳倾听。

　　安杰的声音：你们出不出来？

　　王海洋摇头：不出来！打死也不出来！

17　白天　安杰家

　　江德华拍着江卫国他们的房门：快出去吧！躲了初一躲不了十五！

18　白天　江卫国房间

　　江卫东：出去吧，跑了和尚跑不了庙！

　　江卫国突然说：那草是你背回来的！

　　江卫东跳了起来：是你让我背回来的！

江卫国笑了：你不是跟我抢功吗？不是说没我什么事吗？

江卫东有些张口结舌：你，你！死到临头了，你还笑！

江卫国从床上站起来：革命不怕死！怕死不革命！走！出去！

19　白天　安杰家院子里

江卫国和江卫东立在那儿，怒视着懒肉兄弟。

安杰喝道：说，这草是怎么回事？！

江卫国：这草是他们扔下不要的！

懒肉哥：你放屁！谁说我们不要的！

安杰皱起了眉头。

江卫东：你放屁！哪个王八蛋跑得比兔子都快！

安杰的眉头更紧了。

懒肉：你哥放狗咬我们，我们能不跑吗？

江卫东：咬到你们了吗？没咬到你们，你们跑什么？

懒肉：我们不跑，就咬到了！

江卫东：我哥拽着绳子呢，根本咬不到你们！是你们胆小，不禁吓！跑了活该！

安杰转着脑袋到处找东西，懒肉跑进菜地里，拔下了一根搭架子的竹竿。

懒肉：安老师，给！

安老师不得不接过来，挥着竹竿：我让你放狗咬人！我让你欺负人！

江卫国跳着躲开了，向院子一角跑去，江卫东紧随其后，安杰举着竹竿满院子追着他俩打。

江卫国边跑边回头：你别老跟着我！咱俩分开跑！让妈两边追，

追不上!

江卫东掉头就向另一边跑,哪想到安杰专拣软柿子捏,很快就将江卫东堵到了鸡窝旁,一阵暴打,打得公鸡飞,母鸡叫,江卫东哇哇地哭。

江德华扑上去,夺过竹竿:娘吔! 你还真打呀!

安杰喘着粗气:我不真打还假打呀!

江卫东哭得呜呜地:你干吗光打我一个!

江卫国本来有些内疚,听江卫东这么一叫,气得往地上吐了口唾沫。

房上有笑声,江卫国抬头一看,见王海洋倚着烟筒坐着,正在看热闹。

20　白天　房顶上

王海洋行了个党卫军礼,小声说:哈! 希特勒!

江卫国笑了:哈你个头!

21　白天　安杰家院子里

江德华握着竹竿朝懒肉兄弟走去,兄弟俩往后退。

懒肉大声地:你想干什么?

江德华笑了:我想揍你们! 行啦! 你们满意了吧? 快背上你们的草走吧!

懒肉哥:我们还有一捆草呢,一共两捆草!

江德华回头去问江卫国:是吗? 那捆草呢?

江卫国:那捆草让赵建国背走了。

江德华:听见了吧? 你们上赵建国家要去吧!

懒肉哥：赵建国家我们不知道在哪儿！

江德华：那你们咋知道俺家呢？

懒肉：你家是司令家，全岛都知道！

江德华又笑了：俺家咋这么倒霉！连个坏事也没法做！国庆，噢不，卫国，你带他们去！

江卫国仰望着王海洋，意思很明白。

王海洋笑了，爬起来，站在房顶上，向下边行了个举手礼，大声说：哈！希特勒！

22　傍晚　安杰家厨房

安杰扎着围裙在擀面条，她似乎不会擀，擀得很费劲。

江亚菲跑过来：妈，什么时候吃饭，我都饿了！

安杰：快了！马上就好！

江亚菲：还这么厚呢，哪能马上就好？

安杰：你姑和的面太硬了，不好擀，擀不动！

江亚菲：我姑说，擀面条的面就是要硬的！是你不会擀，还赖面！

安杰：去去去，一边待着去！别烦我！

江亚菲：你快点儿吧！饿死我了！

安杰：一顿不吃，饿不死你！

江亚宁跑过来：妈，我也饿了，我肚子都叫了，不信你听！

江亚宁凑过去让安杰听她肚子叫，安杰正在挑着面看，面一下子破了个大洞，安杰恼羞成怒，大叫：催！催！你们是饿死鬼托生的吗？再让你们催！这下谁也吃不成了！

江亚菲：你不会擀面条，还有脸赖我们！

安杰抄起擀面杖：你是不是想找打呀？

江亚菲拔腿就跑。

23　傍晚　安杰家门口

江亚菲在门口跟江德福撞了个正着。

江德福：跑什么！跑什么！

江亚宁：妈妈要打姐姐，用擀面杖打。

江德福拍着江亚宁的头：你妈是后妈吗？

江亚菲：比后妈还狠毒呢！

安杰举着擀面杖出来了。

江德福笑了：的确比后妈还狠毒！晚上吃面条吗？

安杰"哼"了一声，进了厨房。

江德福问：你妈怎么了？谁又惹她了？

江亚菲：谁也没惹她！是面惹她了！她说姑姑和的面太硬了，擀不动，不好擀！

江亚宁：面破了个大洞，妈妈就生气了！

江德福大声地：当然要生气了，好不容易擀好了，又破了个大洞，换谁谁不生气啊！

24　傍晚　安杰家厨房

江德福拍着安杰的后背：老婆子，你气得有理，气得对！我支持你！

安杰瞅着他，这才有了笑。

江德福：德华呢？

第十八集

安杰斜眼望他：你说呢？

江德福：又过去帮忙了？你有什么意见吗？

安杰：我能有什么意见？帮得好！帮得对！只是……

江德福：只是什么？

安杰：这孤男寡女的，老这样也不是个事呀，别人会说闲话的！

江德福：别人还没说闲话呢，你先说了！像话吗？

安杰：说正经的，你就不能跟老丁提提吗？德华挺乐意的，你没看她三天两头往人家家跑吗？

江德福：我又不瞎，我又不是看不出！她那是剃头挑子一头热，我有什么办法？

安杰：那老丁都这样了，他还想找什么样儿的？

江德福皱起了眉头：人家老丁哪样儿了？

安杰：一个鳏夫，带着四个大儿子，他还想找个大姑娘啊？

江德福：你说老丁是什么夫？

安杰笑了：我说老丁是鳏夫！不对吗？

江德福：鳏夫是干什么的？

安杰：鳏夫是死了老婆的男人！老丁不是吗？

江德福：是也别说得这么难听呀！

安杰：这是最文明的说法了，你懂不懂？

江德福：我不懂！反正我听着不顺耳！你以后别叫他鳏夫！

安杰：不叫他鳏夫叫他什么？

江德福：叫他老丁！

江亚宁进来：妈，什么时候吃饭，饿死我了！

安杰：还要等一会儿呢，你吃个馒头先垫垫吧！

江亚菲在江亚宁身后：你不是不让吃凉东西吗？

安杰转过身：你怎么这么听我的话了？

江亚菲：那我以后可以不听你的话了？

安杰转身又抄起擀面杖，被江德福按住：你现在怎么动不动就打人呢？

江卫东突然出现：就是！简直就是个军阀！

安杰又要拿擀面杖，又被江德福按住。

安杰：你放开手！

江德福笑了：行了，军阀！军阀作风要不得！

江卫东高呼：打倒军阀！

孩子们一起振臂高呼：打倒军阀！

江卫东又喊：把军阀打翻在地，再踏上一只脚！

孩子们不敢跟着喊了，都回头去看安杰。

安杰扑哧一声笑了。

江亚宁：妈，饿死我了！饿得我都想哭了！

安杰：那怎么办？馒头你们又不吃，这又过了打饭的点了，你们说怎么办？

江亚菲将江卫民拖到一边，耳语了几句。

江卫民挤到门口：先让我们吃块儿桃酥垫垫！

安杰冷笑：你们的条件还挺高！那就饿着吧！

江德福：不就是想吃桃酥吗？怎么就不行？

安杰：我倒是想给他们吃呀，可桃酥都锁着呢，我没钥匙！钥匙在你妹妹那！

江卫东：我找姑姑要钥匙去！

25　傍晚　安杰家饭桌上

大家在吃面条。

安杰：怎么盆里的肉下得那么快！

江卫东在桌下踢了江卫国一下，江卫国反踢了他一下。

江亚菲：你是不是怀疑我姑姑偷肉吃？

安杰的筷子敲到了江亚菲头上：我让你胡说八道！

江德福不高兴了：越说你还越来劲了！你怎么动不动就打人呢？

江亚菲丢下饭碗，哭着跑开了。

安杰：她本来没事，让你一说她倒有事了！我管孩子的时候你少插嘴！

江德福：有你这么管孩子的吗？张口就骂，抬手就打！

江卫东小声地：妈就这样！老这样！

江德福：你们闭嘴！

26　晚上　安杰家卧室

江德福躺下了，安杰站在床边抹雪花膏：哎，我去跟老丁提提吧？

江德福：提什么？

安杰：你别明知故问！你说我提什么？

江德福叹了口气：你以为我不愿德华嫁老丁啊？我比谁都愿意！德华现在是我的一块儿心病，她什么时候结婚嫁人，我什么时候轻松！老丁是最好的人选，大家知根知底的，最保险！

安杰：说得是呀！所以咱们要促成这门亲事呀！

江德福：老丁是个什么人？我比谁都了解！胃里有半瓶墨水，肚子里有一肚子花花肠子！

安杰：老丁花吗？老丁不花！

江德福：他倒是想花！他敢花吗？其实是人哪个不想花呀？敢花的也就那几个，还都没啥好下场！

安杰：这么说，你也想花？

江德福：我哪想花！我是个例外！我有你这样的老婆就够了！我要是再有那花花肠子，别说你不干了，连老天爷都不干！

安杰笑了：谁信呢！

江德福：我不用你信，我自己信就行了！老丁就是不服气我这点，像我这么个没文化的大老粗，娶了你这么漂亮又有文化的老婆，男男女女的生了一大群，还有个双胞胎，还是个花棒！他能服气吗？他好歹也念过几年书，好歹也算个知识分子吧？他怎么就不能娶个城市的、漂亮的、有文化的老婆呢？以前他是父母包办没办法，现在自由了，你说，他能再重蹈覆辙，再去吃那二茬苦、受那二重罪吗？

安杰：话是这样说，但我们总是要试试吧？万一呢？万一人家老丁不是那种人，万一人家同意了呢？

江德福：你这是白日做梦！你愿试你就试吧！你不碰个头破血流你是不死心！

灯又开始一明一暗地给信号了，安杰慌忙上了床，去掀江德福的被子。

江德福：你要干什么？

安杰：你说我要干什么？

江德福乐了：这可是你自投罗网的！

安杰：我要试试你还有多少花花肠子！

江德福笑了：来吧！试试吧！欢迎来试！

27　白天　篮球场

江亚菲跟几个女孩儿在跳房子玩，一个女孩儿跑了过来：江亚菲，你妈买桃酥了！

江亚菲头都不抬：买呗！

女孩儿：你知道你妈买了多少桃酥吗？

江亚菲：买了多少？

女孩儿：十包！买了十包！一下买了十包呀！

女孩儿们停止了跳跃，江亚菲也抬起了头：真的？

女孩儿：我骗你干吗？我亲眼看见的！

江亚菲撒腿就往回跑。

一个女孩儿冲她喊：你还干不干了？

江亚菲边跑边喊：我一会儿就回来！

28　白天　马路上

江亚菲在飞奔，半路碰上了江卫东和江卫民。

江卫东：江亚菲，你跑什么？

江亚菲：回家看看吧，咱妈买了十包桃酥！

江卫东和江卫民互相看了一眼，撒腿就跑。

29　白天　犬舍

江卫国和赵建国在打扫犬舍，江卫国干得很认真，赵建国却东张西望，突然发现了路上奔跑的江家兄妹。

赵建国：哎，你看你看，你家是不是出事了？

江卫国：你家才出事了呢！

赵建国：真的真的！你看你弟你妹他们正往家跑呢！

江卫国抬头一看，马上慌了，丢掉扫帚，撒腿就跑。

30　白天　安杰家

江亚菲一头闯了进来，江卫东、江卫民紧随其后，三人累得说不出话来。

安杰正在脸盆里洗手，奇怪地望着他们。江德华从院子里跟进来，手里握着刚拣的鸡蛋。

安杰：怎么了？你们又惹什么祸了？

安杰向外边张望，这时江卫国又从门外跑了进来。安杰这下真有点儿紧张了，她望着江德华，都有点儿傻了。

江亚菲：妈，听说你买了十包桃酥，在哪儿？

安杰松了口气，用手里的毛巾抽亚菲：你是黑贝呀，鼻子这么灵！

江卫国跑进来，喘着粗气问：怎么啦？出什么事了？

江卫民喊：咱妈买了十包桃酥！

江卫国一下子蹲到地上，又坐下，将两腿伸得老长。

安杰踢了他一脚：起来！不用你洗衣服啊！

江亚菲：妈，你为什么一下买十包桃酥呢？

安杰：你们不是嫌我跟姑姑管得宽吗？不是嫌把桃酥锁起来吗？从今以后，每人每月一包桃酥，各管各的，吃完了拉倒！

孩子们欢呼起来，江卫国也从地上爬了起来。

孩子们每人领了一份儿桃酥，马上就开包吃了起来。

江德华：省着点儿吃，一个月呢！

安杰：别管他们！今天都吃完才好呢！省心了！

江卫东数了数剩下的：一二三四五，剩下这么多给谁吃呀？

安杰没好气：你爹你妈你姑姑没长嘴呀？我们不能吃吗？

江卫东：你三个人吃五包哇？凭什么？这不是多吃多占吗？

安杰：多吃多占怎么了？不行吗？

孩子们异口同声：不行！

31　白天　马路上

安杰在前边快走，江德福在后边快追。

江德福：你走这么快干什么？还挺能走！

安杰：今天德华给老丁家洗床单，不能做午饭了，我要赶回去做午饭！免得你们集体喊饿！

江德福：你什么时候跟老丁提？

安杰：你看我有机会提吗？德华现在像长在老丁家似的，我当着她面怎么提？

江德福：要提就快提！免得夜长梦多！

安杰：怎么个夜长梦多法？

江德福停下来：你说呢？

安杰笑了：叫我说夜长梦多更好！我还巴不得夜长梦多呢！到时候老丁还想耍赖？还想不干？

江德福：你看你想哪去了！一个女人家，也这么多花花肠子！

安杰：那你说的夜长梦多是什么意思？

江德福：什么意思？免得德华越陷越深拔不出来！免得别人说三道四，她又嫁不出去，我们脸面也没地方放！弄不好，再跟老丁闹翻了，划不来！

安杰直点头：有道理，有道理！想不到哇，老江！想不到你肚子里的花花肠子也不少嘛!

江德福:我这是花花肠子吗?我这是战略肠子!是战术肠子!今儿晚上你就去跟老丁摊牌,行就行,不行就拉倒!不行就不让德华往他那跑了,瞎费什么功夫!

安杰笑了:你们还战友呢,就这样战友哇?

江德福:德华还是我妹呢!妹妹总比战友亲吧?

32 傍晚 安杰家外屋

饭桌上,一家人在吃晚饭。

江德华端上一盘菜:怪事,盆子里的肉怎么好像少了?

江卫国看了江卫东一眼,江卫东笑了。

安杰:卫东,你笑什么?

江卫东:我高兴笑!

安杰:你高兴什么?

江卫东:我哥答应把他新做的弹弓给我,是吧,哥?

江卫国嘴上答应,脚下踢了一下。

江卫民:哎呀!谁踢我?

大家互相看,江卫国也到处乱看,江卫东又笑了。

33 晚上 江卫国、江卫东房间

江卫国躺在床上,江卫东坐在桌子上。

江卫国:你小子,你知道你这叫什么吗?

江卫东:叫什么?

江卫国:叫讹诈!卑鄙的讹诈!

江卫东:你是不是想变卦?

江卫国：什么变卦？我压根儿就没答应过你！

江卫东：你答应了！你在饭桌上答应了！

江卫国坐了起来：江卫东，我发现你是个无赖！

江卫东笑了：无赖就无赖！只要你把弹弓给我，我当什么都行！

江卫国：当无赖也行？

江卫东：行！

江卫国：当汉奸也行？

江卫东：行！

江卫国：当叛徒也行？

江卫东：行！哎不不不，不行！不行！当什么也决不当叛徒！这点你放心！

江卫国：这还差不多！

江卫东伸出手来：给我吧！

江卫国：不行！哪这么容易就给你！你要再替我干件事！

江卫东：什么事？

江卫国：你去给黑贝搞点儿吃的！

江卫东：什么吃的？

江卫国：废话！当然是肉了！别的还用你搞！

江卫东：再搞就要被发现了！

江卫国：反正快要被发现了，能搞一次算一次！

江卫东：好吧，我先出去侦察一下。

江卫东跳下桌子，开了门，外边突然一声尖叫，只见江卫东揪着江卫民的耳朵进来了。

江卫东：这小子在门外偷听！

江卫国：谁派你来的？

江卫民：没人派我来。

江卫东一拍桌子：胡说！那你干吗在外边偷听？

江卫民：我本来没想偷听，我刚要进来，听见你们在里边说偷肉的事，我就偷偷听了一会儿。

江卫东：你都听见了？

江卫民：都听见了。

江卫东问江卫国：他都听见了，怎么办？

江卫国一摆头，像电影上那样：把他干掉！

江卫东一个立正，行举手礼：哈！希特勒！

江卫东掐住江卫民的脖子，江卫民笑得倒在地上。

江亚宁跑过来，挤在门口：你们在干吗？

江卫东一脚踢上门：我们没干吗！

江亚宁吓了一跳，咧开嘴哭了。

34 晚上 安杰家客厅

江德福和江德华在下跳棋,江亚宁哭着进来:爸爸,他们欺负我！

江德福：谁呀？谁敢欺负你？

江亚宁：哥哥！

江德福：哪个哥哥？

江亚宁：哪个哥哥都欺负我！

江德福大喊：江国庆！

江卫国跑了过来：爸，纠正你多少次了，我叫江卫国，不叫江国庆！

江德福：你欺负你妹妹了？

江卫国：没有哇？谁说的？

35 晚上 安杰家厨房里

江卫东在偷炒得半生不熟的猪肉,江卫民在门口望风。

江卫民小声地:好了没有?

江卫东:就好!就好!

江卫民:坏了!坏了!

江卫东:怎么啦?

门外响起了江亚菲的声音:好哇!肉原来是你们偷的!

江卫东吓得手里的碗掉到了地上,摔得粉碎。

36 晚上 安杰家客厅

江德华停下手里的棋子,侧耳倾听。

江德华:这什么声音?卫国你看看去。

江卫国:好!

37 晚上 安杰家厨房

厨房里没开灯,黑咕隆咚的。

江卫东在给江亚菲做工作:上次你们班的小地主,把癞蛤蟆放到你的铅笔盒里,不是黑贝替你报的仇哇?你忘了,把小地主吓得差点儿尿裤子?

江亚菲:……

江卫东:人家黑贝对你那么好,给人家点儿肉吃,你还不让了啊?

江亚菲:谁不让了?

38 晚上 安杰家厨房外

江卫国吓得直拍胸口,听到这儿,笑了。

39 晚上 老丁家

安杰和老丁坐在那儿,话不投机的样子。

安杰站了起来:那我就走了,今天的话就当我没说,打扰了!

老丁站起来送客:那我就不送了。

安杰冷若冰霜:不必客气!

安杰气呼呼地走了,老丁长出了一口气。

40 晚上 路上

江家三兄弟端着肉碗一路小跑,江卫东眼尖,发现了情况:快躲起来!快隐蔽!前边是咱妈!

三兄弟一眨眼就跳进了路边的树丛里。

安杰走了过来,阴了张脸,满脸不高兴。

江卫民小声地:谁惹咱妈了?

江卫国捂住了江卫民的嘴。

安杰走远后,三兄弟跳了出来。

江卫民:哎呀大哥,你差点儿把我捂死!

江卫东:哎呀!差点儿把我馋死!这肉真香啊!

41 晚上 安杰家客厅

安杰回来了,强打精神,挤出笑容:下棋呢。

江德华:嫂子,你干吗去了?

安杰:我忘了个东西,到学校拿去了。

江德华：拿回来了吗？东西呢？

江德福将棋子搞乱，站了起来。

江德华：哎，你怎么不下了？你不是要跟我下十盘吗？

江德福没好气地：我还跟你下二十盘呢！

江德福离开了，安杰也离开了。

江德华对身边的江亚宁说：你爸赖皮！

江亚宁点头：对！我爸赖皮！

第十九集

1 晚上 安杰卧室

江德福坐在床边,听安杰汇报。

安杰:气死我了!他说他现在还没有续弦的打算!德行!

江德福:他说他没什么打算?

安杰:续弦!就是再娶老婆,再结婚的意思!

江德福:我还不知道续弦是再娶老婆再结婚的意思!用得着你给我解释!

安杰:那你问什么?

江德福:我没听清!

安杰扭头就走。

江德福:唉,你干什么去?

安杰头也不回:我喝水去!

安杰再进来时手里捧着一杯水。

江德福:你这个媒人,在人家家连杯水也没捞着喝?

安杰:我才不稀得喝他家的水呢!请我喝,我也不喝!

江德福：碰了一鼻子灰，嘴还这么硬！

安杰：不硬怎么办呢？难道我能跪下求人家吗？

江德福：当然不能了！你没给我丢人吧？

安杰：我怎么会给你丢人呢？最后我站起身来，义正词严地对老丁说"那我就走了！今天的话就当我没说！打扰了！"

江德福：打扰什么！跟他还用说打扰！

安杰：我这是有理、有力、有节。

江德福：好好好，你说得好！老丁呢？老丁说什么了？

安杰：老丁才不是东西呢！老丁站起来说"那我就不送了！"好像谁稀罕他送似的！

江德福：你呢？你说什么了？

安杰：我说，不必客气！然后扬长而去！

江德福：这个老丁，真是不识抬举！

安杰：就是！不过，老丁也怪可怜的。灯光下，看他胡子拉碴、无精打采的样子，我真有点儿于心不忍了。王秀娥活着的时候，他虽然不如意，但好歹还是个家。人家王秀娥把他伺候得红光满面的。你看他现在，面黄肌瘦的，像个穷困潦倒的穷光蛋！

江德福看了她一眼。

安杰：你看我干吗？穷光蛋许你们说，不许我说呀！

江德福：许你说！许你说！谁不让你说了？哎，你上次说老丁是什么来着？

安杰：我说他什么了？

江德福：就是死了老婆那种。

安杰笑了：噢，鳏夫啊！

江德福：对！鳏夫！老丁这个鳏夫！真是个鳏夫！让他一辈子当

鳏夫!

安杰笑弯了腰,门开了,江德华进来了。

江德福有些紧张:你怎么不敲门?

江德华:还没到睡觉的时间,敲什么门!嫂子,你刚才笑什么?

江德福:你嫂子笑什么,还用跟你汇报?

江德华:我又没问你!

江德福:有事吗?

江德华:有事!

江德福:什么事?

江德华:嫂子,我记得你哥给过俺哥一床狗皮褥子?

安杰:好像是。

江德华:怎么是好像是呢?我记得清清楚楚的,就是!

江德福:就算是,怎么啦?

江德华:能不能借给老丁用?他有关节炎,岛上又这么潮,容易犯。

江德福一下火了:他犯不犯关你什么事?用你这么瞎操心?

江德华愣了:你咋啦?他不是你老战友吗?不是你让俺多关心他的吗?

江德福:我让你关心,也没让你关心到这个程度!冬天还没到呢,就惦记上我的狗皮褥子啦!我告诉你,你以后少往老丁那儿跑!你知不知道都有人说闲话了?

江德华:说啥闲话了?

江德福:说啥闲话你别管,反正不好听!

江德华:俺身正不怕影子斜!俺又没做啥丢人的事,俺怕啥闲话不闲话的!

江德福:德华,你行啊!还会说身正不怕影子斜了!我告诉你,你以后别再跟老丁来往了!我这是为你好,你听我的没错!

江德华:你是为俺啥好?你给俺说说清楚,你咋为俺好?

江德福正要说,来电话了。

江德福接电话:好,接过来。什么?好,我马上到!

江德福放下电话,拿起军帽就往外走,边走边说:你们先睡,别等我了!

江德福走了,江德华又去看安杰,安杰吓得不敢看她的眼睛。

江德华:不对,嫂子,你们有啥事瞒着我。

安杰:没有!没有!没事瞒着你!

江德华:你别骗我了!你不会骗人,一骗人,眼睛就不敢看人!你现在又不敢看我了!

安杰笑了:我干吗不敢看你?我这不是看了吗?

江德华:真的没事?

安杰:真没事!

江德华:没事就好!没事就把狗皮褥子借给老丁吧?

安杰:那,那什么,那就借呗!

江德华笑了:还是你大方,俺哥就不如你!

江德华走后,安杰铺床准备睡觉,铺了一半觉得不对,想了想,跑了出去。

2 晚上 储藏室里

江德华在翻箱倒柜。安杰进来了,她站在那儿不说话,面露不满之色。

江德华:你不是都答应了吗?想后悔?

安杰：你至于吗？至于这么火急火燎吗？

江德华：早给早踏实，免得俺哥叽叽歪歪！

安杰：……

3　晚上　安杰卧室

江德福回来了。

安杰：怎么这么快就回来了？

江德福：嗐！扯淡的事！说东山发现有人打信号灯，到山上抓起来一看，是个逮猫头鹰的人。用语录皮套着手电，去晃猫头鹰的眼睛，岂不知逮猫头鹰不用那样，用手电直接照就行了！

安杰：后来怎么了？

江德福：我说教育教育放了算了，王政委不干，非要把人交到公社去！我懒得管他，先回来了。

安杰：王政委的警惕性高，不像你！

江德福：一个十七八岁的毛孩子，能有什么反动动机？吓得小脸蜡黄，老王就是能大惊小怪。哎，我看德华屋里开着门，人不在，哪儿去了？

安杰：给老丁送狗皮褥子去了！

江德福：什么？你没拦着她？

安杰：我怎么拦她？我能告诉她人家老丁看不上她吗？

江德福：那也不该让她这么晚去呀！

安杰：她怕你回来不让她送，先下手为强！

江德福：这个傻女人！

安杰：这就是女人的一往情深，你们男人不会理解的。

4　晚上　路上

江家三兄弟勾肩搭背地往家走，这次是江卫民眼尖。

江卫民：你们看，姑姑！

江卫东：是姑姑，姑姑扛着什么东西？

江卫民：咱们再隐蔽吧？

三兄弟又跳进路边的树丛中。

江德华扛着狗皮褥子走过来，她看着像刚打过架似的，一脸愤怒。

江卫民：姑姑跟谁打架了？

江卫东笑了：姑姑扛的什么东西？像炮弹似的。

江卫国：大概炮弹没派上用场，姑姑失败而归。

江卫民：姑姑上哪儿了？跟谁打架了？

江卫东拍着他的脑袋：笨蛋！肯定是丁叔叔！姑姑现在动不动就往他家跑，去给他家干活！

江卫民：是不是姑姑活没干好，被丁叔叔训了？

江卫东：丁叔叔凭什么训姑姑？姑姑给他家干活，一分钱也不要，他还敢训姑姑，我跟他拼了！

江卫民：你可真没良心，还想跟丁叔叔拼，你忘了你是丁叔叔家的阿姨接生的？没有他家阿姨，你的小命早没了！

江卫国：哎，会不会姑姑跑人家家去求婚，让人家拒绝了，姑姑才恼羞成怒？姑姑刚才的样子是不是恼羞成怒？

江卫东：是有点儿恼羞成怒。

江卫民：姑姑向谁求婚呢？

江卫东又打了他一下：你真是个笨蛋！当然是丁叔叔了！

江卫民：丁叔叔不愿意？

江卫东：大概是。

江卫民：丁叔叔为什么不愿意呢？

江卫东又打了他一下：我又不是丁叔叔，我哪知道！

江卫民：你干吗老打我？

江卫国：就是！你都打他三次了！一次比一次响！

江卫东：我是为他好，让他开开窍！

江卫国打了江卫东一下：我也为你好！我也让你开开窍！

江卫东大叫：肉！肉！小心我告密！

江卫国：你告个屁！今天的肉是你偷的！你告谁去！

5　晚上　安杰卧室

院门"咚"的一声响。

安杰站起来往窗前走：肯定是德华。

安杰掀开窗帘一角往外看：你看吧。哎，她怎么又把褥子扛回来了？

江德福放下正在擦着的手枪，跑了过来。

家门又"咚"的一声响，夫妻俩对视了一眼。

安杰一伸舌头：是不是又碰了一鼻子灰？

江德福狠狠地：老丁这个鳏夫！

安杰往外走。

江德福：你好好跟她说。

安杰：我敢不好好跟她说嘛！

6　晚上　江德华房门口

安杰想进去：回来了？

江德华堵着门口：回来了！我困了，我要睡觉了！

安杰后退了一步,江德华"咣"的一下关上了门,安杰目瞪口呆。

三兄弟回来了,安杰有了出气的地方,大吼:上哪儿疯了?这么晚才回来!

江卫东:我姑姑不也才回来吗?你敢说她疯吗?

安杰一下张口结舌,又转着脑袋到处找东西。

三兄弟赶紧跑进房间,关紧房门。

安杰站在那儿,望着一个个紧闭的房门,一点儿脾气也没有。

卧室门开了,江德福向她招手。

7 晚上 安杰卧室

安杰进来,气得直往外吐气:气死我了!

江德福:你气什么?人家德华肯定比你还气呢!

安杰:你说老丁能怎么着德华了?把德华气成那样!

江德福:能怎么着她?肯定是让她以后不要再去了呗!

安杰:这个鳏夫!真不是个东西!真不识抬举!

江德福:人家怎么不识抬举了?你家德华是七仙女吗?人家不识抬举!

安杰:你跟谁是一家人?跟老丁吗?

江德福:我倒是想跟人家成一家人,但人家不干哪!我有啥法?

安杰:那……

江德福:算了算了!这样也好,早说开了早好!免得你小姑子傻了吧唧地一往情深,人家不但不领情,还成了人家的负担!多窝囊!

门开了,江卫民进来了:妈,我姑是不是看上丁叔叔了?

江德福和安杰大吃一惊,面面相觑。

安杰：谁说的？谁这么胡说八道？

江卫民：我猜的，我们猜的！

安杰顺手抄起扫铺笤帚：我让你们猜！我让你们瞎猜！

江卫民跑了。

江德福笑了，摇着头：哎呀，人民群众的眼睛是雪亮的呀！

8　白天　安杰家外屋

一家人吃早饭，因为江德华的脸色很难看，大家都不敢看她。

江德华重重地放下饭碗，起身走回自己房间，重重地关上房门。

江亚菲吓得直吐舌头，江亚宁也跟着吐。

江卫民：你们是吊死鬼呀？

安杰的筷子敲到江卫民头上：吃你的饭！

江亚菲和江亚宁又笑了。安杰又去瞪她们。

江卫国：法西斯！

江卫东：消灭法西斯，自由属于人民！

孩子们大笑。

安杰吓得一个劲儿指江德华的房间，示意他们不许笑。

江卫国：她一个人失恋了，搞得我们全家这么紧张！

安杰和江德福对视了一眼。

安杰：你知道什么叫失恋？

江卫国：想跟人家，人家不要，就叫失恋！

江德福的筷子重重地打在江卫国头上，江卫国双手抱头。

安杰：活该！打得好！

江卫国起身准备离开，江德福喝住了他：把饭给我吃完！

江卫国老老实实坐下，端起饭碗。

9　白天　安杰家厨房里

安杰在刷碗,听见江德华的房间传出动静,急忙跑了出去。

10　白天　安杰家外屋

江德华扛着狗皮褥子出来了。

安杰：你这是？

江德华：我要去老丁家！

安杰：怎么还去？

江德华：哼！他不让我去，我就不去了？那个家又不是他一个人的家！还有俺秀娥嫂子的份儿呢！俺又不是去伺候他！俺是去伺候秀娥嫂子的儿子！俺不能看着秀娥嫂子的儿子没人管！当初秀娥嫂子对俺多好，做人应该有良心！

安杰：是啊，是啊。

江德华：你光是啊、是啊的就行了？当初要不是人家秀娥嫂子给你接生，你能不能活到现在还不一定呢！

安杰：是啊，是啊，啊，不是不是！我是说，对，对呀！

江德华：那我走了！

安杰：哎，那，那……

江德华：那什么？

安杰：你还带着狗皮褥子干吗？既然是去照顾孩子，就别带着狗皮褥子了，孩子们又没关节炎。

江德华：怎么？你心疼了？又想变卦了？不给老丁用，就不能给孩子用吗？你知道他家有多潮吗，西屋墙上都发霉了！你们住这么好的房子，当然不知道别人家有多潮了！想当初，你家和老丁家住一模一样的房子，现在，你们家住的是啥房子？人家家住的是啥房？不就是一床狗皮褥子吗？看把你心痛的！

江德华扛着狗皮褥子走了，安杰拿着一只碗，望着她的背影半天缓不过神来。

江德华将大门"咚"的一下关死，安杰吓了一跳。

江卫东从外边回来，挨个屋子喊人：妈？姑姑？江亚菲？江亚宁？江卫国？哎呀，你在家呀？

11　白天　江卫国房间

江卫国正在屋里做弹弓，他用黄灿灿的高射炮子弹壳当弹柄。

江卫东进来。

江卫国：干什么？

江卫东：不干什么。

江卫国：不干什么叫喊什么？

江卫东：随便叫叫。

江卫东说完又出去了，江卫国继续专心致志地做弹弓。

江卫东再进来时，手里拿了两块儿桃酥，他故意把手伸到江卫国鼻子下方。

江卫国：哪儿来的？

江卫东：你别管，你吃就行了！

江卫国：你的不是早吃完了吗？

江卫东一笑：柜子里不是还有吗？

江卫国：你有钥匙？

江卫东举起一个别针：我有这个。

江卫国：原来你是小偷？

江卫东：你不也是小偷吗？你还偷肉呢！

江卫国：我偷肉又不是给自己吃，我是给黑贝吃！

江卫东：那还不一样？人吃和狗吃，不都是偷着吃吗？

江卫国：去一边去！什么反动逻辑！

江卫东：别管我反不反动吧，你吃不吃？

江卫国：我不吃！我不吃偷来的东西！

江卫东：你不吃拉倒，不吃我吃！那我就泡着吃了。

12　白天　安杰家厨房

江卫东拿了个碗和勺子，又提了把暖瓶。

13　白天　江卫国房间

江卫东进来，见桌子上的桃酥快没了，问道：你不是不吃吗？不是不吃偷来的东西吗？

江卫国叹了口气：唉！人穷志短哪！

江卫东笑了：应该是人馋志短！

14　晚上　江卫国房间

要熄灯了，哥俩上床躺下。

江卫东：哎，哥，你饿不饿？

江卫国：不饿。

江卫东：我怎么饿了？

江卫国：你又想去偷了吧？

江卫东：嗯，柜子里的桃酥不消灭干净，我睡不着觉。

江卫国：你早晚要被发现的！

江卫东：所以要在被发现前，把那些桃酥一网打尽！

江卫国：还剩多少？

江卫东：不多了，小半包了。

江卫国从床上爬起来：好哇，你一直吃独食！

江卫东：你又不稀得吃！要不是我劝你，你还不吃呢！

江卫国：你为什么不早劝我？

江卫东笑了：对不起，我的觉悟没那么高！

江卫国：还不赶快去，将功补过！

江卫东爬起来：哈！希特勒！

15　晚上　安杰家外屋

江卫东光着脚、蹑手蹑脚地出来，见各个房门都关着，龇着牙乐了。

他用别针捅开柜门，拿出两块儿桃酥，想了想，又拿出两块儿。他关上柜门，一转身，吓得"啊"了一声，桃酥掉地上摔成几瓣儿。

江亚菲穿着睡衣睡裤站在他面前。

16　晚上　安杰卧室

两口子似乎正要进入情况，安杰吓得赶紧从江德福怀里挣脱出来。

安杰探起身子：谁呀？

江德福搂住她：你管他谁呀！

安杰：插门了吗？

江德福：早插了，放心吧！

灯熄了，一片漆黑。

17　晚上 江亚菲、江亚宁房间

月光照着姐妹俩吃桃酥的脸，又刺激，又幸福。

18　晚上 江卫国、江卫东房间

兄弟俩捧着碎成一块块的桃酥，吃得很满足。

19　晚上 江德华、江卫民房间

月光照着姑侄俩熟睡的脸庞。江卫民翻了个身，将被子蹬掉，江德华眼都没睁，将被子给他盖好。

20　白天 安杰家

安杰要出门，问姐俩：我要上服务社去给你们买本子，你们不去吗？

江亚菲：我不去！

江亚宁：我也不去！

安杰：上服务社也不去吗？

江亚菲：我哪儿也不去！

江亚宁：我也是！

安杰狐疑地望着她们，没看出任何问题，自个儿走了。

江亚菲跳了起来，江亚宁跟在她身后。

江亚菲：亚宁，你到门口站着去，来人你就假装咳嗽。

江亚宁：好！行！

江亚菲如法炮制，好不容易打开了柜门。

江亚宁：姐！你快点儿，我害怕！

江亚菲：快了，快了！

江亚菲小心翼翼地从纸包里往外抽桃酥，桃酥都快偷完了，纸包还四四方方地立在那儿。

江德华的房门突然开了，江卫民揉着眼睛走出来，三人都吓了一跳。

江卫民不相信自己的眼睛：你们在干吗？小偷！抓小偷！

姐俩扑上去，捂住他的嘴，三人撕扯成一团。

江亚菲占了上风，她骑在江卫民身上，江亚宁也狐假虎威地坐在了江卫民腿上：你还喊不喊了？

江卫民好汉不吃眼前亏：不喊了！不喊了！

江亚菲：你告不告状？

江卫民：不告状！

江亚菲：真的吗？

江卫民：真的，骗你小狗！

江亚宁跑到他面前蹲下：那咱们拉钩。

江卫民不得不伸出小指头。

江亚宁：拉钩，上吊，一百年，不许变，谁变谁是王八蛋！

江亚菲看着江卫民：不行！你没说，不算！

江卫民：好好，我说！我说！拉钩，上吊，一百年，不许变，谁变谁是王八蛋！

江亚菲这才站起来，踢了江卫民一脚：起来吧！

江卫民起来，他像个小老头儿似的，捶打着自己被压酸了的身子。

江亚菲又跑到柜子前,边掏边说:你过来,先给你吃!

江卫民走过去,眼巴巴地看着江亚菲掏出来半块儿桃酥,他刚要伸手去接,江亚菲改了主意:先给亚宁吃,她小!

江亚宁点头:对,我先吃,我小!

江卫民咽了口唾沫,只好点头同意:行,让她先吃吧。

江亚菲冲江卫民满意地笑笑,又转身去拆另一包。

四四方方的纸包是空的!江亚菲吃惊地看了江卫民一眼,又去拆另一包,还是空的!再拆一包,还是空的!江亚菲生气了,不再小心翼翼地拆剩下那一包,而是直接用手一拍,纸包瘪了。

江卫民不干了,带着哭腔:你骗人!你们骗人!

21 白天 服务社内

安杰买东西出来,见张桂英拿了个酱油瓶子等在门口。

张桂英:你可真能磨蹭!买完东西就走呗,看什么?有什么看头!

安杰笑笑,懒得跟她解释。

张桂兰:安老师,不是我多管闲事,也不是我说你!你这当嫂子的,要多关心关心小姑子!德华多好的人哪!帮了你家多大的忙呀!你们应该知道吧?

安杰不悦:我们知道!当然知道了!

张桂英:那德华心里想啥,你们知道吗?她现在最想干什么,你们知道吗?

安杰看了她一眼,不吭声。

张桂英:德华今年四十一了吧?她虽然是小姑子,但岁数比你都大!你现在有儿又有女,还有个双胞胎!人家德华有啥?人家啥也没有！连个男人都没有，更别说孩子了，别说家了！你家虽然好，但终究不是她的家呀！你这当嫂子的，要张罗给她成个家才是呀！

安杰：不是没有合适的吗？

张桂英：咋没有合适的？司令部丁副参谋长不挺合适吗？听说跟你家老江还是老战友、老同学！你们做过邻居，跟他死去的那个老婆还挺好的！德华跟他不挺好吗？不挺合适吗？他虽说有四个儿子，但两个都工作了，挣钱了，剩下这两个也都那么大了，也不用太费事了。德华嫁过去，虽然享不了什么大福，但也不至于受罪呀！你们两家知根知底的，不挺好的嘛！

安杰：是挺好的。

张桂英：挺好的还不抓抓紧，免得让别人抢了去！

安杰：谁抢啊？

张桂英：抢的人可不少！光我知道的就有两三个！医院妇产科那个戴眼镜的彭护士，丈夫是飞行员牺牲的那个，听说就有这个意思！

安杰：还有谁？

张桂英：还有你们那个葛老师，不是又回学校教书了吗？听说也有人介绍她！就是不知丁副参谋长敢不敢要她！成分那么高，谁敢要哇！

张桂英觉得自己这话说过了，赶忙道歉。

张桂英：安老师，你可别多心哪！我没别的意思，真不是故意这么说的，这不是说到葛老师了吗？顺嘴就说出来了。

安杰：他们见过面了吗？

张桂英：这我哪知道？你跟葛老师不是挺好的吗？你问问不就得了嘛！

22　白天　安杰家

安杰进了院子,听到家里吵成一团。

江卫民的声音:我不管,我就说!

江亚菲的声音:你都拉钩上吊了,你一百年以后才能说呢,现在说了是王八蛋!

江卫民的声音:王八蛋就王八蛋!王八蛋我也要说!

江亚菲的声音:说话不算话,你不要脸!

江卫民的声音:不要脸就不要脸!反正我就是要说!

江亚宁的声音:哎呀,妈妈回来了!

屋里好像暖瓶打了,一声巨响。安杰快步进家。

23　白天　安杰家外屋

柜门开着,暖水瓶碎了,水流了一地。江亚菲她们房门紧闭着,江卫民等在那儿准备告状。

江卫民:妈,她们把桃酥都偷吃了!

安杰看了一眼柜子,见还有三包桃酥。

江卫民上前,将纸包一个一个地拍瘪:看!都是空的!

24　白天　江亚菲房间

姐俩挤在门边听外边的动静。

"啪"的一声脆响,像是打在脸上。

江卫民的哭声骤起,喊道:你干吗打人?干吗打我!

安杰的声音:我打的不是好人!是小偷!

江卫民:我又没偷!是她们偷的!我不说,你知道吗?

安杰的声音:那更该打了!打的就是你这告密的!

姐俩挤眉弄眼，捂着嘴笑了。

25　白天　江德福办公室外

老丁站在门外，有些踌躇，终于不情愿地敲了敲门。

江德福在里边喊：进来！

26　白天　江德福办公室

江德福见是老丁，愣了一下，站了起来：我以为是谁呢！你来还敲什么门，扯淡！

老丁：是谁不得敲门喊报名，在你这一亩三分地上，谁敢参翘？

江德福一笑：你可以参翘，但你又不参，还给我来这套！

老丁：我是想参翘呀！可翘膀上的毛都被秃噜掉了，拿什么参？

江德福：你哪来这么多的牢骚话？还一套一套的！

老丁：这是牢骚吗？这是实话，大实话！

江德福：你少给我来这套，我不但不吃你这套，我还要说你两句。老丁呀，咱们是老战友了，又受党教育这么多年了，你不能这样！

老丁望着他不说话。

江德福示意他坐下：坐下吧，还用请啊？老丁，我早就想说你两句，可没有机会。既然咱们话说到这里了，我看咱们还是谈谈的好，咱们谈谈心吧！交交心吧！

老丁：谈吧！我还怕谈！

江德福笑了：是呀，你老丁是谁呀？炮校赫赫有名的铁嘴教员，还怕谈！

老丁：此一时，彼一时了！现在的谈话，都是别人跟我谈，领导跟我谈！哪有我谈的份儿！

江德福：今天这里没有领导，只有战友，老战友，老同学，咱们敞开谈，都别藏着掖着，你看行吗？

老丁：你看行就行，用不着问我！

江德福笑了：你看你这人，什么熊样儿！

27　白天　王政委办公室

王政委听到隔壁传来的吵声，摘下眼镜，仔细听了起来。

门外有人喊"报告"，王政委：进来！

一个干部进来送文件。

王政委：谁在司令办公室？

干部：好像是丁副参谋长。

王政委：哦。

干部离开后，王政委站了起来，走到门口又停下，想了想，开门出去了。

28　白天　王政委办公室外

王政委刚一出来，江德福办公室的门也开了。老丁气呼呼地出来，目不斜视地走了。

29　白天　江德福办公室

江德福气得在办公室里走来走去，王政委推门进来。

王政委：跟丁副参谋长谈话了？

江德福：嗯。

王政委：好像谈得不怎么样？

江德福：是不怎么样！

王政委：他什么态度？对自己的问题不接受？

江德福看了他一眼：也不是不接受，就是情绪激动了一点儿。

王政委：激动了一点儿？他那么大喊大叫是激动一点儿吗？

江德福：是我先跟他大喊大叫的。

王政委：你可以跟他大喊大叫，他能跟你大喊大叫吗？

红德福：我们是老战友了。

王政委：老战友也不行啊！老战友可以目无领导、无法无天吗？

江德福：什么无法无天，你言重了。

王政委：老江，不要因为他是你的老战友、老同学，你就姑息他、迁就他，你这样会害了他！

江德福：我姑息他？迁就他？我都跟他拍了桌子了，都骂娘了，我还姑息他！

王政委：拍了桌子，骂了娘，也不一定解决问题！我看他一脸不服气地从你这出来，我看你的桌子是白拍了。

江德福：我又不是神仙，哪能拍一次就灵？

王政委：那你就跟他多拍几次吧，要常对他拍拍桌子骂骂娘！他们这种知识分子，不能惯着使，要在他们后边经常抢一抢鞭子，要让他们知道自己姓什么，几斤几两！

江德福：……

王政委：我听说，他跟那个渔霸的女儿搞到一起去了？

江德皱起眉头：你听谁说的？

王政委：你别管我听谁说的，有没有这回事吧？没有便罢了，有了得让他赶紧打住，他忘了自己是干什么的了？怎么能跟渔霸的女儿搅到一起呢？真是的！

江德福没说话。

30 傍晚 路上

安杰下课,见江德福在前边背着手走,就快走几步追了上去:从后边就看出你不高兴,怎么啦?

江德福看了她一眼:你还挺能!从后边就能看出我高兴不高兴?

安杰:当然了,知夫莫如妻嘛,还能白跟你过这十几年哪!

江德福:那你能看出我为什么不高兴吗?

安杰笑了:我可没这本事!我又不是你肚子里的蛔虫!你为什么不高兴?

江德福:唉,刚跟老丁吵了一通!

安杰:为什么,为什么吵?

江德福:也没有什么具体的事,我想跟他谈谈,没谈好,谈崩了。

安杰:你想跟他谈什么?

江德福:连你都看出他一天到晚无精打采的了,这样能干好工作吗?这还不算,一天到晚怪话牢骚一大堆,别人都有反映了。

安杰:人民群众的眼睛是雪亮的,有反映也是必然的!

江德福:我看你们学校应该让你当校长,你的水平很高哇!

安杰:那么个破校长,请我当,我也不当!

江德福:那你想当什么?

安杰:我就想当你的老婆,当你的老婆就足够了!

江德福笑了:这话我爱听,听得很舒服。

安杰:舒服了吧?

江德福点头:舒服了。

安杰:不生气了吧?

江德福:嗯,好像是好多了,不怎么生气了。

安杰：你老婆厉害吧？

江德福：厉害。

安杰：你喜欢吧？

江德福认真点头：喜欢，很喜欢！

安杰笑了，上来想挽江德福的胳膊。

江德福甩掉她的手：干什么你？给你点儿好脸就不知道自己姓什么了？

安杰：知道！我姓安，叫安杰！

江德福：噢，你姓安哪？我还以为你姓江呢！

安杰又要拧他，他笑着跳开了：注意场合！注意影响！

31　傍晚　路上

王政委在后边走着，看着前边两口子有说有笑、动手动脚的样子，重重地"哼"了一声。

32　傍晚　安杰家

两口子进家后，见饭还没做好。江德福站在厨房门口，江德华正在手忙脚乱地做饭。

江德福训她：你一天在家没事，做个饭还晚！

安杰在江德福身后扯他的衣角，招手示意他进卧室。

33　傍晚　安杰卧室

安杰倚在门边等着江德福，他一进来，她就将房门关死。

安杰：你别老说她，她心里也不好受！

江德福：她怎么不好受？为什么不好受？！

安杰：她天天上老丁那去，老丁又不愿让她去，你说她心里能好受吗？

江德福：她不好受活该！谁让她热脸去蹭人家冷屁股的？

安杰拧他：你这说的什么话呀？有你这么说自己妹妹的吗？

江德福很满意她的态度，笑着：哎哟！哎哟！你怎么真拧啊？

安杰也笑：当然要真拧了，否则你记不住，不长记性！

江德福：行行行！我以后不说她了，留着给你说，这行了吧？

安杰：这也不行！她这个样子，我哪管得了哇，得咱俩一起管，双管齐下！

江德福：怎么个双管齐下法？

安杰：一方面不要让她再到老丁那去了，别人的闲话是一方面，另一方面对她也不好！越陷越深，将来不好收场！

江德福：你说得对！说得很对！现在该怎么收场呢？

安杰：给她介绍个对象，找个人家，赶紧把她嫁了，免得将来出笑话！

江德福皱起了眉头：出什么笑话？

安杰：出她失恋的笑话！她想跟人家，人家不要她的笑话！

江德福：他还不要她？他想要她，老子还不干呢！

安杰：你别在这儿给自己的嘴过年了，你知道老卢头吗？

江德福：知道，不就是你第一次进岛时，训你的那个人吗？

安杰笑了：你还挺记仇的，我都忘了，你还没忘。

江德福：训我老婆的人，我能轻易忘了吗？

安杰又要拧他，江德福躲开了：你接着说，老卢头怎么啦？

安杰：老卢头有个弟弟，在远洋队里打鱼，还是个大副，人很不错。

江德福：怎么啦？

安杰：他老婆上个月刚死，得病死的，现在正张罗着找个人呢。

江德福：你什么意思？

安杰：我什么意思你不知道？那个大副人挺好的，长得也不错，家里的条件也不错，三个孩子都挺懂事的，家里也挺有钱的。

江德福：他家里有钱管什么用啊？

安杰：……

江德福：有钱就能娶我妹妹呀？

安杰：你妹妹是什么呀？是黄花大姑娘吗？

江德福：不是黄花大姑娘，也不能嫁个渔民吧？

安杰：渔民怎么啦，渔民跟农民不一样吗？德华如果在老家，不也就嫁个农民吗？

江德福不高兴了：德华是在老家吗？她出来十多年了吧？在咱家没有功劳有苦劳吧？你能随随便便就把她打发掉吗？找个渔民就把人家打发了？你也好意思说出口！

安杰：她早晚要结婚嫁人吧？总不能跟咱们一辈子吧？像她这个岁数，这种年龄，上哪儿去找那么合适的？好不容易来了个老丁，知根知底，条件又不错，但人家老丁不干哪！你能拿枪逼人家老丁娶你妹妹吗？不能吧？

江德福：我拿枪逼他娶德华？笑话！他想娶德华，我还拿枪不让呢！

安杰：行了行了！别说这儿没用的！你就说老卢头的弟弟行不行吧！行，我找人提提去。

江德福：不行！德华一辈子不嫁人，也不能嫁给渔民！

安杰：不嫁给渔民，那能嫁给农民吗？

江德福：也不能！

安杰：那她要嫁给什么人呢？

江德福：起码是吃商品粮的人！

安杰：你条件真不低！那你就等着吧！等着吃商品粮的人死老婆吧！

江德福：你胡说什么？

安杰：本来嘛！

门外咚咚的敲门声，江亚宁奶声奶气地叫：爸爸妈妈吃饭了！你们在里边干吗？干吗关着门？

34　傍晚　安杰家厨房

江德华在盛稀饭，江亚菲往外端，江德华重重地"哼"了一声。

江亚菲站住了：姑姑，你哼谁？

江德华：我哼你爸你妈！

江亚菲：我爸妈又没惹你，你干吗哼他们？

江德华：他们肯定关着门在里边说我的坏话呢！

江亚菲：说你坏话？说你什么坏话？

江德华一挥手：你管这么多干吗？快端你的饭！

35　傍晚　安杰家饭桌上

江亚菲突然没头没脑地：妈，你跟我爸刚才是不是在你们房里说我姑的坏话？

安杰看了江德福一眼：谁说的，谁胡说八道的？

江亚菲：我姑说的，我姑是胡说八道吗？

安杰不说话了。

江德福：诬蔑我们就是胡说八道！

江德华又重重地"哼"了一声。

几个孩子也分别跟着"哼"了一声。

江德福的筷子敲到了卫民头上。

江卫民：干吗打我？

江德福：我让你哼！

江卫民：她们也哼了，你为什么不打她们？

江德福：她们是女的，我不打女的！

安杰从厨房里盛饭出来：盆里的肉又少了，我警告你们，那肉可没炒熟，吃了会死人的！

江德华将碗重重地放到桌子上：你警告谁呀？

安杰吃了一惊：我又没警告你，我是警告孩子们。

江卫民：我知道是谁偷的！

江德福：是谁偷的？

大家都望着江卫民，江卫国最紧张，江卫东悄悄用筷子捅江卫民。

江卫民看了安杰一眼，眼一翻：我不当叛徒！我不告密！

江卫国松了一口气，江卫东又用筷子去捅江卫民。

江卫民：你老捅我干吗？

江德福：原来是你偷的！

江卫东：是狗偷的！（他又看了卫国一眼）我要偷，我是狗！

安杰：快吃饭吧，吃完好去占地方！

江亚宁：妈妈，我给你占地！

江亚菲：姑姑，我给你占地！

江德福：怎么没人给我占地？

江亚宁：你是司令，不用占地！

36　晚上　大操场上。

操场上正在放电影——《地雷战》。安杰跟江德华、江亚菲、江亚宁坐在小板凳上,看得津津有味。江德福坐在放映机前的长排椅上,昏昏欲睡,旁边的王政委捅了捅他。

王政委小声地:天凉了,小心感冒!

江德福用手抹了把嘴:太困了。

王政委:困就在家睡呗,跑这儿睡什么!

江德福:不是看电影嘛!不看吃亏了怎么办!

王政委笑了。

37　晚上　大操场上

银幕后边,一群半大的男孩儿坐在礼堂的台阶上,在演电影。

江卫东:太君,八路说了,不见鬼子不挂弦。

江卫国:嗯?八嘎。

……

38　晚上　大操场上

电影完了,江亚菲和江亚宁分别趴在安杰和江德华腿上睡着了。

江德华推醒了江亚菲:醒了!醒了!电影完了。

江亚菲睡眼蒙眬地抬起头。

江德华:哎哟娘吔,你咋流了这么多哈喇子!

江亚菲不好意思地笑了。

第二十集

1　晚上　安杰家门口

江卫国等人还没进院门,突然听见江亚宁的叫声:哎呀!谁把咱家甜杆偷了!

江卫国等人冲了进来。

2　晚上　安杰家院子里

菜地里种的甜杆都没有了,乱七八糟的叶子扔了一地。

江卫东:这是谁干的?

江亚菲白了他一眼:小偷呗!

江亚宁:谁是小偷?

江卫东:这谁知道?

江卫民:我知道!

江亚宁:是谁?

江卫民:我不告诉你们!让你们干着急!

江卫国打了他一下:你给我闭嘴!

江卫民：为什么？

江卫东：为你多嘴多舌！

江亚菲：早知这样，还不如我们提前把它们吃了呢。

江亚宁：就是！都赖姑姑！说还不熟，还不太甜！这下好了吧？都让人家吃了！

江德华：怎么赖到我头上了？

江德福进院：怎么啦，都堵在这儿干吗？

江亚宁：爸爸，咱家进小偷，把咱家的甜杆都偷走了。

江德福：偷走就偷走吧，谁吃不一样！

江亚菲：当然不一样了！怎么能一样？

江德福逗她：怎么不一样？

江亚菲：甜杆是我们种的，我们吃是天经地义！他们吃是臭不要脸！就跟蒋介石似的，不种桃树，单等桃子熟了，下山来抢！

江德福笑了，拍着她的头：你毛主席语录学得不错！

江卫东：学得不错顶个屁！甜杆还不都让人家吃了！

江家兄妹异口同声地大喊：江卫东，你反动！

安杰进来了：江卫东怎么反动了？

江亚宁小声告诉她：他说学毛主席语录顶个屁。

安杰大惊失色：都进家去！赶紧回家！

3 白天 安杰家院子里

江亚宁在院子里刷牙，发现一根漏网的甜杆倒在地里，江亚宁赶紧吐了口里的白沫，欢快地跑了过去。

4　白天　安杰家外屋

江亚宁举了颗小牙跑进来。

江亚宁：你们看！

江家兄妹围了过来，江德华也凑了上去。

江卫民：这是什么呀？

江卫东拍了他头一下：笨蛋！这是牙呀！

江卫民：谁的牙？

江卫东指江亚宁：你问她！

江卫民：这是谁的牙？

江亚宁：这是小偷的牙！

大家一听，立马来了精神。

江卫国：你在哪儿捡的？

江亚宁：地里！甜秆地里！

江卫国：走！看看去！

5　白天　安杰家院子里

一棵甜秆倒在地里，根部断了，皮却顽强连着，没被扯断。

江亚宁：就在这儿！这牙就在这儿发现的！

江卫国蹲下，仔细观察：你们看！小偷最后用牙咬，也没咬断，还把牙给咬掉了！

江亚宁将牙狠狠地丢掉：活该！咬掉活该！都咬掉才好呢！

江亚菲笑了：就是，牙都掉了才好呢！看他以后用什么吃东西！

江亚宁：对！偷回去的甜秆也没法吃了！

江卫民：你们可真狠哪！还是女的呢！

江亚菲：女的怎么了？女的就不能狠了？

江亚宁：就是！女的狠怎么啦？

江卫国：女的狠不行！女的狠不好！女的不该狠！

江亚菲：我管该不该呢！我就狠！

江亚宁：我也是！我也狠！

江卫东在四处找东西。

江卫国：你找什么？

江卫东：那牙呢？那颗牙呢？

江卫国：你找它干吗？

江卫东：我找它有用。

江卫国：有什么用？

江卫东：找它当罪证用！有了那颗牙，我就能查出咱家的甜杆是谁偷的！

江亚菲：对呀！那我也帮你找！

江亚宁：我也找！

江卫民也开始满地找牙。

江亚菲喊：在这里，我找到了！

江亚宁：在哪儿在哪儿？我看我看！

江卫东一把抢过那颗牙：这下好办了！铁证如山，我看你往哪儿跑！

6　白天　学校路口

江卫东带着几个男孩儿，牵着黑贝，在路口设卡盘查。

一个男孩儿走过来。

吴小兵掐着腰喊：站住！

男孩儿：干吗？

吴小兵：过来！

男孩儿：干吗？

吴小兵：让你过来你就过来！废什么话！

那男孩儿看了眼江卫东，又看了眼他手上牵的狼狗，不得不过来了。

吴小兵：你掉牙了吗？

男孩儿一愣，不知如何回答。

张强：问你话呢！怎么不回答？

男孩儿：问我什么话？

吴小兵：问你中国话！你听不懂哇？

江卫东和颜悦色：你牙掉没掉？这几天掉没掉牙？

男孩儿摇头：没有，没掉牙，我没掉牙。

张强：张嘴给我看看！

男孩儿不配合，吴小兵在一旁吓唬他：黑贝，准备！

男孩儿不情愿地张开嘴，张强探过头仔细地检查，检查完，张强一摆头：过！

男孩儿走了，江卫东他们笑了。

走来两个女孩儿。

吴小兵：站住！

女孩儿吓了一跳。

江卫东手一摆：让她们过去，女的不查！

吴小兵：女的为什么不查？

江卫东：女的能去偷甜杆吗？

吴小兵：女的怎么不能偷？这世界上难道没有女小偷吗？

张强：就是！

江卫东小声地：怎么让她们张嘴检查？她们还不得骂咱们流

氓啊!

　　张强：那算了！流氓就算了！

　　吴小兵大声地：行啦！走吧！

　　那两个女孩儿倒不走了。

　　女孩儿甲：你让我们停，我们就停，你让我们走，我们就走哇？

　　女孩儿乙：就是，你以为你是谁呀！

　　张强小声地：他是流氓，你们还不快走！

　　江卫东咯咯笑了。

　　吴小兵回头问：你笑什么？

　　女孩儿甲：神经病！

　　女孩儿乙：就是！精神病！

　　江卫东：好哇！你说我是神经病，我就是神经病了！神经病放狗咬你们，你们可别跑哇！黑贝！给我上！

　　两个女孩儿吓得转身就跑。

　　男孩儿们笑得东倒西歪。

7　白天　另一个路口上

　　张强让一个七八岁的小男孩儿张开嘴。

　　张强大叫：他的牙掉了！

　　正躺在草地上的江卫东等人跑了过来，江卫东急忙掏口袋，掏了半天，男孩儿眼巴巴地望着他。

　　吴小兵：你没掉吧？

　　江卫东：哪能呢！在这儿！

　　吴小兵接过小牙，跳了起来，大叫：就是他，铁证如山！

　　江卫东大喊：把他带过来！

吴小兵和张强一人一边将小男孩儿押了起来。

江卫东一拍草地,被扎了一下,疼得直甩手,也顾不上审问了。

吴小兵和张强不满地望着他。

吴小兵:哎,你还审不审了?

江卫东痛得直咧嘴:审!一会儿就审!

吴小兵:你不审我审了!

江卫东:我审!我审!我家的甜秆,当然要我审了!

张强笑了:你都说出来了,还审什么!

吴小兵:就是!公安局里有你这样的吗?你会不会审?不会审我审!

江卫东拍了一下大腿,拍得很响,又痛得直龇牙,吴小兵和张强看得直摇头。

江卫东:你说!你给我老实交代!我家的甜秆是不是你偷的?

小男孩儿怯生生地问:你怎么知道的?

江卫东笑了,冲吴小兵他们:怎么样?谁说我不会审?

8 白天 路上

江卫东等人走在路上,有说有笑。

江卫东:还说我不会审犯人!怎么样,问了一句,就全招了!

吴小兵:你是碰上软蛋了,谁问他,都会招的!

张强:就是!那家伙天生就是个当叛徒的料!还没怎么着他呢,就全招了,连他哥也给供出来了!

吴小兵:他爸还烈士呢!烈士怎么能生这样的孩子呢?又是小偷,又是叛徒的!

张强:哎呀!不好!你们看!

路前方,两个十六七岁的男孩儿堵在那儿。

9　白天　安杰家门口

江德华和张桂英在门口说话,江卫东捂着鼻子跑过来。

江德华一把扯住他:你跑什么?

江卫东向天仰起脸,血顺着手指缝流了出来。

江德华:哎呀娘啊!你这是咋啦?

张桂英:肯定是打架了!

江德华:你这是跟谁打架了?

江卫东挣脱了她,跑回了家。

江德华:你看这些孩子不省心的!一天不惹点儿祸就难受!

张桂英:谁说不是!这么大的男孩儿,正是狗都嫌的年龄!

江德华:我回去看看!

张桂英:快回去吧!

正说着,江卫国和江卫东跑了出来。

江德华大声问:你们干吗去?

江卫国边跑边喊:你别管!

两个人一眨眼就跑没了,江亚菲和江亚宁又跑了出来。

江亚菲:姑姑,他们朝哪边跑了?

江德华一指:那边!

江亚菲撒腿就跑,江亚宁也要跟着跑,被江德华拉住:亚宁,他们干啥去了?

江亚宁:我二哥鼻子被打破了,大哥找他们算账去了!

江德华:找谁算账啊?

江亚宁:找侯城南他哥,侯城北!

江德华：侯城南是谁？侯城北又是谁？

江亚宁：侯城南是侯城北他弟！侯城北是侯城南他哥！

张桂英笑了：噢，是侯营长的儿子！侯营长那年打坑道的时候牺牲了，留下仨儿子，一个比一个皮！

江德华：坏了！坏了！他爸天天嘱咐他们，不准跟烈属的孩子打架！要让着他们，让着他们！这下好了，跑去跟人家打架，回来还不得挨打！

张桂英：那你快找找去吧！

江德华拉上江亚宁就跑。

张桂英望着她的背影直摇头：这姑当的，比妈还上心哪！

10 白天 路上

江德华和江亚宁跑了一半，踫上了一瘸一拐的江卫国，他身边跟着满脸喜色的江卫东和江亚菲。

江亚宁：这么快就打完了？

江德华：哎呀！卫国，你的腿咋啦？

江卫国：没事！没事！

江德华：没事你瘸什么？

江亚菲：要奋斗就会有牺牲！死人的事是经常发生的！再说还没死人，就受了点儿伤！

江卫东：就是！他们伤得比我们还重！侯城北的大牙都被打掉了！跟他弟弟一样了，都成了没牙佬了！

江德华大惊失色：什么？你们把人家门牙都打掉了？天哪，你们闯祸了！闯大祸了！看你爸怎么收拾你们吧！

江卫东：他们还把我鼻子打破了呢！还把大哥的腿踢破了那么大

一块儿,流了好多血!

江德华:是吗?我看看,让我看看!

11　白天　安杰家门口

江德福和王政委下班回来,江德福见自家门口围了好多人。

江德福:怎么了?怎么了?

一个小女孩儿多嘴多舌:江叔叔,你家江卫国跟人家打架了,把人家的门牙都打掉了,衣服也撕破了,人家他妈到你家告状来了!

江德福看了王政委一眼:娘的!又给老子惹祸了!

王政委笑了:这就是养儿子的好处!快回去吧。快去给人家赔礼道歉吧!

12　白天　安杰家院子里

侯家兄弟和他们的母亲站在院子中间,安杰在一旁点头哈腰地赔着不是,江卫国站在家门口,一脸不服气,撸着裤腿在争辩,他腿上包着纱布,似乎伤得不轻。

江德华一见江德福进来,吓得将江卫国拖回了家。

13　白天　江德华房间

江德华把门关上,心有余悸:这下坏了,这顿打你是躲不了了!

江卫国:躲不了就躲不了!他还能把我打死!

江德华:都什么时候了,你还嘴硬!

江卫国不说话了。

房门被踢了一下,房子似乎都颤了,江德华吓得直发抖,江卫国反而镇定自若。

门外江德福大吼：开门！给老子开门！

门又被踢了一下，插销的螺丝都松了，江卫国要上去开门，被江德华拖住。

江德华小声地：你干什么？你想找死啊？

江卫国也小声地：反正都要挨打，早打完早完事！

14　白天　江德华房间外

江德福又踹了一脚门，大吼：你出不出来？

门开了，江卫国出来了。

江德福望着他，他也望着江德福，一副犟种的样子。

江德华上前：快，给你爸认个错！

江卫国脖子一梗，一副死不认错的样子。

江德福回头对身边的江卫东说：去！把鸡毛掸子给我拿来！

江卫东看了江卫国一眼，没动。

江德福眼一瞪：你聋了？没听见！

江卫东吓得跑了，拿来了鸡毛掸子。

江亚菲在一旁恨得咬牙切齿，江卫民眼里满是不屑。

江德福拿着鸡毛掸子，望着江卫国：我说过的话，你都当耳旁风了？

江卫国依旧梗着脖子不说话。

安杰在一旁紧张地看着他们，不敢开口。

江德华赔着笑：他知道错了，刚才在屋里他都认错了。

江德福：你给我躲开！

江德华：哎呀！

江德福大喝一声：躲一边去！

江德华吓得躲开了。

江德福：我再三再四地跟你们说，他们没有爸爸了，他们的爸爸光荣牺牲了，我们要爱护他们，保护他们，你是怎么爱护他们的？怎么保护他们的？！

江卫国低下了头。

江德福：说呀！你的能耐哪去了？打人的劲头哪去了？你现在熊了？我告诉你，晚了！

江卫国抬起了头：爸，你打我吧！快点儿打吧！

江德福：你这个兔崽子！还命令起我来了！我让你命令！我让你命令！

鸡毛掸子飞舞起来，狠狠地抽在江卫国的身上。安杰闭上了眼睛，江德华看得龇牙咧嘴。挤在门口看热闹的孩子们都叫了起来。

孩子甲：哎呀妈呀，真打呀！

孩子乙：真狠哪！

江亚菲不干了，跑到门口去赶他们：都走！都滚！都给我滚出去！

孩子们退了出去，却站在院子里不肯走。

15　白天　安杰家院子里

江亚菲出来，怒视着他们：你们走不走？

孩子甲：我们不走！

孩子乙：对！我们就是不走，看你怎么办！

江亚菲气得转身进家，孩子们得意地笑了。

江亚菲再出来，手里端了一盆水，做出往外泼的架势：你们到底走不走？滚不滚？

孩子们不笑了,吓得纷纷往外跑。

江亚菲将一盆水远远地泼出去,"哼"了一声。

房顶上有掌声响起,江亚菲抬头一看,王海洋站在自家房顶上鼓掌:想不到你这么厉害,真野!

江亚菲望了他一会儿,朝地上重重地呸了一口,往家走。

王海洋:你哥是好样的!代我问候他,就说我向他致敬!

江亚菲又朝地上呸了一口:呸!用你问候!呸!用你致敬!

王海洋笑了:你怎么连好赖话也听不懂?你傻了吗?

江亚菲:你才傻了呢!你是个大傻子!

江卫东出来了,江亚菲怒视着他。

江卫东底气不足地:你这么看我干吗?我又没惹你。

江亚菲咬牙切齿地:你这个叛徒!你比叛徒还叛徒!比叛徒还坏!再加上汉奸!你是叛徒加汉奸!

江卫东:我怎么是叛徒了?我怎么是汉奸了?

江亚菲:大哥替你打架,为你报仇,你却给爸爸递鸡毛掸子打大哥,你说你是个好东西吗?

江卫东几乎是嘟囔了:爸爸让我拿的,我敢不拿吗?

江亚菲:你不会跑哇?跑了也比拿了强!

江卫东一愣,一副后悔莫及的样子。

王海洋在那边房顶上喊:江卫东!江卫东!

江卫东抬头看他。

王海洋蹲到了房边。

王海洋:你爸还打呢?

江卫东点头。

王海洋:哎呀,你爸真是法西斯!

江亚菲：你爸才是法西斯呢！

王海洋：我爸又不打人。

江亚菲：不打人你爸也是法西斯！大法西斯！世界上最大的法西斯！江卫东，别理他，走！

江卫东不走，也不动。

江亚菲扭头进家了。

王海洋笑了：你这个妹妹真野，一点儿也不像个女孩儿。

江卫东点头同意：对，你说得对！

王海洋大惊失色：江卫东，快跑！

没等江卫东明白过来，身后的江亚菲就将一盆冷水泼了过来，江卫东瞬间成了落汤鸡。

房顶上的王海洋目瞪口呆，自言自语：真野！真野！真是个女法西斯！

江亚菲大声地：你说什么？有胆你大点儿声！

王海洋边往后退边大声地：我说你女法西斯！怎么啦？不对吗？不行吗？

16　白天　安杰家

鸡毛掸子断了，江德福将它扔掉，喘着粗气。

安杰上前：卫国，快给你爸认个错！

江卫国被打得狼狈不堪，却不肯认错。

江德福又开始解腰带。

安杰上前拉住了他：老江，算了，打打就算了，他知道错了，下次不敢了！

江德福指着江卫国：他知道错了吗？他知道错在哪儿了？你看他

这是知错的样子吗？

江德华：孩子打架，大人掺和啥？再说他又不是没打咱们！咱孩子一个鼻子破了，一个腿破了！

江德福：你给我住嘴！我管教孩子，你少插嘴！

江德华看了安杰一眼，见安杰一副鼓励她的样子，又来劲了：你管教孩子我不管！你这么打孩子我可不干！打坏了咋办？

江德福：我的孩子，打坏了不用你管！

安杰：谁的孩子打坏了也不行！行了行了，就打到这儿吧！

江德福指着江卫国：你给我记清楚了！我再最后一次警告你！从今往后，烈属的孩子你一个指头也不要动！动一次我就打一次！这次是轻的，你要胆敢再有下一次，看我不剥了你的皮，打断你的腿！记住了没有？

江德华扯江卫国的衣角：快说，记住了！

江卫国不说。

江德福抽出了腰带：记住了没有？

安杰大喊：卫国，快说记住了！

江卫国哭了，说话了：爸，我记住了。

17　白天　江卫国房间

江卫国在换衣服，屋里挤了半屋人，默默地看着他身上的伤。

江卫国换好衣服，上床躺下，盖上被子，对屋里的人发话了：你们出去，我要睡觉！

安杰赶紧带头出去，江德华捡起他扔到地上的衣服，同时又看见另一堆湿衣服。

江德华：这是谁的衣服！

江卫东小声地：我的。

江德华火了：你的衣服丢那儿干吗？拿去自己洗！

18　傍晚　安杰家餐厅

一家人在吃饭，江卫民进来了：他说他不饿，他不吃。

江德华：咋会不饿呢？中午他就没吃！

江德华起身要出去，被江德福喝住：两顿不吃饿不死！不用管他！

江德华坐下，去看安杰，安杰阴着脸吃自己的饭。

饭桌上鸦雀无声，压抑得很。

19　晚上　江卫国房间

江卫东躲在床上，支着耳朵听着外边的动静。

江卫国辗转反侧，每翻一次身，就"哎哟"一声，江卫东听得心惊肉跳。

江卫东坐了起来：哥。

江卫国不理他。

江卫东：哥，你饿不饿？

江卫国还是不理他。

江卫东：哥，你肯定饿了。我给你拿点儿吃的来吧？

江卫国还是不吭声。

江卫东掀开被子，下床了。

20　晚上　安杰家厨房里

江卫东打着手电，点着煤油炉子，在煮荷包蛋。

他先打了两个鸡蛋,想了想,又打了两个,又想了想,再打了两个。

他用勺子搅着鸡蛋,心里想:够不够哇?不够吧?

于是,又打了两个鸡蛋进去。

21　晚上　江卫国房间

江卫东打着手电,端着汤碗进来:哥,我给你做了荷包蛋,快起来吃吧!

江卫国翻过身去,将脸冲了墙。

江卫东有点儿难过地望着他的后脑勺。

江卫国抽了抽鼻子,又抽了抽,抽得很用力,声音很大。

江卫东看见了曙光:哥,快起来吃吧,我滴了好多香油!

江卫国终于起来了,起得极其艰难,龇牙咧嘴。

江卫东赶紧又捧起汤碗,双手奉上,快顶到江卫国的鼻尖了。

江卫国:放下吧!

江卫东乖乖地放下,又拿起汤勺,双手捧着。

江卫东:哥,你快趁热吃吧。

江卫国不得不接过汤勺,他用勺搅动着汤碗,一束手电光照着满满一大碗的荷包蛋。

江卫国皱着眉头:你想撑死我呀?

江卫东赔着笑:多吃点儿,你都两顿没吃饭了。

江卫国训他:你以为我是猪啊?能吃这么多!

江卫东点头哈腰:能吃多少算多少。

江卫国抬起头来,盯着他:你是不是也想吃啊?

江卫东笑了:你吃不了我再吃!

江卫国也笑了：我肯定吃不了！

江卫东：你能吃多少算多少，尽量多吃！

江卫国白了他一眼：我还用你说！用你指导！

江卫国开始埋头吃鸡蛋，江卫东给他默数着，数到六的时候，他有点儿急了：你别撑着，吃多了睡觉不好！

江卫国：怎么不好？

江卫东：消化不好。

江卫国：你去给我找点儿酵母片！

江卫东不动。

江卫国双目圆瞪：你去不去？

江卫东赶紧起身：去！去！我去我去！

江卫东回来了，用手电一照，碗里光剩下汤了，带着哭腔：你怎么一个都不剩呀！也不给我留一个！

江卫国摸着肚子笑了：真香！真好吃呀！

江卫东气呼呼地钻了被窝，江卫国也上了床。

黑暗中传来"咔吧咔吧"的声音。

江卫东探起身来：你又吃什么？

江卫国：笨蛋！酵母片呗！

江卫东"咕咚"一声倒下了，江卫国高兴地捂着嘴乐：哎！起来！给我揉揉肚子！

江卫东不动，江卫国抬高了声音：你听见没有？

江卫东爬了起来，坐到江卫国床上，气呼呼地给他揉肚子。

江卫国：哎哎哎！你轻点儿！

江卫东没好气：这下咱俩扯平了！我不欠你了！

江卫国不吭声，江卫东加大了力度。

江卫东：你听见没有！

江卫国：哎哟！哎哟！你想把我肚皮按炸呀！

22　白天　安杰家厨房门口

江卫国端了一碗肉往外走，被安杰堵在了门口。

江卫国往后退，嬉皮笑脸：妈！

安杰拖着长音：你长的是铁胃吗？生肉也能吃？

江卫国：妈，不是我吃，是黑贝吃！

安杰：噢，我说是谁的胃那么好呢，原来是狗的胃！

江卫国：妈，以后我不吃肉了，把我的肉都省给反帝和防修吃，行不行？

安杰：你不吃肉可以，反正肉不够吃，别人都抢着吃，正好省给别人吃！

江卫国：我不是省给别人吃，我是省给狗吃！

安杰：你跟狗就那么亲吗？比跟你爹妈姑姑弟弟妹妹们都亲吗？

江卫国先是点头，又摇头，又点头，也不知他到底跟谁亲了。

江卫国：妈，这是最后一次！

安杰：不行！刮台风好久不来船了，我们家也快没肉吃了！人都吃不上肉，还给狗吃！

江卫国：妈，我从来没求你什么事吧？

安杰望着他：你什么意思？

江卫国：我的意思是，这是我第一次求你，也是最后一次求你！

安杰望了江卫国好半天，最终让步了，江卫国欢天喜地端着碗跑了。

23　白天　犬舍

黑贝吃着猪肉，江卫国和赵建国看得满心欢喜。

警卫连长和指导员路过，连长踢了江卫国屁股一下。

警卫连长：你小子，啥时候把你爹的好酒偷给我一瓶喝喝！

指导员：你别瞎说，别让他当真了，真给你偷一瓶！

江卫国转身笑了：我才没那么傻呢，你们别做梦了！

指导员也笑了：这小子，长心眼了！

警卫连长：别光喂它们好吃的，拉它们出去遛遛！

江卫国一个立正：是！保证完成任务！

赵建国跳起来：哈！希特勒！

指导员打了他一下：你小子，反动！

江卫国也来了个举手礼：哈！希特勒！

连长指导员哈哈大笑。

24　白天　路上

江卫国和赵建国一人牵了只狗慢悠悠地走着，侯城北和三样从对面走来。

赵建国小声地：哎，你看，侯城北！

江卫国也小声地：别理他！

赵建国小声地：我逗他玩儿玩儿。

江卫国：你别！你别！

赵建国仿佛没听到，弯下腰，一扯黑贝的脖子，松了松手里的绳子，黑贝跳了起来。

侯城北吓得扭头就跑，没跑几步就摔倒了，他爬了起来，看自己的裤子破了，腿也流血了，不跑了，站在那儿破口大骂：江卫国！

你不是人！你不得好死！

江卫国分辩：又不是我放狗吓你的，你骂我干吗？

侯城北：他是狗仗人势！没有你撑腰，他敢吗？

赵建国不干了，拉着狗就往上冲，被江卫国死死地拉住了。

赵建国：江卫国，你他妈给我松手！

江卫国不松手，冲侯城北和三样喊：你们还不快跑！

三样拉着侯城北跑了，江卫国松了手。

赵建国：江卫国，你就这么怕侯城北？你又不是打不过他！你不是把他的门牙都打掉了吗？

江卫国直摆手：你别再提那事了，再提那事我腿肚子都抽筋了！我怕了！我真的怕了！我被我爸打怕了！

赵建国：你爸也是，简直是不分青红皂白！

江卫国又摆手：跟烈士子女打架，没有青红皂白！倒霉的就是我！

赵建国直摇头：哎呀，江卫国，你可真可怜，被打成这样了！

江卫国直点头：对！我怕了，实在是被打怕了！

赵建国：那怎么办？他的裤子又破了，腿上也破了，再上你家告状可怎么办？

江卫国站了起来：真是的！他真到我家告状去怎么办？

赵建国：我去跟你爸解释。

江卫国：你不知道什么叫不分青红皂白呀？

赵建国：那我就没办法了，我也不知怎么办好了！

江卫国：没办法了，三十六计，只剩下走这一计了！

赵建国：走！往哪儿走？

江卫国：跟我来！

赵建国：到哪儿去？

江卫国附在他耳边说话。

赵建国：行吗？

江卫国：当然行啦！有吃有喝的还不行吗！

25　晚上　安杰家

熄灯了，家里却一片明亮。有煤油灯，有蜡烛光，有手电光。人在光亮下走来走去，各屋子乱窜，气氛紧张。

安杰拿了把手电，在卧室里犹如困兽一般走来走去。

江德福：你关了手电，坐下歇一会儿！

安杰：坐下歇一会儿？你说得倒轻巧！我能坐得下吗？能歇吗？

江德福：你不坐下来怎么办？你在那走来走去就行了？

安杰：不行也比坐着强！我告诉你江德福！江卫国要是有个三长两短，我就跟你没完！

江德福：怎么赖到我头上来了？他偷肉去喂狗又不是被我抓到的！

安杰：是被我抓到不假，但我也没怎么着他呀？还不是让他把那碗肉拿走了吗？

江德福：这就是你的不对了！怎么能这么惯孩子呢？他想干什么就干什么？现在肉这么紧张，人都捞不着吃，还拿去给狗吃！

安杰一跺脚：就是给狗吃了，你怎么着吧！

江德福：我不能怎么着，我说说还不行吗？

安杰：你说说也不行！你把孩子打跑了，你有什么资格说呀！

江德福：我打他那是什么时候的事了？要跑他早跑了，还用等到今天！

安杰欲言又止：反正跟你那天打他有关！打得他连家也不敢回了！

江德福站了起来：他是不是又跟人家打架了？

安杰：他一天到晚哪那么多架打呀！

江德福：那他干吗不敢回家了？

安杰：我哪知道！反正都是让你逼的！逼得孩子走投无路。

江德福又坐下：难道他能去死吗？

安杰又站了起来：如果他死了，我就跟你拼了！

26 晚上 山顶上

一个老兵出来解手，见山上到处是手电光，自言自语：怎么回事？抓特务哇？

一个流动哨兵过来，老兵向他打听：这是干啥呢？

哨兵：你不知道？江司令和赵副主任家的孩子丢了，正在挖地三尺地找呢！

老兵笑了：娘的，这动静也太大了！

老兵往回走，走了一半叫住哨兵：哎，我说，你给连里打个电话，告诉他们今天是坑道通风的日子，让他们进坑道找找！

27 晚上 半山腰

一个个伪装得很好的坑道门被打开，一路路打手电、提马灯的人接连进了坑道里。

28 晚上 坑道里

警卫连长带着几个人进了坑道，听到了狗叫声。

警卫连长笑了：奶奶的！藏这儿了，我说怎么找不到呢！

狗叫声越来越近，一个洞里亮着灯光。连长带着人进去，江卫国和赵建国果然都在。

江卫国：谁？

警卫连长：我！

江卫国：你是谁？

警卫连长：我是你，我是你叔叔！

警卫连长走近后，江卫国看清了来人，笑了：李叔叔，你们怎么来了？

警卫连长打了他头一下：你害得我们连觉都睡不成，还有脸问？

连长见赵建国倚着墙坐在地上，两腿伸得老长，一副起不来的架势。

连长上前踢了他一脚：是不是饿得起不来了？

江卫国笑了：哪呀！他是撑得起不来了！

连长：你们吃什么了？

江卫国一指地下：喏！

连长看见地上打开的战备罐头和压缩饼干，笑了：行啊！你俩野战生存的能力不错呀！

赵建国在地上行了个举手礼，嘟囔了句什么。

一个排长问：你说什么？

连长替他回答：他说谢谢你！说我们是他的救命恩人。

排长狐疑地：他没说这么长的话呀？

连长：他大概是这个意思！你说是吧？

江卫国赶紧点头：对对对！是是是！

29　白天　朝阳的山坡上

七八个男孩儿面朝大海，躺在草地上晒太阳。

江卫国坐了起来，直抽鼻子，朝一边大喊：赵建国，你小子也不跑远点儿拉，臭死了！

赵建国的声音：都是你害的！让我吃了那么多压缩饼干，好几天拉不出屎了！你就忍着点儿吧！

明大勇喊：他忍可以！凭什么我们也要忍哪！

赵建国的声音：兄弟，看在党国的分儿上，你也忍一忍吧！

大家都笑了，有人往那边投石头。

赵建国的声音：别乱打，小心把我的头打破了！

明大勇：江卫国你们真不够意思，到坑道去吃罐头和压缩饼干，也不说叫上我们！

男孩儿甲：就是！太不地道了！

男孩儿乙：吃独食，不是好东西！

男孩儿丙：吃得拉不出来屎了吧？该！

大家又笑。

江卫国：诸位，请原谅！我们当时是去逃难的，哪想那么多了，屁滚尿流就跑了，哪还顾得上叫你们！

赵建国提着裤子过来了：就是！你们不知当时把江卫国吓得脸都白了！哭着对我说"兄弟，陪我一起跑吧！"看在党国的分儿上，我能不答应吗？只好陪他摸着黑进坑道了！

江卫国拿着棍子抽他，赵建国跳开了。

江卫国挥着棍子：坐下，坐下！我命令你快点儿坐下！

赵建国一个举手礼：哈！希特勒！

明大勇：你们还敢"哈！希特勒！"江卫国你知不知道，为这个，你爸都挨王海洋他爸的批评了!

男孩儿甲:王海洋他爸敢批评江卫国他爸?

男孩儿乙:怎么不敢?政委管司令,一管一个准!

江卫国皱着眉头:谁说的?谁说他爸管我爸,一管一个准的?

男孩儿乙:我说的!怎么了,不对啊?

江卫国:当然不对了!你是不是想挨打了?

赵建国:你的门牙是不是痒痒了?

男孩儿乙:如果这是毛主席说的呢?

江卫国:毛主席说过这话?让他爸管我爸,一管一个准?

男孩儿乙:想好事!毛主席知道你爸和他爸是谁呀?算老几呀!

赵建国:在咱们岛算老大和老二!

男孩儿乙:嘻!在毛主席那儿,咱们岛连他老人家脚上的小指甲盖都算不上!

江卫国:你少废话!你快说毛主席是怎么说的吧!

男孩儿乙:毛主席说,军队里要党指挥枪,而不是枪指挥党!毛主席说过这话吧?

孩子们纷纷点头:说过!是说过!没错!

男孩儿乙:司令是枪,政委是党吧?你们说,是谁指挥谁?

赵建国仰望着江卫国:你别说,还真是王海洋他爸指挥你爸呢!

江卫国:你别老打岔!哎,你说,王海洋他爸批评我爸什么了?

明大勇:王海洋他爸批评你爸管教子女不严,让你牵着狗,穿着他的马裤呢军装到处转!还动不动就敬法西斯的礼,问你是从哪儿学来的?

江卫国蹦了起来:奶奶的!这还是他儿子教给我的呢!怎么赖到我爸头上了?不行,我要找他算账去!

赵建国也蹦了起来：这下有好戏看了，我要看看，到底是党的儿子厉害，还是枪的儿子厉害！

男孩儿们纷纷站起来，浩浩荡荡地下山了。

30　白天　王海洋家门口

江卫国捅了捅赵建国：喊他出来！

赵建国：你怎么不喊？

江卫国：我喊，别把我姑姑喊出来！

男孩儿甲：我喊！我喊！王海洋！王海洋！

赵建国扯着嗓子：王海洋，你出来！

大门开了，王海洋的妈妈和江卫国的姑姑出来了。

江卫国不由自主往后退了退。

江德华上下打量着江卫国：江卫国，你干啥！你是不是皮又紧了？

江卫国：我干什么了？

赵建国：他什么也没干！

张桂英笑了：喊王海洋干啥？

明大勇：我们找他玩儿！

张桂英：他那么大了，还能跟你们玩儿？能玩儿到一块儿吗？

江卫国：玩儿玩儿试试呗！

张桂英：你们找他去吧！他到卫生所打针去了。

江卫国：他病了？

张桂英：对！他拉肚子了！

赵建国：拉肚子还用打针吗？

江德华：拉得厉害当然要打了！

31 白天 路上

男孩儿们七嘴八舌。

明大勇：他都打针了，我看算了吧！

赵建国：拉肚子还用打针？我看他是娇气！

男孩儿甲：他是病号，咱不能跟病号交手！

男孩儿乙：又不是跟他打架，是跟他去理论，是不是江卫国？

江卫国点头：是！我不打他，我就问问他，质问质问他！

明大勇：你别大言不惭了！你打他？他打你还差不多！

江卫国：他比我大几岁，就一定能打过我？

明大勇：差不多吧！

赵建国：那你俩就打打看，看到底谁厉害！谁能打过谁！

男孩儿甲：江卫国肯定能打过他！

男孩儿乙：为什么？

男孩儿甲：拉个肚子都要打针，这么娇气，能打过谁呀！

赵建国：哎，你要手下留情，别把他的门牙都打掉了，留一颗牙，好让他吃硬东西！

明大勇：你别在这儿使激将法了，到时候又不是你挨打！

赵建国：我可以陪他跑哇！可以陪他再进坑道哇！

男孩儿们大笑，横行霸道地走着。

32 白天 卫生所石阶下

江卫国命令赵建国：你进去看看，看看他打完针了没有！

赵建国一个立正，行举手礼，刚要说话，被江卫国打断。

江卫国：不许再说了，听见没有？

赵建国：哈！希特勒！这是最后一次！

赵建国转身往台阶上跑。

33　白天　卫生所内

王海洋趴在治疗床上打针，赵建国在一边等待。王海洋打完针提着裤子下来，赵建国做了个请的手势。

王海洋：找我干吗？

赵建国：你去了就知道了。

王海洋看了他一眼。

赵建国笑了：有个问题想请教你一下。

王海洋有气无力地在前边走，赵建国雄赳赳、气昂昂地跟在后边。

34　白天　卫生所外

王海洋出来了，一见石阶下的架势，愣住。

石阶下，以江卫国为首的半大男孩儿们，一字排开站在那儿，两只黑贝虎视眈眈地立在前边。

赵建国在他身后：请吧！党的儿子！

王海洋回头看他：你说什么？

赵建国：我说你是党的儿子，难道你不是吗？

王海洋不好说不是，只好硬着头皮下去了。他直接走到江卫国面前，并不惧怕他手里的黑贝。

王海洋盯着江卫国：有何公干？

江卫国一愣，似乎忘了有何公干了。

赵建国不满意江卫国的表现，在王海洋身后挤眉弄眼。

江卫国想起来了：王海洋！我问你，"哈！希特勒"是不是你教我的？

王海洋一愣，没听明白的样子。江卫国只好示范，一个立正，一个举手，嘴上重复着"哈！希特勒"。由于靠得太近，他的手差点儿戳了王海洋的眼睛。王海洋赶紧后退一步，男孩儿们都笑了。

江卫国：是不是？这是不是你教我的？

王海洋点头：是呀，是我教你的，怎么啦？

江卫国：怎么啦？那你爸为什么赖到我爸头上了？

王海洋：我爸赖你爸？

江卫国：是呀！没错！

王海洋：你听谁说的？

江卫国：你爸说的！你爸开会的时候说的！说的我爸！

王海洋：这是谁告诉你的？

江卫国：是……

明大勇在一旁捅他屁股。

江卫国：这你就别管了！你回家问你爸就行了！你告诉你爸，这法西斯礼是你教我的！让你爸向我爸认错！当众给我爸道歉！

王海洋冷笑了一下，上下打量江卫国。

江卫国：你看我干吗？

王海洋：我看你是不是发烧说胡话了？你真是病得不轻！

江卫国：我没病！狗才病了呢！刚才狗才在里边打针呢！

王海洋：你嘴给我放干净点儿，别一口一个狗狗狗的！你以为你牵了只狼狗，我就怕你呀？我就怕它呀？

江卫国：你是谁呀？你怕谁呀？

赵建国：他是党的儿子，他谁也不怕！连狗也不怕！

江卫国冷笑了一下：他不怕狗？他敢踢它一下试试吗？

赵建国：他敢！他当然敢了！

其他男孩儿：他不敢！他不敢！他肯定不敢！

王海洋笑了：小兔崽子们，还学会激将法了！

明大勇故作认真：我们不是激将法，我们就是认为你不敢！在这个岛上，还没有敢踢它的人呢！谁也不敢！

王海洋看了江卫国一眼，见他满怀期待地望着自己。对面一排半大的男孩儿，也都用同样的神情望着自己，王海洋笑了，指着狗：它是谁呀？它战无不胜吗？

男孩儿们异口同声：它就是战无不胜！

王海洋飞起一脚踢了过去，嘴里还说：我让你战无不胜！

说时迟，那时快，黑贝张开大口，一下咬住了王海洋的脚肚子，王海洋大叫一声倒在地上，男孩儿们也叫了起来，都慌了神。

江卫国吓得都说不成句了：不，不是我，是你自己！

王海洋大叫：你快让它松口！

35 白天 安杰家

江德福进家，直接走到江卫国面前，将他一步一步逼到了墙角。

江卫国：爸爸，不是我让狗咬他的，而是他踢的狗……

江德福：他为什么要踢狗？

江卫国：他说……他说他不相信狗是战无不胜的，所以，才……才……

江德福：才踢狗的？

江卫国点头：是。

安杰：你说说，从这两条狗上岛，惹了多少祸！当初还不如不要它们呢！

江德福回头看了她一眼，点头：对！你说得对！我这就让他们下午有船把狗送出去！

江德福进客厅，拿起了电话。

江卫国跟了进去，扑通一下跪在江德福脚下：爸爸，别！我求求你别送黑贝走！

江德福先是吃惊地望着脚下跪着的儿子，又看了一眼跟进来用手捂着嘴的安杰，突然发作。他飞起一脚，重重地踢在江卫国腿上，大喝：起来，你给老子起来！

江卫国倒在地上，脸都痛歪了，安杰冲上去拽住江德福，大喊：你疯了？怎么这么打孩子？你把他打坏了怎么办？

江德福指着江卫国：我就是要让他记住，男儿膝下有黄金！别动不动就下跪，给老子丢人现眼！

36　晚上　犬舍

手电光下，江卫国坐在犬舍前，两条黑贝在笼子里深情地望着他。

安杰：快回家吧！你能在这儿坐到天亮啊！

江亚宁：我大哥说，他要跟黑贝一起走，黑贝到哪他到哪儿！

江德华：你咋对它们这么亲呢？他们是你爹、是你妈呀！

安杰不满地看了她一眼，她捂着嘴笑了。

安杰蹲了下来，与儿子对视着：听话，别再犟了！不就是两只狗吗？两天就忘了！

江卫国带着哭腔：谁说我两天就忘了？我一辈子都忘不了！呜呜……

众人望着埋头哭泣的江卫国，一筹莫展。

江德华似乎想起什么，扭头就走，江亚菲和江亚宁追了上去。

165

37　晚上　小路口

江德华在前边一路小跑，江亚菲和江亚宁在后边紧追不舍。

江亚宁：姑姑！姑姑！你干什么去！

江德华不回答。

江亚菲小声地：姑姑肯定回家求爸爸去呀。

江亚宁停下脚：能行吗？

江亚菲：可能行。

江亚宁扭头就要走，亚菲一把拉住她：干什么去？

江亚宁：我告大哥去！

江亚菲望着奔跑着的江亚宁，自言自语：八字还没一撇呢！

38　晚上　犬舍

江亚宁气喘吁吁地跑来了，站在江卫国面前，半天说不出话来。众人莫名其妙地望着她。

江卫民：你干吗？你说话呀！

江亚宁：让我喘口气。

众人望着她大喘气，等她开口说话。

江亚宁：大哥，姑姑去找爸爸了！

江卫民：找爸爸干什么？

江卫东：笨蛋！肯定求情去了！

江卫民：爸爸能答应吗？

江卫东：等等看呗！

江德华和江亚菲回来了，两人也在大喘气，都说不出话的样子，众人期待地望着她俩。

江亚菲刚想说,被江德华一把扯住:我说!我说!让我说!卫国呀,你爸答应了!

江卫东:答应什么了?

江德华:答应先不把狗送走!

孩子们一阵欢呼,江卫国抬起头来,含泪笑了,安杰松了口气,也笑了。

江德华:都先别笑!你爸还有话呢!

孩子们异口同声:什么话?

江德华:你爸说,还要看你的表现,以后再笑!

江亚菲开口了,没好气地:什么以后再笑呀!是以观后效!

39 白天 安杰家

一家人在吃早饭,唯独缺了江卫国。

江德福:卫国呢?

江卫东:出去上大号了!

江德福:为什么出去上?

江卫东指着江卫民:这小子在厕所里老不出来,占着茅坑不拉屎!

江卫民:谁说我不拉屎?我就是在拉屎!

一桌子的女将都皱起了眉头,连江德华都听不下去了,她用筷子敲江卫民的头:吃饭,说什么拉屎!

江亚菲:姑姑!你还重复!

饭桌上的人都笑了。

大喇叭响了,转播中央人民广播电台的新闻节目。播音员用庄严的声音播报珍宝岛事件,一家人聚精会神地听着。

江亚菲：爸爸，要打仗了？

安杰：别出声，好好听着！

大门"咚"的一声响，江卫国飞奔进来，弯着腰大口喘着气，一时说不出话来。

全家人盯着他，等他开口。

江卫国直起身子，用手拍着胸口，像是在表决心：爸爸，我要当兵！我要到珍宝岛去当兵！

江德福望着他：你为什么要到珍宝岛去当兵？

江亚菲抢着答：这还用问吗？珍宝岛打仗了，他要去前线打仗！大哥，对不对？

大哥遇上了知音，高兴得直点头。

安杰：你别说话，让你大哥说！

江卫国：她都替我说了！我就是这个意思！

安杰：你今年多大呀？你就想当兵打仗？

江卫国：我今年十六周岁了，按姑姑她们老家算，我都应该算十八岁了！

江德华不满地：我老家不是你老家呀？

江卫国笑：是是是！是我老家！是我老家！那我就更该算十八岁了！更没问题了！

江德福：当兵的想法是好的，但不一定非要到珍宝岛上去当。

江卫国：不到珍宝岛上去当，我干吗这么着急忙慌？

江德福：是呀，你干吗这么着急忙慌呢？这又不是征兵的日子，你想当就能当啊？你以为你老子是国防部长，全军都归我管，我想让你去哪儿当兵，你就能去哪儿？

江卫国：我不管！反正我就要去珍宝岛当兵！死也要去！

江德福笑了：你死我也没办法呀！

江德华：这是干啥呀？一大早你爷俩就死呀死呀的，多不吉利！

江亚菲：姑姑，你迷信！什么吉利不吉利的！

江卫民：就是！小心让人把你抓起来！

江德华又用筷子敲江卫民的头，江卫民大叫。

安杰：好好吃饭！（又对江卫国）你也坐下吃饭！

江德福起身：我吃完了，坐这儿吧！

安杰：你要上班？

江德福：不上班干什么去？

江卫国：爸爸，我的事你别忘了！

江德福：你的什么事？

江卫国：到珍宝岛当兵的事！

安杰：你别听风就是雨了！

江卫国：我不是跟你们开玩笑，我是认真的！

江德福笑了：我也是认真的！我再告诉你一遍，你爸不是国防部长，没那么大权力！

40　白天　安杰家院子里

安杰和江德华在拧床单上的水。

江亚宁跑回来：妈妈，妈妈，葛老师到丁叔叔家家访去了！

安杰：你怎么知道的？

江亚宁：我亲眼看见的！丁叔叔在门口迎接，直说请进请进快请进！

江德华手里的床单掉到了地上，安杰不满地望着她。

江德华问江亚宁：她到他家干啥去？

江亚宁：家访去！

江德华又问安杰：怪了事了，好好的，家什么访啊！

安杰：学校要求的，要求老师尽量到学生家去家访。

江德华：干吗非让葛老师上老丁家呀？

安杰不耐烦了：老丁家又不是军事重地，你能去，别人不能去呀！

江德华一听这话，气得要命。

41　白天　王政委办公室

王政委在接电话：就这事？

张桂英的声音：就这事！这事你要是能给办了，也不简单哪！

王政委：人家又有哥又有嫂子的，用得着你在这儿瞎操心！

张桂英的声音：快别提她哥嫂了！光知道用她，不知道帮她！老丁是多好的机会呀，也不说帮着张罗张罗！她一个妇道人家，好意思张这个口吗？原以为时间长了能瓜熟蒂落呢，哪想到半路上跳出个程咬金来！他们不管咱们管！咱可不能让那个程咬金把老丁给抢走了！

王政委笑了：看把你能的！你这么能，你去帮她抢啊！

42　白天　张桂英家

张桂英在打电话，江德华在一旁眼巴巴地看着她。

张桂英：我要是政委我还用你？我现在就下命令，让他俩今晚就入洞房！

张桂英放了电话，江德华明知故问：嫂子，你让谁入洞房啊？

张桂英：还能有谁？你和老丁呗！还能让老丁和那个葛老师呀？哼！

43　白天　安杰家

安杰帮着江德华在厨房做饭。江德福回来,招手把安杰叫进了卧室。

江德华想去门外偷听,又不敢,急得团团转。

江亚菲放学回来了,进来就抽鼻子:嗯,什么煳了?

江德华:哎呀妈呀!饭煳了!

44　白天　安杰卧室

安杰坐在床上。

江德福在屋里走来走去,压着声音:你说,她是不是花痴了?

安杰也小声:你小点儿声,别让她听见!

江德福拉开门,往外看,正好看见在外边团团转的江德华,他"哼"了一声,"咣"的一下关上了门。

安杰起身,紧张地:怎么,她又在外边偷听?

江德福:没有!你别把她想得那么赖!

安杰笑了:你都把她想成花痴了,还说我!

江德福叹了口气:唉!你说她傻不傻,让人家外人来跟我们说,让我们去跟人家老丁提亲,你说这叫什么事呀!

安杰:那你就再找老丁去提提呗!

江德福:我疯了?我没脸没皮了?你都去碰过一鼻子灰了,我还去找那个不自在?

安杰坏笑:为了自己的妹妹,再去试试呗!万一老丁回心转意了呢!

江德福一摆手:你给我打住!人家老丁没跟葛老师谈的时候,人家就不愿意德华,现在跟葛老师谈上了,德华就更没戏了!

安杰：你怎么知道葛老师跟老丁谈上了？她是去家访，又不是去谈恋爱！

江德福：我一直都没跟你说，就是怕你嘴快，让德华知道了。人家老丁跟葛老师早就谈上了，人家老丁满意得不得了，恨不能马上就入洞房呢！

安杰生气了：好哇，这个葛美霞！真不是东西！这事还瞒着我，瞒得死死的！

江德福：你不是德华的嫂子嘛，人家不方便跟你说！

安杰：你倒挺能理解她的！你是怎么知道的？什么时候知道的？

江德福：我早知道了，老丁刚跟她交上火，就告诉我了。

安杰气得直喘粗气：好哇！你们狼狈为奸，都不是好东西！尤其是你！更不是东西！明明知道老丁跟别人谈上了，还眼睁睁地看着自己的妹妹，今天去给人家包包子，明天去给人家洗被子的！

江德福：谁说不是呀！你以为我这心里好受哇？你没看我老训她吗？不让她去吗？但她听我的吗？我能把她的脚捆起来不让她去吗？

安杰：你告诉我们老丁跟葛美霞谈上了不就行了吗？

江德福：人家那时还没成呢，万一让你们吵吵起来再给搅黄了呢？

安杰：搅黄了活该！你到底是哪边的人？怎么老向着老丁说话？

江德福：老丁是我的老同学、老战友，我当然要向着他说话了！

安杰：那德华呢？她还是你妹妹呢！

江德福看着自己的手心和手背：是呀，奶奶的！这手心和手背都是肉，我也不知该向着哪边的肉了。

门被"咚"的一声踹响，江德华在门外恶声恶气地喊：吃饭了！

江德福摇头：这样的恶肉，你说我能向着嘛！

安杰站了起来：她是你妹妹，你看着办！

45　白天　安杰家饭桌上

江德福：怎么是煳饭？

江德华没好气：有煳饭吃就不错了！过几天，没准儿连煳饭也吃不上了！

江亚宁：姑姑，为什么？为什么过几天连煳饭也吃不上了呢？

江卫东：你以为姑姑的水平那么高哇？能老做煳饭？哈哈……

江卫东夸张地笑了起来，全家人都奇怪地望着他。

江卫东：怎么，不好笑吗？你们怎么都不笑？

江卫国：爸爸，你给我问了吗？

江德福：问什么？

江卫国：我当兵的事！到珍宝岛当兵的事！

江德福：我连正事都忙不过来，哪有工夫管你这事！

江卫国重重地放下饭碗，不满地望着江德福。

江德福：怎么？你还要绝食？

江卫国站了起来：对！我就是要绝食！不让我去珍宝岛当兵，我就饿死给你看！

江德福：行！有种你就饿给我看看！

江卫国：行！谁不看，谁没种！

江德福摔了筷子：放肆！怎么跟老子说话？

江卫国一字一顿认真地：从现在起，我不再说一句话了。要么去珍宝岛当兵，要么就饿死我，你看着办吧！

江卫国进了自己房间，重重地关上房门，一家人面面相觑。

46　傍晚　安杰家

又到了吃饭时间。

安杰对江亚宁：去，叫你大哥吃饭。

47　傍晚　江卫国房间

江卫国用被子蒙着头躺在床上。

江亚宁推着他：大哥，吃饭了。

江卫国从被窝里伸出手，挥了挥，示意她走。

48　傍晚　安杰家

江亚宁从江卫国房间出来：妈，大哥说他不吃。

江德福：对！都绝食了，还吃什么饭！

安杰瞪他。

江德福：你不用瞪我！我不惯他这些毛病！真是越大毛病越多！动不动就往外跑，不回家，现在又学会绝食了！行！我看他能坚持几天！

安杰：你是后爹吧？怎么这么狠呢？卫东，你去叫！

江卫东跳了起来，进了江卫国的房间。

没一会儿，江卫东一瘸一拐地出来了。

安杰：怎么了，你这是怎么了？

江卫东：他不但不起来，还用脚狠狠地踹了我一下！

江德福：还有力气用脚踹人，就说明他还不饿！吃饭吃饭！我们吃饭！

江德华木着一张脸，一副事不关己高高挂起的样子。

49　晚上　江卫国房间

江卫东上床了，江卫国提着裤子回来了。

江卫东：哥，你不饿呀？

江卫国看了他一眼，上床躺下。

江卫东：你真不饿吗？一点儿也不饿吗？用不用我再去给你卧八个荷包蛋？

江卫国：你给我住嘴！

江卫东笑了：你不是不说话了吗？怎么又说话了？

江卫国掀开被子坐起来，怒视着他。

江卫东赶紧躺下，用被子蒙上了头。

50　白天　江卫国房间

安杰亲自进来：卫国，卫国，吃饭吧！

江卫国掀开被子，摇了摇头。

安杰：傻儿子，你不饿吗？

江卫国又摇了摇头。

安杰：都一天没吃东西了，怎么会不饿呢？起来，起来吧！

江卫国用被子蒙上了头。

安杰叹了口气。

51　白天　安杰家外屋

一家人鸦雀无声地吃着早饭。

江德福：怎么都不说话了？都哑巴了？

孩子们看看父亲，又看看母亲，再看看姑姑，依然不说话。

江德福干笑了两声：嗯，这样好！这样清静！省得吵得慌！

大家吃完饭都走了，江德华在窗前看着大门被关上，马上就冲进江卫国的房间。

52　白天　江卫国房间

江德华推江卫国：卫国，卫国，快起来吧，他们都走了！

江卫国掀开被子，望着姑姑不说话。

江德华：起来呀！吃饭呀！

江卫国摇头。

江德华：你真不吃饭了？

江卫国点头。

江德华：你也真不说话了？

江卫国又点头。

江德华掐着腰，盯着他看了一会儿，扭头就走。

53　白天　安杰家厨房里

江德华在煤油炉上煎荷包蛋，她将煎好的蛋盛到盘子里后，又往上边滴了几滴香油，自言自语：我就不信你能不吃！

54　白天　江卫国房间

江德华将荷包蛋放到床头柜上：卫国，快起来吃！你最喜欢吃的荷包蛋！

江卫国依旧不动弹，连被子也不掀了。

江德华替他掀开被子，将荷包蛋端到了他鼻子下：你闻闻，你闻闻，多香啊！你不馋呀？不想吃呀？

江卫国白了她一眼,将被子拉下。

江德华放下盘子,望了他一会儿,撇了撇嘴,转身走了,出门时,还特意留了一条缝。

55 白天 安杰家外屋

江德华每隔一会儿就偷偷从门缝往里看一次,越看心里越不踏实,心想:这孩子饿傻了吧?

56 白天 江卫国房间

江德华又端了一大碗面条进来,面条上卧了两个荷包蛋。

江德华掀开被子:卫国,起来吃面条!还有两个荷包蛋!

江卫国睡得迷迷糊糊的,抽了抽鼻子,一下坐了起来,江德华笑了。

江卫国似乎想起什么,突然往后一倒,又躺下了,不料没躺好,头撞到了床头上。江卫国疼得抱起了脑袋,江德华心疼得直吸冷气,她赶紧帮着江卫国揉头,却被江卫国一把推开。

江德华火了,一下掀开了他的被子:你给我起来!赶紧起来!

江卫国看了她一眼,翻了个身,面冲墙,背对她。

江德华打了他腚一下:你听见没有?

江卫国又平躺了,紧闭双眼不看她。

江德华弯腰去翻他的眼睛,却翻开了一双愤怒的眼睛。

江德华吓得后退一步:不吃拉倒,饿死活该!

57 白天 学校

放学了,安杰站在教室门口看着学生们排着队出了校门。

葛老师站在不远处,似乎有话要对安杰说。安杰假装没看见她,扭头就要走。

葛老师:安老师,安老师。

安杰:干吗?有事吗?

葛老师:有点儿事,我想跟你说点儿事。

安杰:什么事?说吧!

葛老师:咱们到教室说吧?

安杰:好吧,行吧。

第二十一集

1　白天　教室

俩人隔着一排课桌坐下。

安杰：什么事？说吧！

葛老师：那什么，那个事，你知道了吧？

安杰：什么事？你说什么事？

葛老师：我跟丁副参谋长的事。

安杰：你跟丁副参谋长什么事？

葛老师：……

安杰：你这个人真是的，干吗说一半留一半呀？你说不说了？不说我可要走了！我家里还有个绝食的孩子呢！

葛老师：谁绝食了？

安杰：跟你没关系，你不用知道！

葛老师：安老师，你别这样。

安杰：我哪样儿了？

葛老师：我知道你对我们的事有看法，有意见。

安杰：我对你们的什么事有看法？有意见了？我都不知道你们有什么事，有什么事瞒着我，我哪来的看法和意见呢？

葛老师又不说话了，低头坐在那儿，短发遮住了半张脸，一副楚楚可怜的样子。

安杰望着她，眼前幻化出当年她站在杨书记面前的情形……

安杰回过神来，叹了口气：你用不着这样，这是你的终身大事，你自己要拿主意！用不着征求别人的意见，也用不着看别人的脸色！

葛老师抬起头来，眼里泪光闪闪：安老师，谢谢你。

安杰站了起来：谢我干吗？我又没帮你什么忙！我真要走了，家里真有事。

安杰匆匆走了，葛老师望着她的背影，长出了一口气。

2 白天 院门口

安杰刚要推门，门开了，江德华端着饭盒要去打饭。

安杰赔着笑：打饭去？

江德华：嗯。

安杰：他吃东西了吗？

江德华：我哪管得着呀！你们爹妈都不管，我管干什么？

安杰望着她的背影，一点儿脾气没有。

3 白天 江卫国房间

安杰进来，见床头柜上又是煎鸡蛋，又是面条的，笑着摇了摇头。她掀开江卫国的被子，见他睡着了，轻轻退出房间。

4　白天　安杰家外屋

吃午饭时,江德华将一盘煎鸡蛋、一碗卧着荷包蛋的面条重重地放到饭桌上:你们吃吧!

江卫东:姑姑,这是什么?

江德华:你没长眼啊?不认识啊!

江卫东嬉皮笑脸:我长眼了,也认识,就是不知道为什么做这些好吃的。

江德华:你哥不吃,便宜你们了!

江卫民抢了个荷包蛋:绝食可真好!过几天我也要绝食!

江卫东抢过一半来:绝食有什么好,把好东西都绝给人家吃了。

江德福:都给我闭嘴,好好吃饭!

5　白天　安杰家外屋

江德福要去上班,见江卫国房间的门开着,安杰在里边劝着江卫国。江德福就站在门口看,安杰回头发现了他,他赶紧走了。

6　晚上　安杰卧室

江德福在屋里转圈儿,安杰进来。

江德福:他还不吃吗?

安杰白了他一眼。

江德福:你给他屋里放一包桃酥或是饼干,饿急了他就吃了。

7　晚上　安杰家外屋

江德福倒完洗脚水回来,站在江卫国房间门口听了一会儿。他突然放下盆子,搬了把椅子站上去,从上边的玻璃窗往里边看。他看了一眼,跳了下来,骂了句:他妈的!

8　晚上　安杰卧室

安杰在铺床,江德福进来了:你快看看去吧,你的桃酥,都快让你二儿子吃光了!

安杰从床上跳下来,跑了出去。

9　晚上　江卫国房间

安杰突然推门进去,将正在吃桃酥的江卫东吓了一跳。他赶紧将剩下的一块儿塞进嘴里,艰难地往下咽,噎得直翻白眼。

安杰笑了:你慢点儿吃!小心别噎死!

江卫东咽下最后一口,打着饱嗝:妈,我没都吃,还给我哥剩半包呢。

安杰:嗯,你亏了没都吃!都吃了你还撑死了呢!

江卫东:都吃了也撑不死我!

安杰:你好好看着你哥,有事赶紧叫我!

江卫东:知道了,我遵命就是了!

10　白天　安杰家院子里

江德福扎着武装带回来,江卫东、江卫民、江亚宁一溜排开在院子里刷牙。

江德福问江卫东:你哥呢?

江卫东赶紧吐了嘴里的牙膏沫:还睡着呢,还没醒呢。

江德福皱着眉头:晚上吃东西了吗?

江卫东摇头:好像没有。

江德福：都让你吃了吧？

江卫东又摇头：没有没有，我没都吃。

江德福"哼"了一声进屋了。

江亚宁"呸呸"地吐干净：你胡说！你明明吃了！

江亚菲端着牙缸从屋里出来：他吃什么啦？

江卫民和江亚宁异口同声：你问他！

江卫东落荒而逃，进屋了。

11　白天　安杰家厨房

安杰和江德华在忙早饭，江德福探进头来：哎，你出来一下。

安杰出去了，江德华倚在门边偷听。

江德福的声音：不太对劲呀，怎么还睡呀？你快进去看看！

安杰的声音：你不能进去看哪？

江德福的声音：咱俩你唱红脸，我唱白脸，有进有退，才能百战百胜！

安杰的声音：都什么时候了，还想着百战百胜！

江德福的声音：别啰唆了，快去吧！

江德华掀开锅盖，自言自语：什么红脸白脸的，还会唱戏！

安杰的惊叫声：不好了！来人哪！

江德华手里的锅盖"咣"的一声掉了。

12　白天　医院病房里

江卫国慢慢睁开了眼睛，安杰和江德华扑了上去。

安杰：卫国，你醒了？

江德华：废什么话呀？他当然醒了！

江卫国：我这是在哪儿？

江亚菲抢答：你在医院！

江亚宁补充：你饿昏了！你住院了！

江卫国有气无力地：我不吃东西，我不吃东西！我坚决不吃东西！

病房里的人都笑了。

张桂英：这小子，真是个犟种啊！也不知随谁？

江德福自豪地：当然随我了！有其父，必有其子嘛！

安杰：哼！这是什么好事！

江德福：也不是什么坏事！

江德福探下身子，慈祥地望着江卫国。

江卫国虚弱地：爸爸，我要当兵，我要到珍宝岛当兵。

江德福：好！爸爸答应你，就让你到珍宝岛去当兵！

江卫国笑了：谢谢爸爸。

江德福也笑了：儿子，不用客气！

病房一片笑声。

13　白天　病房

江卫国坐在床上喝稀饭，安杰坐在床边看着。

江德福推门进来，他挎了个作战包，进来就往外掏地图：卫国，都给你办好了，你随时都可以走！

江卫国：是吗？是去珍宝岛吗？

江德福：不是去珍宝岛，但离珍宝岛很近。你看，在这里。

江德福打开军用地图，父子俩的头挤在一起看地图。

江德福：你看，在这里，这里是珍宝岛，你看是不是挨得很近？

江卫国：为什么不是珍宝岛呢？我想去珍宝岛。

江德福：珍宝岛现在正在打仗，你想，能让你个新兵蛋子上去吗？不能吧？

江卫国点头。

江德福：你们部队离前线很近，随时都有可能拉上去，你要做好思想准备呀！

江卫国从床上蹦下来，举起拳头：时刻准备着！

江德福笑了，安杰赶紧上前把他推上床。

江卫国又蹦了下来，又举起了拳头：消灭法西斯，自由属于人民！

医生推门进来，看到这一幕，笑了：司令，这真是将门虎子啊！

江德福：哎！将门谈不上，虎子倒不假！他什么时候能出院？

医生：随时都可以！

14　傍晚　医院门口

江德福和安杰出来，吉普车开了过来。

江德福：你把车开回去吧，我跟阿姨散步回去。

司机：好！

吉普车一溜烟跑了，车轮下尘土飞扬。安杰都不在意，江德福却假装殷勤地替她扇灰。

安杰笑了：你别出洋相了！

江德福：这是出洋相吗？你刚进岛时，总这样！你那是出洋相吗？

安杰：是出洋相！怎么，不行吗？

江德福点头：行行行！你干什么不行啊？你那时候连出洋相也那

么好看!

安杰笑了:讨厌!

江德福也笑了:老婆子!你有多久没说过我讨厌了?

安杰:你叫我什么?

江德福:老婆子呀!

安杰:谁是你的老婆子?

江德福:你呀!你是我的老婆子呀!难道你还不承认?

安杰:我有那么老吗?

江德福:我们的儿子都要去当兵了,你说我们能不老吗?

安杰:哎,刚才你在病房里是蒙他吧?他去当兵的地方离珍宝岛不近吧?

江德福:怎么不近?就跟珍宝岛挨着呢!珍宝岛那边打炮,他们那没准儿就能听见呢!

安杰:我还以为你是骗他呢,就跟当年你骗我进岛时那样骗他呢!

江德福:到前线是他要求去的,我为什么要骗他上前线呢?再说了,你以为他是你呀?连军用地图和民用地图都分不清,那么好骗!

安杰站住了脚:我这么好骗吗?

江德福笑了:当然好骗了!这不让我骗到这里,还骗到现在了吗?

安杰叹了口气:唉!你说,他会不会有危险?

江德福:你说呢?

安杰:有吧?有危险吧?

江德福:只要去当兵,就会有危险!这是常识!你做了这么久的军人家属，这点儿常识还没有？

安杰又叹了口气：他还是个孩子！还不满十六周岁！

江德福：当了兵，参了军，他就不是孩子啦，就是个顶天立地的男人了！你难道不希望你的儿子成个顶天立地的男子汉吗？

安杰：什么事到了你嘴里，都变得那么轻巧了！

江德福手一指：看！太阳掉海里了，多好看！

安杰：嘀！你现在也会欣赏风景了！

江德福：当然会了！你以为只有你会！

安杰：我现在不会了，我现在对风景不感兴趣了！

江德福：你不感兴趣我感兴趣！走，陪我欣赏欣赏风景去！

15　傍晚　海边

海风习习，俩人在海滩上漫步。

江德福：哎呀，想当年，你带我到海边去散步，我真想拉拉你的手，可我没那胆，你不知我心里有多着急！

安杰笑了：现在你有这个胆儿了，又不稀得拉了吧？

江德福：谁说我不稀得拉？我还没拉够呢！我现在就拉！

江德福要去拉安杰的手，安杰吓得跳开了：你出什么洋相？这到处都是人！

江德福哈哈大笑：你看，是你没胆，不是我没胆吧？

安杰：你是司令，你要注意影响！

江德福：司令怎么啦？司令拉自己老婆的手，就是不注意影响了？

一个军官走过来，一个立正，在沙滩上没站好，一个趔趄：司令员好！

江德福点头：好好好！

军官走过去了，安杰抿着嘴乐。

江德福：你乐什么？

安杰学那军官："司令员好！"

江德福点头：好好好！

俩人都笑了。

江德福：哎呀，真想拉你的手哇！

安杰：那你就拉吧！

江德福看了看四周：说实话，我还是没那胆呀！

安杰笑得咯咯的，江德福看得入神。

安杰：你这么看我干吗？

江德福：安杰，你一点儿也不老！

安杰歪着头：我又不是老婆子了？

江德福：老婆子还是老婆子！但一点儿也不显老！

安杰笑了：谢谢夸奖！如果不显老，也是你的功劳！

江德福：怎么是我的功劳呢？

安杰：你明知故问吧？

江德福：我干吗明知故问？我是真不知道！

安杰提高了声音：是你让我衣食无忧、精神愉悦，过上这么幸福的生活！行了吧？

江德福半开玩笑半认真地：你真觉得幸福吗？

安杰反问：你说呢？

江德福：我问你呢！你给我老老实实回答！

安杰拖着长腔：你对我这么好，我不幸福对得起你吗！

江德福哈哈大笑，惊起了一群海鸥。

16　晚上　路上

天黑了，路上没人了，安杰挽起了江德福的胳膊：不知怎么回事，看着葛美霞低眉顺眼的样子，我一下子想起我当年站在杨书记跟前的样子，也是这么低眉顺眼，也是这么一副可怜相吧？

江德福点头：嗯，很可能！

江德福伸出手，拍了拍安杰的后背。

安杰笑了：我还用你可怜我！

江德福：当初是杨书记可怜你了！要不是她可怜你，你还能嫁给我？能过上这么幸福的生活吗？

安杰松开了手：说你胖，你还真喘起来了！给你个好脸，你都不知自己姓什么了！

江德福笑了：我姓江，姓江！挽上！挽上！

江德福弯着胳膊，示意安杰挽上，安杰不动。

江德福：我求你挽上还不行吗？

安杰：这还差不多！

俩人继续挽着胳膊漫步。

江德福感叹：这样多好呀！

安杰：怎么好？

江德福：天上有星星眨着眼看着，地上有老婆死皮赖脸地挽着！

安杰要抽胳膊，江德福按住了她：是我死皮赖脸！是我死皮赖脸！

安杰叹了口气。

江德福：你叹什么气？这时候叹什么气？

安杰：我是发愁德华怎么办？好不容易碰上老丁这么个合适的，又不行。

江德福：老丁有什么合适的？不分好歹、不分香臭的！

安杰又往外抽胳膊。

江德福又拽她：你这么敏感干吗？又没说你！德华以后还有机会，还会有人死老婆的！

安杰又要抽胳膊，江德福又拽住：开开玩笑嘛！

安杰：这种玩笑你也开！

江德福：是开得有点儿大了，过头了，我不对！

后边有车开过来，灯光老远就照过来。江德福急忙抽自己的胳膊。安杰拉着不放。车越来越近了，江德福急了，吼开了：你松手！快松手！

安杰笑得蹲到了地上：你真是，真是叶公好龙啊！

17　白天　江德福办公室

王政委推门进来，手里还拿了一张纸：这是丁副参谋长的结婚报告，你看了没有？

江德福点头：我看了。

王政委：你什么意见？

江德福：我没意见。他家属死那么多年了，早该再娶了！

王政委：再娶一个没有问题，但问题是娶个什么样儿的。

江德福装傻：娶个什么样儿的？

王政委：什么样儿的都能娶！就是不能娶这样的！一个渔霸的女儿，连本地的渔民都不要，他一个堂堂的团职干部，阶级觉悟难道还不如一个渔民吗？

江德福皱着眉头不说话了。

王政委：这肯定不行！组织不会批准的！你再做做他的工作，让他算了吧！

江德福：我认为，没必要大惊小怪。人家葛老师不是又回学校教书去了吗？我家属说她人不错，没什么大毛病。

王政委：这跟她个人没关系，跟她有没有什么毛病也没关系，这跟她家庭有关系，跟她的出身有关系！

江德福：我们不是不唯成分论吗？

王政委：那是对一般情况而言，要结婚了，就另当别论了！

18　白天　安杰家

江卫国出院回到家，像好久没回家似的，挨个屋子转。

江德华提着网兜里的脸盆进家：卫国？卫国？你在哪儿？

江卫国的声音从江德福房间里传出来：我在这儿！

江德华：你等着，我给你煎鸡蛋吃！

江卫国的声音：好！

19　白天　安杰卧室

江卫国站在屋子中央，仰望着挂在墙上的手枪，兴奋得要命。

他跑到窗前，看了一眼大门；又拉开房门，看了看外屋，然后关上房门，蹑手蹑脚地取下手枪。

20　白天　安杰家外屋

江德华端着一盘煎鸡蛋出来：卫国，快来吃吧！

江卫国的声音：就来，就来！

江德华进了厨房,再出来时,见那盘鸡蛋还在,就去推卧室的门:卫国,你在干什么?

江德华大吃一惊,她看见江卫国拿了把手枪在比比画画,扑上去:快放下!让你爸看见了不得了!

江卫国:我知道!再让我玩一会儿!

江德华去抢:你这孩子,玩儿什么不好,你玩儿枪!

江卫国笑了:玩儿什么比玩儿枪过瘾啊!

江德华:你放下!你给我放下!

江卫国将枪举起来,不让姑姑够着,两人争抢中,枪响了。

江卫国的额头破了,血流了一脸,江德华腿一软,倒下了。

江卫国吓得大叫:姑姑!姑姑!你怎么啦?你没死吧?

21　白天　江德福办公室

"砰"的一声枪响,江德福一愣,马上站了起来:哪儿走火了!

江德福拿起电话:接作战值班室!值班室吗?马上查!查哪儿走火了!

王政委:你看老丁的事?

江德福:我谈谈试试吧!

王政委往外走。

江德福:你也别抱多大希望!

王政委转身望着他。这时电话响了,江德福接电话:什么?你说什么?

22　白天　医院门口

江德福跳下车,往医院里跑。

23　白天　治疗室里

护士长正在给江卫国头上缠绷带,安杰和江德福等人围了一圈儿。

护士长:痛不痛?

江卫国看了父亲一眼,摇头:不痛!

护士长:你别动!都这样了,你还敢去珍宝岛吗?还敢上前线去吗?

江卫国:敢!更敢了!

护士长:为什么?

江卫国:负伤一点儿都不痛!怕什么?

一屋子人都笑了,连一直阴着脸的江德福也笑了。

24　白天　医院走廊里

江卫国没事人儿似的走在前边,院长等人陪着江德福、安杰走在后边。

院长:这小子,行!

江德福:嗯,是块儿当兵的料,不上战场都可惜了!

安杰回头质问:他是你儿子吗?你怎么这么说话?

江德福笑了:不是我儿子,能这么有种吗?

大家都笑了。

江卫国回过头问:你们笑什么?

院长:你爸夸你有种!

江卫国不好意思地笑了。

25 傍晚 安杰家院子

江德福蹲在菜地里锄草，安杰在给花浇水，江德华抱着一床被子出门了。

安杰明知故问：干什么去？

江德华：四样的被子做好了，我给送去！

江德福挂着锄头站起来：你不用去！让卫东去送！

江德华：为什么？

江德福：人家老丁都要结婚了，你老往那儿跑，人家会怎么想？

江德华：爱怎么想怎么想！他结婚关我什么事？我说过了，我帮他家干活，不是为了他，而是为了秀娥嫂子！为了孩子们！哼！

江德华说完愤愤地走了，剩下两口子你看看我、我看看你，一点儿脾气也没有。

安杰：你信吗？她刚才说的话？

江德福挥着锄头：我信！我当然信了！你不信吗？

安杰：也信也不信！

江德福：哼！

安杰：你哼谁？

江德福：我爱哼谁就哼谁！你管得着吗？

安杰：哼！谁稀得管你们！

江德福：你哼谁呀？

安杰：我哼你！哼你妹妹！怎么？不行吗？

江德福边锄地边点头：行行行！你哼吧，愿哼你就哼吧！只要不痛，你就哼哼吧！

安杰笑了，将浇花的水泼了过去。

26　晚上　安杰家卧室

江德福舒服地靠在被子上，安杰给他剪着脚指甲。

门开了，江德华闯进来了。

安杰吓得站了起来，江德福不高兴了：说你有八百遍了吧？怎么就学不会敲门呢？

江德华不理他，而是兴致勃勃地看着安杰：嫂子，你知道我在老丁家看见谁了？

安杰奇怪地看了江德福一眼，试探地问：看见葛老师了？

江德华一拍手：对！你猜她在干什么？

安杰又看了江德福一眼，江德福也奇怪地望着她。

安杰：她在干什么？她在干什么我哪知道！

江德华兴高采烈地：你猜！你猜一猜！

安杰只好猜了：她在他家吃饭？

江德华摇头：不对！

安杰：她在他家做饭？

江德华：也不对！你怎么净想着吃呀？你往别的地方猜！

安杰：往别的地方猜？往哪猜呢？

江德福在一旁暗示她。

安杰笑了：你来猜吧！

江德华：行！你猜也行！

江德福：他们在亲热？

江德华沉下了脸：谁在亲热？

江德福：老丁和葛老师呗！

江德华脸沉着：他们怎么亲热？

江德福吞吞吐吐：亲……亲嘴了吧？

安杰：讨厌！

江德华：不要脸！

安杰：你就别卖关子了，快点儿说吧！

江德华又有了笑模样儿：她在哭！她哭了！

安杰：她为什么哭？老丁惹她了？

江德华：老丁没惹她！是老丁的领导惹她了！我听四样说，好像上边不同意他们结婚！不让老丁娶她！是吗？哥？

江德福：我哪知道！我不知道！

江德华不信：你能不知道？你不就是老丁的上边吗？不是老丁的领导吗？

江德福：你懂得还挺多！还知道上边就是领导！你说完了吧？说完了就快走吧，我们还有事呢！

江德华：有什么事？

江德福：有什么事你管了？快快快，快出去吧！

江德华撇着嘴出去了。

江德福伸过脚来：继续，继续！

安杰指了指门，示意等一会儿。

江德福：你别以小人之心度君子之腹了！

话没说完，门又开了，江德华探进头来。

江德福缩回脚来：你干吗？

江德华：我问问明天早晨吃什么！

江德福挥手：随便！随便！

安杰抿着嘴笑：我问你，谁是君子？谁是小人？

江德福眼一瞪：快给我铰！

安杰继续给江德福剪指甲。

安杰：真的吗？真的不让他们结婚吗？

江德福：八字还没一撇呢，就先哭上了，这份儿出息！

安杰：那怎么办？

江德福：怎么办？争取呗！当初也不准我们结婚呢，我们不还是结了吗？事在人为！只要他们想结，这个婚就没有结不成的！

安杰：你要帮帮他们。

江德福：这还用你说？想当年，要不是基地政委帮了我，没准我现在正在老家的炕头上窝着呢！你还能给我铰指甲盖？

安杰：怎么不能？我肯定跟你一起回去了！

江德福：拉倒吧！那可不一定！说不定早就鸡飞蛋打了！

安杰握着剪刀，咬牙切齿：你的脚还想不想要了？

江德福笑了：你快点儿铰吧！德华一会儿别再来了！

安杰：看把她高兴的！

江德福：要不说她是小人呢！

安杰笑了。

27　白天　安杰家

一家人穿得整整齐齐，要去照全家福。

江卫国：爸，我有个请求。

江德福：你马上要走了，有什么要求尽管提！

江卫国：爸，我能不能穿你的马裤呢军装、戴你的军功章照张相？

江德福：马裤呢军装可以借给你穿，军功章却不能借给你戴，那是要你自己去挣的！

江卫国：行！没问题！我保证能挣到！

28　白天　照相馆里

照全家福。

29　白天　照相馆外

一家人从照相馆出来,吉普车停在外边。

江德福喊:江卫国!

江卫国大喊:到!

江德福:上车!

江卫国:是!

江卫东:爸,你们上哪儿?带我去吧?

江卫民:爸,我也要去!

江德福:现在你们还没资格,等你们穿上军装再说吧!开车!

汽车开走了。

江亚菲:你们说,爸爸能带大哥到哪儿去呀?

江亚宁:会不会带他进坑道吃罐头去了?

大家都笑了。

安杰:你这孩子,就知道吃!

江卫东自言自语:他们能到哪儿去?干什么去呢?

30　白天　汽车里

江卫国坐在前边,转身问后边的父亲:爸,咱们到哪儿去?

江德福:到了你就知道了!

江卫国又问司机:小李叔叔,咱们这是到哪儿呀?

小李只笑不说话。

31　白天　靶场

江德福跳下车，一挥手：下来吧！

江卫国惊喜地：爸，是真的吗？

江德福笑了：当然是真的了，你爸什么时候骗过你！

江德福将江卫国带到射击位置，踢着地上的一箱子弹：今天就让你打个够！

江卫国开始以卧、跪、立三种姿势进行射击，直到趴着打完最后一发子弹，江卫国熟练地将步枪放好，侧过身子仰望着身边的江德福。

江卫国无比幸福地：爸，我死而无憾了！

江德福踢了他一脚：小子！到了部队好好干！争取早日立功，戴着军功章回来见我！

32　晚上　安杰家

全家设家宴为江卫国送行。

江德福站起来举杯：来！为江卫国同志参军，干杯！

大家碰杯，喜笑颜开，唯独江德华苦着一张脸。

江亚菲：姑姑，大家都干杯了，你怎么不干呢！

江亚宁：就是！大家都高兴，就你不高兴！

江德华：你哥要上前线了，有什么可高兴的！

江亚宁：上前线是光荣的事，为什么不高兴？

江德华：高兴你个头！

江亚宁：你反动！

大家都笑了。

江卫东举杯站起来：哥，我敬你一杯！我敬你马到成功，旗开得胜,早立战功!

大家鼓掌,哥俩干杯喝下。

江卫民站起来:大哥,我也敬你一杯!我敬你,我敬你,我敬你什么来着?

江亚菲站起来:你先坐下!想好了再敬!

江卫民:我想好了!我想好了!大哥,我敬你,敬你……

大家笑了,江卫民坐下了。

江亚菲端着满满一杯葡萄酒走到江卫国身边,郑重地:大哥,我为你骄傲!我为你自豪!来!干杯!

江亚菲跟江卫国重重地干了杯,一口喝下,众人一片惊叹声。

老丁:这丫头,可真了不得!

安杰:哪有丫头样儿!

江德福:这样好!我喜欢!

江亚宁也走了过去:大哥,大哥,大哥。

江亚菲:你要说什么?

江亚宁:我要说,大哥,你上前线小心点儿!

安杰一愣,热泪盈眶。江德华干脆用围裙擦起了眼泪。

33　白天　码头上

江卫国要走了,许多人来送行,德国黑贝也来了。

江卫国抱着两只狗,难舍难分。

安杰扯了扯江德福的衣服,让他看:你看看,你看看,我们当爹妈的,还不如这两只狗呢!

江德福笑了:你愿跟狗比!

34　白天　船上

登陆艇徐徐离开码头,江卫国站在船头,向码头上招手:反帝,防修,再见了!爸爸,妈妈,再见了!姑姑,再见了!弟弟,妹妹,再见了!叔叔,阿姨,再见了!同学们,同志们,再见了!

35　白天　码头上

安杰扬着手,向远去的儿子招手。

江德福看了她一眼:哎,你怎么没哭哇?

安杰放下手:这样把狗排第一、爹妈排第二的儿子,有什么可哭的!

安杰说着说着,眼泪下来了。

江德华已经哭得上气不接下气了,船都走远了,还拼命招手,不肯回去。

江亚菲往回拖她:姑姑,要哭回家哭,别在这儿丢人!

36　白天　路上

大家三三两两往回走。

江德福和安杰一起走。

江德福指着前边晃着肩膀走路的王海洋,一脸看不惯:你看那孩子,像什么样儿!

安杰:怎么啦?

江德福:长得人高马大的,却一天游手好闲的!他想干什么?

安杰:他想当飞行员,不是没验上吗?

江德福:非当空军哪?海军不行啊?陆军不行啊?

安杰:人各有志,你别管人家的孩子!

江德福：他能有什么志呀，一个执跨子弟！

安杰：你说他是什么子弟？

江德福：执跨子弟！怎么？不对吗？

安杰：当然不对了！那字念纨绔！不念执跨！

江德福：老子就念执跨！怎么？不行吗？

安杰：行！怎么不行？你不嫌丢人，你就这么念呗！

第二十二集

1 白天 安杰卧室

江德福要去上班,刚走到门口,似乎想起了什么:哎,晚上搞几个好菜,我跟老丁好好喝一杯。

安杰明知故问:为什么?

江德福:为什么你不知道?你没见老丁那张遭了霜打的脸?

安杰笑了:真是几家欢乐几家愁哇!

江德福:谁家欢乐谁家愁了?

安杰:咱家欢乐老丁家愁了!

正说着,外边传来江德华的歌声:天大地大不如党的恩情大,爹亲娘亲不如毛主席亲……

安杰笑着:听见了吧?知道是谁欢乐了吧!

江德福:哼!有她什么事呀,她在这儿瞎欢乐!

安杰:老丁和葛老师黄了,她不就有戏了?

江德福:老丁和葛老师没谈的时候,有她什么戏了?

安杰不说话了,生气地望着他。

江德福笑了：你怎么不说话了？

安杰：快点儿滚吧！你这吃里爬外的东西！

江德福更笑了：嗯，你这爱憎分明的态度是不错的！

2 傍晚 安杰家外屋

江亚菲、江卫民和江亚宁放学回来了。

江卫民：哎呀！这么多好吃的！今天过什么节呀？

江亚宁：哪过什么节呀，肯定是家里请客！

江亚菲白了江卫民一眼：就是！你怎么这么笨呀！

江卫民：请谁呀？这么隆重！

江卫民说着就去捏了颗炸花生米吃。

江德华正好端着盘子出来了，喝道：干什么呢？这么没家教！

江卫民：我就吃了一颗！

江德华：吃半颗都不行！去去去！走开！走开！都回自己房间做作业去！

3 傍晚 江亚菲房间

江亚菲和江亚宁进来了。

江亚宁：今天咱家要请谁呀？

江亚菲：肯定是丁叔叔！

江亚宁：你怎么知道的？

江亚菲：你没见姑姑高兴的样子？

江亚宁：她哪高兴了？她不是挺生气的吗？（学江德华）"去去去！走开走开！都给我走开！"

江亚菲笑了：姑姑可没说都给我走开。

江亚宁：这是我加的，她平时就爱这么说。

江亚菲：那是平时，她今天可不会这么说，她今天心里高兴着呢！

江亚宁：她为什么高兴？

江亚菲：丁叔叔要来吃饭呗！

江亚宁：吃饭就吃饭呗！姑姑高兴什么？

江亚菲：哎呀！你这个小屁孩，跟你说你也不懂！

江亚宁：哎呀！姐姐，你就给我说说嘛！

门开了，江德华探进头来：家里没醋了，亚菲你去打瓶醋！

江亚菲：我今天作业多，我去不了！

江德华：那亚宁去！

江亚宁接过醋瓶子，伸出手心来：姑姑，我知道你今天为什么这么高兴。

江德华一愣，不笑了：我哪高兴了？

江亚宁：姑姑你就别装了！我们大家都知道了！

江德华：你们知道啥？

江亚宁：我们知道丁叔叔要来咱家吃饭，你高兴得不得了！对不对？姐姐！

江亚菲：对！你说得对！

江德华笑了：对个屁！

江亚菲：你看把姑姑恁的！

江亚宁：就是！

4 傍晚 安杰家外屋

安杰拿着一瓶酒，见江德华笑容满面地从江亚菲她们房间出来。

安杰：你怎么这么高兴？

江德华又是一愣：俺哪高兴了？！

安杰：你看你都笑成一朵花了！

江德华摸着脸：俺笑了吗？俺哪笑了？

安杰：笑又不丢人！有什么不好意思的！

江德华严肃起来：俺咋又不好意思了？俺啥时候不好意思了？俺为啥不好意思？！

安杰笑道：好好好！算我没说！算我说错了！

江德华：你拿的什么酒？

安杰：西凤酒哇！这也是好酒！十大名酒之一呢！

江德华：好什么呀！好能好过茅台去？

安杰：你的意思是喝茅台？

江德华：喝茅台咋了？人家老丁不配喝茅台？

安杰：这不过年不过节的……

江德华：谁规定的喝茅台非得过年过节才能喝？你咋变得这么抠门了呢？

安杰：行行行！听你的！听你的！喝茅台就喝茅台！

江德华笑了：这还差不多！

5　傍晚　安杰家院子

江德福和老丁下班了，老丁进到院子里又有点儿犹豫了。

江德福不满地：又怎么了？

老丁摇头：我怎么这么不得劲儿呀！

江德福：哼！熊毛病！

6　傍晚　安杰家外屋

两人进屋，同时愣住。

江德福：奶奶的！这也太丰盛了吧？

老丁：就是就是！这是干什么！

安杰和江德华从厨房跑了出来。

安杰：欢迎欢迎！热烈欢迎！

江德福：你们搞得也太热烈了，我俩都受宠若惊了！

安杰白了他一眼。

江德福笑着：那就受宠若惊吧！老丁，请！

两人坐下，同时看到了茅台酒。

江德福：奶奶的！这是干什么？不过了！

安杰看了江德华一眼。

江德华：不就一瓶茅台酒嘛！还能把咱家喝穷？真是的！

江德福望着老丁：你是谁呀？你是西哈努克亲王吗？

老丁笑了：孩子们呢？

安杰：他们都吃过了，都打发出去了！今天就你们俩，你俩可以一醉方休了！

江德福：行！看谁不够意思！不够意思就别喝醉！

老丁：哪能哪！有茅台酒，谁傻呀！

江德福：来来来！开始行动！

7　傍晚　安杰家厨房

安杰炒菜，江德华拉风箱。

江德华把风箱拉得呼呼响，一副浑身有劲儿使不完的样子。

安杰：哎哎哎！小点儿火！小点儿火！这菜都要炒糊了！

江德华笑了,放慢了速度。

8　傍晚　安杰家外屋

江德华上菜,安杰甩着湿手也出来了。

江德福:你们俩进屋歇歇去,我跟老丁说说话!

江德华:说什么话,还怕人听啊?

江德福:男人说话,你们女人听什么?去去去!

安杰:咱走吧,咱回避吧。

9　晚上　安杰卧室

安杰和江德华一起进了卧室,各怀心事。

江德华:你说,他俩能说啥?还背着咱们?

安杰:说工作上的事吧?跟咱们没关系。

江德华:得了吧,才不是呢!肯定是说老丁跟葛老师的事!

安杰:说就说呗,也跟咱没关系。

江德华:我想听听,我想听听他俩都说些啥!

安杰:那你就出去听吧!

江德华:我在这儿也一样听!

江德华搬了把椅子放到门边,把门开了条缝,坐在那儿侧耳倾听。

安杰:听得见吗?

江德华点头,安杰有些不安。

10　晚上　安杰家外屋

江德福和老丁推杯换盏。

老丁将一杯白酒喝下，重重地放下酒杯：要不怎么办呢？

江德福：你再争取一下嘛！

老丁醉眼蒙眬地望着江德福：怎么争取？

江德福：怎么争取还用我教你？你忘了我当年是怎么争取的吗？

老丁：老弟，此一时彼一时啊！那是什么时候？现在是什么候？能比吗？

江德福：怎么不能比？不就是结婚这点儿事吗？当时也跟我说了，军籍和老婆选一样，结果怎么样儿？

老丁：结果你老婆娶到手了，军籍也没丢，还搞到今天，当上了司令！

江德福：就是嘛！你不试试怎么知道行不行呢？万一行呢？

老丁：那万一不行呢？你让我复员回老家去？我上有七八十岁的老爹老娘要供着！下有四个如狼似虎一般的儿子要养着！我回老家了怎么办？你说我怎么办？

江德福不说话了，自己喝了一杯酒。

老丁：来来来，别光你一个人喝，咱俩一起喝！好多年没跟你一起这么喝酒了！

江德福：来来，干一杯！

11　晚上　安杰卧室

江德华的脸色越来越难看，安杰在床上看得心惊肉跳。

江德华：真不是东西！

安杰：谁呀？谁不是东西？

江德华：俺哥不是东西！你男人不是东西！

安杰：他怎么不是东西了？

江德华：他劝老丁试一下，说不试试怎么知道行不行，还说万一行呢！

安杰：你哥那是跟老丁客气，随便说说。

江德华站起来，义愤填膺：有他这么劝人的吗？把人家往火坑里劝！

12　晚上　安杰卧室

江德福进来没脱衣服就躺下了。

安杰：你怎么不脱衣服就上床呢？

江德福：酒上头了，我头晕，站不住了！

安杰：谁让你喝这么多呀！

江德福：老丁要喝，我能不陪着喝吗？

安杰：听说你在劝人家老丁往火坑里跳？

江德福：唉！我劝有什么用？人家不跳，我能推人家跳吗？

安杰：难道老丁又不干了吗？

江德福：看样儿像！

安杰：这个老丁，真不是玩意儿！

江德福：唉！有几个像我这样的人哪！为了娶你，连命都不要了！

安杰：你哪连命都不要了？

江德福：政治生命那不是命啊！

江德福坐了起来，大概头又晕了，表情痛苦，安杰忙扶他躺下：知道啦！政治生命也是命！

江德福：比命还重要呢！

安杰：也知道啦！你了不起！你比老丁强！

江德福：强多了！

安杰笑了，江德福拉住了她的手：你也比老丁强！想当年，你不是都准备要往火坑里跳了吗？

安杰：你不是不信吗？

江德福：谁说我不信了？我信！我信！我当然信了！

安杰叹了口气。

江德福：你叹什么气？

安杰：葛老师可怎么办呢！

江德福：你好好劝劝她！

安杰：我怎么劝？再说关我什么事！

江德福：那你叹什么气？

安杰：瞎叹呗！鸡抱鸭子瞎操心呗！

江德福：你先出去，让我睡一会儿。

安杰起身，走到门口又站住了：差点儿忘了，你大舅哥他们要来了！

江德福：我大舅哥？是谁呀？

安杰笑了：你喝糊涂了？你大舅哥不就是我哥嘛！

江德福：他们来干吗？

安杰：还能干吗？你说黄鼠狼给鸡拜年，能有好事吗？

江德福挥手：你赶紧走吧！再不走我就要吐了！

安杰吓得赶紧走了。

13　白天　安杰家

江德福回家，见到安杰一愣：你怎么没去码头？

安杰：孩子们都去了，还用都去吗？

江德福：孩子是孩子，孩子能代表大人吗？这是你哥嫂头一次进岛，你总要讲点儿礼节吧？

安杰：嗐！自己家人讲什么礼节！哪那么多礼节讲！

江德福：他是你的兄长！长兄如父你知不知道？

安杰：我不知道！

江德福：你去不去？

安杰：我不去！不用都去！我不知道！什么长兄如父啊？他对我像父亲那样了吗？

江德福：人家对你可以了！你还想怎么样？

安杰：我想他像父亲那样！不是说长兄如父吗？他做到了吗？没做到吧？所以我不用上码头去接他！

江德福：我发现你现在架子见长啊！对自己哥哥也摆起谱来了，你行啊？

安杰：不行也摆了！你怎么着吧？

江德福：谁能怎么着你呀？你这么厉害！

江德福扭头往外走。

安杰：哎，你干什么去？

江德福：我到码头接人去！

安杰：你去干吗？用不着这么兴师动众！

江德福：想当初你哥你嫂对我都挺好的，我不像你，忘恩负义的家伙！

安杰笑了：他们对你有什么恩、有什么义呀？不就是让我嫁给你了吗？

江德福：这还不是恩不是义吗？他们让我得了这么大的便宜，娶了你这个忘恩负义的家伙，你说我能忘记人家吗？

安杰不笑了,故作生气地望着他。

江德福笑了:你在家也别闲着,做点儿好吃的,将功补过吧!

安杰:哼!想得美!

14　白天　码头上

安泰、安妻和女儿安怡(17岁)下了船。

江德福上前跟安泰一行人握手。

江亚菲对江亚宁咬耳朵:你看咱爸,像接见外宾似的!

江亚宁咯咯笑了。

江卫民:你们说什么?

江亚宁又咬他耳朵说。

江卫民:他们哪是外宾哪,他们是内宾!

江亚菲:他们什么宾也不是!他们是亲戚!

一个小女孩儿跑过来,悄悄问江亚宁:江亚宁,他们是谁呀?

江亚宁:他们是我家的亲戚!

小女孩儿:什么亲戚?

江亚宁:是我舅舅、舅妈和表姐。

小女孩儿:你就说是你舅舅、舅妈,还什么亲戚!

江亚菲:舅舅舅妈不是亲戚吗?

小女孩儿不说话了,跑走了。

15　傍晚　安杰家

院门响了,大堆人进来了。

安杰站在屋里望着,并没有出去迎接。

江德华拿着铲子从厨房里跑了出来:哎呀,你哥你嫂都老成这样了!

安杰:难道你没老吗?

江德华不高兴了,扭头回了厨房。

安泰一行人进屋。

安杰:哎呀,来了,晕船了吗?

安妻:今天没风,风平浪静的,我们都没晕船。

安杰:那挺好的,你们挺幸运的。

江德福望着一桌子的好菜,满意地笑了:你辛苦了!

安杰:你也辛苦了!

江亚宁:爸爸妈妈你们干吗!

江亚菲又咬江亚宁的耳朵:他们演戏给舅舅他们看!

江亚宁小声地:为什么?

江亚菲:待会儿再告你。

江卫民问江亚宁:你们又说什么?

江亚宁小声地:待会儿再告你。

16　傍晚　江亚菲房间

江亚菲在写作业,江亚宁扒着门缝往外看。

江亚菲:你看什么?

江亚宁:我看舅舅他们带来的东西,这么多包,他们怎么带来的?

江亚菲:提来的呗!扛来的呗!

江亚宁:你说,他们会带什么来?

江亚菲:当然是好东西了!都是岛上没有的、买不到的好东西!

江亚宁:都是好吃的吧?

江亚菲:大部分是!

江亚宁：都有什么呀？

江亚菲：肯定有牛奶糖！巧克力糖！铁桶饼干什么的！

江亚宁：哎呀，我都要流口水了！

江亚菲：你别在那儿看了，小心让他们看见！尤其别让他们女儿看见！

江亚宁：他们看见怕什么？

江亚菲：他们会笑话咱们的！笑话咱们没见过世面！笑话咱们有钱买不到好东西！

江亚宁：就是！咱这儿像农村似的，什么也买不到！

江亚菲：咱这儿还不如农村呢！农村人是没钱，买不起好东西。咱这儿是有钱，买不到好东西！

江亚宁：妈妈家的亲戚来，大包小包的，把咱们比得像农村人似的；爸爸家的亲戚来，什么也不带，又把咱家显得像城市人似的，你说是吧？

江亚菲：爸爸家的亲戚哪什么都不带？人家不都扛着小米绿豆什么的来吗？

江亚宁：那些东西谁稀罕呢？又不能生着吃，好像咱家吃不饱似的！

江亚菲：爸爸喜欢呀！爸爸高兴呀！哎呀！（学江德福）"新粮食！太好了！太好了！哈哈哈……"

江亚宁也笑了，也学江德福笑：哈哈哈……

江卫民进来。

江卫民：你们笑什么？怎么这么笑？

江亚宁：你没听出这是谁的笑声吗？

江卫民：我早听出来了，爸爸的！哎，表姐安怡的"怡"是哪个"怡"呀?

江亚菲写在本子上:好像是这个"怡"。

江亚宁:这字不是念"台"吗?

江亚菲:什么呀!这字念"怡",不念"台"!高粱饴能叫高粱台吗?

江亚宁:我们班的斗眼就管高粱饴叫高粱台!

江亚菲:他哥懒肉还把莫名其妙念成莫名其"少"呢!

江卫民:咱们给她起个外号吧?

江亚菲和江亚宁:给谁?

江卫民:给表姐。

江亚菲和江亚宁:起什么?

江卫民:就叫她安台?

江亚菲:你想找打是不是?

江卫民:为什么?

江亚菲:你不知道舅舅叫安泰呀!

17 晚上 安泰两口子住的房间

一家三口在房间里。

安怡:哎呀,我小姑家房子真多呀,院子真大呀!

安妻:可不是嘛!我一进来就眼花缭乱的,都分不清东南西北了!

安泰:哼!说什么哪?你没见过大房子大院子吗?真是的!

安怡:我没见过!

安泰:你?你见过什么?

安怡:爸,你说,我能当上女兵吗?

安妻：能！你姑父这么大的干部，你怎么当不上！你哥哥不是很容易就穿上军装了吗？

安怡：我怎么看我小姑好像不太高兴啊？你说想让我当兵，她说，部队又不是托儿所，是给你看孩子的地方吗？

安妻：她那是话赶话！我不是说，你在家里什么也学不进去，什么也干不了，怕你这样下去学坏，说还不如送到部队上放心呢！你小姑才那样说的。

安怡：反正我看她好像不太高兴，不一定给我办，是不是，爸？

安泰：这事是你姑父办，又不是她办！

安怡：那我姑父不得听我姑的吗？

安妻：傻孩子，你姑能不向着自己娘家人吗？

安泰：快睡觉去吧，明天早起。在人家家别睡懒觉！别让你小姑烦你了，你可就真当不上兵了！

安怡叹了口气：唉！都要看她的脸色！她可真能！

安妻：你要有本事，将来也像她一样，嫁个你姑父这样的人，不就行了！

安泰：你跟孩子说这些干吗！

安妻：我让她向她小姑学习！女人哪，就怕嫁错人，像她大姑那样！

18 晚上 安杰卧室

江德福上床躺下，安杰在发牢骚：我就说他们是无事不登三宝殿吧，怎么样？

江德福不接话茬。

安杰：真是得寸进尺、没完没了了！两个儿子都当兵走了，又都提了干了，怎么就不知道满足呢？

江德福还是不吭声。

安杰推了他一把：哎！你怎么不说话呀？

江德福：你让我说什么？跟你一起说你娘家的坏话？我可不上你这个当！你可以说他们的坏话，怎么说都没事！等到我要是说了，你又不干了，又该向着他们了！我还不知道你？

安杰笑了：真是知妻莫如夫哇！哎，把她送到左政委那去吧？到总医院去学个医，也不错。

江德福：他们不是得寸进尺、没完没了吗？还管他们干什么？

安杰：当然要管了！我就这么一个侄女，不管行吗？

江德福：要管你管！你这么能，你什么管不了哇！

安杰：那我就给左政委打电话了？

江德福：你凭什么给人家打电话？人家老左认识你是谁呀？

安杰：我是江德福的老婆呀！他是谁呀？不就是总医院的政委吗？连老战友都不认了？

江德福：我真服了你了！你记性可真好！我的那些老战友、老同学，我都忘了他们在哪儿了，你却都记得！真难为你了！

安杰：你不记是你傻！这是一笔宝贵的财富，你不要浪费了！

江德福：有你在，我的什么财富也浪费不了！这点我放心！

安杰上床，掀开江德福的被子，要往里钻。

江德福：哎哎哎，你这是干什么？

安杰笑眯眯地：我要陪你睡觉！

江德福：哎哎哎，你不要使这种美人计！

安杰：我还美吗？还能使美人计吗？

江德福：你说呢？

安杰：还能吧？

江德福掀开被子：请你出去。

安杰一口咬住江德福的膀子。

江德福大叫：哎呀！

19　早晨　安杰卧室

江德福起床，看见肩膀上的牙印：哎，你看！

安杰：看什么？

江德福：看你咬的！

安杰：我咬的有什么看头？等别人咬再让我看吧！

江德福：哼！那就等着瞧吧！

安杰：哼！借你两个胆，你也不敢！

江德福：那我就再借两个胆，四个胆，你看我敢不敢！

安杰：你会不会算术？借了四个胆，再加上你自己的胆，那不是五个胆了吗？

江德福：那就更没问题了！我都五个胆了，我什么不敢呀！

安杰：谅你什么也不敢！你知道我这辈子最放心你什么吗？

江德福：放心我什么？

安杰：放心你的男女关系！你什么地方都可能出问题，唯独这男女关系上，出不了问题！

江德福：你就这么肯定？

安杰：当然了！这方面都不用我管你，党就把你给管住了，组织上就替我把关了！

江德福：那也不一定！那些犯生活作风错误的人是怎么回事？

安杰：他们是他们，你是你！我还不了解你！

江德福笑了：奶奶的！你也太小看我了，什么时候给你犯一次看看！

安杰：你敢！你犯一次试试！

江德福：试试你会怎么着？

安杰：我会把你咬烂！把你咬死！

江德福抚摩着膀子上的牙印，直吸冷气。

安杰：你别光吸冷气，把正事忘了！

江德福：什么正事？

安杰：给老左打电话！

江德福：不是你打吗？

安杰：你打！

江德福笑了：好好好，我打！我打！

江德福走到窗前，往外看，看得入神。

安杰：你看什么？

江德福：你快来看，你哥这是在干什么？

安杰走过来，看了一眼，笑了：他在打太极拳，锻炼身体。

江德福：这两手进贡似的，送过来送过去的，能锻炼身体？

安杰：能吧？要不他起这么早干什么？

江德福：闲的！吃饱了撑的！

安杰：人家还没吃早饭呢，怎么撑的！

江德福：你看看你，你说他们就行，我说说就不行吧？

安杰：就是不行！我娘家的人我来说，用不着别人说！

江德福：那我们家的人，你怎么也说呢？

安杰：谁让你自己不说呢？你不说我就说！

江德福：哎呀！想当初我干吗死乞白赖地非要跟你结婚呢？我跟

老丁那样,见好就收不行吗!

安杰:别跟我提老丁!提他我就有气!他害的女人还少吗?

江德福:他都害谁了?

安杰:害你妹了!害葛老师了!连王秀娥他都害了!吃着碗里的,看着锅里的,什么东西!

江德福:行啦!行啦!一大早的,哪来这么多废话!

20　早晨　安杰家院子里

江德福出来,安泰停了下来:起来了?不再睡一会儿?

江德福:客人都起来了,我哪好意思再睡呀!

安泰不安地:我打扰你了吧?

江德福:没有!你接着练吧,我出去走走。

安泰:我陪你走走吧?

江德福:你不练了?

安泰:不练了,练完了。

江德福:那好吧,咱们出去走走吧。

安泰跟在江德福身后,两人一起出了院子。

21　白天　路上

一路上有人给江德福敬礼,甚至还有人给安泰也敬礼。安泰受宠若惊。

22　白天　安杰家院子

江亚菲放学回来,听见说笑声,抬头一看,表姐安怡正在王海洋家房顶上跟王海洋说笑。

江亚菲气不打一处来,大喊:安台!

安泰从屋里出来,不悦:你叫谁呢?你喊我什么?!

江亚菲吓得后退:舅舅,我没叫你,我叫我表姐,我喊她外号。

江亚菲出了院门,赶紧将大门带上。

江亚宁背着书包回来了:姐,你干吗?

江亚菲:吓死我了!我刚才叫表姐安台,把舅舅叫出来了,舅舅生气了。

江亚宁:是吗?你叫表姐安台干吗?

江亚菲一指:你看!她跟谁在一起?

江亚宁:跟王海洋啊!怎么啦?

江亚菲:他俩在一起干吗?还有说有笑的!

江亚宁:你说他俩在一起干吗?

江亚菲:他俩好呗!他俩不要脸呗!

江亚宁:不会吧?

江亚菲:怎么不会!你听!

房顶上传来安怡银铃般的笑声。

江亚菲:走!咱们给他们捣乱去!

23　白天　王海洋家院子

姐妹俩轻手轻脚进了院子,走到梯子前。

江亚菲:你先上!

江亚宁:好。

江亚宁刚上,又被江亚菲一把扯下来:你下来!我先上!

江亚菲刚爬了一半,就被王海洋发现了。

王海洋:你上来干吗?

江亚菲：怎么，不行吗？不让吗？

王海洋：行是行，但你要提前打个招呼呀！

江亚菲：上你家要报告吗？

王海洋笑了：你还挺能说，胆子还挺大！我就不信，没有你害怕的时候！

王海洋说着摇晃起梯子来。江亚菲在梯子上被抖得快站不稳了，连房上的安怡和房下的江亚宁都叫了起来，江亚菲却一声都不出。

张桂英出来了，喊：海洋！你找死啊！

王海洋停了手，蹲下：江亚菲，你一点儿也不怕吗？

江亚菲一声冷笑：你以为我会怕你呀？你这个执跨子弟！

王海洋站了起来：你说我什么？

江亚菲往下下：我说你执跨子弟！也就是纨绔子弟！

王海洋：这是谁说的？我找他算账去！

江亚宁在下边仰着头：这是我爸说的，你敢找我爸算账吗？

江亚菲跳下了梯子，扬着脸，大声喊：借他两个胆！你看他敢！

张桂英站在家门口直咂嘴：哎呀，亚菲呀，你这么厉害，将来谁敢要你呀？

王海洋在房上喊：我敢要！要回来我一天打她三遍！

江亚菲在房下喊：做梦！到时候还不知谁打谁呢！

24 晚上 安杰家外屋

江德福、老丁和安泰在喝酒。

25 晚上 安杰家厨房里

安妻扎着围裙炒菜，江德华在打下手。安妻将炒好的菜一点点整齐地码放到盘子里，江德华在一旁看得不耐烦：哎呀，端上去就吃了，盛这么整齐有什么用！

安妻一笑：还是讲究点儿好。

江德华接过盘子：这都是穷讲究！

安妻望着她的后背，苦笑了一下。

26 晚上 安杰家外屋

江德华将炒菜重重地放到饭桌上：你们吃仔细点儿，别给吃乱了！

老丁看了江德福一眼。

江德福：你这么看我干吗？

老丁：你这么怕看吗？哎呀，这么色香味俱全的炒菜，我还是头一次吃上呢！

安泰：您过奖了！您多吃点儿！

老丁笑了：别人称呼我"您"，好像也是头一次！

江德福也笑了：你这么会说，好像也是头一次！

三个男人大笑，频频举杯。

安泰起身，进厨房了。

老丁压低了声音：哎，我记得你大舅哥他老婆好像是地主出身？

江德福点头：是，怎么啦？

老丁：地主家的小姐也这么能干？

江德福：难道资本家的小姐不能干吗？

老丁：也能干，但比地主家小姐差点儿，起码不如人家炒的菜好吃！

江德福：没准渔霸家的小姐炒菜更好吃呢！

老丁：你少提这事！别惹我烦！

江德福：你还烦？听说又看上了一个，你还能烦？

安杰买馒头回来：你俩说什么呢？这么小声？

江德福：我俩正夸你呢，怕让德华听见。

安杰笑了，分明不信，却挺高兴，美滋滋地进了厨房。

老丁：闹了半天，你就是这么哄老婆高兴的？

江德福：你以为怎么哄的？成天胳肢她？

江德华端着盘子出来：你俩在说啥呢？说谁的坏话？

江德福：说你的坏话！

江德华笑笑，分明不信：吃吧！吃饱了，喝足了，好有劲儿说别人的坏话！

江德华说完进了厨房，老丁望着江德福。

江德福：你又这么看我干吗？

老丁：伙计，我算服你了！

江德福：服我什么？

老丁：把这么两个难缠的女人，收拾成这样！

江德福笑了：您过奖了！来来来，我敬你一杯！

老丁：来吧！我今天是来者不拒，舍命陪君子！

27　晚上　安杰家客厅里

三个女人在聊天。

安妻：你说说，老丁的爱人怎么就能难产死了呢？我记得她还会接生，卫东不就是她给接的吗？怎么自己倒难产了呢？

安杰：瞧你说的！会接生，就不难产哪？

安妻：我不是这个意思。我是说，她住在部队大院，条件那么好，怎么会呢？

安杰：她太大意了呗！以为自己生了三个孩子都没事，生孩子很容易呢！岂不知四样是臀位，又提前生了，家里没人！等来人了，血都止不住了。

安妻：哎呀，真可惜！

安杰：是可惜，多好的人哪！

江德华：好人不长命！

安妻：这个老丁也真不错，老婆死这么多年了，也没再结婚，这样的男人太少了！

安杰和江德华对视了一眼，谁也没接话。

江卫民跑进来：不好了，丁叔叔吐了！

28 晚上 安杰家外屋

老丁趴在桌子上，大口大口地吐，安杰见状，也恶心得要吐，捂着嘴跑出去了。

江德华赶紧上前，又给老丁拍背，又给老丁擦嘴，忙得不亦乐乎。

江德华说江德福：你也是，让他喝那么多酒干吗？

江德福：谁让他喝那么多酒了？是他自己喝的！再说我们也没少喝呀！

江德华：那你们怎么没喝醉，偏偏把他喝醉了？

江德福一下答不上来。

29 晚上 安杰卧室

江德福头痛，安杰给他按摩。

安杰：德华对老丁，那是真好！你看她，是真心疼！可惜呀，她没这个命。

江德福：是老丁没这个命！瞎了他的狗眼了！这么好的女人他不要！以后有他的苦果子吃！他以为那个吴医助是什么好东西？哼！有他后悔的时候！

安杰住了手：吴医助？哪个吴医助？是医院五官科那个吴医助吗？

江德福：不是她是谁！跟多少男人谈过了？没谈成一个！你说她能是什么好东西吗？

安杰重重地拍了他的头一下，站了起来：老丁是什么好东西吗？你们男人没一个好东西！

江德福捂着头：关我什么事呀？你不要一网打尽！再给我按按，怎么这么痛啊！

安杰：痛痛好！让你们痛定思痛！免得这么不知好歹！这么见异思迁！

30　白天　路上

安杰下班回家，见老丁在前边走，紧走几步追了上去：丁副参谋长，下班了？

老丁：啊，下班了。你也下班了？

安杰：对，我也下班了。

老丁：啊。

安杰：听说丁副参谋长快办喜事了？

老丁吓了一跳：你听谁说的？

安杰：岛上的人都知道了，就我家德华不知道，还傻了吧唧地跑到你家去干活。

老丁：……

安杰：这样也好，我家德华终于解放了，不用再两边跑来跑去那么辛苦了，你说是不是？

老丁不说话。

安杰：丁副参谋长，想不到你还真有女人缘，不但我家德华对你一往情深的，连葛老师也对你念念不忘呢！你看你多有福气？

老丁喘气粗了。

安杰：我听说，那个吴医助还没最后拿定主意，用不用我去做做工作？

老丁粗声粗气地说：谢谢，不用！

老丁加快步子走了，安杰在后边抿着嘴乐。

江德福悄悄跟了上来：你跟老丁说什么了？

安杰吓了一跳，吓得直拍胸口。

江德福：又干什么坏事了？吓成这样！

安杰乐了：刚才我把老丁损了一顿，气得他直喘粗气。

江德福：你凭什么损人家呢？你是谁呀？

安杰：我是江德华的嫂子！江德华是他的受害者，我为什么不能损他？

江德福：江德华怎么成了他的受害者了？人家老丁开始就不愿意，是江德华死皮赖脸地对人家好，关人家什么事？

安杰：小心我把这些话告诉德华去！

江德福：你告诉谁这也是实话呀！

安杰：是实话也不该你这当哥的说！

江德福：我这不是跟你说嘛！我又没跟她说！

安杰：你就不怕我跟她说？

江德福：我怕！求你别跟她说！

31　白天　张桂英家房顶

江德华帮张桂英缝被子。

张桂英：德华，告你个事，你别生气。

江德华停下来：什么事呀？

张桂英：丁副参谋长的事，你知道吗？

江德华：他什么事呀？我不知道。

张桂英：他好像又快结婚了。

江德华手被扎了，她把手放进嘴里吸着。

张桂英同情地望着她，不知说什么好了。

江德华放下手，故作漫不经心：谁呀？他要跟谁结婚了？

张桂英：医院的吴医助，是个老姑娘，三十多岁了，挑过头了，把自己给挑剩下了。

江德华：好看吗？长得俊吗？

张桂英：不俊，一般人。

江德华：不俊还挑什么？

张桂英：这不是说嘛，这不是把自己给挑剩下了吗？

江德华：她那么能挑，那她图老丁什么呀？

张桂英：图他是个领导吧？好歹人家也是副参谋长呢，也是个不小的官呀！

江德华：她图他这个，能对孩子好？

张桂英：这可说不好！不好乱说。

江德华：我想看看她，看她长什么样儿，会不会对孩子好。

张桂英：长什么样儿，跟对孩子好不好有什么关系！

江德华：有关系！后妈一眼就能看出来，就是因为面相上恶，不善。

张桂英：是这么回事，那咱去看看她？

江德华：看看就看看！谁还怕看她！

张桂英：哎，是你要看她，怎么倒成了我要看她了？

江德华：谁要看不一样？反正就是个看！

32 白天 牙科

张桂英躺在治疗椅上，吴医助戴了个大口罩给她看牙。

江德华站在一边盯着吴医助看。

33 白天 医院走廊里

张桂英边走边呸呸呸地吐着，突然惊叫起来：娘吔！咋流血了？呸呸呸！

江德华：真的，还真是有血呢。

张桂英：奶奶的，好牙让她给看成坏牙了！

江德华：就是！什么技术！

张桂英：看清楚了吗？

江德华：看清楚啥了！捂了个大口罩，啥也看不见！光看见两大眼，骨碌骨碌乱转，不像个善茬！

张桂英笑了：只要是跟老丁结婚，你看着都不顺眼，都不像善茬。呸呸！这趟来亏了！

34 白天 码头上

船走远了，安杰还在招手。

江德福：快走吧！再招你哥也看不见了！

安杰：谁说看不见了？你看他们还在招手呢！

江德福：让他们招去吧，咱们走了。

安杰：这多没礼貌？你就不说自己架子大了？

江德福：这次我对你哥印象不好了。

安杰：为什么？他怎么惹你了？我看他对你毕恭毕敬的，不像你的大舅哥，倒像是你的小舅子！甚至是你的部下！

江德福：跟这也有关系。你说他至于这样吗？咱们毕竟是亲戚，他毕竟是你大哥，他至于把自己搞成那样吗？

安杰不高兴：他把自己搞成什么样儿了？

江德福：怎么说呢？不像是部下，部下也比他那样强！像……像什么呢？有点儿像店小二！

安杰真生气了，站在那儿望着他不走了。

江德福：你至于这样吗？至于为你哥哥跟我生气吗？你到底跟谁近？不是跟我近吗？孩子都给我生一大堆了，怎么胳膊肘还往外拐呢？

安杰走开了，步子很快，江德福拉住了她：你走这么快干什么？我话还没说完呢。

安杰：你说吧，我洗耳恭听！

江德福：好，咱接着说！说哪儿了？

安杰：不知道！

江德福：说你哥像个店小二了！

安杰：你才像店小二呢！

江德福：我怎么能像店小二？我怎么也像个掌柜的吧？咱们说正事，我这次对你哥印象不好，除了他像个店小二，还因为他对老欧他们的态度。你看,他都到这儿了,离老欧他们这么近了,他作为大哥,是不是应该过去看看?这些年,你还回了青岛几次,人家安欣几乎就没回去过!长兄如父啊,作为一家之长,他就不惦记这个落难的妹妹吗?他就不想看看他们过得怎么样?

安杰不说话了。

江德福:这方面,最能考验一个人的品德了。你哥哥这方面可不怎么样!

安杰叹了口气:谁说不是啊!我也为这个生他的气呢!知道他这样,真不该给他女儿办当兵!

江德福:你这样也不对,小家子气!大人是大人,孩子是孩子,两码事!哎,听说地方上现在有的"右派"都摘帽了,也不知老欧摘没摘帽。

安杰:就他那脾气,他那性格,还有他那张嘴,全国的"右派"都摘帽了,才能轮到他呢!

江德福:我看老欧这些年变化挺大的,改造得不错了,应该摘帽了!

安杰:他要是你的部下就好了!

江德福:他要是我的部下就糟了!尾巴就翘天上去了,还能改造好吗?

35 · 白天 教室里

老师在黑板上写字,江亚菲趴在桌子上往窗外看。突然,她眼睛睁大了,揉了揉眼睛仔细地看。

窗外大路上,欧阳懿、安欣一家有说有笑地走着。

江亚菲心里想:他们怎么也来了?也是要来当女兵的吧?"右派"

的女儿还想当兵？癞蛤蟆想吃天鹅肉！

江亚菲举手。

老师：什么事？

江亚菲故作痛苦地站起来：老师，我肚子痛。

老师：是吗？那赶紧回家看看去吧！

江亚菲点点头，捂着肚子离开了座位。

江卫民狐疑地望着她。

36　白天　教室外

江亚菲出了教室，撒腿就跑。

37　白天　另一个教室

江亚宁的同桌捅了捅她：哎，你看。

江亚宁往外看，看见江亚菲把安杰从教室里叫出来，正在说话。安杰手里拿着教鞭，往外走了几步，又返回来，将教鞭放到窗台上，跟着江亚菲跑了。

江亚宁开始坐立不安了。

38　白天　大路上

娘俩一路小跑。

江亚菲回头：妈，你快点儿！

安杰说不出话来，挥手让她在前边跑。

江亚菲：我见了他们说什么呀！

安杰：该说什么说什么！这也不会呀？

江亚菲：跟"右派"一家有什么可说的！

安杰瞪她，江亚菲笑了：你快点儿跑吧，你在前边，我跟着你！

拐了个弯，江亚菲看见他们的背影了：看！在那儿！

安杰加快了脚步，追了上去，喘着粗气：姐！安欣！

安欣转过身来，笑了：你跑什么？你怎么知道我们来了？

安杰指了指江亚菲：她看见的，她上课不专心，走神看见的。

安欣一家人都笑了。

安杰：姐夫，哪阵风把你给吹来了？

欧阳懿抬头看了看天，天上一丝风也没有：没有风，我就不能来了？

安杰：能来！能来！你怎么都能来！

安欣在安杰耳边说了些什么。

安杰惊喜地：真的？真的吗？姐夫，是真的吗？

欧阳懿见安杰如此惊喜，也高兴起来，大声说：真的！千真万确！

安杰：哎呀！太好了！前些日子我们老江还跟我说，老欧该摘帽了吧？你看，说摘就摘了吧！

欧阳懿面露一丝讥讽：托你们家司令的福！

安杰捕捉到老欧脸上的讥讽，马上不痛快起来，故意地：哪是托他的福！应该是托党的福！托毛主席的福！

欧阳懿一下子就无话可说了。

39　傍晚　院子里

大家在院子里的葡萄架下坐着，等着江德福回来吃饭。

安欣：你这院子收拾得真好！谁收拾的？

安杰：那些菜归他，这些花归我！我俩各干各的，谁也不管谁的事!

安然:哎呀,司令还干活吗?

安杰笑了:他不干活吃什么?再说,这些活是他愿干的!你姑父是农民出身,一干起地里的活,浑身是劲儿!

院外传来刹车声。

安杰:说曹操,曹操就到。你看,农民回来了!

大家都笑了,江亚菲却不高兴:农民有坐车下班的吗?

江德福一进院,老远就伸出了双手:稀客呀!贵客!欢迎!欢迎!

江德福两手紧握着欧阳懿的手,一个劲儿地摇:欧阳,恭喜你!祝贺你!好哇!好哇!

欧阳懿也很激动:谢谢!谢谢!感谢党、感谢毛主席,给了我第二次生命!

江德福:是要感谢党!是要感谢毛主席!欧阳,咱们今晚上好好喝一杯!放开喝!往醉里喝!你说行不行?

欧阳懿笑了:行!听你的!

江德福松开欧阳懿的手,上下打量着欧阳安然和安诺:好家伙,一眨眼都长成大姑娘了!

安欣:你这眼眨的,可真够慢的!

江德福:真是女大十八变呢,越变越好看哪!

安欣:好看什么!哪如亚菲、亚宁她们好看。

江德福扭头看了她们一眼:她们哪,还要再变变!

江亚菲:我们偏不越变越好看,偏要越变越难看!

江德福笑了:难看就难看!我不怕,我不嫌!再难看也是我的女儿!

大家都笑了，气氛很好。

40　晚上　安杰家外屋

江德福望着饭桌上的饭菜，很不满意：怎么这么简单呢？就这几个菜？

安杰：他们也没事先通知一声，太仓促了。明天好好设宴款待。

安欣：款待什么呀，设什么宴呀，自己家人哪那么多讲究！这就很好了！这么多的菜，够吃就行了！

江德福：不行！哪能够吃就行啊？今天相当于过年！就按过年的吃法吃！我给小灶打个电话，让他们做点儿好菜送来！

江卫东率先鼓掌，江卫民、江亚宁、江亚菲也紧跟着拍起手来。最后，连安杰和江德华都鼓起掌来。欧阳懿一家人很是感动。

41　晚上　餐桌上

江德福端起了精致的高脚杯：哎呀，我都多少年没端过这种杯子了！欧阳，托你的福，我又能很洋气地这样喝葡萄酒了！来！为你摘帽，为你获得第二次政治生命，干杯！

两个高脚杯重重地碰到一起，清脆地响了一声，两个男人站着，一扬脖，一饮而尽。

安杰：哎呀！你们轻点儿！轻拿轻放，别那么重地碰杯，别给我碰碎了！

江德福：碰碎了也高兴！是吧，欧阳？

欧阳懿端起了酒杯，却一下子卡壳了，不知怎么开口说话了。大家都奇怪地望着他。

欧阳懿：那，那，哎呀，我都不知叫你什么好了！不知怎么称呼你了!

江亚菲:叫妹夫,你应该叫我爸妹夫。

安杰笑着打了她一下:哪也少不了你!

江德福:你以前叫我什么,现在还叫我什么!

安杰更笑了:人家以前喊你小江,现在再喊,你敢答应吗?

江德福摇头:那是不好意思再答应了。

江亚宁小声地喊:小江。

江卫民大声地:哎!喊我干什么?

大家都笑了。

安杰:都别闹了,听你姨父说话!

欧阳懿站了起来:老江,江司令!谢谢!我谢谢你!

说完,欧阳懿一下子把酒全干了。

江德福笑了:你怎么自己干了?怎么不带上我?不行,不行,重来!重来!

欧阳懿:重来就重来!

安欣:哎呀,你少喝点儿吧,别喝多了出洋相!

欧阳懿:出洋相就出洋相!出洋相我也认了!

安杰:在自己家,怕什么?

江家的孩子们饶有兴趣,欧阳家的孩子们则颇为担心。

欧阳懿几杯酒下肚,开始现原形了:我说安杰,你家没有白酒吗?这色酒有什么意思呀?不过瘾,喝着不过瘾!

安欣:你干吗?是不是喝多了?

欧阳懿:这点儿色酒能把我喝多?早了!离我喝多还早呢!

安杰:你现在也喝白酒了?

欧阳懿一蹾酒杯:才喝白酒?我早喝白酒了!

江德福高兴地：换白酒！换白酒！我也不愿喝这玩意儿！早知这样，开始就喝白的了！卫东，拿白酒来！把爸爸藏的那瓶茅台酒拿出来！

欧阳懿：不用不用！不用喝茅台！喝一般的白酒就行！是白酒就行！

江德福：这种日子，一般的白酒哪行？得喝最好的白酒！喝茅台！喝五粮液！我还有两瓶五粮液呢！

欧阳懿笑了：行！今儿晚上我都给你喝了它！

江德福也笑：这可是你说的，喝不完可不行！

两人换了白酒，你敬我一杯，我敬你一杯地喝开了。

42 晚上 安杰家厨房里

安杰在下面条，江德华在拉风箱。

江德华气呼呼地拉着风箱：你怎么了？谁又惹你了？

江德华：哼！人家他大舅来，也不给人家喝茅台！

安杰笑了：就剩一瓶茅台了，还能都喝呀？

江德华：那也该有个先来后到吧？再说……

安杰：再说什么？

江德华：再说，喝好酒了，也不让人家老丁来陪了！什么玩意儿！

安杰笑出了声：闹了半天，你是为这个呀？那赶紧把老丁叫来吧！

江德华：都要吃饭了，还叫人家干啥！

安杰感叹：德华呀，你对老丁真好呀！

江德华：好管屁用！

安杰不知说什么好了。

43 晚上 安杰家餐桌上

只剩下四个人了。

江德福端着酒杯：欧阳，你还行不行？

欧阳懿也端起了酒杯：行！怎么不行！谁不行谁是孙子！

安欣：老欧！

欧阳懿喝干了酒，放下酒杯，一抹嘴巴，安杰看了江德福一眼，江德福耸了耸肩膀，像是故意的，又像是下意识的。

欧阳懿点着安欣：你叫我什么？

安欣没好气：我叫你老欧！

欧阳懿又点着江德福：你！你叫我什么？

江德福赶紧声明：我可没叫你老欧！我可一直都喊你欧阳的！

欧阳懿继续点着江德福：什么玩意儿？你干吗喊我欧阳？

江德福不知怎么回答了，赶紧去看安欣。

安欣：别理他，他这是醉了！

安杰：这么快就醉了？他这也不像醉呀！

安欣：等你们看出来就晚了！他就该撒酒疯了！

安杰：是吗？他怎么变成这样了？

安欣看了她一眼，不说话了。

欧阳懿点着江德福的鼻子：你！喊我什么？叫我什么？

江德福：喊你欧阳啊？怎么，不对呀？

欧阳懿：当然不对了！我，（点着自己的鼻子）不是欧阳！我，我是老欧！我是他妈的老欧！都告你几百遍了，怎么就记不住啊！

江德福急忙点头：记住了！记住了！这次记住了！

欧阳懿又点着自己的鼻子：我叫什么？

江德福马上说：你叫老欧！

安杰在一旁抿着嘴乐，安欣不高兴地看了她一眼。

江德华双手小心翼翼地端来一碗汤。

欧阳懿大声问：你！你叫我什么？

江德华：我叫你欧阳啊，我叫你姐夫啊！

欧阳懿一拍桌子，吓了江德华一跳：不对！混账！刚告诉你了！叫我老欧！怎么还叫我欧阳！

江德华明白了一点儿，开始逗他：我哥再三嘱咐我们，不让我们喊你老欧，要叫你欧阳！

欧阳懿又一拍桌子：放屁！放他娘的狗臭屁！

安欣：对不起，他喝醉了！老欧，你别喝了！你喝醉了！

欧阳懿醉眼蒙眬：你，你叫我什么？

安欣：我叫你老欧！

欧阳懿定定地望着她，突然落下泪来：连你，你也叫我，老，老欧了！你，你也看，看不起我了！你也，也作践我了！我，我不是老欧！我是欧阳！是，是欧阳懿！是欧阳懿啊！呜……

欧阳懿趴在饭桌上哭开了，大家都惊呆了。孩子们听到哭声，从自己房间出来，挤在门口，望着这个趴在那儿哭泣的男人，不知如何是好。

江亚菲小声问安诺：你爸怎么了？他哭什么？

安诺白了她一眼，扭头进屋了，安然也跟了进去。

江亚宁小声问江亚菲：你说她什么了？

江亚菲：我什么也没说！她神经病！

44 晚上 安杰卧室

熄灯了，月光照着躺在床上的两口子，两口子都没睡，睁着眼在想心事。

安杰翻了个身，叹了口气。

江德福：你还没睡？

安杰：睡不着，心里烦。

江德福：你烦什么？

安杰：也不是烦，说不上来是什么滋味。唉！这个欧阳真可怜。

江德福：是老欧，不是欧阳！

安杰：是欧阳！不是老欧！你没听他最后哭着说嘛，我是欧阳，我不是老欧！

江德福学欧阳懿："我是欧阳懿！是欧阳懿啊！"

安杰：别说了，再说我也要哭了。

江德福：光哭没有用，咱们得帮帮他们。

安杰：怎么帮？帮什么？

江德福：安然和安诺，回到青岛还要等着分配工作，不知要等到什么时候！再说，哪有什么好工作分给她们呀！干脆让她俩当兵去算了！我找找广州军区的韦大壮，让他帮帮忙。

安杰支起身子，脸都要探到江德福的脸上了：真的？真的吗？

江德福将她搂到怀里：假的！你给我躺下！

安杰在江德福的怀里，半天没有动静。

江德福叫了起来：哎呀，你这是干什么？你哭什么！

安杰仰起泪脸，哽咽地：老江，我……我谢谢你！

江德福笑了：一个被窝睡着，谢什么！

第二十三集

1　白天　安杰家饭桌上

大家坐在饭桌上，等着欧阳懿出来吃饭。

欧阳懿出来了，脸还湿漉漉的，他讪讪地坐了下来，一副难为情的样子。

江德福：老欧，再喝点儿白酒吧？

欧阳懿忙摆手：别提酒，别提酒，提酒我就难受！昨晚喝多了，让你们看笑话了。

江德福：你还想跟我们收门票啊？没门！

大家都笑了，连欧阳懿自己也笑了。

安欣：我们今天就回去了，家里还有好多事呢。

安杰：急什么？再多住几天！

安欣：不住了，我们回去收拾收拾，他该回青岛报到了。

江德福：那好，那我们就不留你们了！安杰，把那两瓶五粮液给老欧带走，回去告别喝！

欧阳懿点头：行！行！我的那些朋友，还没喝过这么好的酒呢！

安杰：姐夫，老江说，想让安然、安诺到广州去当兵，也不知你们同不同意。

欧阳懿和安欣对视了一眼，眼里全都是惊喜。

安欣：行吗？是不是太麻烦了？我知道女兵可不好当。

安杰：他说行，就让他办办试试。

欧阳懿突然站了起来，冲两个女儿发火：你们还坐在这儿干吗？还不起来，快谢谢姨父！怎么这么不懂事！

安然、安诺惶恐地站起来，冲着江德福不知说什么好。

欧阳懿：哑巴了？说话呀！

安欣：快谢谢姨父。

安然小声地：谢谢姨父。

欧阳懿：声音太小了，大点儿声！

安诺的声音大点儿了：谢谢姨父。

江德福笑了：都坐下吧！你们不用谢我，要谢就谢你姨！是你姨给我下的死命令，我敢不执行吗？

安诺马上乖巧地：谢谢姨妈。

安杰笑了，笑得很幸福。

2 白天 码头

江家倾巢出动送欧阳懿一家。

安欣拉着安杰的手，依依不舍：小妹，谢谢！谢谢你，谢谢你们一家人！

安杰：姐，你这么说可见外了！

安欣：说实话，这么多年来，还就是你们家没嫌弃我们，经常给我们捎这捎那的。你姐夫说，患难之中才见人心哪！

安杰笑了：这哪是我姐夫说的，这是人家古代的人说的！

安欣也笑了：不管是谁说的吧，都是千真万确的！唉！还是妹夫好哇，你摊上了个好男人。

安杰：当年你还担心我呢！你忘了？

安欣：怎么会忘呢？幸亏你嫁了，要不哪有今天哪！

欧阳懿在与江德福话别：老弟！谢谢你！万分感谢呀！

江德福：老兄！别客气！一家人不用说两家话！

欧阳懿：老弟！真的！千言万语呀！

江德福笑了：老兄！真的！千万不要客气了！

两人哈哈大笑。

安杰转过身来：你俩笑什么？

江德福：你是铁路警察吗？管得可真宽！

欧阳懿一家人上了船，站在甲板上招手。

江亚菲对江亚宁：你看她俩高兴的那个样儿！笑得多欢！

江亚宁：她们当然高兴了，可以回青岛了！

江亚菲：回青岛有什么了不起？她们回青岛能干什么？

江亚宁：那她俩为什么这么高兴？

江亚菲：你傻呀！不知她俩要去当兵了？还是去广州！

江亚宁：广州好吗？

江亚菲：比青岛好多了！人家是省会！

3　白天　马路上

江亚菲和江亚宁说笑着，王海洋追了上来：江亚菲，你家的表姐怎么都比你长得好看呢？

江亚菲：你又看上她们了？

王海洋：你人不大，思想怎么这么复杂呢？

江亚菲：你人不小了，怎么还成天游手好闲呢？

王海洋：……

江亚菲拉着江亚宁：咱们走！离这个执跨子弟远一点儿！

江亚菲撒腿往前跑，江亚宁拼命在后边追。

江德华和张桂英在前边走着，江亚菲超过了她们。

江德华：你跑什么？

江亚菲看了张桂英一眼，没有回答，继续往前跑。

江亚宁在后边喊：姐姐，等等我！

江德华摇头：哪像个丫头样儿！

张桂英笑着：是呀！大概托生错了！

江德华：可不！本来应该是一对儿小子的！这样的丫头，谁家敢要！

张桂英：我家敢要！给海洋吧！

王海洋恰巧听见了，紧走几步跟上了：给我什么？

江德华：你妈要把亚菲说给你！你要吗？

王海洋：她！倒贴我都不要！

4　白天　路上

放学了，江亚菲和一个女孩儿走在路上。

女孩儿：我听我妈说，王海洋他妈想把你许给王海洋。

江亚菲站住了：什么？谁说的？

女孩儿：王海洋他妈说的！

江亚菲：呸！做她的大头梦！白日做梦！

5　白天　卫生所

江卫东满头大汗地跑进医生办公室：高叔叔，我妈让我来要点儿胶布。

高军医：好，跟我来。

6　白天　卫生所天井里

高军医在前边走，江卫东在后边跟着。

高军医：卫东，听说你哥提干了？

江卫东：是，侦察连的排长，他们军最年轻的排长。

高军医：好样的！你哥是好样的。你想不想当兵啊？

江卫东：我当然想了！但我不当陆军，我想当海军或者空军，最好是当飞行员！

高军医站住了脚：是吗？那你太有福了，想什么就来什么。想睡觉，枕头就飞来了。

江卫东：什么意思？

高军医：我告你个好消息，空军要来招飞行员，下个星期就来，你爸没回家说吗？

江卫东摇头：没说，我一点儿也不知道。

高军医：我现在告诉你也不晚，想报名，就早做准备。

江卫东：怎么准备？准备什么？

高军医：起码最近你不要感冒了，飞行员对身体要求最严了，连视力都要求是2.0的呢！

江卫东：是吗？我可从来没查过视力，我也不知道我的眼是不是2.0的。高叔叔，你帮我查查吧？

高军医：好吧，咱们先去查视力。

7　白天　卫生所五官科

江卫东在高军医的指挥下检查完视力。

高军医放下指挥棒：行了，不错，两眼都是1.5。

江卫东：不是要2.0吗？

高军医：咱这没有那种视力表，那是特制的，一般医院都没有，是空军的人自己带。

江卫东：你说我的眼行吗？能到2.0吗？

高军医：应该没问题。这样吧，我教你一套眼保健操，你最近好好做，对你眼睛会有好处的。

高军医教，江卫东学得很认真。

8　白天　安杰家厨房

江德华往锅里放包子。

江亚菲一边拉风箱一边念一封信：亲爱的姨妈、姨父，您们好！

江德华撇嘴：嘴倒挺甜的。

江亚菲：你别打岔！你还想不想听了？

江德华：想听想听，你接着念。

江亚菲：我已顺利地到了广州，广州是个美丽的城市，到处鲜花盛开，鸟语花香，哼！

江德华：她哼什么？

江亚菲：这不是她哼的，这是我哼的！

江德华：你哼什么呢？

江亚菲：姑姑！再打岔我就真不给你念了！

江德华笑了：好好好！小姑奶奶，我不放声了，保证一句话也不说了!

江亚菲：我被分到通信总站，在报务连学报务。

江德华：报务是什么呀？

江亚菲：报务就是报务员！嘀嘀嗒嗒发电报的！

江德华：哼！

江亚菲：你哼什么？

江德华：我哼她这活倒轻巧！风吹不着，日晒不着的……

江德华说着，不小心把勺子掉地上了，她弯腰捡起来，在围裙上蹭了蹭。

江亚菲：姑姑！你也不洗洗！

江德华：洗什么，地上又不脏！就你毛病多，和你妈一样！

江亚菲：你说我妈干吗？我妈又没惹你！

江德华：你妈多厉害呀！你妈都能给你爸下命令了！把她娘家人都弄到部队上了，你妈多能啊！

江亚菲：你不会也下呀！

江德华：我？你爸得听啊！

江亚菲：你不会下下试试吗？

江德华：我才不试呢！我哪有你妈那福哇？好事都是她的！都是她娘家的！咱江家人就没沾上你爸啥光！

江亚菲不满地望着她。

安杰回来了，探进头来：哎呀！吃包子呀！太好了！谁的信呀？

江亚菲一扬手：你姐姐的女儿的！人家都当上报务员了！

安杰接过信，刚要开口，只听家门一声响。

江卫东满头大汗地回来了：妈！我要当飞行员！

安杰没听清：你要当什么？

江卫东：飞行员！开飞机的飞行员！

安杰上下打量他：你这是抽的哪根筋？

江卫东：真的！空军要来招飞行员了，高叔叔说的！

安杰：哎，对了，我让你要的胶布呢？

江卫东一拍脑袋：哎呀！忘了！

9　白天　安杰家外屋

一家人在吃包子，江卫东吃得狼吞虎咽。

江亚菲咂着嘴：啧啧啧，就你这样还想当飞行员！

江卫东一听，马上变得斯文起来，大家都笑了。

江卫民：爸爸，我哥能验上飞行员吗？

江德福：没准儿还真能行呢！

10　白天　安杰家院子里

安杰进家。

江德华提着裤子从厕所里出来：你快去看看你儿子吧！吓死人了！

安杰一惊：怎么了？

江德华：他在那临阵磨刀呢！眼珠子都快抠下来了！

安杰快步进屋。

11　白天　江卫东房间

江卫东对着镜子做眼保健操，做得很认真，也很用力。

安杰进来，站在门口看了一会儿：啧啧啧！你这是临阵磨刀吗？你这是临阵破坏！好眼也让你做成瞎眼了！

12　白天　安杰家院子里

江德福下班回来，见江卫东正在墙根练倒立。

江德福站在他跟前：你这是干啥呢？

江卫东倒立着：飞机经常头朝下飞，我先练习练习！

江德福点头：嗯，有志者事竟成！

江亚菲走过来：八字还没一撇呢，你瞎练什么！

江卫东：滚一边去！别在这儿捣乱！

江亚菲：你让爸爸也滚吗？

江卫东：爸爸别滚，你滚！

江德福笑着走开了。

13　白天　安杰家厨房里

安杰在切菜，江德福探进头来：德华呢？

安杰：给老丁家送炸鱼去了。

江德福：怎么还去？怎么没完没了了？

安杰笑了：只要老丁一天不结婚。她就要往老丁家跑一天！

江德福：哼！傻瓜！

安杰：可爱的傻瓜！

江德福要走，安杰叫住了他：哎，你别走，我问你！

江德福：问什么？

安杰：他真能当上飞行员吗？

江德福：那得看他有没有这个命了！

安杰：要是真当上了怎么办？

江德福：真当上了更好！那是他的运气，也是我们的光荣！

安杰：我不想让他去当飞行员，咱家走了个卫国，就够让我提心吊胆的了，他再当了飞行员，我还过不过了？

江德福：当飞行员怎么了？

安杰看了他一眼：这还用说吗？当飞行员有危险呗！

江德福：你切菜还有危险呢，你别切了！

安杰放下菜刀：不切就不切！你来切！你做饭！

江德福：我做饭？我做饭还要老婆干什么？

安杰笑了：我是给你做饭的？

江德福：对！你还是给我生孩子的！

安杰扬起了刀，恰巧江德华回来看到这一幕。

江德华大叫：老天爷呀！你要杀人吗？

江德福并不领情，回头训斥她：你叫什么！又上哪儿去了？

江德华：上老丁家送炸鱼了！不行吗？

江德福叹了口气：唉！德华呀！我求你别再往他家跑了！好不好？

江德华一声不吭地走了，安杰也深深地叹了口气。

14　白天　安杰家院子里

江亚菲和江亚宁回来了。

江亚宁大声地：我们回来了！

江卫民跑了过来，示意她：小声点儿！

江亚宁也小声地：为什么？

江卫民：二哥被刷下来了！

江亚菲和江亚宁吃惊地对视着。

15　白天　安杰家外屋

饭桌上的氛围很沉闷。

江卫东放下碗筷，准备离开。

安杰轻声问他：吃饱了吗？

江卫东：饱了。

江德华大声地：饱什么呀，就吃了那么点儿！

江卫东起身离开了。

江德华：你不吃了？再吃点儿吧！

江德福：不吃就别叫了，别勉强他。

江德华：这孩子，当不成就当不成呗，生哪门子闷气！人家那么多人当不了飞行员，人家都不吃饭了！

江亚菲：唉！燕雀安知鸿鹄之志哉！

江亚宁：什么意思？

安杰：快点儿吃，饭都凉了！

江德华：疝气是什么？疝气长在哪儿？

江亚宁：我也不知道，你问他们吧。

江德华看他们，知道的不愿说，不知道的没法说。

16　白天　江卫东房间

江卫东靠在被子上望着窗外生闷气。江德华不声不响地进来，坐到江卫东的床边，江卫东不得不往里靠靠。

江德华：卫东啊，疝气是什么？疝气长在哪儿？长在什么地方？

江卫东看了她一眼，翻了个身，背冲着她。

江德华推他：你告诉我，快点儿告诉我，我都要急死了！

江卫东不耐烦地转过身来，望着她。

江德华又推他：你说呀！快点儿说呀！

江卫东大声地：鸡巴有病！

江德华误会了，以为他在骂自己，气得站了起来，连声音都变了：你这孩子，真少教！

17　白天　江卫东房间

江卫东在蒙头大睡。

江亚宁进来叫他：二哥，你醒醒，快醒醒，你的电话。

江卫东掀开被子，不相信地望着江亚宁。

江亚宁：真的，你快去接吧，爸爸打来的，爸爸找你！

江卫东一个高蹦了起来。

18　白天　江德福办公室

江德福在打电话：卫东啊，空降兵你去不去呀？

19　白天　安杰家客厅

江卫东接电话：空降兵？

江德福的声音：对呀，就是伞兵，跳伞的兵！

江卫东嗓门一下就高了：我去！我去！我去跳伞！我去当跳伞的空降兵！

20　晚上　安杰卧室

江卫东推门进来，一副欲言又止的样子。

安杰：有事吗？

江卫东：有事。

安杰：有什么事？

江卫东吭吭哧哧地说不出话。

江德福：都要成伞兵了，怎么说个话还吞吞吐吐的？有什么话就快说！不说就快走！

江卫东：咱们什么时候去照相？

安杰：照相？照什么相？

江卫东：照全家福！我哥走的时候，不都照了嘛！

安杰指着墙上的镜框：那不是刚照的吗？全家福还用老照哇？

江卫东：那，爸爸什么时候带我去打靶？

江福德：打靶？我什么时候答应带你去打靶了？

江卫东气愤了：怎么我哥走的时候，你都带他去打靶？还打了整整一箱子子弹！怎么轮到我走了，你就不带我打了呢？你这不是偏心眼吗？

江德福笑了，他上下打量着江卫东，笑得更厉害了。

江卫东：你笑什么？我有什么好笑的？！

江德福要拍他的肩膀，江卫东闪开了。

江德福：你小子，脾气还不小！我告诉你，你这样到部队去可不行！老兵们可不吃你这一套！到头来，吃亏的是你！至于打靶的事，让你哥打有让你哥打的原因，不让你打有不让你打的理由！你没有资格问我原因，也没有资格问我理由，更没有资格质问我！你马上就要成为一名军人了，这也算是爸爸送给你的礼物吧，教你什么是令行禁止！

父子俩互相望着对方。电灯慢慢熄灭了，江卫东扭头就走。

灯灭了，一片黑暗，外边"咚"的一声响，像是撞倒了什么东西。安杰按亮手电，要出去看看。

江德福：你别出去，让他摔摔跟头也好！

21　白天　江卫东房间

江卫东坐在床上，看着安杰替他收拾东西。

安杰：你别生你爸的气，你爸因为让你大哥打靶，在常委会上都做自我批评了！

江卫东垂头丧气地：我怎么这么倒霉呀？吃屎都赶不上热乎的！

安杰安慰他：你别得了便宜卖乖了！你大哥替你挨了多少打，难道你都忘了吗？

江卫东：我宁愿自己挨打，也愿让爸爸带我去打一次靶！

安杰：你到了部队，有的是机会打靶，没准儿还在天上打呢！

江卫东站起来：那不一样！你不懂！

22　白天　安杰家院子里

江德华在地里割韭菜，安杰和江亚菲、江亚宁在地头择韭菜。

安杰深有感触地：人哪，就像这些韭菜一样，一茬一茬地生，一茬一茬地割，这大概就叫生生不息吧？

江德华手里的刀掉了：哎呀妈呀！你说的什么呀？怪吓人的！

江亚菲笑了：妈，你这就叫对牛弹琴！

23　白天　码头上

天上下着小雨，江德福穿着雨衣，安杰打着雨伞。

安杰：这孩子，上了船也不出来照个面！

江亚菲：妈，我二哥好像不太高兴。

江德华：要离开家了，谁能高兴！

江亚菲：起码要出来跟我们打个招呼，说声再见吧?

江亚宁：就是!

江卫民：二哥这几天好像有什么心事，晚上躺在床上还唉声叹气的。

安杰看了江德福一眼，眼泪涌了出来。江德福也是一副不好受的样子。

船开了。穿着军装的孩子们挤在船边，向码头上的家人招手告别，唯独不见江卫东。

江卫民喊：二哥，你在哪儿?

江亚宁也喊：二哥，你快出来!

江德华干脆就哭着喊：卫东啊，你出来呀!你在哪儿呀?你为什么呀?为什么这样啊!

江亚菲大叫：江卫东，你给我出来!

24　白天　船上

江卫东躲在船舱后边，偷偷往外看。

安杰的声音：卫东!卫东!是妈妈不对!应该带你去照全家福!下次吧!你回来的时候，咱们去照全家福!多照几张!

江卫东的眼泪流下来。

25　白天　码头上

细雨中，江家人离开码头。

江卫民：闹了半天，二哥是为了没照全家福哇!

江德华：你看你这个人!干吗不让照全家福呀?照张相能花几个钱?你平时那么大手大脚的，啥时候变得这么会过了?真是的!

江亚菲：姑姑，你也真是的，怎么听风就是雨呀？可能吗？可能为不照全家福，他就生那么大的气吗？

江德华：这是你妈自己说的！那你说，你二哥是为什么生这么大的气的？

江亚菲：让我说呀，他是觉得没脸见人了！全岛的人，都以为他要当飞行员了，最后只当了个伞兵！他那么爱面子的人，好意思出来给大家招手喊再见吗？

江德华：是吗？是为这个吗？哎呀，这孩子！这是何必呢？长疝气又不赖他，当不成飞行员，有什么不好意思！

江亚宁：姑姑，疝气到底是什么病呀？比脚气厉害吗？

26　白天　路上

江亚菲背着书包在路上走着，身后一辆吉普车一直挨着她开，直到把她挤得掉进了路边的沟里。

江亚菲火了：谁呀？干什么？

王海洋从车里探出头来：我呀，不干什么。

江亚菲从地上捡起了一块儿石头，王海洋吓得直摆手：别别别！你千万别砸！打坏了我不要紧，千万别把车打坏了。你上哪儿？上来，捎你一段！

江亚菲不理他，从沟里跳上来继续往前走。

王海洋开着车慢慢地跟着她：我知道，你要去码头。

江亚菲还是不理他。

王海洋：我还知道，你要去接你的表姐。

江亚菲扭头看了他一眼。

王海洋笑了：我还知道，你两个表姐都当兵了。一个去了广州当通信兵,一个到咱们医院当卫生兵,对不对?

江亚菲:对你个头哇!

王海洋:江亚菲,问你个事。

江亚菲望着他:你这么厉害,将来可怎么办呀?

江亚菲又弯下腰捡石头,王海洋一脚油门,开车跑了。

27 傍晚 江德华房间

姑侄三人挤在窗前看安然试军装,安杰在一旁帮忙。

江亚宁:她穿上军装更好看!

江亚菲:好看什么!乌鸦变凤凰!

江德华听了挺高兴,故意说亚菲:你小点儿声,别让你妈听见!

江亚菲:我妈听不见!你别传话就行了!

江德华:我傻呀?我怎么会传这种话!哎呀,你看,你妈家的亲戚都当兵走了,男的女的都走了!就是没咱老江家的一个!

江亚菲:谁说的?江卫国不是江家的?江卫东不是江家的?

江德华:他们不算!我是说亲戚!没有一个江家的亲戚!

江亚菲:活该!谁让江家亲戚那么少呢!谁叫安家亲戚那么多呢!

江德华:真要找,还能找不出个把的?真是的!

江亚菲:那你就找呗!有本事你就找呗!

江德华:找就找!谁还找不着哇!近的找不到,还找不到远的呀!

江亚菲:你可别找那八竿子打不着的亲戚!

江德华:你放心!保证都是八竿子以内的!

28 晚上 老丁家

四样在帮江德华写信。

江德华口述：二大娘，我是德花，你还记得俺不？就是七婶子家的德花呀！

四样：姑姑，你别说这么快，我记不下来！

江德华：好好，我慢点儿说，你快点儿写。

四样：我是德花，哎，姑姑，你不是叫江德华吗？怎么又叫江德花了？

江德华：江德花是俺在老家的名字，江德华是后改的！

四样：谁给你改的？

江德华：你娘！

四样：真的？

江德华：假的！你问这么多干啥？快写你的！

四样：应该加上"你好"两个字，给人家写信，都要先问你好的。

江德华：问就问吧！你好就你好吧！哎呀，真麻烦！不问你好，人家就不好了？真是的！

四样将信纸撕掉，江德华打了他头一下：怎么又撕了？刚写了不到一行字，你撕了多少纸了？

四样将笔一扔：我不写了！你自己写吧！

江德华笑了：兔崽子！还给我拿一把！快写！

四样：你怎么不让你家江亚菲和江卫民他们写？

江德华：要是能让他们写，我还来求你呀！快点儿写吧，你这么磨磨蹭蹭的，天亮也写不完！

29 晚上 安杰家客厅

江德福在泡脚,安杰给他加热水。

江德福:德华好像不在家?

安杰:怎么是好像?她就是不在家!

江德福:上哪儿去了?

安杰:你说呢?

江德福:真该好好跟她谈谈了,人家老丁马上要结婚了,她再往人家家跑,就是自讨没趣了。

安杰:要谈你谈,我不谈,我不去自讨没趣!

江德福:你还是当嫂子的呢!

安杰:你还是当哥的呢!你先谈吧,谈不通我再谈!

江德福:我都谈不通,你就谈得通了?

安杰:所以嘛,让你去谈嘛!

江德福盯着她看。

安杰笑了:你看我干吗?

江德福:我看你好看!去!给我拿擦脚巾去!

30 白天 安杰家院子里

公务员来送报纸,江德华从屋里跑出来:小季,有信吗?

小季:没有信。

江德华:有信你快点儿送来啊!

小季:哎,知道了!

安杰:这几天你怎么老问有没有信哪?你在盼谁的信?

江德华:俺谁的信也不盼!俺就是想看看信了,谁的信都行!

安杰:我还以为你盼卫国和卫东他们的信呢,闹了半天是谁的信都行!

江德华:俺当然盼俺侄子的信了!可他们不都刚来过信吗?信还能天天都写吗?

安杰:当然有天天都写的信了!可惜,不是写给爹妈的。

江德华:不写给爹妈,那天天写信给谁呀?

安杰看了她一眼,叹了口气。

江德华狐疑地:你叹啥气?

安杰:我叹气了吗?

江德华:你当然叹了!你还想不承认?

安杰笑了:好好,就算我叹了!我想卫国和卫东了!我盼着他们天天都能给我写信来!

江德华:哼!你做梦吧!

31 傍晚 安杰家外屋

一家人在吃晚饭,江卫民背着书包,手里举着电报跑了回来:电报!电报!来电报了!

安杰紧张地放下筷子。江德福夺过电报,看了一眼,皱起了眉头。

安杰不安地:谁来的?出什么事了吗?

江德福自言自语:二大娘?哪个二大娘?

江德华提醒他:是不是前街王五他娘啊?

江德福想起来了:对!对!可能是王五他娘!

安杰:王五他娘怎么了?

江德福抖了抖电报:要到咱家来了!这两天就到!德华,你每天到码头上去接接,他们说不定坐哪班船来。

江德华：哎，行。

安杰：他们来干什么？上咱们家来干什么？

江德福：我哪知道？我这不也刚接到电报吗？

江德华：人家大概是想俺们了，想来看看俺们！

安杰：他们是家里的什么亲戚？

江德福去看江德华：他们跟我们沾亲吗？

江德华：怎么不沾？你忘了，王五他姑，不是嫁给咱五婶子她娘家侄儿了吗？

江德福眨巴眨巴眼睛，怎么也想不起来，安杰拿起筷子"哼"了一声：哼，什么亲戚，八竿子也打不着！

江德福：你哼什么？我家要来个人，你就哼？

安杰：我哪哼了？

江德华：你哼了！我们都听见了！

江亚菲将碗重重地放下，重重地：哼！

江德福：你哼什么？

江亚菲不说话，只是盯着江德华看。江德华在她的注视下坐不住了，假装要盛饭，端着碗进了厨房。

32 傍晚 安杰家厨房里

江德华在刷碗。江亚菲像猫一样悄无声息地进来，她站在江德华身后，并不说话。

江德华从墙上的影子发现了她，回过头来，还是吓了一跳，手里的碗掉到地上，碎了。

江亚菲还是不说话，盯着她不错眼。

江德华：姑奶奶！你这么盯着我干啥！

江亚菲小声地：你叫我姑奶奶也没有用！我全知道！你瞒不了我！

江德华嘴还硬：你知道什么？知道啥！

江亚菲：我知道是你把二大娘他们招来的！是不是？

江德华：我怎么招他们来？我又不是神仙，吹个口哨就能把人招来！

江亚菲冷笑：你还嘴硬！你还不承认！

江德华以攻为守：你这孩子真少教！有你这么跟长辈说话的吗？

江亚菲让步了：行行，我不这么跟你说话了！你告诉我，是不是你？

江德华也软了：好吧，就算是我吧！

江亚菲：干吗就算是啊？就是！就是你！

江德华赔着笑：好好好，数你精！什么也瞒不住你！亚菲，你可千万别告你妈呀！

江亚菲笑了：那能告我爸吗？

江德华：也不能！你爸跟你妈穿一条裤子还嫌肥呢！你爸知道了，能不告你妈吗？

江亚菲更笑了：你就这么怕我妈呀？

江德华：不是怕她，是不愿听她唠叨！

江亚菲：我妈唠叨吗？我看我妈还不如你能唠叨呢！

33 白天 安杰家

安杰在饭桌上包饺子，江亚菲在帮忙。

大门开了，一辆吉普车停在门口。江卫民和江亚宁先跳下来，打开车门，江德华出来了，然后陆续下来一个胖丫头、一个中年汉子，最后才是一个颤颤悠悠的老大娘（二大娘）。

安杰和江亚菲在窗前对视了一眼，不约而同地撇了下嘴。

江亚菲：天啊，真能挤！

安杰将擀面杖往面板上一丢，拍了拍手，出去了。

34 白天 安杰家院子里

安杰满脸笑容地迎接着这些不速之客：来了？

走在前面的胖丫头不知所措，回头去看她爹王五。王五似乎也不会说话，又回头去看身后的二大娘。

安杰只好重说：来了？

江德华扶着二大娘，在她耳边大声说：这是俺嫂子！

二大娘一副不明白的样子，看看安杰，又看看江德华。

江德华只好重新介绍：她是德福媳妇儿！

二大娘终于明白了，她上前抓住安杰的手，上下打量着安杰：嗯！真俊！是比桂兰强！

江德华赶紧打岔：快进屋吧！进屋歇着吧！

安杰侧过身，让他们先进屋了。

江亚菲小声地：妈，谁是桂兰呀？

安杰看了她一眼，没理她，直接进屋了。

院子里剩下了江亚菲、江亚宁和江卫民。

江亚宁：姐，你看二大娘的脚，多小哇！

江亚菲：二大娘是你叫的吗？

江亚宁：那是谁叫的？

江亚菲：是你爹你妈叫的！是你姑姑叫的！

江卫民：真的吔，咱们在码头上都喊她二大娘，她也都答应了。

闹了半天,她吃亏,咱俩占便宜了!

江亚菲:叫声二大娘占什么便宜!真正占便宜的是他们!你们以为他们来干什么?他们是来占便宜的!

江卫民:他们来占什么便宜?

江亚菲意味深长:俗话说,无事不登三宝殿,你们就等着瞧吧!哎,亚宁,你发什么呆呀?

江亚宁:我在想,二大娘的脚怎么长得那么小哇?

江亚菲:你别傻了!那哪是长的?那是裹的!

江亚宁:裹的?怎么裹?

江亚菲:笨蛋!用布裹呗!用布缠上!

江卫民:噢,我想起来了,毛主席说过,懒婆娘的裹脚,又臭又长!

江亚宁:用布就能把脚裹得那么小?

江亚菲:要从小就裹!脚还没长大的时候就裹!不让脚长大!

江亚宁指着自己的脚:不让它们长大,它们就长不大了?

江亚菲:当然了!你没看见二大娘的小脚哇!

江卫民:你怎么也叫二大娘了?

江亚宁:就是!咱们该叫她什么呀?

江亚菲:该叫她奶奶吧?

江卫民:那该叫他儿子什么?

江亚菲:那个王五呀?

江卫民:对呀,咱们该叫王五什么?

江亚菲:该叫他叔叔吧?

江亚宁:我看该叫他大爷,他比咱爸都老!

江亚菲:农村人都长得老,不见得比爸爸大。咱们还是叫他叔叔吧!

江亚宁:叫他王五叔叔!

江卫民笑了:那叫王五的女儿呢?

江亚菲:那个胖丫头呀?

江亚宁在那自言自语:我想看看二大娘的小脚!

35 白天 安杰家

江德华端着一盆水进了客厅:二大娘,洗把脸吧!

江亚菲拽住江亚宁,在她耳边低语。

江卫民:你们说什么呀?你俩说什么?

江亚宁跑了出去。

江亚菲又跟江卫民耳语,江卫民边听边点头,笑逐颜开。

36 白天 安杰家客厅里

二大娘祖孙三代拘谨地坐在客厅里,江亚宁端了一盆热水进来:奶奶,请您洗脚。

二大娘听不清,去看自己的儿子和孙女。无奈儿孙都是木讷之人,都不说话,她只好面对端着盆子的小姑娘:孩儿啊,你有啥事?

江亚宁:我没事,您洗脚吧?

二大娘还是没听清:洗脸?俺才洗了,还用洗吗?

江亚宁大声地:不是让您洗脸!是让你洗脚!

江亚菲拿着毛巾走来:你把盆放下,老端着干吗?

江亚宁:她好像听不懂我说话。

江亚菲:你是外国人吗?还听不懂你说话!我来!

37 白天 安杰家厨房里

安杰和江德华在厨房里忙。

安杰突然问道:谁是桂兰呀?

江德华一愣,望着她不说话。

安杰一字一顿地:我问你,谁是桂兰?

江德华:是……是俺头一个嫂……嫂子。

安杰点头:噢,原来她叫桂兰呀?那她姓什么?

江德华:姓……姓……什么来着?

安杰:你就别装了!她姓什么你还不知道?

江德华:俺不是装的!俺装什么装!俺就是忘了她姓什么了!她叫桂兰还是二大娘说起,俺才想起来的!在家都喊她嫂子,谁喊她名儿呀!

安杰一笑:你嫂子倒挺多的!

江德华:当然多了!比俺大的,俺都得叫嫂子!不像这里,谁跟谁都不亲!俺们那儿……

安杰:你行了吧!别一口一个俺们俺们了!他们一来,你的口音怎么也变回去了?

江德华笑了:可不咋的?好不容易学会城市话了,老家的人一来,又都拐回去了!

38 傍晚 安杰家院子里

江家姐妹坐在桃树上,一脸的扫兴。

江卫民跑过来:见着了吗?看见三寸金莲了吗?

江亚宁:见到了!什么三寸金莲哪!叫得怪好听的,丑死了!

江卫民：见到毛主席说的裹脚布了吗？是又臭又长吗？

江亚菲：什么呀！想不到毛主席也有说错的时候！哪有什么裹脚布哇，还又臭又长！

江卫民：那她用什么裹脚？

江亚菲居高临下地拖着长腔：袜子！和你一样的袜子！

江德华站在门口喊：亚菲，打开水去！

江亚菲：江卫民，你去！

江卫民：干吗让我去？姑姑叫的你！

江亚菲又看江亚宁。

江亚宁急忙从树上跳下来，一溜烟跑了，江卫民也跑了。

江亚菲叹了口气：就知道指使我！

39 傍晚 路上

江亚菲提着两瓶开水，紧走两步，追上了前头的江德福。

江亚菲：爸爸，你二大，哎呀不是，是奶奶来了。

江德福：嗯，我知道了。

江亚菲：爸爸，桂兰是谁？

江德福：桂兰？

江亚菲：对呀！那个奶奶说，我妈比桂兰好看，比桂兰俊！

江德福一下站住了：她还说什么了？

江亚菲望着江德福不说话。

江德福有点儿急，扯着她的辫子：说呀！那个奶奶还说什么了？

江亚菲一甩头：你问我妈吧！我妈会告诉你的！

江德福一把扯住她：我问你妈干吗？我就问你！快告诉我，她还说什么了？

江亚菲站住脚：那你先告诉我，桂兰是谁？

江德福哑巴了。

40 傍晚 安杰家外屋

江德福进家，见外屋没人，听见厨房有动静，就轻手轻脚地去了厨房。

41 傍晚 安杰家厨房里

江德华在捣蒜，安杰准备下饺子。江德福轻手轻脚进来，吓了两人一跳。

江德华：哎呀娘呀！你啥时候回来的？

江德福：刚回来，你们辛苦了。

江德华：你见二大娘了？

江德福：还没呢，这不先给你们请安来了。

安杰瞅了他一眼。

江德福：你这样看我干吗？

安杰不说话，从他身边挤了出去。

江德福：你嫂子怎么了？

江德华：没怎么呀？

江德福：好像不高兴？

江德华：刚才还好好的呢，哪不高兴了？

江德福：二大娘怎么说起桂兰了？

江德华发现安杰站在了江德福身后。

江德华：那什么……

江德福：那什么？你快说，二大娘说桂兰干吗？提她干什么？

江德华：我哪知道！老糊涂了吧！

江德福：她说她什么了？都说什么了？

安杰：她说她长得比我好看！长得比我俊！

江德福吓了一跳，急忙转身：她胡说八道！

安杰：你敢说你二大娘胡说八道？

江德福：我怎么不敢说？她的确是胡说八道！

江德华：二大娘咋胡说八道了？是嫂子胡说八道！人家二大娘哪说桂兰嫂子比她好看、比她俊了？人家二大娘说，她比桂兰嫂子好看、比桂兰嫂子俊！

安杰扭头就走。

江德福：你看看你！干吗一口一个桂兰嫂子、桂兰嫂子的！

江德华：俺不叫她桂兰嫂子，俺叫她啥？

江德福没好气：你爱叫啥叫啥！

江德华：那好！俺就叫她桂兰嫂子！

42 傍晚 安杰家客厅

江德福进来，满脸堆笑：二大娘，你来了！

二大娘颤悠悠地站起来：三小啊！俺来了，接到信俺就来了！

江德福一愣，跟在他身后的安杰也一愣，江德华一听这话吓得要命，一个劲儿冲王五摆手。

王五上前：三哥，给你添麻烦来了。

江德福：这是五兄弟吧？走到街上，真认不出来了！你还好吧？

王五点头：好，还好，还好。

江德福指着胖丫头：这是？

王五：这是俺最小的一个，叫燕凤。

江德福：噢，多大了？

王五：二十二了，属马的。

江德福：大姑娘了，有婆家了吗？

二大娘听见了：还没呢！这不送来，让你给说个婆家！

江德福：让我给找婆家？我哪有这个本事呀！

王五：不是让你给找婆家，是让你给她身军装穿。

江德福：噢，噢。

王五：三哥，行不？

江德福：噢，噢。

二大娘：咋不行啊！你三哥都当司令了，收个小兵，还算啥呀！是吧？三小？

江德福哭笑不得：啊，是，是吧？

43 晚上 江亚菲房间

兄妹三人都在。

江亚宁学二大娘的声音："是吧，三小？"

江卫民：爸爸原来叫三小，可真难听！

江亚宁：就是！爸爸的大名小名都这么难听，一个比一个土！

江亚菲：我说什么来着？无事不登三宝殿吧？（学王五的声音）"三哥，不是让你给找婆家，是让你给她身军装穿！"

江卫民：哎呀哎呀，就她那胖样儿，还想穿军装？女兵的军装她能穿进去吗？

江亚菲：加肥的呗！实在不行，特制的呗！

江亚宁：她都二十二了，还当什么兵啊！

江亚菲：就是！赶紧找个婆家，结婚得了！

江卫民：她那么胖，上哪儿找？

江亚菲：总会找到的！不行也找个胖子呗！

44 晚上 安杰卧室

江德福躺下了，安杰在抹雪花膏。

安杰：能办吗？

江德福：什么？

安杰：你装什么傻呀！你听不懂啊？

江德福：我哪知道你问什么能办吗！

安杰：我问你，你二大娘的孙女燕凤，能办去当兵吗？

江德福：想办就能当！

安杰：她那样的，也能当兵？

江德福皱了眉头：她哪样儿？人家哪样儿了？

安杰：她长什么样儿你没看见？长得那么难看不说，岁数还超了！

江德福没好气：人家是来当兵的，不是来选妃子的！用不着那么好看！

安杰：她都二十二了！

江德福：农村人算虚岁，虚两岁，她顶多二十岁。

安杰同情地望着江德福：老江，真够难为你了！

江德福：你少在这儿猫哭老鼠假慈悲了！

安杰上了床：哎，那封信是怎么回事？

江德福：哪封信？

安杰：你别装了！今天你净装了！一会儿装着不知道桂兰是谁，一会儿装着不知道那封信是怎么回事。

江德福坐了起来：你不说我还忘了呢！是谁给二大娘他们写的信？是谁把他们叫来的？

安杰：真的不是你吗？

江德福：我吃饱了撑的！我给自己找这个麻烦！

安杰：噢，我知道了！我知道是谁了！

江德福：是谁？

安杰：这个家里，除了你和德华认识二大娘他们，我们谁认识呀？

江德福：会是她吗？她给他们写信干吗？再说，她也不认字呀！

安杰撇嘴：除了她还有谁？她看见我侄女和外甥女都去当兵了，心理不平衡了呗！都是安家的人沾你这个当司令的光，江家人都没沾上，她气不过了呗！至于写信，她周围这么多会写信的人，找谁不行啊！四样就是她第一人选！

江德福躺下了，用胳膊挡住了脸：真是头发长、见识短哪！我算服了你们了！

安杰：服我干吗？你服你妹妹就行了！你该找你妹妹算账去！

江德福：算什么账啊！我办就是了！我一见到二大娘，就想起了好多事。她跟我娘最好了，那年我家揭不开锅了，二大娘还送来一笸箩窝窝头呢！

安杰：不就是一笸箩窝窝头吗？至于这样念念不忘吗？

江德福又坐了起来，怒视着安杰：你这种资产阶级的臭小姐懂什么呀？你知道什么叫滴水之恩当涌泉相报吗？

安杰的嘴撇得更厉害了：你少给我来这套！这种文言文也是你这种穷小子说的吗？

江德福跳了起来，站在床上指着安杰：你们这种人哪！真是你不打,他就不倒!

安杰笑了:你想怎么着?你想打我?

江德福一指门外:你给我滚!

安杰爬起来,抱着自己的被子,往外走,没走两步又回来了。

江德福:怎么又回来了?认识错误了?

安杰:做梦!我回来拿枕头!

江德福:你这种资产阶级小姐,还用什么枕头!

安杰:资产阶级小姐睡觉才用枕头呢!

45 晚上 江亚菲房间

安杰抱着被子进来。

江亚宁一下坐了起来:妈,你怎么了?

江亚菲也坐了起来:你跟我爸吵架了吧?被我爸赶出来了吧?

安杰:你们谁替你姑姑写的信?

江亚宁:写信?写什么信?

安杰又去看江亚菲。

江亚菲:你别看我,不是我写的!

安杰:那你知道是谁写的?

江亚菲:我也不知道是谁写的!但我知道是我姑让人写的!

安杰:果然是这样!

江亚菲:妈,你别管了!你们家都走了那么多人了,我爸家还一个人没走呢!不能只许州官放火,不许百姓点灯!

安杰:这是谁教你的?是你姑吗?

江亚菲:我姑会说只许州官放火,不许百姓点灯这样的话吗?

46　白天　安杰家院子里

燕凤在院子里急得团团转，江德华出来了。

燕凤：姑呀，谁在茅房里？憋死俺了！

江德华：是你大娘吧？

燕凤不吱声了，但很急的样子。

江德华朝屋里喊：亚菲，你出来。

江亚菲跑了出来：什么事？

江德华：你燕凤姐快憋不住了，你带她上外边上厕所去。

江亚菲当着客人的面，不得不去了。

47　白天　厕所外

江亚菲一指：那里，去上吧！

燕凤为难地望着她：哪边是女的？

江亚菲大吃一惊：那不写着吗？难道你不认字？

燕凤点了点头，憋得直跺脚。

江亚菲又一指：那边！靠墙的那边！

燕凤一路小跑进了厕所，江亚菲一个人往回走。

48　白天　王海洋家门口

王海洋倚在大门口，望着江亚菲。

王海洋：江亚菲，那是谁呀？

江亚菲：是我堂姐，好看吧？

王海洋笑了：好看！真好看！她来干什么？

江亚菲：她二十二了，来找婆家的！

王海洋：找到了吗？

江亚菲：快了！我姑姑说，让她跟你最合适了，女大三，抱金砖！

王海洋：你姑神经病！

江亚菲：你等着吧！神经病下午就到你家提亲去！

王海洋转身回了家，将大门"咣"的一声关死。

江亚菲笑了，大声喊：你可千万别出去呀！

49　白天　安杰家院子里

江德华在晒衣服，见江亚菲一人进家，不高兴了：你怎么自己回来了？你燕凤姐呢？

江亚菲：我把她送去就可以了，难道还让我在那闻臭味吗？

江德华：你这孩子，真不懂事！

江亚菲：你懂事！招了这么大的麻烦来！

江德华看着她不说话了。

江亚菲：姑姑，你知道那个燕凤是个睁眼瞎吗？

江德华：什么睁眼瞎？

江亚菲：她一个大字都不识！是个文盲！

江德华：不会吧？

江亚菲：怎么不会？她连"男女"两个字都不认识！那两个字就在那儿写着呢，她还问我，哪边是女厕所！

江德华：是吗？怎么会呢？

江亚菲：我哪知道怎么会呢！我只知道你这次麻烦惹大了！又胖！又丑！又大不说，还是个文盲！看你怎么跟我爸说！

江德华看了看四周：你爸又不知道是我干的，只要你不说，他怎么会知道！

江亚菲：你以为我不说，我爸我妈就不知道了？我妈昨天就知道了！还知道是四样替你写的信！是不是四样替你写的？

江德华：你妈是咋知道的？哎呀，她可真精啊！

江亚菲：不是我妈精，而是你傻！好好的，你惹这麻烦干什么？

江德华后悔地：谁说不是呢？我现在后悔得肚子都痛！

50 白天 安杰家客厅

地上堆了许多行李，二大娘和王五要走了。

二大娘拉着江德福的手：哎哟！你看看，你看看，给俺们好吃好喝的，这要走了，还给俺们带这么多东西！你看看，你看看，这是怎么说的！

江德福：二大娘，你别这么说！你就跟我娘一样！你在我这儿住得高兴，我就高兴！就跟孝顺我娘一样！

二大娘：你说说，让我跟你娘沾光了！你娘没享上的福，倒让我给享上了！你看看这裤子，你看看这鞋，都是新的！全都是俺侄媳妇儿给俺置办的！俺回去上你娘坟上去，给你娘叨咕叨咕去，说你娶了个好媳妇儿，又俊又贤惠！

江亚菲小声对江亚宁说：哎，她还会说贤惠！

江亚宁也小声：就是！比她孙女都强！

安杰：二大娘，对您照顾得不周，还请您多原谅！

二大娘去看江德福，显然没听明白。

江德福笑了：她说让你下次再来！下次再好好伺候你！

二大娘高兴地笑了：俺还来！下次俺还来！

江德华小声对安杰：娘吔，下次还来？下次千万别来了！

安杰也小声：下次你再把三大娘他们招来！

江德华小声地：不敢了！再也不敢了！

第二十四集

1 白天 院门口

一干人马上了车,车要开了,安杰突然开口:二大娘,回去问桂兰好!

二大娘:侄媳妇儿,你说啥?

江德福挥挥手:开车!走吧!

车开走了,安杰笑弯了腰。

江德福:走吧,回家笑吧!

2 白天 安杰家院子里

安杰:看把你吓的!

江德福不理她,快步进了家。安杰追了过去。

3 白天 安杰家

安杰:你跑什么?

江德福:你在院子里喊什么?你怕人家听不见哪?

安杰：人家知道桂兰是谁呀？

江德福：这些日子，你天天把桂兰挂在嘴边，你到底想干什么？

安杰：我不想干什么，我只想提醒你，曾经有过这么个人！

江德福：你提醒我干什么？

安杰：我提醒你不要忘记过去！忘记过去，就意味着背叛，这是列宁同志说的！

江德福：我知道这是列宁同志说的！你什么意思？是不是让我不要忘了那个张桂兰呀？

安杰：闹了半天她姓张啊！叫张桂兰呀！

江德福：是呀，她是姓张，怎么啦？

安杰：怎么啦？人家德华都忘了她姓什么了，你为什么还记得？为什么还念念不忘她姓张？你想干什么？你说！你想干什么？

江德福笑了：你不是说，忘记过去就意味着背叛吗？

安杰扑过去拧他：我让你记得她姓张！我让你念念不忘！

4　白天　军港

军港进不去，哨位上支了个黑板，几个农村妇女围着看。

妇女甲念出声来：大风警报……

妇女乙：啥叫大风警报？

妇女甲：要刮大风了，船不敢跑了！

妇女丙：那咋办？咱咋办呢？

妇女甲：咱先找地儿住下再说！

5　傍晚　军人招待所

接待室里，妇女甲在登记。

招待员：你们要到哪个连？

妇女甲：哎呀，哪个连？哪个连俺可不知道，俺只知道他是司令！是那儿最大的官！

招待员：你们是去找江司令的？

妇女甲：对，俺们是去江德福司令家的！

招待员：你们是他们家什么人？

妇女甲：俺们是他们家的亲戚！

招待员嘀咕：他家怎么来了这么多亲戚！

妇女甲：同志，你说啥？

招待员：我说司令家亲戚真多！你们去住105房间吧，106房间住的也是司令家的亲戚，说不定你们认识呢！

另一个招待员：肯定认识！亲戚哪能不认识呢？

6　傍晚　招待所院内

几个女人找房间。

妇女甲：会是谁呢？咱们来谁也没告诉呀？谁这么讨厌，跟咱学呢？

妇女乙：会不会是二傻他娘啊？前一阵儿她也到二大娘家要地址去了！

妇女丙：闹不好就是她了！

妇女甲：在这儿！105！

106的房门开了，出来一个精瘦的小脚老太太。

老太太：这不是宝瑞家的吗？

妇女乙：哎呀，二姑，咋是你呀？俺还以为是二傻他娘呢！

二姑：二傻他娘也来了，在屋里睡觉呢！可捞着睡了，都睡一天了!

妇女甲：二姑，你们咋想着到俺三爷爷家了？

二姑：许你们来，就不许俺们来呀？三爷爷又不是你一家的！

妇女甲：俺们是亲戚！俺们是去走亲戚的！

二姑：你们那叫啥亲戚？早就出了五服了，早就不算亲戚了！

妇女甲：出五服也比你们近！你们还一服也没有呢！

二姑：俺们是几十年的老街坊了！远亲不如近邻！德福从小还吃过俺娘的奶呢！

妇女甲：这谁知道呀！谁知道是真吃了还是假吃了呢！

二姑：德福知道！他自己吃的奶，他能不认账吗？

妇女甲：就算俺三爷爷吃过，他也记不住哇！吃奶的孩子能记住啥！

7　傍晚　路上

放学路上，江亚菲跟几个女同学有说有笑地走着。

女同学甲大叫：江亚菲，你看你姑姑领的什么人？

远远地，江德华领着一群人，闷头不语地走着。

女同学乙：肯定是农村的亲戚，一看就知道！

女同学丙：而且，这都是爸爸家的亲戚，一看就知道！

女孩儿们肆无忌惮地大笑。江亚菲也不得不跟着笑。

女生甲大声数数：一、二、三……

女生乙加入进来：四、五、六……

女生丙也开始数：七、八、九……

女生甲大叫：哎呀妈吔！九个人哪！江亚菲，你家来了个贫下中农代表团哪！

女孩儿子们又开始大笑。

江亚菲生气了：笑什么！有什么可笑的！讨厌！

8　傍晚　安杰家外屋

客人们分成两桌在吃面条，各种声音响成一片。

江德福站在一旁：好好吃！多吃点儿！

田小娟（妇女甲）：哎！三爷爷，你也坐下一起吃吧！

江德福：你们先吃！吃你们的！

江德福转身进了厨房。

9　傍晚　安杰家厨房里

安杰和江德华手忙脚乱。安杰往盆里盛饭，江德华往外端饭。

江德福凑到安杰身边，拍着她的肩膀，小声地献殷勤：谢谢，谢谢，辛苦你了！

安杰也同样地小声：滚一边去！

10　傍晚　安杰家院子里

江亚菲和江亚宁坐在桃树上。

江亚宁：姐，你说她们会不会把虱子带来？

江亚菲荡着双腿：谁知道呢？（停了一会儿，又补充）很有可能！

江亚宁：哎呀，我都起鸡皮疙瘩了！

江亚菲：你怎么才起呀？她们一来我就起了！

11　晚上　江亚菲房间

江亚菲抱着自己的被子准备出门。

江亚宁：姐，你干吗非到别人家睡，咱家又不是睡不开！

江亚菲：我不愿跟她们在一个屋檐下睡觉，我怕做噩梦！

江亚宁：姑姑说得没错，你就是毛病多！

江亚菲：你毛病不多，你在家里睡吧！再见！我走了！祝你晚上做个好梦！

江亚宁：我祝你做个噩梦！

江亚菲：咱们俩还不一定谁做噩梦呢！

12　晚上　江德华房间

江德华领着宝瑞家的和他儿子进了房间。

江德华：你跟我睡一起吧！（又改口）咱们一起睡吧！（心里又说）怎么都这么别扭呀！怎么说怎么别扭！

宝瑞的儿子爬上了床，直接往里爬，江德华见状大叫：脱鞋！脱鞋！怎么不脱鞋就上床了？

宝瑞家的：哎呀，在家上炕上惯了！快下来！快下来！

宝瑞家的将儿子的鞋脱下来，江德华皱着眉头屏住了呼吸：洗洗脚吧！

宝瑞家的：不脏！不用洗！

江德华气得闭上了眼睛。

13　晚上　江亚菲房间

安杰领着田小娟和她七八岁的女儿进来了，安杰还抱了床被子。

安杰：亚宁啊，小娟嫂子今晚上跟你做伴。

安杰又回头问田小娟：哎呀，她是应该管你叫嫂子吧？

田小娟：三奶奶，错了！俺应该管她叫姑！叫小姑！

安杰吃惊地：是吗？她辈分这么大？

田小娟：俺三爷爷家在村里辈分一直都挺高的！

安杰：是吗？

田小娟：真的！俺骗你这干啥！

安杰笑笑，不再说话了。

江亚宁望着母亲替她们铺床，坐在自己床上吊着双腿不说话。

14　晚上　安杰卧室

安杰在镜子前抹脸，江德福的脸出现在镜子中。两人在镜中对视。

江德福先败下阵来：你在干吗？

安杰：废话！你说我在干吗！

江德福：三奶奶，别这么厉害嘛！

安杰：我原以为有个三大娘，闹了半天还有个三奶奶！

江德福笑了：闹了半天这个三奶奶还是你！

安杰：你以为我稀得当这个三奶奶呢！

江德福：我知道你不稀得当！你连老太婆都不愿当，怎么可能愿当三奶奶呢？可是既然当上了，你就要当到底呀，不能半途而废。

安杰：你什么意思？

江德福：我的意思是，你今天的表现很好！很有个三奶奶的样儿！很为我争脸！我要通令表彰你！号召大家都向你学习！

安杰：学习我什么？

江德福：学习你平易近人的工作作风，学习你吃苦耐劳的工作劲头，学习你……

安杰：还有吗？

江德福：暂时还没有发现，等发现了再补充吧。

安杰：你就别给我灌迷魂汤了！我是你在和你不在都这个样儿！表扬和不表扬也这个样儿！你就别再指望我有什么提高了！

江德福：不用！不用！你不用有任何提高了！你这个样儿就可以了，就足够了！老婆子，说真的，谢谢你呀！

安杰：不用！你少客气！我这是投之以桃，报之以李！你对我们家人不错，我也不能对你们家人不好哇！你说是不是？

江德福点头：是是是，只是，我对你们家人仅仅是不错吗？你这个评价太低了吧？

安杰：行了吧！这个评价就不错了！你知足吧！

江德福：我知足！我知足！我已经很知足了！

房门"咣"的一声被推开，两口子吓了一跳，回头一看，是江亚宁抱着被子过来了。

江亚宁：我不跟她们睡！她们是流氓！

安杰吃惊地瞪圆了眼睛：她们怎么是流氓了？她们怎么着你了？

江亚宁大声地：她光着膀子睡觉！哎呀，吓死我了！

安杰回头去看江德福，江德福哈哈大笑。

安杰：你笑什么？

江德福：笑你们大惊小怪！光着膀子睡怎么了？在咱们老家，都是脱光了睡！

江亚宁：干吗要脱光了睡呀？

江德福：你不懂！这样不磨衣服，省！

安杰：这么说，她们这还是客气的？还没都脱光？

江德福不知说什么好了。

安杰冷笑：想不到你们老家还挺洋气！人家外国人才光着睡呢，人家那叫裸睡！

江德福：你见了？

安杰：没吃过猪肉，还没见过猪跑吗？！

江亚宁：那个什么小娟，一口一个小姑地叫着我，叫得我都不好意思答应！她是谁呀？干吗叫我小姑呀！

江德福想起什么，一挥手：对了，你不说我还差点儿忘了呢！你去，去把你姑找来！

江亚宁跑出去了。

安杰：你找她干吗？

江德福：有事！

安杰：什么事？

江德福：她的事！

安杰：她的事？她会有什么事？哎哟，是不是老丁出事了？

江德福皱着眉：你就这么盼老丁出事吗？

安杰：什么事呀？会有什么事呀？

江德福：她来你就知道了！

江德华和江亚宁进来了。

江德华：什么事呀？

江德福看了一眼门，命令：把门关好！

江亚宁赶紧把门关好。

江德福：你跟我说说，这些人都跟咱家有啥亲戚！

江德华：没啥亲戚！就那个田小娟家，跟咱家还沾那么一点儿亲，其余的人，八竿子也打不着！哎对了，宝瑞家的说，你从小还吃过她婆婆的奶！

江亚宁捂着嘴笑，江德福瞪了她一眼。

江德福：什么乱七八糟的！瞎说什么！

江德华：真的！她是这么说的！她还怕俺不信，还一遍一遍地说呢！

江德福一摆手：你就别一遍一遍地说了！我问你，这些人是不是你给招来的？

江德华跳了起来：不是俺！谁招的谁是王八蛋！不得好死！

江亚宁：二大娘不是你给招来的吗？

江德华：二大娘是我给招来的那不假，但这些人不是我招来的！我吃饱了撑的？我招她们干什么？那个二傻他娘，在家的时候到处说我的八字不好，命硬，克母又克夫，我怎么会招她呢！真是的！

安杰：即便不是你招来的，但也跟你有关。

江德华急得直蹦：咋就跟俺有关了呢？

安杰：你想啊，这些人看见燕凤穿上军装，当了女兵，能不眼红吗？有枣没枣地都来打几竿子试试呗，万一打下枣了呢？

江德华：那万一打不下呢？

安杰：打不下也跑出来转了一圈儿呀！

江德华：还有好吃好喝伺候着！

江亚宁：我还得跟她们一个屋睡觉！

江德华：俺算倒了八辈子血霉了！什么事转一圈儿，都能找到俺头上！

15　早晨　安杰家院子里

江亚菲和江亚宁站在院子里刷牙。

江亚菲：昨晚做噩梦了吗？

江亚宁吐干净嘴里的白沫：哎呀，别提了！

正要说，田小娟出来了：小姑，昨晚你跑哪儿睡去了？

江亚菲吃惊地忘了刷牙。

16　早晨　安杰家外屋

吃早饭,开了两桌。老家的人坐在大桌上,江家的人坐在小桌上,一高一低,错落有致。

没有人说话,都在埋头吃饭。慢慢地,大桌上出动静了,吧嗒嘴的动静,而且声音越来越大。

小桌上的人们将谴责的目光一齐投向了江德福和江德华。兄妹俩在这众志成城的目光中一下矮了三分,开始细嚼慢咽起来,变得格外文明。

17　白天　安杰家院子里

江亚菲和江亚宁坐在桃树上,等着吃饭。

江亚宁:今早吃饭真有意思!爸爸让咱们看的,恨不能把头埋到桌子底下!嘴也不吧嗒了,老毛病也好了!还有姑姑,姑姑也是!

江亚菲:你知道这叫什么吗?

江亚宁:叫什么?

江亚菲:这叫解铃还须系铃人!像咱爸他们这种在乡下得的毛病,就得让乡下的赤脚医生来治!

江亚宁笑了起来,江亚菲也得意地咯咯笑出声来。

田小娟的女儿怯生生地走过来:姑奶奶,吃饭了。

江亚菲:你叫我们什么?

田小娟的女儿:姑奶奶。

江亚菲:大点儿声,我没听见!

江亚宁:她叫你姑奶奶!

江亚菲小声地：我听见了，还用你说！

江亚宁不说话了，江亚菲冲小姑娘招手：哎，你过来！

小姑娘慢慢走了过来。

江亚菲：到这儿来，到我这儿来！

小姑娘靠了过去。

江亚菲：你叫什么名字？

小姑娘：俺叫许爱丽。

江亚菲：哎，还挺好听的！谁给你起的？

许爱丽：俺娘。

江亚菲：你娘叫什么呀？

许爱丽：俺娘叫田小娟。

江亚菲对江亚宁：哎，她跟她娘的名字都挺好听的，都不土！

江亚宁小声地：你胡说什么，小心她告她娘去！

江亚菲不以为然：我又没说她们的坏话，怕什么！许爱丽，你来，我给你梳梳辫子。

许爱丽靠到了江亚菲身边，江亚菲开始给她梳辫子。

江亚菲满头扒拉着找东西，江亚宁附在她耳边悄悄地嘀咕：有吗？

江亚菲：我没见过，不认识，不过好像没有爬的东西。

18 白天 安杰家厨房

安杰在收拾厨房，听见江德华在客厅里扯着嗓子打电话。

江德华的声音：医院吗？你给我要一下洗衣班！洗衣班吗？你帮我找一下王燕凤。对，对，我是江司令家！对对，那你告诉她一声，让她来一趟！对对！现在就来！马上就来！

安杰在围裙上擦了擦手,自言自语:又要找麻烦了!

江亚宁出来了,安杰招手叫她。

安杰:亚宁,亚宁,你过来。

江亚宁:干吗?

安杰:你去把你姑给我喊来!

江亚宁:喊来干吗?

安杰:喊来有事,快去喊!

19　白天　安杰家客厅里

江德华挂了电话,对围在她身边的乡亲们一摆手:行啦!等着吧!她一会儿就来!

二傻娘:啧啧,德花,你真厉害!一个电话,人就来了!

江德华白了她一眼:我厉害啥?我八字不好,克母又克夫!

二傻他娘尴尬地笑着:这个德花,这么能记仇!

江德华:我都记着呢!谁对我好,我一辈子忘不了!谁对我孬,我也一辈子忘不了!

江亚宁进来:姑姑,我妈叫你。

江德华:叫我干吗?

江亚宁:我不知道,你快去吧!

20　白天　安杰家厨房里

安杰在训江德华,江亚菲和江亚宁挤在门口看热闹。

安杰:你傻呀?你怎么不长心眼呢?你把燕凤叫来,她们看见燕凤穿上军装的样子,她们还能走吗?

江德华幡然醒悟:哎呀,娘吔!可不是嘛!这可咋办呢?我再打电话不让她来了?

安杰:晚了,她肯定往这儿来了!

江德华:哎呀,坏了!坏了!咋办呢?咋办好哇!

安杰:亚菲、亚宁,你们到外边去堵堵她,别让她进家。

江亚菲撒腿就跑,边跑边说:知道了!

安杰对江亚宁:你还不快点儿动!(似乎又想起什么,又喊)你们回来!

江亚宁回来了,江亚菲站在外屋望着安杰。

安杰:我还没教你们怎么说呢!

江亚菲:不用你教,我会说!

江亚菲说完跑了,安杰附在江亚宁耳边说了一番。

21 白天 路口

江亚宁手一指:你看,来了!

江亚菲笑了:来得还挺快!

江亚宁:看她这高兴样儿,真不忍心让她回去!

江亚菲:你不忍心你回去吧!

江亚宁:我不!我看你怎么跟她说。

江亚菲:我自有办法,肯定马到成功!

江亚宁:我看你还是按妈教的说吧,免得……

江亚菲:免得什么?

江亚宁:免得伤了她的自尊心!

江亚菲:你怎么知道我能伤她的自尊心?再说,她有没有自尊心还难说呢!

江亚宁:姐,你别说了,人家来了!

王燕凤气喘吁吁地来了：你俩咋在这里？

江亚菲：俺俩在这儿等你！

王燕凤：等我？等俺干啥？

江亚菲：等你自然有重要的事！

王燕凤：啥重要的事？

江亚菲：你知不知道谁在我家？

王燕凤摇头：不知道，俺班长说，你去了就知道了！

江亚菲：你班长那是骗你呢！把你骗了来，好收拾你！

王燕凤：收拾俺？俺又没招谁、没惹谁，收拾俺干啥？

江亚菲：你知道你是后门兵吧？就是走后门当的兵！

王燕凤点了点头，有些难为情。

江亚菲：现在人家来查你了！正在我家等着你呢！

王燕凤吓得声都变了：是吗？真的？那，那姑姑打电话叫俺来做啥？

江亚菲：那不是姑姑打的电话，那是人家装姑姑的声音打的电话！想把你骗来！你懂不懂啊？

王燕凤：俺不懂！俺不懂！

江亚菲：这下你懂了吧？

王燕凤急忙点头：懂了！俺懂了！那俺咋办呢？

江亚菲：咋办？还不快跑！回医院别出来了！最近你哪儿也别去，别让人家看见你，把你送回老家去！

王燕凤转身就跑。

江亚菲：哎，你跑什么？我话还没说完呢！

王燕凤又转回来，眼巴巴地望着江亚菲。

江亚菲忍住笑：回去别跟你班长说，谁也别说！听见了吗？

王燕凤点头：听见了！

江亚菲一摆手：走吧！快跑吧！

王燕凤扭头就跑，像后边有人追她似的。

江亚菲哈哈大笑，江亚宁望着，不笑也不说话。

江亚菲：你怎么了？

江亚宁：姐，我发现你的心肠可真硬！

江亚菲有些心虚：不硬行吗？不硬她能跑吗？

江亚宁：我总觉得这样不好。

江亚菲：这样不好哪样儿好？让她去家里就好了？

江亚宁：……

姐俩往回走，远远地望见王海洋坐在自家房顶上，像是有什么心事。

江亚菲：你看！

江亚宁：我看见了！

江亚菲：他怎么了？

江亚宁：我哪知道！

江亚菲：他是不是失恋了？

江亚宁：跟谁呀？

江亚菲坏笑：跟王燕凤！

22　白天　院子里

江亚菲进了院儿，直奔梯子，噌噌噌地爬上了房顶。

23　白天　房顶上

江亚菲走到自家房顶边，蹲了下来：哎，你怎么了？

王海洋看了她一眼,没理她。

江亚菲:你是不是在等什么人呢?

王海洋又看了她一眼,听不明白的样子。

江亚菲手一指:你是不是在等她?

王海洋抬头望去,见一个胖胖的女兵在奔跑。

王海洋开口了:她谁呀?

江亚菲坏笑:她是给你介绍的对象呀,我堂姐王燕凤呀!

王海洋火了,抓起身边啃了一半的苹果,就要往这儿扔。

江亚菲也火了,站起身来,大声吼道:王海洋!你敢!

王海洋果然不敢了,气呼呼地将苹果扔到了别处。

24　白天　安杰家客厅里

安杰在缝纫机上做衣服,花花绿绿地摊了一堆布。

江德华在一旁叹气:唉!你还给她们做新衣服!这样她们更不走了!

安杰不搭话,埋头蹬缝纫机。

江德华自言自语:她们到底什么时候走哇?怎么这么不要脸呢!

安杰"扑哧"一声笑了。

江德华:你笑什么?

安杰:我笑你!哪有你这么说自己亲戚的!

江德华:她们不是亲戚,她们算哪门子亲戚!

安杰:她们不是亲戚也是近邻呢,远亲不如近邻嘛!

江德华:什么远亲不如近邻哪!近邻有什么用?除了吵架方便,真没觉得她们哪好!

安杰:你们家揭不开锅的时候,不是人家二大娘家给你们送的窝头?

江德华:啥时候?俺咋不记得?

安杰:你哥说的!

江德华:他那是瞎说!再说了,就是送过窝头,咱这些年给他家的东西,不早超过那几个玉米面窝头了吗?你说是不是?

安杰:我不敢说!让你哥听见又该骂我了!

江德华:得了吧!我哥敢骂你?你不骂我哥,我就谢谢你了!

安杰笑了:你可真是他妹妹呀!

江德华:哎,说真的,你赶快让她们走吧!她们再待下去,我就该疯了!

安杰:干吗让我做坏人,你为什么不说?

江德华:我跟她们都认识,不好说!你又不认识她们,你说怕什么?再说,她们又怕你,还是你说好,你说管用。

安杰:那我更不能说了!我在你们老家的名声,都让你给搞臭了,我巴结她们还来不及呢,怎么会赶她们走呢!

江德华站了起来:你不说,我说!

安杰:你怎么说?

江德华:你管我怎么说了!

安杰:你可别跟人家打起来!

江德华:打起来活该!谁让你不说的?

25　白天　江亚菲房间

田小娟正跟女儿趴在床上看小人书,宝瑞娘进来了。

宝瑞娘:你娘俩看啥呢?

田小娟:看小人书!你也看吧!他家可多小人书了。

宝瑞娘叹了口气：唉！咱啥时候走哇？俺想家了！

田小娟：她们啥时候走，咱啥时候走，反正咱不能走在她们头里！

宝瑞娘：咱赶紧走吧！俺看德花姑奶奶不耐烦咱了，老是摔摔打打的！

田小娟：你怕她干啥？她又不是这家的娘儿们！她一个给人家看孩子做饭的，凭啥摔打咱们呢？别理她！

宝瑞娘：人家总还是人家的亲妹子，不比咱，啥也不是，在这儿白吃白喝人家的！

田小娟：俺兄弟当兵的事三爷爷还没应俺呢，俺咋走？回去咋跟俺兄弟和俺娘说？

宝瑞娘：唉！你睡在这儿当然心静了！不像俺，天天跟她躺一张床上，连大气也不敢喘，连身也不敢翻，哪是睡觉哇，是遭罪呀！

26　白天　安杰卧室

二傻他娘和二姑在房间里东张西望。

二傻他娘：哎哟娘吔！这盖的都是啥呀？咱见都没见过！

二姑：可不！肯定又暖和又软和！我上去摸摸看！

二姑爬上床去，去摸床上的丝绵被。

门开了，江德华进来了：你们这是干啥？你这是干啥呢？

二姑急忙下来，赔着笑脸：俺们看着这被窝新鲜，想摸摸看。

江德华：被窝有啥新鲜的？有啥摸头？再说了，你穿着衣服就上床吗？

二姑不高兴了：那俺能脱了衣服上这床吗？你让吗？你更不让了！

江德华：我不是这意思！我是说，穿着外衣，不能上俺嫂子的床！

二姑：你嫂子的床就那么金贵呀？穿着衣服不能上，脱了衣服也不能上，那怎么能上啊？

安杰听见吵声进来了，站在二姑身后，冷着脸听着。田小娟和宝瑞娘她们也围了过来。恰巧江亚菲也放学回来了，也钻进屋里看热闹。

江德华见安杰来了，更来劲了。

江德华：你还想上我嫂子的床？你也不照照镜子看看，你配吗？

田小娟笑了，故意笑得很响。江亚菲也笑了，也故意笑出声来。

二姑有点儿气急败坏了，她指着江德华的鼻子，破口大骂：江德华！你别吃了几天大米干饭，你就不知道自己几斤几两了！你这克夫的寡妇！扫帚星！

江德华气得浑身发抖：你，你给我滚！赶紧给我滚！

二姑越发口齿伶俐了：你让俺们滚，俺们就滚了？你是谁呀？你算老几呀？跑到这里充什么大尾巴狼！

安杰说话了：你说她是老几？她是江家的姑奶奶！在这里，她说了算！

二姑不说话了，江德华依然气得要命，喘着粗气，半天说不出话来。

安杰拥着她往外走：算了算了，别生气了，别气坏了身子！

27　白天　安杰家客厅

江亚菲在打电话：爸爸，打起来了，打起来了！阿庆嫂和沙老太太打起来了！

28　白天　江德福办公室

江德福接电话：唉！真讨厌！

29　白天　安杰家客厅

江亚菲：你说谁讨厌？

江德福的声音：都讨厌！

江亚菲：这次可没我妈什么事，是你的亲人在自相残杀！

30　白天　江德福办公室

江德福：我的亲人？难道不是你的亲人吗？

31　白天　安杰家客厅

江亚菲：也是，但不如你亲！

江亚菲挂了电话，捂着嘴笑。

32　白天　安杰家房顶

江亚菲和江亚宁上了房顶，听着码头方向汽笛声声，高兴地笑出声来。

江亚菲高声朗诵毛主席的诗词《送瘟神》。

江亚宁捅了捅她，让她看刚爬上来的王海洋。王海洋上来收东西，阴着张脸，目不斜视。

江亚菲大声地：哎呀！这边风景独好！那边风景糟糕！

江亚宁望着对面的王海洋，咮咮地笑。王海洋的心情大概真的很糟糕，懒得理她们。

江亚宁又咮咮地望着江亚菲笑。

江亚菲小声地：你笑什么？

江亚宁也小声地：人家不理你，碰了一鼻子灰！

江亚菲：在哪儿呀？灰在哪儿呀？

江亚宁下去了。江亚菲下了一半，站在梯子上大声问：哎，你怎么了？

王海洋看了她一眼，依然不理她。

江亚宁在下边摇梯子：你快下来吧，别自讨没趣了！

33 白天 安杰家外屋

一家人坐在大桌上吃饭。

江亚菲：哎呀！我们终于翻身得解放了！

江卫民：就是！在小桌上吃饭，窝得我胃痛！

安杰笑了：小小孩子，毛病不少！

江德华：吃完饭谁也不许出去！在家给我打扫卫生，大扫除！

安杰故意逗她：这不挺干净的吗？你穷讲究什么！

江德华：娘的！去去晦气！自从她们来了，我浑身上下哪都不舒服，像长了虱子似的！

江亚宁：姑姑，虱子长什么样儿？

江德华：一小点儿的虫子，会爬，到处爬！

江亚宁：我知道是虫子！什么样儿的虫子？

江德华想了半天：哎呀，说不上来！反正就是虫子！

安杰笑了：不是我说你，这么快就忘本了？那可是你们童年的伙伴！

江德福重重地放了碗筷。

江卫民：爸爸，你怎么了？生谁的气了？

江亚菲：爸爸没生谁的气，爸爸是想他家乡的人了，对不对？爸爸！

江德福站了起来：你怎么越来越像你妈了？

江亚菲：像我妈不好吗？

江德福看了安杰一眼：好！好！太好了！

34　白天　安杰家院子里

江亚菲在院子里晒被子，见王海洋又坐在房顶上发呆。

江亚菲看了一会儿，跑回家。

35　白天　安杰卧室

江德华在拖地。

江亚菲：姑姑，你知道王海洋最近怎么了吗？

江德华：他爸嫌他成天游手好闲，说反映不好，让他在当兵和回老家中间选一个。

江亚菲：回老家干啥？

江德华：回老家种地呗，还能干啥？

江亚菲：那不就成农民了吗？

江德华：农民不好吗？

江亚菲：农民有什么好！他选什么了？

江德华：还没选好呢，这不正烦着呢！

36　白天　房顶上

江亚菲爬了上来，跑到房边，蹲了下来：哎，你为什么不去当兵呢？

王海洋没好气：我为什么要去当兵呢？

江亚菲：那你想当农民哪？

王海洋看了她一眼,没有说话。

江亚菲:哎,问你话呢!

王海洋站了起来:你是谁呀?你算老几呀?你问我话,我就得回答!哼!

江亚菲也站了起来:哼!真是狗咬吕洞宾,不识好人心!

37 傍晚 安杰家院子里

江亚菲在跳绳,江亚宁钻进绳里,跟她一起跳。

江亚菲突然停下来,绊了江亚宁一下。

江亚宁大声地:你干吗?

江亚菲小声地:你看你看。

王海洋家门开了,王海洋出来了,他背着背包,提着旅行包,一脸的不高兴。张桂英和江德华跟在他身后。

江亚菲捅了江亚宁一下:海洋哥哥,要走了吗?

王海洋"哼"了一声,坐上了等在那的一辆吉普车。

吉普车慢慢地开过来,江家姐妹让开路,注视着车里。王海洋与她们对视着,面无表情。汽车开远了,姐俩注视着远去的汽车,久久无语。

江亚宁:唉!真可怜!

江亚菲看着她:有什么可怜的?

江亚宁:人家都回农村种地去了,不可怜呀!

江亚菲:农村有那么多农民在种地,都可怜哪?

江亚宁:都可怜!

江亚菲:他是活该!谁让他不愿当兵呢!

江亚宁:他嫌当兵受管制,不自由!

江亚菲：当农民自由，他正好去自由了！

远处汽笛响了，江亚宁捅了捅江亚菲：你看。

江亚菲回头一看，见张桂英阿姨不知何时爬上房顶，正朝远处眺望。

江亚宁一字一顿地：可怜天下父母心！

38　白天　王海洋家房顶

张桂英在极目远眺。

江德华也上来了：别看了，越看越难受！

张桂英抹起眼泪来。

江德华：哭什么呀！哭也没用！

39　白天　院门前

江亚宁：怎么也没人送他呀？真是的！

江亚菲：跟他一伙的，都当兵走了，就剩下他这个执跨子弟了，谁送他！

江亚宁：张阿姨怎么不去送他？

江亚菲：这谁知道！嗐！执跨子弟，送什么送！

江亚宁：你别说人家执跨子弟！

江亚菲：这哪是我说的，这是爸爸说的！

江亚宁：爸爸也没成天说！姐，咱俩去送送他吧！

江亚菲：来不及了！咱们还是上房顶送吧！

40　白天　安杰家房顶

江亚菲和江亚宁上来了。正好汽笛又响了，远远地看见军舰起航了。

江亚菲招起手来。

江亚宁：人家看得见吗？

江亚菲：管他呢，先招了再说！

江亚宁也招起手来。

对面的江德华见状，也招起手来，张桂英也跟着举起手来。

江亚宁大声地：海洋哥哥，再见了！

江亚菲小声地：执跨子弟，再见了！

江亚宁笑了起来，江亚菲也笑了，姐俩越笑越厉害，蹲了下来。

江德华大声问：你俩这是笑啥呢？

江亚菲赶紧站了起来：没笑啥。姑姑，你们怎么不去码头呢？

江德华：别提了！那个犟种不让送！连他妈都不让上码头！

41 白天 护卫艇上

汽笛声声，护卫艇徐徐离开码头。王政委和张桂英站在船边，频频向码头上招手。

42 白天 码头上

船走远了，送行的人散了。

江德福对安杰说：坐车走吧？

安杰看了他一眼：我哪够格呀！

江德福：你又不是没坐过，毛病！不坐拉倒！

江德福坐车走了，安杰望着远去的汽车闷闷不乐。

江德华凑了过来：嫂子，王政委都升了，我哥怎么不升啊？

安杰：你问我，我问谁去？

江德华：我看王政委还不如我哥呢！下边说他坏话的人可不少，他怎么倒升官了呢？

安杰低头走路，不接她的话茬。

江德华又笑了：这下老丁可高兴了！他最烦王政委了，老说他不是东西！

安杰：能管他的人走了，他更要随心所欲了！

江德华：什么意思？

安杰：就是他资历那么老，更没人管他了，他想干什么就干什么了！

江德华：我哥管不了他吗？

安杰：你哥哪好意思管他呀！再说了，他得听你哥的呀！

江德华：他不听我哥的吗？

安杰：他要是听你哥的，你不早跟他结婚了！

江德华站住了：我哥跟他提过我的事？

安杰：你哥没亲自提过，但我去提过！我提跟你哥提还不一样吗？结果怎么样？

江德华：怎么样？

安杰站住了，望着她不说话。

江德华追问：怎么样啊？！

安杰提高了声音：你脑子是不是不好使？结果怎么样你不知道呀？人家马上就要跟别人结婚了，你不知道呀！

江德华埋头走路不说话了。

43　白天　安杰家院子里

安杰在浇花，江德华一趟一趟地出来晒被子。晒完最后一床，她一声不吭就往外走。

安杰：哎，你干吗去？

江德华：太阳这么好，我把那边的被褥也晒上去。

安杰：怎么说你就是不听呢？人家马上就要结婚了，你这样不好！会让人家为难的！

江德华：让谁为难？

安杰：让老丁为难！

江德华：让他为难更好！我不管！

江德华不管不顾地走了，安杰叹了口气，自言自语：真是个死心眼，一根筋！

外边有人敲门，安杰抬头一看，是葛老师。

安杰大声地：你干吗！门又没关！

葛老师笑着：进司令家，谁敢不敲门哪！

葛老师提着篮子进来。

安杰：你这是干吗？

葛老师：我大哥甩了好多鲅鱼，给你送两条，巴结巴结你！

安杰笑了，接过篮子：哎呀，好新鲜哪！

葛老师：刚甩上来的！不新鲜哪敢给你送呀！

安杰笑着进屋了，葛老师站在院子里看花。

江德华阴着脸回来了。

葛老师问：出去了？

江德华"嗯"了一声，直接进屋了。

44 白天 安杰家厨房

安杰正在放鱼，听到外边"咣"的一声响，吓了一跳，赶紧往外跑。

45　白天　安杰家院子里

安杰跑出来，用眼睛问葛老师是怎么回事。

葛老师指了指屋里，小声地：你小姑子回来了，好像很不高兴。

安杰忙往屋里跑。

46　白天　江德华房间

安杰推门进去，江德华正坐在床边生闷气。

安杰：怎么啦？

江德华"咣当"丢过来一把钥匙，是老丁家的。

江德华：也不知怎么回事，死活也打不开门了！

安杰弯腰捡起钥匙，冷笑一声：什么不知怎么回事！这还不明白吗？人家家里换锁了！一把钥匙开一把锁，你这把钥匙不管用了！

江德华气得说不出话来。

安杰：以前还以为你挺厉害的，现在才知道你不过是个纸老虎！除了自己跑回家生闷气气自己，你还会干什么？

江德华突然泪流满面，她也不擦，就让眼泪如雨一般淌。

安杰从来没见过德华如此难过过，也不知怎么劝她好，站在那儿默默地望着她。

葛老师悄悄地进来了，见此情景吓了一跳，进也不是，退也不是，尬在那里。

江德华一见葛老师，又突然不哭了。她抹了把脸上的泪水，站了起来：奶奶的！哭什么！有什么可哭的！

安杰笑了：奶奶的！你真是猴子的脸，说变就变哪！

葛老师莫名其妙，小心翼翼：怎么啦？发生什么事了吗？

江德华：没啥！那个该死的老丁把家门锁给换了，不让我去了！

安杰：不让去了更好！免得你去给人家做牛做马！

葛老师附和：就是！

江德华：还是你好！你都要跟他结婚了，也没挑拨他换锁！

安杰又笑了：还真是这样！哎呀，真是不怕不识货，就怕货比货呀！

葛老师不干了：谁是货呀？我是什么货呀？

安杰咯咯地笑了：你是好货！高档货！奇货可居，将来准能卖个大价钱！

葛老师也笑了：卖啥大价钱呀？越老越不值钱！

江德华：你俩说啥呀？笑啥呀？

安杰：你好点儿了吧？不生气了吧？

江德华：谁说我好点儿了？谁说我不生气了？换了你，你能不生气吗？

安杰：换了我，早被气死了！

江德华拍着胸口：我也快被气死了！这里可憋得慌了！真想骂人哪！

安杰：那咱打电话把老丁叫来，骂上一通解解气！

江德华：行啊，你以为我不敢骂他呀！

安杰问葛老师：你呢？你敢骂他吗？

葛老师摇头：我不敢，我敢骂谁呀，我谁也不敢骂。

江德华：骂呗！怕什么？他都把你甩了，你还怕他干什么！骂！咱俩一起骂！（扭头看安杰）你还站在这儿干什么？打电话去呀！

安杰：打电话干吗？

江德华：叫老丁啊！把老丁叫来！我要好好问问他！为什么要换锁！是谁让他换的！是不是那个专给人家拔牙的老姑娘让他换的！

安杰笑了：你还真想骂他呀？

江德华：不是真想还是假想啊？不是你说要打电话把老丁叫来骂上一顿的吗？怎么掉腚就变卦了呢？

安杰：我那是说着玩的，你哪能当真呢？

江德华：我就是当真了！我就是想当面骂上他一顿，解解我这里的气！今天不把他骂上一顿，我就过不去了！我就要发疯了！

安杰为难了：那怎么办？

江德华：你快去打电话，把他叫来！剩下就没你的事啦！

安杰：打电话我也不敢哪！

江德华：还说我是纸老虎，你连纸老虎都不如！我在外边受了欺负，你一点儿忙也不帮！连个电话也不敢打！你平时欺负我哥的劲头都哪儿去了？你就那么怕老丁啊？你有什么短在他手里吗？

安杰有点儿火了：我有什么短在他手里？他倒有一大把短在我手里呢！

江德华：他有什么短在你手里？

安杰：这你别管！跟你没关系！

江德华：那好！我不管，你去打电话吧！

安杰站在那儿不动。

江德华：哼！就会说大话！干不了的事你别说呀！说了又不干！

安杰看了葛老师一眼，扭头就走。

没过一会儿的工夫，卧室里传出安杰的声音：总机吗？麻烦你给我接一下丁副参谋长。

葛老师慌了，江德华笑了：这还差不多！

47　白天　办公区

老丁急匆匆地走着,一个部属走了个对面。

部属立正:丁副参谋长。

老丁匆匆地点头,匆匆地走了。

部属回头张望,心里奇怪。

48　白天　江德福办公室

老丁也不敲门,直接闯入:伙计,不好了,你老婆刚才打电话,让我去一趟。

江德福:让你去哪儿呀?

老丁:让我去你家!

江德福:去我家干什么?

老丁:我哪知道哇,这不跑来问你吗?

江德福:还用专门跑过来?打个电话不就行了!

老丁:光打电话哪行啊!我得拉上你陪我一起去!

江德福:我去干吗?人家又没叫我!

老丁:你真不知道她找我什么事?

江德福摇头:真不知道,我真不知道。

老丁:不行,你得跟我一起去!我不能一个人到你家去!

江德福笑了:你就那么怕她?她能吃了你?

老丁:你又不是不知道,我从一开始,在炮校的时候,我就怕你老婆,也不知道是怎么回事。

江德福:我知道是怎么回事。

老丁:怎么回事?

江德福笑眯眯地：狐狸吃不着葡萄，嫌葡萄酸呗！

老丁叹了口气：唉，现在连你也变得这么俞蛋了！

江德福站了起来：好吧，看你可怜，陪你走一趟！

49　白天　办公区

俩人出了办公室，走着走着，老丁突然站住了：坏了！我知道是怎么回事了？

江德福：怎么回事？

老丁：大概是为了换锁的事！

江德福：换锁？换什么锁？

老丁吞吞吐吐：前天，我把家里门上的锁换了。

江德福一时没明白：好好的，你换锁干吗？

老丁：德华总去，她……她有点儿不高兴。

江德福明白了：噢，你换锁是为了不让德华去呀！

老丁：也不是不让她去，是……是……

江德福火了：是你娘了个腔！好哇老丁，想不到你这么不是个东西！不看僧面看佛面，就是看在我的面上，你也不该这样对德华呀！

老丁：是呀，是呀，这事是有点儿欠考虑。

江德福看了他一会儿，扭头就走。

老丁：哎，你，你……

50　白天　江德福办公室

江德福在讲电话：哎，老丁去了！

51　白天　安杰卧室

安杰接电话，吃惊的表情：你，你怎么知道老丁要来？

52　白天　江德福办公室

江德福：你别管我怎么知道的！你只管好好地骂他就行了！好好地骂！别客气！

江德福放了电话。

53　白天　安杰卧室

安杰举着电话乐了：行啦，这下有了尚方宝剑了！

54　白天　安杰家外屋

葛老师要走，江德华堵着门不放。

葛老师：我真的有事，家里真有事！

江德华：刚才你也没说有事，把人叫来了，你又说有事了！

葛老师：我不想见他，真的不想见他！

江德华：你以为我想见他？我也不想见到他！这不是要骂他吗？咱俩一块儿骂！

葛老师：我哪敢骂他呀？你让我走吧！你放我走吧！

江德华：不行！你不能走！你不敢骂，看着我们骂也行啊！

葛老师：我就不看了吧？我不想看，一点儿也不想看！

安杰从卧室出来：德华，你这是干吗？快让人家走吧！

江德华让开了一条缝，葛老师从她身边挤了出去。

江德华：哼！真是狗肉上不了席！

安杰：你要体谅她，她比不了你，她有她的难处。

江德华：她怎么比不了我？她被别人锁在门外了吗？她有过在门外怎么也打不开门，急得满头大汗的时候吗？

安杰不想听，扭头往外走。

江德华：哎，你干吗去？

安杰没好气：我送送人家去！

55　白天　大门外

葛老师险些同老丁撞个满怀，两人都愣了一下。葛老师哀怨地看了老丁一眼，将老丁电击在那了。

葛老师快步走了，老丁望着她的背影有些发呆。

葛老师拐弯了，老丁缓过神来，叹了口气，转过身来。

安杰倚在大门上，双手抱在胸前，冷冷地望着他。

老丁一慌，有些语无伦次：你来了？

安杰笑了：应该是我问你！你来了？

老丁赶忙点头：来了，来了。

安杰扭头进院，老丁深吸一口气，也跟了进去。

56　白天　安杰家外屋

江德华从窗上望出去，见安杰一脸正气地走在前头，老丁则灰溜溜地跟在后边。江德华突然有些发慌，赶忙跑进自己房间。

57　白天　江德华房间

江德华照着镜子，整理自己的头发，抚摸着自己的脸，自言自语：可不能让他看出我哭过。

58　白天　安杰家外屋

安杰在外屋站下,并没有把老丁往客厅请的意思。

安杰指了指餐桌旁的椅子:坐吧!

老丁只好坐下了。

安杰看了眼江德华房间紧闭的门,有些奇怪。她重重地咳了一声,想让江德华快出来。

江德华半天不出来,老丁有些坐不住了:你找我来,有什么事吗?

安杰又看一眼江德华紧闭的房门,又咳了一声,江德华还是不出来。

安杰硬着头皮:听说……听说你把家里的锁换了?

这时的老丁,反而镇定了许多:是呀,是换了,前天换的。

安杰一下子没话说了,直接开口喊上了:江德华,你出来!

59　白天　江德华房间

江德华站在门口,直拍胸口。她重重地吐了一口气,拉开了房门。

60　白天　安杰家外屋

江德华出来了,眼睛都不敢看老丁,她倒是盯着安杰不放,可怜巴巴的。

安杰急中生智:德华,把钥匙还给人家!

江德华急忙摸自己的口袋,上下都摸遍了,却没摸到。她想了想,小声小气地:不是在你那吗?

安杰也开始浑身上下摸了个遍,她也想了想,急忙往卧室跑。

第二十五集

1 白天 安杰卧室

钥匙就在电话旁边,安杰拿起钥匙,有点儿气急败坏,小声嘟囔:奶奶的,这叫什么事!

2 白天 安杰家外屋

老丁坐在那,心中暗自得意,心想:难怪主席说,不要打无准备之仗呢!

老丁轻声对江德华说:对不起,没事先给你打招呼。

江德华被老丁的轻声细语搞得不知东南西北了,忘了自己的初衷了:没事,不要紧。

安杰出来了,正好听见江德华这话,气不打一处来:还没事!还不要紧!没事你回来哭什么?不要紧你那么难过干什么?

江德华大窘,一下不知说什么好了。

老丁又重新紧张起来,同时有些内疚地望着江德华。

安杰:老丁,不是我说你!如果你不想让德华再去你家了,你可以对她直说！她又不傻，她又不痴，她能那么死皮赖脸非要到你家去干活吗？她吃饱了撑的没事干了？她身上的力气没地使了？再说了，退一步说，你不愿跟她说，你不想跟她说，也可以！你可以跟她哥说呀！你们是老同学，老战友了，什么话不能说？非要藏着掖着出这种损招？你们这么干，多伤人哪！简直是侮辱人！侮辱别人的人格！你侮辱我们还罢了，你好意思侮辱德华吗？她这些年来，给你们家干这干那的，她没有功劳有苦劳吧？没有苦劳有辛劳吧？你这么干，于心何忍？良心何在！

江德华听得眼含热泪，满脸哀伤；老丁听得无比惭愧，如坐针毡。

安杰乘胜追击：还有！老丁，咱们今天把丑话说到头里！既然你不仁，也就别怪我们不义了！从今往后，咱们两家井水不犯河水，不要再来往了！此一时，彼一时，你不是过去的老丁了，我们也不是过去的我们了。咱们一刀两断，省得我们再受伤害！我们可再也受不起了！行了！你可以走了！

老丁坐在那儿不动，耷拉着脑袋，一脸的哀伤，一脸的无奈。

江德华先看不下去了，心软了。她走到柜子跟前，拿起暖瓶，倒了杯热水，准备给老丁端过去。

安杰大喝一声：德华！

水洒了一地，也烫了江德华的手。江德华赶忙将水放下，把手拿到嘴边，吹着冷气。

老丁终于站了起来，他谁也不看，慢慢往外走。走到门口，又被安杰叫住：你等一下，给你钥匙！

安杰将手里的钥匙丢到了桌子上，钥匙又掉到了地上，江德华想上前捡起来，被安杰拽住。

老丁转过身来，弯下腰，捡起钥匙，一声不吭地走了。

姑嫂二人望着老丁微微驼着的后背，半天不动，也不说话。

老丁出了院门，江德华不干了：嫂子，你这是干什么？

安杰一愣。

3　白天　江德福办公室

江德福从窗户上看见垂头丧气的老丁，笑了。江德福拿起电话：总机，要我家。

4　白天　安杰家外屋

电话铃声响个不停，没有人接，安杰和江德华正在吵架。

江德华：你的心可真硬！人家老丁都那样了，你还没完没了地说人家！

安杰：人家老丁都哪样儿了？

江德华：你没看见吗？耷拉个脑袋不吭声！一个大老爷们儿，让你训成那样了，你可真能啊！

安杰：你不是说我是纸老虎吗？我就当一回真老虎让你看看！

江德华：我还用今天看吗？我都看了多少年了！再说，纸老虎是你先说我的！

安杰：你可不就是个纸老虎吗？老丁没来的时候，看把你能的！一口一个要骂他一顿，还拦着人家葛老师不让人家走！亏了人家走了，若是人家不走，看你这副熊样子，人家还不笑掉大牙！

江德华：她笑掉大牙？她还有脸笑掉大牙？她都让人家给甩了，她还好意思笑掉大牙！

安杰突然不说话了，江德华不安起来：你咋不说话了？

安杰：我都不知说你什么好了！

安杰转身往卧室跑。

5　白天　安杰卧室

安杰走进来，电话又不响了。

安杰拿起了电话。

6　白天　江德福办公室

江德福放下电话，自言自语：怎么不接电话呢？

江德福望着老丁微驼的后背，心想：怎么回事？两败俱伤了？

江德福站了起来，出了办公室。

电话铃响，长一声，短一声。

7　白天　老丁办公室

老丁瘫坐在椅子上，门开了，江德福进来了。

江德福望着老丁，等他开口说话。

老丁望着江德福，一句话没有。

江德福只好先开口了：战况如何？

老丁叹了口气：你说呢？

江德福笑了：没占到便宜？

老丁：在你老婆面前，我能占到什么便宜！

江德福笑出声来：没占到便宜就好！我就放心了！

老丁看了他一眼：你这还老战友、老同学呢！

江德福：老战友、老同学我也要分清主次呀！

老丁：以后你就不用分了！不用再费这个事了！

江德福：为什么？

老丁：咱们两家一刀两断了！从今往后，井水不犯河水了！

江德福：你他妈什么玩意儿！你欺负了我妹妹，我还没说你什么呢，你倒先要跟我一刀两断、井水不犯河水了！你这是先下手为强吧？

老丁：哪是我要跟你一刀两断哪！我哪有这个资格、这个勇气啊！是你老婆说要一刀两断的！她刚才代表你，郑重地跟我宣布，跟我一刀两断了！两家也井水不犯河水了！

江德福乐了：噢，闹了半天是这么回事，这还差不多！还说得过去！

老丁叹了一口气：唉！我今天算是彻底服了你老婆了！长篇大论的，义正词严的，把我说得，恨不能找个地缝钻进去！

江德福：她都说你什么了？把你臊成这样？

老丁：你别管她说什么了，她说得都对，都在理！说得我一点儿脾气都没有，只好硬着头皮坐在那儿，挨她数落！

江德福点头：嗯，这是我老婆的本事！什么事到了她嘴里，都变得那么严重了。让她说得你，一句话也说不出来，只好听她一个人说，由着她训！是不是这样？

老丁看了他一眼：看把你得意的！

江德福：我这哪是得意呀？我这不也在诉苦嘛！

老丁：不管怎么说，你这个老婆算是娶对了，赚着了！她替德华训我，那是发自内心地生气，是真训！我不但不生气，还有点儿敬佩她，这样的老婆上哪儿找哇！

江德福哈哈大笑：这不让我找到了嘛！

8　白天　安杰家厨房

江德福下班，听见厨房有动静，直奔厨房。探头一看，只见江德华，不见安杰。

江德福：你嫂子呢？

江德华有气无力地：在睡觉。

江德福：在睡觉？这时候睡什么觉？

江德华老老实实地：让我气的。

江德福：让你气的？你为什么气她？

江德华：你去问她吧。

9 白天 安杰卧室

安杰躺着看书，听到动静，赶紧将书掖到枕头下，蒙头装睡。

江德福站在床边看了一会儿，一把掀开被子：行了！别装睡了！

安杰笑了：你怎么知道我在装睡？

江德福：我看你的喘气，我就知道你在装睡！

安杰坐了起来：行啊，你越来越厉害了，越来越不好骗了！

江德福：我哪有你厉害呀！把人家臭骂一顿，还把人家骂得心服口服！

安杰来了精神：他服了吗？他心服口服了吗？你怎么知道他心服口服了？

江德福：你看你这个样儿，怎么这么禁不起表扬呢？

安杰笑了：谁表扬我了？

江德福：我表扬你了，老丁也表扬你了！

安杰：老丁表扬我什么？

江德福：老丁说你批评他批评得对！他虚心接受！他还说，我娶你这个老婆是赚着了！又能给我生孩子，又能给我打架！还能代表我宣布跟人家一刀两断！

安杰笑了：他这是虚心接受哇？他这是告黑状！

江德福：这次老丁真是叫你骂草鸡了，对你心服口服了，也对德华表示了歉意。我看差不多就行了！见好就收吧！用不着跟人家一刀两断、井水不犯河水地搞得那么紧张！你说呢？

安杰：让我说呀，就是要跟他一刀两断，井水不犯河水！不要再来往了，免得德华对他念念不忘，老不死心！

江德福叹了口气：唉！德华大概是前辈子欠了人家老丁什么了，这辈子这么上赶着报答！

安杰：如果是这样，这下扯平了吧？谁也不欠谁的了，正好一刀两断，井水不犯河水了！

江德福：你怎么老是一刀两断、一刀两断地没完没了了？二十多年的老战友了，哪那么容易一刀两断哪！

安杰：你不跟他一刀两断，我们跟他一刀两断！等他过几天结了婚，那个牙医进了门，我们能跟她来往吗？不算她挑拨老丁换锁的事，就冲着王秀娥，我们也不能跟她来往啊！

江德福点头：有道理！那你们就一刀两断吧！不过，可别跟孩子一刀两断。孩子怪可怜的，生下来就没妈了，现在又来了个后妈，也不知这后妈怎么样。

安杰：肯定不怎么样！就凭她挑拨老丁换锁的事，就不怎么样！

江德福：你怎么就认定，一定是人家挑拨的呢？

安杰：如果不是她挑拨的，是老丁主动换的，那你也要跟老丁一刀两断！

江德福也心服口服：安杰呀，你的确厉害！的确是墨索里尼，总是有理！

安杰笑了：我不但现在有理！将来有理！我还永远有理呢！

10　傍晚　安杰家外屋

安杰下班进家，正碰到江德福夹着一个报纸裹的东西往外走。

江德福一见安杰，有些紧张，有些不自然。

安杰：你胳膊夹的什么？

江德福：没什么，是报纸。

安杰：报纸？哪天的报纸？我看看！

江德福：旧报纸，你看什么看。

安杰站在门口不动了。

江德福嬉皮笑脸：是茅台！你给我买的茅台酒！

安杰：我买的茅台酒，你凭什么偷着往外拿？

江德福：你不是给我买的吗？

安杰：我是给你买的，但是我是买给你喝的！不是让你送人的！

江德福：今晚老丁结婚请客，算我送他的结婚礼物。

安杰：我们都跟他一刀两断了，你凭什么拿我买的东西当结婚礼物呢？

江德福：你看，我都跟人家说了，大伙儿都等着喝茅台了。

安杰：不行！谁让你嘴那么快的！说了活该！

江德福：我给你钱还不行吗？我照价买你的还不行吗？

安杰：你给我钱买？你的钱都是我的钱！你哪来的钱？难道你还存了私房钱？

江德福：没有没有没有！我存那个钱干吗？我又没地儿花去！

安杰：你可以到我这儿买酒哇！

江德福：你不是不卖吗？

安杰：我当然不卖了！我宁愿把这酒送给大街上的人去喝，我也不让你们把它当喜酒喝！你给我放下！

江德福把酒放下，很不高兴。

江德华回来了，进不了家：嫂子，你堵着门干吗？

安杰让开了门，江德华进来：你们在这儿干吗？

安杰：我们在这儿吵架！

江德华：怎么又吵架！

安杰：你哥要把茅台酒拿到老丁的喜宴上去喝，你说我能不跟他吵吗？

江德华马上旗帜鲜明：当然要吵了！酒在哪儿？茅台在哪儿？

安杰指着桌上的报纸：喏，报纸里包着呢！

江德华马上拿起来，抱在怀里：哼！我就是把它喂狗喝，也不让他们当喜酒喝！

江德福气呼呼地走了，安杰笑弯了腰。

江德华：你笑什么？

安杰：笑你比我狠！

11　傍晚　安杰家院子里

安杰扎着围裙出来，问在院子里跳绳的江亚宁：你姑呢？

江亚宁冲房顶上扬了扬下巴，安杰明白了。

12　傍晚　房顶上

晚霞似火。江德华靠在烟筒上，出神地望着天边。

安杰上来了，悄悄地坐在她的身边。姑嫂俩都不说话，望着晚霞一动不动。

天黑了，安杰打了个寒战。

安杰：有点儿冷，咱们下去吧。

江德华不动，安杰站在她身后也不好走。

江德华突然开口：嫂子，你说，老丁咋就看不上我呢？

安杰不知说什么好了。

13 晚上 安杰卧室

安杰上床了，江德福回来了。

安杰：喜酒喝完了？

江德福打了一个酒嗝，算是回答。

安杰捂住了鼻子。

江德福：你捂鼻子干吗？这是五粮液的味，不比茅台差！

安杰：比茅台强我也不管！跟我没关系！哎，我问你，新娘穿的什么？

江德福：穿的衣服呗，还能光着！

安杰：真不要脸，流氓！我是说，她穿的是什么衣服！

江德福：军装呗！一颗红星头上戴，革命的红旗挂两边！

安杰撇嘴：大喜的日子，也不知换身衣服！

江德福：嫁个二婚，有什么大喜！哪还有脸穿好衣服！

安杰笑了：这还差不多！这还像个哥样儿！你不知道，德华今天晚上有多难过！自己爬到房顶上，坐了大半天！

江德福：你也不知上去陪陪她！开导开导她！

安杰：你怎么知道我没上去陪她？我就是没说什么罢了！说什么呀？说什么都是废话！我真有点儿心疼她了！这么痴情！这么倒霉！

江德福：这个该死的老丁！真该跟他一刀两断！

安杰白他：那你还去喝他的喜酒！

江德福：就是！一点儿原则性也没有！

14　晚上　江德华房间

江德华躺在床上，两眼直勾勾地望着房顶，眼泪顺着她的眼角流了下来，她用被子蒙上了头，抽搐起来。

15　晚上　安杰卧室

两口子躺在床上，各想各的心事。

灯慢慢地熄了。

安杰：唉！真是几家欢乐几家愁哇！

16　白天　办公区

江德福从吉普车上下来，见参谋长从老丁办公室出来。

江德福：新郎上班了？

参谋长笑着点头：嗯，上班了，早早就来上班了。

江德福站住脚：你笑什么？

参谋长更笑了：你去看看他吧，看看就知道了！

江德福狐疑地看着他，参谋长笑着走开了。

江德福朝老丁办公室走去。

17　白天　老丁办公室

江德福推门进去，老丁正背冲着门站在窗前往外眺望，他听见动静，转过身来。

江德福大吃一惊，他发现老丁脸上有伤，是抓痕。

江德福：你这是？

老丁看了眼门外，江德福赶忙关上了房门。

江德福凑到老丁跟前，仔细看着他脸上的伤：这是谁干的？

老丁望着他：你说呢？

江德福：难道是新娘子？

老丁叹了口气：可不是嘛！就是那俞蛋的娘儿们！

江德福：怎么回事？到底是怎么回事？

老丁又叹了口气：唉！一言难尽哪！

江德福：给我说说，怎么个一言难尽法。

老丁半天不说话。

江德福催他：你快点儿说，我还有事呢！一会儿要开个会！

老丁抬起了头：伙计，我恐怕要离婚了。

江德福跳了起来：开什么玩笑！刚结婚就离婚，有谁听说过？

老丁摇了摇头：不离不行啊！气死我了！

江德福：这到底是为什么？怎么越说越远了！还没说为什么呢，就说到要离婚了！到底怎么了？为什么要离婚！

老丁：唉，一言难尽哪！我都张不开口！

江德福：算了，不愿说就算了！我要开会去了！

老丁：你别走！我跟你说！

江德福：那就快点儿说！简明扼要点，说重点！

老丁咽了几口唾沫：你知道吗？她已经不是处女了。

江德福吃了一惊：这我哪知道！

老丁：真的！她真的不是处女了！恐怕早就不是了！

江德福：你是怎么知道的？

老丁看着他：你这不是废话吗？你说我是怎么知道的？

江德福笑了：她承认了吗？

老丁：她能承认吗？她承认了还好了呢！还动不了手呢！我还不至于丢这么大的人呢！

江德福：你也动手了吗？

老丁：你说呢？

江德福：动了？

老丁点头。

江德福点着老丁：你说你是什么玩意儿！跟人家女人动手！伤着人家了没有？

老丁摇头。

江德福又点着他：你看你是个什么东西！连个女人都打不过！倒让人家打成这个熊样儿！

老丁：照你这么说，我就别活了！打她不是玩意儿，不打她不是东西！你想让我怎么做？

江德福：我想让你既不要动手打女人，也不要被女人打伤！你哪点做到了？你说！

老丁心有余悸：你不知道，太泼了！简直就不像个女人，像个母老虎！我就问了一句，她就不干了，跳起来就耍泼，抓到什么打什么，连暖水瓶都打烂了！半夜三更的，把四样都吵起来了。孩子跑过来问怎么啦，被她一把推开，孩子倒在地上，半天没爬起来。我一看就火了，上去扇了她一巴掌。这下更不得了了，她疯了似的，扑过来又抓又咬的。我又不能跟她动手，只有招架之功，没有还手之力，就成了这个样子！

江德福：你这个笨蛋！她都这样了，你还跟她客气什么？长手干什么？只管招架，不管回手哇？活该！你活该！

老丁：我是活该呀！也不了解清楚，匆匆忙忙地就结了婚，可不是活该吗？

江德福：跟她离婚！马上离！这样的女人不离干什么！这么不讲道理，这么泼，作风还不好，要她干什么！跟她离！我支持你！哎哟，到点了，我要开会去了！

江德福走出去又折了回来：你都被打成这样了，还来上什么班呀？你不嫌丢人哪？赶紧回家吧！

老丁：她在家里呢，我回去干什么！

江德福：要不你下部队吧，躲几天再说！四样到我那去待几天，把那女人晾起来！

18　白天　安杰家院子

江德福在打太极拳，安杰过来：行啊！有模有样了！

江德福不说话，认真地出拳。

安杰：行啦！别狗长犄角闹洋事了！

江德福停了来：你怎么对新鲜事物这么不支持呢？

安杰：太极拳是什么新鲜事物？老得早掉了牙了！这是老年人的运动，你练这个为时尚早！

江德福：你哥还练呢？你怎么不说？

安杰：我干吗要操心他？他是谁呀？

江德福：他不是你哥吗？

安杰：哥比丈夫亲吗？

江德福笑了：你的位置摆得好！

安杰：哎，老丁真的要离婚呢？

江德福：开始可能不是真的，但闹到这个地步了，他不离也得离了!

安杰:那牙医干吗?

江德福:她?她的劲头比老丁还大呢!说不让离婚就去死!

安杰咂嘴:啧啧啧啧。

江德福:你咂什么嘴?

安杰:这叫什么事呀!

江德福:这叫脱光了推磨!

安杰:什么意思?

江德福:转着圈儿丢人呗!

19 傍晚 安杰家

安杰在擀面条,江德华回来:怎么你干上了?

安杰:你老不回来,我们还能不吃饭吗?

江德华洗了手,接过擀面杖:嫂子,问你个事。

安杰:什么事?

江德华吞吞吐吐:处女是什么呀?

安杰吃惊地望着她,都不知说什么好了。

江德华:你看我干什么?问你呢!

安杰也吞吞吐吐了:你都结过婚了,还能不知道什么是处女?

江德华吃惊:哟!结婚就知道呀?

安杰:是呀!难道你不知道?

江德华:我不知道呀!知道了还能问你?

安杰:那什么,那什么。

江德华:那什么呀?

安杰:……

江德华：你快说呀！急死人了！

安杰：你结婚的时候，没见红吗？

江德华：见红？见什么红？

安杰：哎呀！你们同房的时候，有没有流血！

江德华眨着眼，一副想不起来的样子。

安杰：难道你没见红？

江德华吞吞吐吐：黑灯瞎火的，谁看见了！

安杰：早上也没见到吗？

江德华又想，摇头：忘了，想不起来了。

安杰笑了：没准儿你也不是处女呢！

江德华：哎呀！处女到底是啥玩意儿呀，你快告诉俺吧！

20　白天　安杰卧室

安杰在给江德福打电话。

安杰：听说老丁办手续了？

江德福的声音：你怎么老是盯着老丁不放？

安杰：今晚咱请请他呗？

江德福的声音：请他干什么？

安杰：给他庆祝庆祝呗！

江德福的声音：你神经病呀？真是乱弹琴！

安杰笑了：还没说完呢，敢放我电话！

21　白天　安杰家厨房里

江德华在剁肉馅，边剁边随着大喇叭唱歌：东风吹，战鼓擂，现在世界上究竟谁怕谁！不是人民怕美帝，而是美帝怕人民……

安杰回来,站在外边欣赏她的歌声。江德福紧跟着进来,拍了安杰肩一下,安杰示意他别说话,听江德华唱歌。

江德福不听,进卧室了。

22 白天 安杰卧室

安杰进来,笑得合不拢嘴。

江德福:你笑什么?

安杰:我笑德华。你看老丁离婚,把她高兴的!

江德福:人家离婚,关她什么事呀!

安杰:你说呢?你说关她什么事?

江德福:你们给我打住!别动这个心思!别说人家老丁没这个意思,他就是有这个意思,我也不干!我不会同意的!像个替补队员似的,坐在那儿准备随时上场,丢不丢人哪!

安杰笑了:你这个比喻倒挺好的,挺形象的,是挺丢人的!但架不住人家德华愿意呀!现在都什么年月了,父母都管不了孩子的婚事,你个当哥的,能管住当妹的婚事?

江德福:你看我管得住管不住!

安杰:好吧,那我拭目以待!

江德福:只要你别管,别掺和,保持中立就行!

安杰:说实话,我现在挺矛盾的。

江德福:你矛盾什么?

安杰:不让她嫁给老丁吧,她对老丁这么痴情,一往情深地等了他这么多年,于心不忍。让她嫁给老丁吧,又不甘心!那咱们就真成了板凳队员了,也怪窝囊的!再说,老丁又是那么个东西,真不放心德华嫁给他!

江德福皱起了眉头：人家老丁是什么东西？让你这么不放心？

安杰：你看他结了离，离了结的，视婚姻如儿戏，那么草率，那么轻率，起码不能说他很正经！

江德福：那个牙医就正经了？没结婚就不是处女就正经了？

安杰：老丁是个童男子吗？他凭什么要求别人就一定要是处女呢？

江德福：老丁是个明码标价的二婚，那个牙医却号称自己是头一次结婚！结果怎么样？她是头一次结婚吗？

安杰笑了：你问我干什么？我哪知道她是不是头一次结婚！

江德福：那你还向着她说话！

安杰：你不是也烦老丁吗？你不是不让你妹妹嫁给老丁吗？你为什么这么向着他说话？

江德福：我没向着他说话！我向着真理说话！

安杰：老丁是真理呀？老丁是狗屁真理！

江德华推门进来：你干吗说老丁是狗屁真理？

安杰吓了一跳：你都听见了？

江德华：我当然都听见了！

安杰：你都听见什么了？

江德华：我听见你说，老丁是狗屁真理！

23 白天 安杰家外屋

江德华擀皮，安杰包饺子。

江德华：嫂子，你咋就那么烦老丁呢？

安杰：德华，你咋就那么稀罕老丁呢？

江德华不好意思起来，四下里到处看。

安杰：这家里除了咱俩，没别人！你哥在那摆弄他的菜地呢！

江德华：我也不知道，反正我觉得我就应该嫁给他！

安杰：为什么呢？

江德华：为什么我说不上来，反正我就是这么觉得！我觉得我就是要嫁给老丁，就是要跟他结婚！

安杰：万一结不了呢？

江德华：没有万一，不会有万一！

安杰：你这么肯定？

江德华羞涩地点了点头。

安杰：你是从什么时候喜欢上老丁的？

江德华认真地想了想，又认真地摇了摇头：不知道，想不起来了。

安杰：是不是在炮校的时候，就喜欢上他了？

江德华手里的擀面杖掉地上了，她大惊失色：嫂子，你怎么能这么说呢？那时秀娥嫂子还在呢！俺要是有一点儿这方面的想法，让俺天打五雷轰，不得好死！

安杰笑了：看把你吓的，我是跟你开玩笑！

江德华不高兴了，重重地敲了一下擀面杖：有你这么开玩笑的吗？吓死人了！

24 · 白天 安杰家厨房里

江德华有点儿难为情地跟安杰商量：嫂子，能不能先下出来点儿，我好给四样他们送去？

安杰故意逗她：这是何必呢？在大锅里一起下呗，下好了你就送呗！

江德华：我怕俺哥不让，又该说我了！

安杰：你还怕他说你吗？他说你你听吗？

江德华：哎呀，算了！不先下拉倒！跟你商量个事这么难！

安杰笑了：你这是商量的口气吗？

江德华：那你教教俺啥是商量的口气！

安杰笑得更欢了：德华，你烧水，咱下饺子吧？这才是商量的口气呢！你还站在那干吗？还不赶快点火！

江德华笑了，高兴地坐下来拉起了风箱。

25　白天　安杰家外屋

江德华端着一小盆饺子往外走，走到门口站住了。江德福蹲在大门口的菜地里，正在收拾菜架子。江德华又退了回去。

26　白天　安杰家厨房里

安杰：哎呀，你可真麻烦！你就那么怕你哥呀？

江德华：我不是怕他，我是懒得听他唠叨！

安杰：好吧，你先到客厅待着去，我去把你哥骗进来！

27　白天　家门口

安杰喊：老江，你来帮我尝尝咸淡！

江德福：自己尝！没看我这儿忙着嘛！

安杰：还是你来尝吧，你的舌头最好使了！

28　白天　安杰家外屋

江德福美颠颠地进厨房了，江德华端着饺子跑掉了。

29　白天　安杰家厨房里

江德福见饺子都煮熟了,很不高兴:你搞什么鬼?

安杰笑了:还军事干部呢!还一号首长呢!这么好骗,怎么指挥部队!

江德福眨着眼还是不明白。

安杰:你妹妹给老丁送饺子去了!怕你唠叨她,让我调虎离山!谁知道你这只老虎这么容易调!

江德福:不是让你保持中立吗?你怎么不听呢?

安杰:我这架天平,哪边对我好,我朝哪边倒!你以后对我好一点儿,我就朝你这边倒!

江德福:我再对你好,你就要骑在我脖子上拉屎了!

安杰:哎呀!讨厌!要吃饭了,说什么屎呀!

30　傍晚　路上

江亚菲和江亚宁放学回家。

江亚宁:你看,晚上有电影。

江亚菲往大操场上看,果然银幕被挂了起来。

四样挎了个马扎往大操场上跑。

江亚菲大喊:死样,给我们也占上地儿!

四样答应着,并不停下来。

江亚宁望着四样笑了:姐,死样那天跟我说,姑姑当他的后妈就好了。

江亚菲:真的?他真这么说了?

江亚宁:我骗你干吗?骗你能挣钱啊!

江亚菲：我知道姑姑喜欢丁叔叔，想跟丁叔叔结婚，嫁给丁叔叔。

江亚宁：这谁不知道？可惜丁叔叔不喜欢姑姑。姑姑喜欢人家也白搭！

江亚菲：丁叔叔眼瞎了，放着姑姑这么好的人不找，非要找个拔牙的！怎么样，不是处女吧！

江亚宁：什么是处女呀？

江亚菲：处女就是没结婚的女人。

江亚宁：那个牙医不就没结过婚吗？

江亚菲：是呀，我也纳闷呢！没结过婚怎么又不是处女了呢？

江亚宁：会不会她偷偷结过婚，没告诉丁叔叔哇？

江亚菲：那丁叔叔又是怎么发现的呢？

江亚宁：是呀，真奇怪！

四样跑了过来，马扎不见了：地方我占上了，正中间！你们早点儿吃饭早点儿来，晚了我占不住，你们可别赖我！

江亚菲：我们不会赖你。死样，问你个事。

四样：别老叫我外号！

江亚菲：好好好！我改正！我改正！四样，问你个事。

四样：什么事？问吧！

江亚菲：听说，你想让我姑姑当你的后妈？

四样看了江亚宁一眼：是你说的吧？

江亚宁：你没说过吗？

四样低下了头：我说过。

江亚菲：你都跟谁说过？

四样急忙申辩：我就跟她说过！（指着亚宁）

江亚菲：你跟她说管什么用啊！你要跟你爸爸说，最好哭着说！

江亚宁笑了：最好打着滚说！

江亚菲也笑了：打着滚就不用了，最好能哭出声来。

四样：我哭不出来怎么办？

江亚宁：抹上唾沫假装哭！

江亚菲：去一边去，我在说正经事呢！四样，你想想你死去的妈妈，就会哭出来了。

四样：那我也哭不出来！我都没见过我妈妈，我怎么想？

江亚宁：就是，真可怜！

江亚菲搂着四样的肩膀，默默地走着。突然，她停下脚步，扶着四样的双肩，面授机宜：四样，你想想那天晚上，你爸结婚那天晚上，那个女人打你的事。

四样：那个女人没打我。

江亚菲：她不是把你推倒了吗？

四样点头：是呀，是把我推倒了。

江亚菲：那不是打吗？

四样摇头：那不是打。她砸暖水瓶，我拉她不让她砸，她推了我一把，她不是故意的。

江亚菲：就算她不是故意的，她也把你推倒了吧？你不恨她吗？

四样先是点头后又摇头。

江亚菲不耐烦了：你这又点头又摇头的，你倒是恨她还是不恨她？

四样：我不太恨她，不怎么恨。

江亚菲松了手，直起腰来，摇了摇头。

江亚菲：真是朽木不可雕呀！

31　白天　老丁家

老丁在里屋躺着看报纸，江德华在外屋吭哧吭哧地洗衣服。

老丁放下报纸，听着外屋洗衣服的声音，听得有些入神。

老丁起来，走到门口，望着外屋背对着他在埋头搓衣服的江德华，眼神柔和起来。

江德华的上衣有些短，随着她身子的用力，上衣一点儿一点儿跑了上去，露出了一截白白的后腰。老丁赶忙闭上眼睛，又上床躺下了。

老丁用报纸盖住了脸。

32　白天　老丁家院子里

江德华晒衣服，铁丝上都晒满了。

江德华捶了捶后腰，拿起空盆进了屋。

33　白天　老丁家外屋

江德华在拖地，拖完地又涮拖把。干完这一切，她擦了把额头上的汗，走到门口，轻轻地冲里边说了声：我走了。

里边传来老丁的声音：德华，你进来一下。

江德华不相信自己耳朵一般：是叫我吗？是让我进来吗？

老丁的声音：是，你进来吧。

江德华抻了抻衣服，理了理头发，蹑手蹑脚地进去了。

34　白天　老丁家里屋

老丁盘腿坐在床上，像乡下的地主老财。

江德华垂手肃立在地上，像地主家的老妈子。

江德华细声细气地：叫我干吗？

老丁上下打量着她，点了点头：德华，辛苦你了。

江德华吃惊地望着老丁，不认识了一般。

老丁有些不好意思，清了清嗓子，像要发表重要讲话一般：德华，你今年四十几了？

江德华一愣，继而又有些难为情：我属马，今年四十三了。

老丁：噢，也不小了。有没有想过个人问题呀？

江德华：啥个人问题？

老丁：就是你自己的事，自己的婚事！

江德华：没想！我没想！

老丁分明不信：没想？不会吧？

江德华：没想就是没想，有啥不会的！

老丁笑了：现在有点儿像你了。

江德华：你啥意思？

老丁：我没啥意思。我问你，你就没想过自己成个家吗？

江德华没好气地：想那个干啥？想了也是白想！

老丁：怎么会是白想呢？现在是新社会了，自己的事要自己做主！

江德华：我还不知道现在是新社会！我还不知道自己的事自己做主！我能做了自己的主，我能做了别人的主吗？

老丁：你想做谁的主？

江德华：我想做所有人的主，可能吗？

老丁摇头：这不可能。

江德华：就是呀！那你说那废话干啥！

老丁先是一愣，然后又笑了。

江德华：你笑啥？

老丁：我发现你挺聪明的，反应挺快的。

江德华一笑：你在讽刺我，逗我玩儿。

老丁：我干吗要讽刺你？干吗要逗你玩？

江德华：这谁知道！谁知道你的花花肠子！

老丁有些不自然，干笑了两声。

江德华：你又笑啥？

老丁：我笑了吗？

江德华：你没笑吗？

老丁：我怎么不知道我笑了？

江德华：你不承认我就没法了，我又不能拿枪逼着你承认！

老丁哈哈大笑起来。

江德华冷眼望着他。

老丁：这次我可真笑了！

江德华：这次我可没看见！

老丁又放声大笑起来。

江德华生气地望了他一会儿，扭头就走。

老丁：哎哎，德华，你别走哇！

江德华在门口站下：我还不走干啥？让你在这儿耍我玩儿！

老丁：我哪耍你玩儿了？

江德华盯着他看了一会儿，扭头又走。

老丁跳下床，追了出去。

35　白天　老丁家外屋

老丁在门口拉住了江德华：你别急着走哇！

江德华看着他扯她衣服的手：你扯着我干啥？

老丁：你进来，你进来，我有话对你说。

江德华：有什么话就在这儿说吧！

老丁为难地望着她，江德华毫不动摇地不进来。

老丁摇了摇头，又清了清嗓子：德华，你看，我说，要不这样吧，要不你干脆嫁给我得了！我娶了你算了！

江德华不相信自己耳朵般瞪圆了眼睛，望着老丁都不会说话了。

老丁：你这么瞪着我干啥？行就行，不行就算了！就算我没说！

江德华：你刚才说啥了？

老丁：你没听见？

江德华：我没听清。

老丁：我说，要不咱俩结婚算了！省得再麻烦别人！

江德华挣脱了老丁的手，冷笑一声：丁大哥，没有这么欺负人的！

老丁急了：我怎么欺负人了？我欺负谁了？

江德华：你欺负我了！我给你家干了大半天活，洗了一院子的衣服，你还这样欺负我！你的良心让狗叼了去啦？

老丁有点儿火：江德华，你愿意就愿意，不愿意就算！就拉倒！就算我什么都没说！就算我放了个屁！你走吧！以后也不用你再来干活，再来洗衣服了！

江德华有点儿疑惑了：你说的是真的？不是耍俺玩儿？

老丁没好气：我干吗要耍你玩儿？你有那么好玩儿吗？

江德华：那……

老丁一挥手：那什么！你快走吧！我要睡觉了！

江德华：那你刚才说过的话，就不作数了？

老丁：作什么数！我那是耍你玩儿的！走走！快走！

江德华反而往屋里走了。

老丁：你进来干吗？

江德华：我进来你给我说清楚！你刚才说过的话算不算话？

老丁：不算！

江德华：不算可不行！红口白牙说出来的话，难道能收回去不成！

老丁：……

江德华：那你说，咱啥时候办事？

老丁一挥手：你先回去问你哥再说！

江德华：问他干啥！

老丁眼一瞪：他不是你哥嘛！尤其是你那嫂子，不问行吗？

江德华：怎么不行！你不是说现在是新社会，自己的事自己做主吗？

老丁无话可说了。

江德华：你怎么又不放声了？又想反悔了？

老丁又挥手：你快回去问问你哥你嫂子吧，我困了，我要睡觉了！

江德华：说这事，怎么能困呢？

老丁没好气：说啥事我都能困！

江德华笑了：那你睡吧，我回去告俺哥俺嫂子！

36　白天　路上

蓝天白云之下，江德华边走边擦眼泪。先是用手擦，后来改用袖子擦。

一个十二三岁的小姑娘从她对面经过，惊奇地望着她，一直望到她的背影消失。小姑娘撒腿就跑。

37　白天　空地
一群女孩儿在跳皮筋，其中有江亚宁。

小姑娘跑过来，附在江亚宁耳边耳语了一通，江亚宁撒腿就跑。

38　白天　路上
江亚宁半路上碰到了江亚菲，她又跟江亚菲说了些什么，姐俩撒腿就跑。

39　白天　安杰家外屋
姐俩挤进家，江德华坐在饭桌旁的椅子上正哭着。

江德福和安杰站在一旁望着她，谁也不说话。

江亚宁：姑姑，你怎么啦？

江德华不说话。

江亚菲：姑姑！谁欺负你了？你哭什么！

江德华还不说话。

江亚菲扭头问：妈，我姑怎么了？不是你吧？

安杰：不是我什么？

江亚菲：是你欺负我姑姑了吧？

安杰：谁敢欺负你姑姑呀！

江亚菲：那她怎么啦？

安杰笑了：你姑大喜了！你姑高兴的！

江亚宁：大喜？什么大喜？

江亚菲：大喜就是结婚！哎呀！姑姑，你要结婚了？你要跟谁结婚？

江亚宁：哎呀！这还不知道？肯定是四样他爸！是丁叔叔！对不对，姑姑？

江德华破涕为笑，一个劲儿点头。

江亚宁：哎，丁叔叔不是不愿意吗？

江德华：他又愿意了！他又愿意了！

江德福终于开口说话了：哼！他愿意？他愿意老子还不愿意呢！

江德福进了卧室。

40 白天 安杰卧室

安杰进来，见江德福正在屋里团团转。

安杰笑了：你在这儿拉磨呀？

江德福不说话，继续转圈儿。

安杰：你这样有什么用？历史车轮还能倒转哪！

江德福：你别在这儿说风凉话！

安杰：怎么是说风凉话呢？是实话！大实话！你就别在这儿装模作样地转圈儿了，老丁又看不见！我劝你，高高兴兴、风风光光地把德华嫁过去！别再画蛇添足、节外生枝！

江德福：我他妈就是气不过！怎么主动权就掌握在别人手里？别人想怎么着，就怎么着？我们要看别人的脸色，听别人的安排！

安杰：好在这别人不是别人，是老丁！

江德福：要是别人就好了！就是这个老丁，让老子心里这么不舒服！

安杰：你俩这是缘分哪！想当年，老丁欢天喜地地替你留校，以为捡了个大便宜，哪想却栽了个大跟头！如果当初你要是留下，你就是今天的江副参谋长了，哪是江司令呀！神差鬼使地，老丁又到了你的手下，有你的庇护，他少受了多少委屈！现在他又要娶德华了，又成了你的妹夫了，你说你俩这缘分，了得吗！

江德福点头：听你这么一说，还真是这么回事呢！我这心里也好受多了！想不到，你除了能当老婆用，还能当政委用！做起政治思想工作来，还真是有一套！

安杰：我？别说当师政委了，就是当个军政委，我也绰绰有余啊！连王振彪那样的水平，都能到军里当副政委，我还有什么问题吗？

江德福：你当然有问题了，问题大了！

安杰：什么问题？

江德福：首先，你政治上就不过关，这点你承认吧？

安杰点头：我承认！唉！我就是出身不好哇，我要是出生在穷人家，我早就不是今天的我了！

江德福：那还亏了你的出身不好！你要是个苦出身，我还娶不到你呢！

安杰咯咯笑了起来，江德福也哈哈大笑。

门开了，江德华进来：哥，嫂，你们都同意了吧？

江德福：我们要是不同意呢？

江德华：不同意我也要结！

江德福：那你还来问什么？

江德华：问总是要问的，总要客气客气吧！

安杰笑了：你不用这么客气。一家人客气什么！

江德华：那我啥时候可以过去？

江德福和安杰对视了一眼，安杰抿着嘴笑，江德福不悦。

江德福：你想啥时候过去？

江德华：我想越快越好，免得夜长梦多！

这下连安杰都不悦了：你就这么不愿在这个家里待了？

江德华：我嫁得又不远，说回来不就回来了吗？

江德福：你嫁出去就别再回来了！让我眼不见、心不烦！

江德华：我就这么让你烦吗？那我今天就走！现在就走！

安杰：哎呀，怎么像小孩儿一样？你哥这是不舍得你走！这还看不出来？

江德华：说实话，我也不想离开这个家，但我早晚都要走哇！哪有小姑子老赖在嫂子家的！

江德华说完出去了。

安杰叹了口气：哎，看见了吧？女大不由娘！

江德福：你少在这儿占便宜！你是她娘吗？

安杰：老嫂比母！跟娘也差不多！我要给她准备一份儿丰厚的嫁妆，让她高高兴兴地出嫁！

江德福点头：这还差不多！有点儿贤妻良母的样儿。

江德福准备出去，安杰叫住了他：哎，给你商量个事。

江德福：什么事？

安杰：你能不能先去预支一个月的工资？我好给德华办喜事。

江德福：咱家难道没有存款吗？

安杰：你在咱家见过存折吗？别说你了，连我都快忘了存折长什么样儿了！我这辈子，跟两个大门无缘，一个是党的大门，一个是银行的大门。

江德福看着安杰不说话。

安杰：你看我干吗！

江德福摇了摇头，无可奈何地：你这个败家的娘儿们啊！

第二十六集

1　白天　安杰家

家里所有的箱子、柜子的门都大开着,安杰从这个屋跑到那个屋,江德华紧跟在她身后。

安杰:哎呀,你该干吗干吗去,老跟在我腚后干吗?

江德华:你给我准备东西,我不看着点儿吗?

安杰哭笑不得:我给你准备嫁妆,难道还用你来监督吗?

江德华:我不是监督,我是好奇!我想看看你都给我什么东西!

安杰笑了:我给你什么你要什么!等你带到老丁家自己看吧!

江德华:那多麻烦呀!早看早省心!

外边笼子里的鸡在闹腾。

安杰:要出嫁了,心就长草了!鸡也不喂了!看把它们饿的!你这样可不行!你要站好最后一班岗!

江德华笑了:好好好,我去站好最后一班岗!

2　白天　江德华房间

安杰在关樟木箱子，江德华拍着脏手进来了：嫂子，把这樟木箱子给我一个吧？

安杰为难地：这是一对儿，是我妈传给我的陪嫁。

江德华：我就要一个，又不都要！

安杰咬了咬牙：好吧，给你一个！

江德华笑着离开了，安杰心痛地抚摩着一对儿漂亮雕花的樟木箱子。

3　傍晚　江德华房间

江德华在换衣服，江亚菲和江亚宁坐在一边看。

外边大门响，江亚宁跑到窗前看。

江德华：谁来了？

江亚宁：安然和王燕凤。

江德华跑到窗前往外看，果然是穿军装的安然和王燕凤。

江德华咂着嘴：哎呀，你看看这，都是当女兵的，一个在台子上唱歌跳舞，一个在洗衣房里洗被子床单！

江亚菲：行啦！知足吧！像她这样一个大字不识的文盲，能穿着军装洗床单就不错了！还想到台上唱歌跳舞？

江亚宁：就是！别把台子跳塌了！

安然和王燕凤进来。

安然：姑姑，恭喜您！

江德华不好意思了：这么大年纪了，恭喜什么！有什么可恭喜的！

江亚菲：恭喜你终于嫁给丁叔叔了！

江亚宁：就是！姑姑，你可千万别不是处女呀！

江德华打了她一下：小丫头片子，胡说什么！

4　傍晚　安杰家厨房里

江德华进厨房，让正在忙活的安杰看自己：嫂子，你看俺这样行吗？

安杰惊喜地望着她，高兴得合不拢嘴：这是谁帮你打扮的？真不错！

江德华不好意思地：是安然帮俺捯饬的！你看，她还给俺脸上抹了点儿粉呢！

安杰笑了：怪不得呢，我说怎么焕然一新了！这要让老丁看见，还不喜欢死！

江德华：哎呀，你说啥呀！

5　傍晚　炮阵地上

晚霞很美，老丁很闷。江德福带着一干人马检查炮阵地，老丁跟在后边，似乎闷闷不乐。

别人都围着大炮看，唯独老丁站在一边，望着天边的晚霞发呆。

参谋长：这个老丁，发了一天呆了，是不是着急着晚上进洞房啊！

吴科长：是有点儿心不在焉的。

江德福看了他一眼，"哼"了一声。

别人都往山下走了，老丁还在那发呆。

江德福走了过去：是不是后悔了？要是后悔了早说话！现在还没进洞房，还来得及！

老丁回头看了他一眼,没说话。

江德福:你别这个熊样子行不行?你也不管别人好不好受?

老丁叹了口气:伙计,你说,人活着有意思吗?

江德福真生气了,阴着脸看了他一会儿,转身下山了。

江德福阴着脸走着,身后有脚步声,老丁追上来了。

老丁在江德福身后:你别生气。咱们是老战友了,我跟你说点儿心里话,你怎么就不能好好听听呢?

江德福:我听什么?我听你要跟我妹妹结婚了,说什么活着没意思的混账话?

老丁:我的确不该这么说,但我的确是这样想的。

江德福:这样想就不对!说出来就更不对了!尤其是跟我说,就更加不对了!

老丁:不对是不对呀,但这是实话呀!你也知道,我一直都想找个有文化的女人,能跟我一起谈谈天,说说地,聊点儿书本上的事。这是我年轻时候的梦想,你跟安老师结婚后,我这种想法就更强烈了。连秀娥都能看出我这种心思,你就一直没看出来?

江德福:我又不瞎,怎么看不出来呢?

老丁:过去是父母包办,没有办法。现在自由了,自己能说了算了,找来找去,最后还是找了个没文化的!你说,这是不是就是我的命啊?我的命中是不是注定就跟有文化的女人无缘呢?

江德福站住了,转过身来同情地望着老丁。

老丁在一块儿石头上蹲下。

江德福陪他发了一会儿呆,见山下的人在等着他们,向他们招手。

江德福试探地:要不,你跟德华就算了吧?

老丁看了他一眼，站了起来，拍了拍身上的土：说什么废话呀！德华除了没有文化，真是个不错的女人！

江德福笑了：那当然了！你也不看看是谁的妹妹！

老丁也笑了：你们也是，德华在你们家待了将近二十年，还守着个老师，也不说教人家点儿文化！初中毕不了业，弄个小学毕业也行啊！

江德福：你这是废话！老子要知道她会嫁给你，就送她去读书了！别说初中毕业了，连大学都可能毕业了！

两人大笑。

6　傍晚　山脚下

部属们在等着他俩。

吴科长对参谋长：你看，丁副参谋长又高兴了。

参谋长：跟大舅哥在一起，他敢不高兴吗？

7　傍晚　开水房

四样在打开水，一个干部也在打水。

干部：四样，你爸爸又结婚了吧？

四样不吭声。

干部：你晚上可别早睡，听着点儿你爸那边的动静，他别再打起来！

四样边往外走边说：你才打起来呢！

干部哈哈大笑。

8　晚上　老丁新房

卧室里焕然一新，很像新房。

江德华羞答答地坐在床边，很像新娘。

老丁进来了，有点儿不自然：累了吧？

江德华：累啥？今天啥也没干，不累！

老丁不知说什么好了。

电灯一明一暗，开始给信号了。

老丁：休息吧？

江德华：嗯。

9　晚上　老丁家外屋

四样光着脚出来，轻手轻脚走到新房门外，耳朵贴到门外，偷听里边的动静。

电灯慢慢开始熄了，四样有些扫兴地离开了。

突然，里边传出老丁的叫声：老天爷！这是咋回事？

10　晚上　老丁新房

煤油灯下，江德华跪在床上，用棉被将自己严严实实地裹着，只露出一张不知所措的脸。

老丁也跪在床上，上身光着，下身用棉被裹着，指着床上：这是怎么回事？

江德华也莫名其妙：我哪知道这是咋回事？俺身上现在干净着，没有例假！

老丁惊喜地：难道你还是个处女？

江德华有点儿不高兴：俺咋会是处女呢？

老丁：你……你跟你头一个男人，没……没同过房吗？

江德华难为情地：同过。

老丁：那……那这是咋回事？

江德华：俺哪知道是咋回事？丁大哥，这事可不赖俺哪，俺一点儿也不知是咋回事呀！

老丁放声大笑。

11　白天　山上

望远镜中看到的景象：海边光滑的礁石上，安杰像美人鱼那样坐着，眺望远处，一动不动。镜头移动，一个男人的背形坐在她对面，一会儿抬头看看她，一会儿低头不知在干什么。

江德福放下望远镜，想了想，又举起望远镜看了一会儿，又气呼呼地放下。

一群军人往前走，江德福不由自主地往后边山下看。

12　白天　安杰家外屋

饭桌上摆着一盘白糖和几个馒头。

江德福望着饭桌不说话。

江亚菲：爸爸，您就凑合吃点儿吧！我们打饭打晚了，食堂什么菜也没了，就剩下馒头了。

江卫民：馒头也是凉馒头。

江亚宁腾出嘴来：爸爸，你蘸糖吃，挺好吃的！

江德福"哼"了一声，拿起个馒头：去，拿点儿咸菜来！

江亚菲看江卫民。

江卫民：你看我干吗？

江亚菲：你耳朵聋了？拿咸菜去！

江卫民本不想去，但看江德福脸色不好，只好去了。

江卫民空着手从厨房出来：找了一圈儿，什么也没有！别说咸菜了，连生菜也没有！

江亚菲：没有就没有！哪那么多的废话？

江亚宁：自从姑姑到丁叔叔家了，我们家吃的，是老太太过年，一年不如一年！

江卫民：丁叔叔家倒好了，是芝麻开花，节节高！

江亚菲：吃饭的时候别说话！

江亚宁：是你先说的，还说别人！

江卫民：就是！

江德福拍了下桌子：都给我闭嘴，烦死了！

江德福艰难地咽下最后一口馒头，噎得直抻脖子，起身离开了饭桌。

江卫民：爸爸烦什么？

江亚菲：笨蛋！你说爸爸烦什么？

江亚宁：就是，一目了然嘛！

江亚菲笑了：茅坑摔盆，臭词（瓷）乱崩！

13　白天　安杰卧室

江德福躺在躺椅上，听到大门响，急忙起身往外望，原来是安杰回来了。江德福又躺下，抬起胳膊挡住了脸。

安杰的声音：哎呀，怎么光吃馒头呀？

江亚菲的声音：有馒头吃就不错了！再晚去两分钟，连馒头也打不着了！

安杰的声音：你们不会早点儿去吗？

江亚菲的声音：我们能早退回来打饭吗？

353

江亚宁和江卫民的声音：就是！

安杰的声音：行行行，算我没说！

江亚宁的声音：妈，你干吗去了，怎么才回来？

安杰的声音：我有事去了，办了点儿事。

安杰拿了个馒头进来卧室：你吃了吗？

江德福：……

安杰：哎，你睡了？

江德福动了动，表示没睡。

安杰上前拽开他的胳膊，离得很近地盯着他看。江德福看了她一眼，闭上了眼睛。

安杰：你就这么困吗？起来！听我说！

江德福不起来，安杰使劲将他拖了起来。

江德福没好气地：听你说什么？

安杰兴致勃勃：你知道我今天干什么去了？

江德福上下打量着她，心里说：我当然知道了！

安杰：你知道我为什么回来晚了吗？

江德福开口了：你为什么回来晚了？

安杰：你知道模特吗？

江德福：……

安杰：你知道什么是模特吗？

江德福：我不知道什么是模特，我知道什么是特务！

安杰：特务？我这跟你说模特，你跟我说特务干什么？

江德福：那个人在我们军事禁区里又写又画的，不是特务是什么？

安杰：哎，你怎么知道的？噢，是不是那个哨兵报告的？哎！他可真多事,警惕性真高!人家是画家,在创作!

江德福:画家?哪儿来的画家?

安杰:省城来的!人家是师大美术系的老师,是下来采风的!

江德福:采风?采什么风?

安杰:采风就是……就是寻找创作灵感!

江德福:我还不知道采风是干什么的?还用你教我!我是说,他来采风,谁批准的?谁让他来的?

安杰:县文化馆的人陪他来的!

江德福:备案了吗?

安杰:备什么案?

江德福:这里是海防前哨!是随便什么人都能来的吗?

安杰:哎哟,这我可不知道,不知道他备案了没有。

江德福:他在那采风,你在那干吗?

安杰又来了兴致:我给他当模特呀!真有意思,不知道怎么搞的,今天上午文化馆的人跑到学校,让我去给夏老师当模特,说夏老师一上岛,就选中我了!说我的气质特别好,与众不同!

江德福:这是他跟你说的?

安杰:是文化馆的人给我说的,后来他自己也跟我说了。

江德福:后来?后来是什么时候?

安杰:他画我的时候说的。

江德福:哼!他还挺会挑时候!他还说什么了?

安杰笑了:他夸咱们这儿好!说咱们岛山美水美人也美!

江德福:他是夸你美吧?

安杰:你吃醋了?

江德福:我吃醋?我吃什么醋?

安杰：你吃画家的醋呗！

江德福：我吃他的醋？他一个臭老九，哪轮得上他给我醋吃？真是的！

江德福起身离开。

安杰：哎，你别走，你给我按按肩膀。

江德福：你肩膀怎么了？

安杰：坐在礁石上一动不动，累得我腰酸背痛！

江德福：你那是活该！你让谁画你，就让谁按去！老子不伺候！

安杰：看你这个人，这么小气，还说自己不吃醋！

江德福：你年轻的时候，我都没吃过醋，现在你都这把年纪了，我还吃什么醋！

安杰：我哪把年纪了？我现在连让你吃醋的资格都没有了？那你为什么不高兴呀？还是吃醋了！

江德福：我吃什么醋？

安杰没好气地：老陈醋！

14　白天　路上

安杰和江亚菲、江亚宁有说有笑地往学校走，半路上碰到了夏老师。

夏老师：安老师，上班啊？

安杰笑容满面：是呀，上班去。你去写生啊？

夏老师点头：是。这都是你的女儿吗？

安杰：是呀，都是。

夏老师：哎呀，真秀气，长得跟您一样好看！

安杰不好意思了：谢谢您的夸奖，不好意思。

夏老师走过去了，江亚宁还不住地回头看。

江亚菲：你老看什么，有什么看头！

江亚宁：他是画家！画家原来长这个样儿！

江亚菲：长什么样儿？

江亚宁：就长他那个样儿呗！

江亚菲：他那个样儿有什么好？女里女气的，看着就不让人喜欢！让人讨厌！

安杰：亚菲，你胡说什么呀！怎么这么没教养！

江亚菲：他夸了你两句，你就高兴成那样！

安杰：我高兴成什么样儿了？

江亚菲：眼睛都笑成一条缝了！（学安杰）"谢谢您的夸奖，不好意思。"

安杰笑了：你这丫头，越来越没大没小了！

15　白天　学校

上课铃响，安杰和葛老师往教室走去。

葛老师：你模特当完了吗？

安杰：基本上当完了。

葛老师：完了就完了，没完就没完，什么叫基本上当完了？

安杰：画家说，他要是有修改的地方，就随时叫我。

葛老师：那你就随时去呀？

安杰：那得看情况！上课时间，我能去吗？

葛老师笑了：你再去带上我吧？我想看看画家怎么画画。

安杰：你去给他当模特算了！

葛老师：我哪有资格当模特呀！人家看上的是你！一眼就看

上了！

安杰笑得合不拢嘴：什么呀！

16　傍晚　安杰家院子里

安杰拿了把黑色折扇，站在门口四下张望。终于，她看见了在芸豆架下锄草的江德福。

安杰走了过去：哎，听说要塞的刘司令要调到军区去？

江德福头也不抬地"嗯"了一声。

安杰：谁接他呢？

江德福没回答。

安杰"哗"的一下合上扇子，抬高了声音：哎，问你呢！

江德福回过头来，用搭在肩上的毛巾擦了把汗：你操这个心干什么？

安杰：关心关心不行吗？

江德福：自家那么多事你不关心，关心这事干吗？这是你这娘儿们家该关心的事吗？

安杰：你别动不动就娘儿们娘儿们的，像个农民！

江德福扯下毛巾擦了擦头上的汗，又故意甩了几下：像什么？我本来就是个农民！

安杰"哗"的一下打开扇子，扇了两下，又"哗"的一声合上：哼！德行！

17　傍晚　安杰家客厅

江德福在喝茶，安杰进来了：听说，万副司令要接刘司令的班，常参谋长要接万副司令的班，是这样吗？

江德福放下茶杯，奇怪地看了安杰一眼：你消息还挺灵通的，干部部门给你通报的吗？

安杰：去！人家跟你说正经事！

江德福又端起茶杯，喝了一口。

安杰：这样的话，要塞参谋长的位置不就空出来了吗？

江德福瞪了她一眼，不太高兴。

安杰：你瞪什么眼！我这还不是为你好？你在这个位置上蹲了快十年了，这次怎么也该轮到你了吧？

江德福将茶杯重重地蹾到茶几上，皱起了眉头：跟你说了多少次了，我工作上的事你不要多嘴，不要多嘴！这个毛病不好！

安杰：我多什么嘴了？我只是提醒你，不要错过机会！

江德福：这是组织上的事，你提醒有个屁用！

安杰：组织不也是人组成的吗？事是死的，人是活的，一切都是事在人为！

江德福：安杰，人不能不知足，我一个农村的穷小子，能有今天，已经不错了，相当不错了！如果再伸手向组织上要这要那，别说党性了，就是人性也说不过去了！

安杰：人往高处走，水往低处流！人要想着进步才行！像你这种船到码头车到站的思想是不对的！是要不得的！你还司令呢，还不如我这个家属呢！

江德福被气笑了，点着她：好好的词到了你嘴里，也要用错地方！我的事不用你管！不用你操心！

安杰斜着眼望着江德福：真是朽木不可雕哇！

江德福站了起来：这话也配你说我？我就是块儿烂木头，也用不着你这个资产阶级小姐来雕哇！

安杰火了：姓江的，我嫁给你也快二十年了吧？这二十年来，怎么也让你改造得差不多了吧？怎么也该混成个无产阶级了吧？我每天做给你们吃，做给你们穿，刷锅刷碗打扫卫生的，像个老妈子了吧？倒是你这样，大腹便便的，吃饱了，喝足了，抬屁股走人的样子，像个不劳而获的资产阶级！

江德福被说笑了，摇了摇头：我说不过你！不跟你说！

18　白天　安杰家外屋

饭菜早上桌了，江德福迟迟不回来。

江卫民：爸爸怎么还不下班？我肚子早叫了！

江亚宁：我肚子也叫了，咱别等了，先吃吧！

安杰：怎么这么没规矩？饿一会儿，饿不死你们！

电话铃响，江卫民跑去接。

江卫民回来后，一脸的喜色：开吃！爸爸不回来了！

安杰：你爸在哪儿吃？

江卫民：上边来人了，我爸在招待所吃！

江亚宁欢呼：噢，吃饭了！

安杰：你是饿死鬼托生的吗？

江亚菲：妈，她不是你生的吗？

安杰用筷子打她的头，她笑着躲开了。

院门开了，江德福回来了。

江亚菲问江卫民：你不是说爸爸不回来吗？

江卫民：不是我说的！是管理科小冯叔叔说的！在电话里说的。

江德福进家。

安杰：你们怎么吃得这么快？

江德福：我吃什么了？吃西北风啊？

江德福拉开椅子坐下：他们晕船了，全体晕船！什么也吃不下，都躺下了。

安杰：谁来了。

江德福：军区梁副政委。

安杰：来干吗？

江德福：考核班子。

安杰放下饭碗，"噢"了一声，若有所思。

江德福看了她一眼，洞若观火的样子。

安杰：这么说，梁副政委还没吃饭？

江德福：你问这干吗？关你什么事？

安杰：随便问问！怎么？不行啊！

江德福看了她一眼，"哼"了一声。

19　白天　安杰家厨房里

安杰扎着围裙忙得不亦乐乎。一个双层的淡黄色搪瓷饭盒被她擦得锃亮。她最后一次打开饭盒，检查里边的东西。饭盒上边是几样小菜，下边是金黄的小米稀饭。

安杰探出头：亚宁！亚宁！过来一下。

江亚宁跑进来：干吗？

安杰：妈交给你个重要任务！

20　白天　院门口

江亚宁提着饭盒走远了，安杰望着她的背影，眼里充满了希望。

21　白天　招待所门口

江亚宁提着饭盒，碰上了江德福和老丁。

江德福站在小招待所圆门下，远远地望着提着饭盒的江亚宁。

老丁：那不是亚宁吗？她来干什么？

江德福不说话，脸色瞬间不好看了。

江亚宁走过来了：爸爸，你怎么在这儿站着，是在等我吗？

江德福：你这提着什么？

江亚宁：小米稀饭和咸菜，我妈让给军区梁伯伯送的。

江德福一下就火了：回去！回去！赶紧回去！别在这儿给我丢人现眼！什么玩意儿！

江亚宁想说什么，但见父亲真的火了，也就不敢造次了，转身就往回跑。

江德福进了小门，老丁在他身后笑了起来。

江德福回头：你笑什么？

老丁：安老师也是好心好意。

江德福：什么好心好意！她是不怀好意！

老丁：她这也是为你好，想替你铺路架桥！

江德福：哼！她还给我铺路架桥，她可真没数！

老丁：是没什么数。要不是她，你早就上去了！

江德福：哼！

老丁：你别老哼哼的，光哼没有用！

江德福：难道我能回去打她一顿？

老丁：打她一顿恐怕你没这个胆儿，敲打敲打她，倒是很有必要。

江德福：看你大惊小怪的样子！不就熬了一碗粥吗？至于小题大做吗？

老丁：我不是说的送饭这件事！送饭这件事，不但不应该说人家，反而应该表扬人家，起码人家是为了你，出发点是好的，是好心！

江德福：我老婆是什么心，我还用你说？你就说说你想说的吧！你想说什么？

老丁：你知道省里来了个画家吗？

江德福：知道！不就是姓夏的那个人吗？

老丁：你知道安老师坐在那儿，让他一画就是一上午、一下午的事吗？

江德福：知道！那是模特！她在给画家当模特！

老丁：你行啊！知道得不少，还知道什么模特！

江德福：你以为我是大老粗，什么都不懂？

老丁：你哪是大老粗啊！这么多年，铁杵也磨成针了！你早就变成大老细了！

江德福笑了：大老细谈不上，粗中有点儿细吧。

老丁也笑了：果然跟从前不大一样了，还有他娘的幽默感了。哎，说真的，你该管管了，不能再坐视不管，掉以轻心了！

江德福：我管什么？怎么管？人家说她的气质好，请她当模特，比着她画几张画，我总不能跑去干涉吧？再说了，她又没背着我，偷偷摸摸，藏着掖着，每次回来都跟我说得一清二楚的。在什么地方，什么姿势坐的，画了多长时间！你说，你让我怎么说她？说多了，不显得我小肚鸡肠啊！

老丁：要不怎么说有文化的人狡猾呢？我亏了没娶着有文化的女人！你看她们多狡猾，跟别的男人这么密切地接触，回到家还光明磊落地一五一十地告诉自己的丈夫，让自己的丈夫有苦说不出来，咬碎了牙齿往肚子里咽。

江德福：谁咬碎了牙齿往肚子里咽了？

老丁：谁咬碎了谁知道，反正不是我！看在老战友加亲戚的分儿上我提醒你了，你不听就算了！模特？说得怪文明的！一个漂亮的女人坐在那儿当模特，一个正当年的男人就真能把她当模特看？一盯就是几个小时，能不盯出点儿事来吗？

江德福：盯出什么事来？

老丁：这我哪知道？又不是我盯的！你最好去问那个画家！起码也该问问自己的老婆！

江德福若有所思。

老丁幸灾乐祸：哎呀！这就是娶漂亮老婆的好处，一天到晚操多少心哪！难怪老辈们说，家有丑妻是个宝呀！

江德福不爱听了：你家那是丑妻吗？

老丁：起码比她嫂子丑吧？我起码比她哥省心吧？

江德福气急败坏：去你娘的！

老丁哈哈大笑，上来拍着他的后背：老兄，提高警惕，保卫祖国呀！

22　白天　安杰家院子里

安杰在晾衣服，江亚宁提着饭盒回来了。

安杰：怎么这么快就回来了？

江亚宁走到她身边，气呼呼地将饭盒往她手里一塞：什么呀！让我去丢人现眼！

安杰一愣：梁伯伯不吃？

江亚宁：我哪捞着见梁伯伯了？在小门口，我就让爸爸给骂回来了！真丢人！姑父还在一旁，在那皮笑肉不笑的！

安杰气得不知如何是好，几步走到鸡窝前，打开饭盒，将饭菜一股脑倒掉了。

江德华进院了：亚菲呢？

江亚宁：不在家！你找她干吗？

江德华：她把你妹妹抱走了，这么长时间了，我来找找。

江亚宁：姑姑，你太惯孩子了！这样可不行！惯孩子不好！

江德华笑了：这是你妈说的吧？她忘了我怎么惯你们了吧？快去，找找她们去！

江亚宁跑了出去，江德华进了屋。

23　白天　安杰家厨房

安杰在刷饭盒，江德华倚在门边跟她说话：嫂子，有件事，不知该不该给你说。

安杰看了她一眼：想说就说，不说拉倒！

江德华：那就拉倒吧！我还是不说的好，说了你又要生气。

安杰用围裙擦着手：不行！你得说！你得跟我说！

江德华：我说了你可别生气。

安杰：我还不知是什么事，我哪知道我生不生气！

江德华：你肯定生气！我听了都生气，你听了能不生气吗？

安杰认真起来：什么事呀？到底什么事？这么严重？

江德华：俺家四样回来说，外边都传你跟省城来的那个画家好上了，那个画家天天不画别的，光画你！还有……

安杰：还有什么？

江德华：还有就更难听了，我听了都气得不行！

安杰：哎呀！你快说吧！卖什么关子！

江德华有些不悦：还有就是说你，说你，说你脱光了让人家画！

安杰气得说不出话来了。

江德华没有眼力见：你没有吧？都是造谣吧？

安杰火冒三丈，大吼：我有！我就是脱光了让人家画了！怎么啦？

江德华也火了：怎么啦？你说怎么啦？不行！你这样不行！

安杰被气笑了：你跟我吼什么？你哥还没跟我吼呢！

江德华：那是我哥没听说！要是让他听说了，他别说跟你吼了，他打你都是可能的！

安杰：你快告你哥去吧，让你哥打我吧！

江德华：你没干那事，我哥打你干吗？等你干了，我哥再打也不晚！

安杰：我干什么事了？

江德华：脱光了让人家画的事！

安杰：四样听谁说的？告诉我，我找那人问问去！看我不撕烂他的嘴！

江德华：看把你能的！外边好多人都在传，你能撕得过来吗？

安杰气得一脚踢翻了地上的水桶，解下围裙进了自己房间。

24 白天 大门口

江德华出了院门，见江亚菲背着自己一岁多的女儿回来了。

江德华：怎么睡了？

江亚菲：谁知她怎么睡了？流了我一身哈喇子！

江德华笑了：那是你有福！小孩儿的哈喇子好，流到谁身上，谁有福!

江亚菲:你上次还说她的尿好呢!她尿了我一身,你也说有福!她怎么跟猪似的,全身都是宝哇!

江德华抱过女儿:她就是跟小猪似的!你看她睡得多香啊!多待人亲哪!

江亚菲笑了:她就是待人亲!我同学都喜欢她!都愿摸她脸玩儿!

江德华:怪不得我们老流哈喇子呢,都是让你们给摸的!

小女孩儿醒了,眨巴两眼到处看。

江亚菲:丁小样,你醒了?

江德华:别老捏我们脸!

江亚菲:不捏就不捏!我回家了!

江德华:你别回家了,你妈正在家发疯呢,你跟我上我家待着去吧。

江亚菲:我妈为什么发疯?

江德华拉上江亚菲边走边说。

半路上,碰上了江德福。

江亚菲:爸,你回家吗?

江德福:嗯。

江亚菲:我劝你还是别回去的好,你家属正在发疯呢!

江德福站住了:你这是跟谁学的?一天到晚没大没小胡说八道的!

江亚菲:好心不得好报!算我没说,你回去吧!

江德福气呼呼地走了。

江德华突然站住了：亚菲呀，你也回去吧，别你爸和你妈真打起来了，你好拉拉架！

江亚菲：我才不管呢！他们爱打不打，打起来更好！

江德华：那你爸肯定吃亏！你爸哪是你妈的对手呀！

江亚菲：那更活该！谁让他说我！狗咬吕洞宾，不识好人心！

江德华生气了：你这孩子真少教！怎么说你爸是狗呢！

江亚菲故意地：我爸还不如茴香呢！

江德华站住了：你这孩子，越说你越来劲了！

江亚菲笑了起来：姑姑，茴香是个人，不是个狗！算了，一句两句也跟你说不清。我还是回去吧，他俩别真打起来。

江亚菲说完就往家里跑去。

25　白天　安杰家院子里

江德福和江亚菲前后脚进了院儿，江亚菲像贼一样轻手轻脚跟在后边。

江德福进了家，江亚菲见他进了卧室，就跑到卧室窗下，偷偷往里看。

26　白天　安杰卧室

安杰在躺椅上躺着，见江德福进来，翻了个身，背对着他。

江德福根本不理她，打开衣柜，自己找衣服。最后将柜门一关，提个小包，出了房间。

安杰坐了起来，抬头往窗外看，发现了正在外边偷看的江亚菲。

江亚菲冲母亲一笑，做了个鬼脸，不见了。

27　白天　安杰家院子里

江德福出来，江亚菲恭恭敬敬地迎候他：爸爸，您要上哪儿？

江德福：我要出差！

江亚菲：我知道您要出差，您要上哪儿出差？

江德福望着她：怎么这么怪声怪气的？

江亚菲：我怎么怪声怪气了？我说您就怪声怪气了？您不是嫌我没大没小吗？

江德福"哼"了一声往外走。

江亚菲大声地：爸！你干吗去？到哪儿去？几天回来？

江德福站住了，回过头来：我陪军区首长到二十九团去一趟，大约两三天。

江亚菲挥了挥手：好吧！走吧！早去早回！

江德福笑了，江亚菲也笑了：爸爸再见。

江德福：再见。

江亚菲又跑到安杰窗下，冲里边喊：母亲大人，您都听到了吧？不用我重复了吧？

安杰的声音：滚！

江亚菲：真是狗咬吕洞宾，不识好人心！

江亚菲走了几步，又折回到窗前，卖弄地：妈，你知道茴香是谁吗？

安杰的声音：爱是谁是谁！

28　白天　学校办公室

安杰在批作业，葛老师提着个小黑板进来了：哎，你还不走？

安杰：我下午有事，不想来了。这点儿作业批完算了。

葛老师走过来，小声地：哎，怎么不去当模特了？

安杰：没意思，不想当了。

葛老师笑了：不是没意思，是你叫风言风语吓住了吧？

安杰看了她一眼，不说话，算是默认。

葛老师：你来岛上也不是一天两天了，岛上是些什么人，你还不知道？

安杰：你不知道，说得太难听了，气死我了！

葛老师：我怎么不知道？我又不是没听说！说得越邪乎，越不是真的！越没人相信！

安杰：都像你这么想，那就好了！可惜呀！我还是回避一点儿的好，免得到时候让我们家那口子误会。

葛老师：那夏老师那边怎么办？你那幅站在讲台上的人物画，刚画了一半，还能让人家半途而废？

外边有人敲门，两人回头一看，都笑了。

葛老师：你看，人家都追到办公室来了。（大声地）请进！

夏老师进来了：你俩还没下班？

葛老师笑了：我俩下班了，你不白跑了？

夏老师也笑了：就是！我净说废话！安老师，下午行不行？

安杰：哎呀，下午恐怕不行，我家里有点儿事。

夏老师：噢，那算了，那我就出去写生了。

安杰舒了口气：那对不起了。

夏老师：您说到哪去了，我走了，不打扰了。

夏老师走了，葛老师目送他到好远。

安杰敲了敲红笔：看什么看！人家有老婆！

葛老师：有老婆就不能看哪！

安杰：瞎看什么！看了也是白看！

葛老师：是呀，我看了也是白看！人家根本就没把我放在眼里！进来眼就盯在你身上！

安杰：你胡说什么呀！

葛老师：这怎么是胡说呢？就是这么回事！我看这个夏老师挺喜欢你的，看你的眼神都不一样！

安杰：哎呀，越说越不像话了！让别人听见，不一定再出什么闲话呢！

葛老师：还能再出什么闲话？还有比脱光了更严重的闲话吗？别说你没脱光，就是脱光了，那也是为了艺术！为艺术献身不丢人！

安杰：你快住嘴吧！你在这儿站着说话不腰痛！你怎么不去为艺术献身呢？

葛老师：人家看不上我！如果看上我，我就为艺术献身！

安杰：看把你能的！哎，下午到我家去喝咖啡吧？

葛老师：你家又有咖啡了？

安杰：我那口子上次去军区开会，在友谊宾馆看见有卖咖啡的，高兴得不得了！到处找人换了点儿外汇，给我买回了一小包。

葛老师：安老师，不是你要请我喝咖啡，我就恭维你。你真是太有福气了！在家里丈夫对你这么好，在外边又有人这么喜欢你，你这是哪辈子修来的福哇！

安杰笑了：去你的！再胡说就不请你喝咖啡了！

29　白天　路上

葛老师在路上碰到背着画夹去山上写生的夏老师。

葛老师：这么巧，在这儿碰上了。

夏老师：是挺巧的。您这是要上哪儿去？

葛老师：我要到安老师家去。

夏老师：是吗？她家在这附近吗？

葛老师：看，就在那儿！全岛最好的房子！

夏老师：那是一定的，她爱人是司令嘛！

葛老师：你也到她家看看吧？她家收拾得可好了！又干净又雅致！

夏老师：那是一定的，安老师是个很有格调的人。

葛老师：那就到她家看看吧！都走到这儿了！

夏老师：我去不太方便吧？

葛老师：没事！她爱人出差了，不在家。

夏老师：那我去参观参观？

葛老师笑了：欢迎参观！

30　白天　安杰家院子里

安杰出来开大门，看见门外的夏老师，愣住了。

葛老师：不认识了吗？用不用我来介绍？

安杰勉强笑了：开什么玩笑！快请进吧！

夏老师进了院子赞不绝口：真是个春意盎然的院子啊！你看这些花！再看这些菜！

葛老师：怎么样，我说的没错吧？

夏老师一个劲儿点头：是的，是的，一点儿没错！

夏老师背了架照相机，从肩上取下来，征求安杰的意见：安老师，可以拍照吗？

安杰笑了：可以！您请便！

安杰进屋了，葛老师跟了进去。

葛老师：把他带来，你没意见吧？

安杰：当然有意见了！你还嫌闲话不够吗？

葛老师：我在你家门口碰上的，人家提出要来看看，我能不答应吗？再说了，外边一个人没有，没人看见！

安杰：有人看见就晚了！你真能给我找麻烦！

葛老师嬉皮笑脸：既来之，则安之！你就好好接待人家一次。怎么说人家也是画家，还给你画了那么多画！

安杰：还给我惹了那么多闲话！

葛老师：咱们身正不怕影子斜！你快给我们泡咖啡吧！没准儿他看到我们在这里喝咖啡，会大吃一惊呢！

安杰：瞧把你兴奋的！你是不是看上人家了？

葛老师：有点儿！我真的有点儿喜欢他！

安杰：行行，你快去陪着他吧！把人家带来，又把人家一个人冷落在那儿！

葛老师：哎，我出去陪他，你快点儿啊！

31 白天 安杰家客厅里

夏老师看到咖啡，果然大吃一惊：天哪！这是咖啡呀！

安杰和葛老师互相看了一眼，都笑了，笑得都有点儿得意。

安杰越发地彬彬有礼了：夏老师，您请！

夏老师在咖啡面前变得更绅士了，微笑着：那我就不客气了？

三个人端起各自的咖啡，非常文明、非常矜持地抿了一小口。

夏老师小心翼翼地放下咖啡杯，都有点儿陶醉了：太好了！太好了！终于又闻到这个味了！太香了！太好闻了！真是太好了！

葛老师咯咯地笑了起来。

夏老师：你笑什么？是在笑话我吗？

葛老师摇了摇头，赶紧端起杯子，又抿了一口。

夏老师又喝了一小口，又小心地放好杯子。

夏老师：你们经常喝吗？

没等安杰回答，葛老师就抢先答了：对，我们经常喝！

安杰瞥了她一眼，没法说话了。

夏老师：那你们太幸福了！我在省城都很难得喝上，你们在这偏远的海岛上，却能经常喝！看来这里真是个世外桃源啊！

葛老师看了安杰一眼，眼里全是笑。

门外汽车响，安杰有些紧张。她频频向外张望，终于看见院门开了，江德福回来了。

葛老师站了起来：哎呀，怎么办？

安杰强作镇定：什么怎么办？

葛老师对夏老师说：坏了，江司令回来了！

葛老师的情绪影响了夏老师，夏老师也不安起来：安老师，对不起。

安杰装听不懂：什么对不起？你说什么呀！你们坐，我去去就来。

安杰出去了。

夏老师问葛老师：江司令很厉害吗？

葛老师点了点头：挺厉害的，反正我挺怕他的！

夏老师更不安了。

32 白天 安杰家外屋

安杰站在门口，等着江德福。

江德福很满意安杰的出门恭候，不计前嫌地微笑起来。

安杰：回来了？不是说两三天吗？

江德福：首长接到通知，要到北京开会，所以提前回去了。

安杰：噢。

江德福：你噢什么？不欢迎我回来吗？

安杰：这是你的家，还用我欢迎吗？

江德福：你要欢迎最好，不欢迎我也没办法！嗯？这是什么味？

安杰：你说呢？你闻不出来？

江德福笑了：咖啡，好哇，我不在家，你心情这么好，一个人喝起咖啡来了！用不用我陪你喝呀？

安杰：谢谢，不用，已经有人在陪我喝了！

江德福：谁在陪你喝？

安杰：你猜。

江德福：这还用猜吗？肯定是那个葛老师。在这个岛上，只有你俩，能狼狈为奸地喝咖啡。

安杰：还有一个人。

江德福：谁呀？

安杰：夏老师。

江德福：哪个夏老师？

安杰：那个画家。

江德福不说话了，望了安杰一阵儿，一个人进卧室了。

安杰站在那儿，又急又气。

33　白天　安杰家客厅

葛老师和夏老师坐立不安。

葛老师：咱俩走吧？

夏老师：不打招呼，不合适吧？

葛老师：哎呀！安老师怎么不回来了？

34　白天　安杰卧室

安杰跟进了卧室，气冲冲地：来客人了，你也不说到客厅打个招呼！这算怎么回事？让人家客人怎么想？

江德福：他愿怎么想怎么想！

安杰：你怎么能这么对待客人！

江德福：他是什么客人？是谁的客人？

安杰：他是我的客人！

江德福：是你请他来的吗？

安杰：不是！他是路过，碰到葛老师，葛老师把他带来的。

江德福：噢，闹了半天是个不速之客！那我就更没必要见了。

安杰急得直跺脚：你怎么这样呀！这样让我多没面子！

江德福：安杰，我已经够给你面子了！你不要得寸进尺！

安杰愣了：你什么意思？

江德福：我的意思很明白，这种不速之客你赶紧让他走！还有，那咖啡是我买来给你喝的，不是什么混账王八蛋都可以喝的！

安杰气得要命，又不好跟他发作，更不好跟他大吵大闹，只好咬着牙说：好哇，江德福，你等着！

安杰往外走，江德福冲着她后背表态：好！我等着！我等着你！

第二十七集

1 白天 安杰家客厅

安杰进来了,脸上挂着挤出来的笑容:哎呀,真对不起。我爱人好像晕船了,晕得挺厉害的,回屋躺下了。他说……他说……抱歉。

夏老师马上说:不必抱歉,该抱歉的是我,冒昧地来打扰了你们。那……那我走了。谢谢你的咖啡,还有……还有这么漂亮的院子和这么温馨的家。

夏老师起身要走,葛老师也马上跟着站起来。

葛老师:我也走了,我陪夏老师一起走。

安杰:那……那就不送了。

夏老师:不必客气,请留步。

葛老师连客气话也顾不上说了,带头出了家门,狼狈逃窜。

2 白天 安杰家院子里

安杰站在院子里,泪如雨下。

3　傍晚　安杰家卧室

江德福睡了一觉，坐起来。他似乎想起了什么，赶紧起来，出去了。

4　傍晚　安杰家外屋

江德福先探头看了看厨房，冷锅冷灶地没有一点儿热乎气；他又推开江卫民的房间，空无一人；他又推开江亚菲的房间，江亚菲在睡觉。

江德福走到院子里，到处看。

大门开了，江亚宁抱着丁小样回来了：爸爸，你怎么回来了？

江德福：这是我的家，我不能回来吗？

江亚宁：哟，你跟谁生气了？谁惹你了？

江德福：你妈呢？

江亚宁：是我妈惹你了吗？

江德福：我问你妈呢？！

江亚宁：不知道，没看见！我一直在我姑姑家。姑姑在家包包子，她让我回来告诉你们，晚上别做饭了，都上她家吃包子去。

江德福露出了笑容，伸手去抱丁小样：小样，来，舅舅抱抱！

江亚宁撇嘴：爸爸，你可真馋，一听有包子吃了，就又不生气了！

江德福：你也学会撇嘴了！跟你妈没学什么好！

江亚宁：爸爸你小心点儿，小心我告我妈！

江德福：你告你姥姥我也不怕！是不是呀，丁小样？小样，你长得这么难看，是不是像你爹呀？

江亚宁：哼！我告诉她爸！告诉我姑父！

江德福：你一天到晚除了会告状，还会干什么？去！找找你妈去！

5 傍晚 房顶上

安杰坐在房顶上，望着眼前的一切，似乎气消了。

6 傍晚 老丁家

江德福和老丁在喝酒，江德华端上一盘炸花生米和咸鸭蛋。

江德福：娘的！自从德华嫁给了你，我想改善改善伙食，还要跑到你们家来！

老丁笑了：你别得了便宜卖乖了！自从你妹妹到了我这儿，你们全家，一个星期起码有三天，跑到我这儿蹭吃蹭喝，把我家吃的，粮食都不够了！

江德华又端了盘菜上来，听见这话不干了：你可真没良心！我哥家的东西，有一半都跑到咱家了！你还说这话！

老丁：去去！一边待着去！老爷们儿说话，老娘儿们插什么嘴！哪儿学来的毛病？

江德华笑着进厨房了。

江德福：好哇老丁！你就这么对待我妹妹？也太不客气了！

老丁笑了：自己的老婆，客气啥！再说了，这不是有外人吗？我得打肿脸充胖子呀！

江德福：我看你不像装的！而是平时就这个样儿！

老丁：伙计，这点你就别替你妹妹担心了，德华在你们家，一点儿文化没学着，她嫂子那套鬼把戏倒学得不少！经常跟我斗智斗勇的，有时我还真斗不过她呢！

江德华又跑过来：哎呀，你老婆到底上哪儿去了？怎么也不回来吃饭？是不是又跑去让人家画她去了？

江德福摇头。

江德华：你咋知道她没去呢？

江德福：她不敢去了！起码今天她不敢再去了！

江德华：你怎么着她了？

江德福：我教训了她一顿，把她吓得够呛！

江德华分明不信，撇了撇嘴。

江德福：你撇什么嘴？

老丁：看见了吧？这是你老婆的经典表情，被她学来了！你还站这儿干吗？去吧，我们有事再叫你！

江德华听话地走了。

老丁：怎么，开战了？

江德福：开战了！好像打得有点儿过火了，把敌人打跑了。

老丁：不就一顿饭没回来吃吗？你要沉得住气，准备打一场持久战！

江德福：持久战？那要持久到什么时候？

老丁：你看你这个同志，你八年抗战都打过来了，一年半载你就打不了了？

江德福：去你娘的！你他娘的唯恐天下不乱！

老丁：古人说得好，天下大乱，方能天下大治！现在这个机会，是你老兄最好的机会！

江德福：什么机会？

老丁：抢班夺权的机会啊！组织一个家庭，实际上就是组织了一场战争。两支军队往一个房子里一驻扎，两军实际上就耗上了！总有一支实力强点儿的，抢上家里的制高点，架上了机关枪，睁一只眼、闭一只眼地瞄准了你！你呢？在别人的控制下，就不能轻举妄动了！

只能老老实实，不能乱说乱动！一不老实，一有点儿风吹草动，人家在上边就会给你来上他一梭子，让你非死即伤！你受得了哇？

江德福：听你这么一说，我就是那缩在山脚下等着挨打的那一方了？

老丁：那你说呢？你在你家里的具体位置你自己不知道哇？还用我说吗？

江德福：去你的！你是只知其一，不知其二！只看到表面现象，没有看到实际情况！

老丁：那你说，你们家的实际情况是什么样呢？

江德福：我们家的实际情况是这样的，我是有绝对领导权的！我是平常不发威，一发威就吓得她们够呛！这不，先吓跑了一个吗？

老丁：人家是吓跑的还是离家出走的，现在还说不准呢！万一人家是离家出走的呢？

江德福：我谅她也没这个胆儿！

老丁：那万一呢？

江德福：要是万一，她就别再回来了！

老丁：这谁信呢？出不了十二点，就要像上次卫国失踪那次，你就要派部队，打着手电，漫山遍野地找人了！

江亚宁跑了进来。

江亚宁：姑姑，还有包子吗？我妈饿了！

江德华从厨房出来：你妈上哪儿了？

江亚宁：我妈哪儿也没去，一直在房顶上待着呢！

江德华：现在她知道饿了！她自己怎么不来呢？

江亚宁：她才不来呢！她在家里自己泡桃酥吃呢！

江德华：是吗？那快点儿！快点儿给她拿回去！我留在锅里，还热着呢!

姑侄俩进了厨房。

老丁有点儿扫兴:我还以为会离家出走呢!闹了半天,这么快就饿了!

江德福笑了:我的老婆我了解,坏脾气是有一些的,坏毛病却没有!

老丁:那你为什么跟人家闹别扭呢?

江德福:不是你让我敲打敲打她的吗?

老丁:管用吗?

江德福:那谁知道!不过,话又说回来,哪有敲打一次两次就管用的呢?

老丁:你这是治标不治本!让我说呀,你要双管齐下,事情既然是由那流氓画家引起的,你就不能只敲打安老师,不管那惹是生非的画家!

江德福:怎么管人家?你凭什么管人家?

老丁:管的理由多了,就看你管不管!他上岛上来画画,经过谁批准了?县文化馆有资格批准吗?再说了,他每天背着个画夹和照相机到处乱转,经常跑进我们的军事禁区。以前看在他给安老师画像的分儿上,没去管他!现在想管他了,还不好管吗?

江德福,只吃菜,只喝酒,就是不说话了。

老丁:来来来,别只一个人喝闷酒,我陪你一起喝!

江德福举起了酒杯:哎,你刚才说那个画家是流氓画家,你什么意思?

老丁:岛上那么多人他不画,男女老少他都看不上,唯独看上你老婆,专找漂亮的、有姿色的女人画,你说他是个好东西吗?

江德福一口将酒喝下：嗯，不是个好东西，把他给我赶走！

7　白天　山上

夏老师背着画夹和照相机在山上转悠，几个军人围了上来。

军人甲：站住！干什么的？

夏老师有点儿慌：我……我是美术工作者，我来写生的。

军人甲：写生？你还写熟呢！这是军事重地，你不知道闲人免进吗？

夏老师：同志，解放军同志，我不知道这是军事禁区，真的不知道。

军人甲：你光这样说没有用！走吧！跟我们走一趟！

8　白天　校园内

学生在做广播体操，安杰站在后边跟着一起做。葛老师从校外回来，站在门口向安杰招手。

安杰走了过去。葛老师跟她说了些悄悄话，安杰一脸吃惊。

9　白天　学校办公室

安杰在打电话：我问你，是你让人干的吧？

江德福不耐烦的声音：我让人干什么了？

安杰：把夏老师给抓起来了！

江德福的声音：把他抓起来了？谁抓的？我怎么不知道？

安杰气得胸口起伏着，说不出话来。

江德福的声音：哎，哎，你怎么不说话了？

安杰：说你个鬼！

安杰重重地放了电话，望着外边做广播体操的学生，看见了江亚菲、江亚宁和江卫民。江亚菲奇怪地望着她,江卫民冲她笑笑,江亚宁对她做了个怪脸。

10　白天　安杰家

一家人在吃饭,有说有笑,唯独安杰噘着一张脸。

江亚菲:妈,你怎么了?

安杰:我怎么了?

江亚菲:你不高兴?

安杰:我有什么可高兴的?

江亚菲:做操的时候,你在给谁打电话?

安杰:……

江德福:给我打电话。

江亚菲:给你打电话干吗?

江德福:这也要向你汇报吗?

江亚菲:这是我妈说话的口气,你也学会了!

江德福:我替你妈说话,当然要用你妈的口气了。

安杰看了他一眼,他冲安杰一笑,安杰气得一点儿脾气也没有了。

11　白天　安杰家外屋

江德福在刮胡子,他从镜子上望着路过的安杰:哎,我帮你打听了一下,没人抓你那个画家。

安杰在他身后,从镜中望着他。

江德福:只是问了问他情况,没收了他的胶卷和一些画。

安杰:你们凭什么没收人家的东西?

江德福:那上边拍了我们的炮阵地,画了我们的哨位,你说该不该没收?

安杰不吭声了。

江德福：你是个内行，对画家比较了解。我想请教一下，这个画家画这些干什么？为什么对这些军事设施感兴趣？他会不会是别有用心呢？

安杰还是不吭声。

江德福：对了，他的胶卷里还有你好几张照片！当模特，不但要让人家画，还要让人家照吗？

安杰气得扭头就走。

江德福笑了。

12　白天　警卫连连部

地上摆了三张油画，桌子上摊了一堆素描。江德福和老丁在聚精会神地看油画。

老丁：哎，你怎么不说话了？

江德福看了他一眼。

老丁：发表点儿意见嘛！

江德福点头：嗯，不错，确实不错。

老丁：只是不错吗？

江德福：说他不错就不错了！还想怎么样？

老丁：你这不是实事求是。

江德福：那你说呢？你认为呢？

老丁：我认为是相当的不错！非常不错！

江德福笑了：你这简直就是废话！

老丁：你看，这人物画得多传神。

江德福更笑了：你他妈的说安老师就行了，还什么人物！

老丁：哎，这你就不懂了！这画上既是安老师，又不是安老师了，它已经超过了安老师，成了一件艺术品了！

江德福：什么既是又不是的！你说说看，这不是安杰又是谁！

老丁：不错，模样儿是你老婆，但灵魂不是。

江德福：你越说越来劲了，它还有灵魂了，它不是画，它还是个人了！

老丁：在某种意义上说，它的确不单单是个人物肖像，而的确是个有灵魂的人了，你看……

江德福一摆手：行啦行啦，你别白话了，我也不看了，哪儿来的给人家送哪儿去吧！

老丁：这都没收了，还送什么送！

江德福：你凭什么给人家没收？

老丁：凭他私闯军事重地！

江德福：这不是军事重地，把这还给人家！他画的军事重地呢？

军务参谋指着桌上：都在这里。

江德福看桌子上的照片和素描，当看到安杰的照片时，皱起了眉头。

江德福：这个没收！这个也没收！还有这个！

老丁阴阳怪气：这又不是军事设施！

江德福：这是我老婆！算我的设施！

大家都笑了，军务参谋将素描推过去：首长，还有这些。

江德福：这是什么？

老丁没好气：这是素描！

江德福看了他一眼：态度好一点儿。

老丁：哼！

江德福一张一张地看素描：这张没收！这张也没收！凡是跟我们沾边的，通通没收！

一张安杰的素描，引起了江德福的注意，他久久地端详着，爱不释手。

老丁也不得不点头：嗯，这张画得好！

江德福：关键是，是，是……

老丁：是传神！

江德福：对！就是传神！真是太传神了！

江德福凑到老丁耳边，小声跟他嘀咕：关键是它让我想起了我第一次见她的样子。

老丁：那就留下吧？

江德福：当然要留下了！没收！这张没收！

13　白天　警卫连门口

江德福等一行人出了警卫连。

江德福：哎，我说，咱们是不是应该请请人家，给人家压压惊呀？

老丁：那就请请呗，一来压惊，二来送行。

江德福：怎么，他要走？

老丁：是啊，要走，怎么解释都要走。哎，你的目的达到了，你应该高兴呀？

江德福：这哪是我的目的，都是你挑拨的！解铃还得系铃人！这顿饭你请，在你家请，我给你做后勤保障！

老丁：行！咱俩好好陪他喝一顿，还怕喝不趴下他！

江德福：我不参加！你自己陪他喝就行了！

老丁：你为什么不参加？

江德福：我参加规格也太高了吧？一个臭老九，用得着吗？

老丁不高兴了：什么臭老九？你说话客气点儿！

江德福笑了：对对对，我忘了，你也是臭老九！

老丁：你老婆也是！

江德福一摆手：她不算！她一个小学老师，哪有这个资格！

老丁：那让她参加吧？

江德福一摆手：她更不能参加了！

14　晚上　老丁家

老丁在家请画家吃饭，俩人推杯换盏，非常投机。

老丁：想不到你还挺能喝！我都有感觉了，你一点儿事都没有！我可陪不了你！

夏老师：我对酒精不过敏，别说你一个人了，再来一个也不在话下！

老丁嘀咕：亏了他没来！

夏老师：你说什么？

老丁：我说亏了没叫他！

夏老师：谁呀？

老丁：我们司令！安老师的爱人！

夏老师有些不自然：他呀？我见过，好像挺严厉的。

老丁笑了：是挺严厉的，你那么画人家老婆，换谁谁不严厉呀？

夏老师：他是不是，有点儿……有点儿……

老丁：有点儿什么？

夏老师：有点儿吃我的醋了？

老丁一笑，心里想：果真是臭老九，给点儿好脸，就不知自己是老几了！

夏老师：你笑什么？

老丁：我笑你说他吃醋。

夏老师：难道他没吃醋？

老丁：你怎么觉得他吃醋了呢？

夏老师：那天我在他们家喝咖啡，正赶上他回来了，他连个面都不照，你说有这样的吗？

老丁：是他请你去喝咖啡的吗？

夏老师摇头：不是。

老丁：那是安老师喽？

夏老师摇头：也不是。

老丁：那是谁呢？难道是你自己闯去的？

夏老师：是葛老师，是葛老师硬拉我去的！

江德华端菜出来，恰好听见了"葛老师"这三个字。江德华将盘子重重地放到桌子上，脸阴着：葛老师又怎么了？

夏老师莫名其妙，老丁非常尴尬。

15　晚上　安杰卧室

那张素描被摆在桌子上，两口子站在那里，评头论足。

安杰：你看，我的眼神。

江德福看了看画像，又扭头去看安杰。

江德福：你的眼神怎么啦？跟你真人没啥两样啊！

安杰：那当然了！眼睛是心灵的窗户，哪能一扇窗户，两种眼神呢？

江德福点着画像：你这是什么眼神呢？

安杰：平静的、安详的、满足的、恬美的，然而又是纯洁的，干净的。

江德福赶紧又扭着脑袋去看安杰的眼睛。

安杰笑了：你不用看本人的，你看这里的就行了！

江德福：说实话，我没看出这了那了的，但我很喜欢这张画。你猜，我看见这张画，想起什么了？

安杰：想起什么了？

江德福：想起第一次见你的样子，我心还怦怦跳了两下呢！

安杰：得了吧！不跳你还不死了！

江德福拉起安杰的手：真的，不信你摸摸！现在还怦怦直跳呢！

安杰抽回了手，端详着画里的自己，有些陶醉：你看，过了这么多年了，我也这么大年纪了，眼神还是这么干净，你说这是为什么？

江德福：我不知道！眼神的事我哪知道哇！

安杰娇嗔地剜了他一眼：讨厌！这说明我生活得幸福安逸！对自己的人生感到满意！

江德福：这是谁说的？谁告诉你的？

安杰：这是我说的！我自己看出来的！

江德福：不对，这些不是你说的，平时你不这么说话！

安杰没好气地：我平时怎么说话？

江德福笑了：对嘛！这才是你嘛！

江德福搂住安杰，要去吻她，江亚菲推门进来。

江亚菲大叫：哎呀，你俩在干吗？真不要脸！

16　早晨　老丁家卧室

老丁醒了,看见了对面墙上挂着的油画,吓了一跳。

老丁大叫:哎!过来!你过来一下!

江德华跑了进来:你酒醒了?还说要把人家喝趴下,人家没趴下,你自己倒趴下了!

老丁:少啰唆!说说这是怎么回事!

江德华睁大了眼睛:难道你不知道?你都不记得了?

老丁:我不记得什么了?

江德华:是你跟人家要的这张画!人家那个画家跑回去,抱着这张画来,是你指挥人家挂这儿的!你还说睁眼闭眼都能看见!你说,你咋这么不要脸呢?

老丁:我怎么不要脸了?

江德华:你在自己睡觉的屋子,挂人家老婆的像,你说你要脸吗?

老丁:这哪是人家的老婆?这分明是一幅油画,是艺术品!

江德华:啥艺术品哪?明明是我嫂子嘛!这连傻子都能看出来,你骗谁呀!

老丁:我骗谁了?

江德华:你骗俺了!你说这是艺术,不是俺嫂子!

老丁叹了口气:唉!跟你说话真困难哪!这么跟你说吧,这虽然是比着你嫂子画的,但这又的确不是你嫂子……

江德华抢话:不是俺嫂子又是谁?

老丁:是艺术!艺术!

江德华:艺术是谁呀?她是谁家的人哪?

老丁生气了,掀开被子起身,没好气:她是你家的人!

江德华：还是呀！还是俺嫂子呀！

老丁：去去去！老子跟你说不清！

江德华：啥说不清呀？你是没啥说了！怪不得……

老丁：怪不得什么？

江德华：怪不得俺秀娥嫂子说……

老丁：她说什么？

江德华不说了。

老丁非问：她说什么了？

江德华：她说你吃着碗里的，看着锅里的！她还说，还说你对俺嫂子就没安好心！

老丁弯腰找地上的鞋，抓起鞋来，头又晕了：哎哟哎哟！

江德华：咋啦咋啦？

老丁：滚一边去！用你管了！

江德华笑了：是你不要脸，你还有理了！

老丁手里的鞋派上用场了。

17　晚上　老丁家卧室

老丁在床上，江德华抹着脸回来了。老丁掀开被子，嬉皮笑脸：快上来！

江德华：干啥？

老丁：你说干啥？

江德华看了油画一眼：有俺嫂子在，你好意思？

老丁：那不是你嫂子！不是！

江德华：俺就看着是，俺浑身不自在！俺连上床都不自在，更别说干那事了！

老丁气得起身,将油画翻了过来:这行了吧?

江德华笑了:这也不行,俺还是不自在!

老丁:行了!别毛病了!先凑合着,明天挂四样屋里去!

18　白天　马路上

江德福下班路上,碰上了安杰。

江德福:安老师,下班了?

安杰:江司令,你也下班了?

江德福:咱是一路的吗?

安杰抿着嘴:你说呢?

江德福:我说就一路走呗!

江亚宁追了上来:妈妈妈妈妈妈!告诉你个不好的消息!

安杰紧张地望着她。

江亚宁:你的画像挂到四样屋里了!姑姑说,那要是真人,早就被四样的臭脚丫子熏跑了!

安杰去看江德福,江德福一摆头:走!看看去!

19　白天　四样房间

江德福一行人进了丁家,直奔四样的屋子。

江德华:俺娘啊!这是干啥呀?

江亚宁:干啥?看我妈被熏跑了没!

江德福皱着眉头,安杰干脆就捏住了鼻子,江亚宁也跟着捏上了。

江德华笑了:有这么臭吗?看你们毛病的!

江德福盯着墙上的油画:好哇!私藏战利品!什么性质的问题!

安杰目瞪口呆：天哪！这是我吗？

江亚宁：妈！这不是你又是谁！

江德华：就是！你眼还没花吧？

安杰不说话了，直勾勾地看着油画。

江德福不相信地：你没见过？

安杰摇头。

江德福：第一次见到？

安杰点头。

江德福：他不是照着你画的吗？你不是他的模特吗？

安杰清醒过来：我见的是半成品，还没画完！

江德福：这画完的怎么样？

安杰认真地：你说呢？

江德福也认真地：不错！相当的不错！

安杰笑了：怎么不错呢？

江德福：传神！相当的传神！

安杰上下打量着他，更笑了。

江德福：别这么看我！这是老丁说的，我给你传达！

江德华：这还是老丁要的呢！为了要这幅画，他差点儿喝死呢！

江德福点头：嗯，值得嘉奖！亚宁！上去！把画摘下来！

江德华假装不干：干吗？大白天抢啊？

江德福：你说干吗？你们把你嫂子放到这里闻臭味，我们没说你，你该感谢我们才是！

安杰和江亚宁异口同声：就是！

江德华笑了：娘啊！俺可说不过你们！

20　白天　老丁家门口

老丁回来了，正碰上出门的江德福一家人。

老丁叫了起来：干什么？干什么？光天化日之下，你们干什么？

江亚宁：姑父，我们干革命！

老丁：你们偷东西还有理呀？

江德福：怎么能是偷东西呢？你看看上边画的是谁？

江亚宁：是我妈！

江德华：不是！是艺，艺什么！

安杰：艺什么？

江德华问老丁：艺什么？

老丁没好气：艺你娘个头！

江德福不干了：艺你娘个头！

众人大笑。

21　白天　安杰卧室

油画被挂在卧室里，江亚菲看得目瞪口呆，得意地：像吧？像咱妈吧？

江卫民：像，像照相馆照的一个样儿！

江亚宁：姐，你怎么不说话？

江亚菲叹了口气：娘吔！俺都不知说什么好了！

江亚宁笑了：姑父说，这不是咱妈，这是艺术！

江卫民：他放屁！

姐妹俩异口同声：你才放屁呢！

江亚菲：怎么这么没大没小！

江亚宁：就是！

江卫民赔着笑：我不是故意的，对不起。

江亚宁：你别跟我们说对不起，你要跟姑父说！

江卫民：他又没听见。

江亚宁：我们不会跟他说呀？

江卫民：求求你千万别跟姑父说。

江亚菲：你们别吵了！听我说！

江亚宁和江卫民望着她，等着听她说。等了半天，她也不开口。

江亚宁：你要说什么？怎么又不说了？

江亚菲摇头：我又不知道说什么好了！哎呀，这就是艺术吧？是艺术的魅力吧？

江卫民和江亚宁对视着，不知说什么好。

江亚菲无限地感慨：妈妈这一辈子，真是太值了！我长大了，有妈妈这个福气就好了！

江卫民：不就是一幅画吗？至于吗？

江亚菲对着江亚宁摇头：真是对牛弹琴哪！

江亚宁：姐姐，我也觉得至于吗？

江亚菲没好气了：这说明你也是头牛！

22　白天　路上

江德福吹着口哨在前边走，老丁追了上去：心情不错呀？

江德福：当然不错了！每天看着老婆的画像，你说心情能差吗？

老丁：那你应该请我喝酒，那画是我要来的。

江德福：你私藏战利品，没处分你算好了，还敢要酒喝！

老丁摇头：你这个人哪，简直就是卸磨杀驴呀！

江德福笑了：你是驴吗？

老丁：我是恶人！恶人我来当，你吃现成的！

江德福：你当什么恶人了？

老丁：要不是我出的主意，那个画家能走吗？

江德福：你别忘了，你还出别的馊主意了。

老丁：我还出什么主意了？

江德福：你让我坚持持久战，你忘了？

老丁笑了：你听了吗？

江德福：亏了没听你的馊主意！我要是听了你的，八年也打不下来呀！

老丁：真没良心哪！以后你别上我家吃饭了！

江德福笑了：饭还是要吃的！不吃你老婆会有想法的！以为我们对她有什么意见了！其实我们对她有什么意见呢？我们主要是对你有意见！

老丁：对我有什么意见？

江德福：你的作战计划是不成熟的，是有纰漏的！造成了不必要的后遗症！

老丁：什么后遗症！

江德福：我现在倒成了小肚鸡肠的男人了！成了山西的男人了！

老丁：怎么成了山西男人了？

江德福：爱吃醋嘛！

老丁哈哈大笑：你不说吃醋我还忘了呢，不但你老婆说你吃醋，连那个画家也说你吃醋呢！

江德福皱眉头：他说我什么？

老丁：说你吃醋！

江德福：我吃谁的醋？

老丁：当然是吃他的醋了！

江德福：我吃他的醋？你说我会吃一个臭老九的醋吗？真是不知天高地厚！不知自己几斤几两啊！

老丁：不管怎么说，你这醋罐子的名声是出来了，再说什么也没用了！

江德福：他说我是我就是呀？他是谁呀？

老丁：他是臭老九呗！

江德福：那就更不算数了！

老丁叹了口气：你一个男人家，没让老婆吃你的醋，倒让老婆说你吃醋，你说这叫什么事呀！

江德福站住了脚：我一个堂堂的共产党员，顶天立地的男子汉，行得正，坐得直，从没有那些乌七八糟的东西，怎么可能让老婆吃醋呢？

老丁：没有条件，创造条件让她吃也行啊！

两人并肩走着，老丁对江德福窃窃私语，江德福站住了。

江德福：你这个主意更馊！

老丁：馊不馊，吃吃看呗！

江德福：别再有什么后遗症。

老丁：还能有什么后遗症？你都从山东跑到山西了，还能跑到哪儿去？

江德福：说得也是！那就试试看？

老丁：当然要试了！李子的滋味，你不尝，哪知道它是甜的还是酸的！

江德福：那万一要是酸的呢？

老丁：要的就是酸的！要不你老婆怎么能倒牙呢？怎么能吃

醋呢？

江德福笑了，点着老丁：想不到你是一肚子的坏水，我真替我家德华担心了！

23　傍晚　安杰家

有人敲大门，安杰开了。门外站了个年轻美丽的女军人。

女军人：请问，司令在家吗？

安杰：你是？

女军人：我来给司令送电报，机要电报。

安杰：噢，他在屋里，你请吧。

女军人婀娜地进来了，安杰情不自禁地有些发呆。

家门开着，女军人站在门口有些犹豫，不知是敲门好，还是喊报告好。恰巧这时，江亚菲出来了。

江亚菲：你找谁？

女军人：请问江司令在吗？

江亚菲上下打量着她：你找他干吗？

女军人显示了一下手里的文件夹：我来送机要电报。

江亚菲：怎么是你来送电报？不是机要室的人送吗？

女军人微微皱了一下眉头：我暂时借调机要室帮助工作。

江德福走出来：有电报吗？进来吧。

女军人被江德福带进了客厅，江亚菲望着她的后背，目光里有些疑惑。

江亚菲出来了，问正在收衣服的母亲：妈，你知道那人是谁吗？

安杰：不知道。你知道？

江亚菲：她不就是宣传队报幕那个女的吗？刚开始报幕的时候特傻，头一摆一摆的。下个节目，数来宝！

安杰恍然大悟：噢，怪不得这么眼熟呢！

江亚菲：她怎么到机要室送电报了？

安杰：工作需要呗！

江亚菲：那她不报幕了？

安杰：那谁知道？你操这么多心干吗？

江亚菲：我就是奇怪！

安杰：你奇怪什么？

江亚菲：我奇怪她怎么不报幕，又改送电报了！

江亚菲跑到客厅的窗子前，偷偷往里看。

24　傍晚　安杰家客厅里

江德福坐在藤椅上看电报，女军人站在他面前。

江德福抬头看了她一眼：你坐。

女军人：不用了，我站着就行。

江德福又看了她一眼，不再管她，埋头看起了电报。

25　傍晚　安杰家院子里

江德福送女军人出来，女军人冲院子里的母女俩微微一笑，婀娜地走了。

母女俩目送着女军人出了院门，不由自主地对视了一下，又不约而同地回过头来看江德福。

江德福：你们这么看我干吗？

江亚菲：爸，她怎么调到机要室了？

江德福：我哪知道她怎么调到机要室了！

江亚菲：这么大的事，你会不知道？

江德福：一个连职干部调动，还用我批准？

安杰：你跟她熟吗？

江德福：我怎么会跟她熟？

安杰：你跟她不熟，怎么会知道她是个连职干部？

江德福：看年龄嘛！像她那么大年龄的，顶多是个连职干部！

安杰：她多大年龄？

江德福：我怎么知道她多大年龄？

安杰：你不是能看出来吗？

江德福：我是大约莫猜的！

安杰：那你猜她有多大？

江德福没好气地：我猜她有多大干什么？无聊！

江德福转身进屋了，进了屋就偷偷地乐。

江亚菲同情地望着母亲。

安杰没好气地：你这么看我干吗？

江亚菲：可怜哪！你现在连我爸都说不过了！

26　白天　吉普车上

江德福和老丁坐在车里。

老丁：怎么样？

江德福明知故问：什么怎么样？

老丁：电报送得怎么样？

江德福：还行，不错！

老丁：怎么个不错法？

江德福笑了：有点儿反应了。

老丁：这么快就倒牙了？

江德福：倒牙倒是没有，就是有点儿警觉了。

老丁：嘻！这怎么叫不错呢？这叫不好！很不好！人家牙还没倒呢，就先警觉了，咱们别竹篮打水一场空哇！

江德福：不会！我有数！

27　傍晚　安杰卧室

安杰站在窗前，望着那个送电报的女军人进了家门。

28　傍晚　安杰家客厅

江德福坐着看电报，女军人站在他的对面。江德福看完电报签上名，把文件夹递给了她。

女人军：司令，没什么事我走了。

江德福摆了摆手：没事，走吧。

女军人走了，江德福站起来伸起了懒腰。伸了一半伸不动了，安杰进来了。

安杰：怎么天天有电报？

江德福：哪天天有电报了？

安杰：昨天有！今天有！这不是天天有吗？

江德福：这才两天！哪是天天！

安杰：你是不是盼着天天都有哇？

江德福：这是上边的事，我天天盼着有屁用啊！

安杰：听你的口气，你是希望人家天天来给你送电报吧？

江德福：上边天天有电报，她就要天天来给我送！这难道有什么问题吗？

安杰：当然有了！调这么个年轻漂亮的保密员，天天来给你们送电报送文件，天天在你们眼皮子底下晃，你们是何用心呢？

江德福：干部调动，是组织上的事，跟我们是何用心有什么相干？再说了，难道组织上能害我们吗？同志，你要相信革命相信党！相信组织相信我们！别一天到晚净疑神疑鬼的，这样不好！很不好！

安杰：你们这样好！假借看电报看文件的名义，让这么个年轻漂亮的女人在你们身边来回转！进进出出你们的办公室还不算，还要进进出出你们的家！八小时之内八小时之外，都要看上她几眼！什么东西！

江德福：我们不是东西，是人！是正派的好人！你别用小人之心，度君子之怀！在我们眼里，她就是个普通的保密员，跟男保密员没什么两样！

安杰：那为什么放着好好的男保密员不用了，偏要换成个女保密员呢？而且，而且还非要换成这样一个好看的？

江德福：首长身边的人嘛，长相当然要挑一挑了！那些男保密员，模样儿不是也都很周正吗？哎呀！你怎么也吃开醋了呢？莫不是跟着我嫁到山西了？

安杰：我吃你的醋？德行！别没有数了！你哪点值得让我吃醋呀？

江德福：说得是呀！我哪点值得你吃醋？闹了半天，你是在吃人家小巩的醋！

安杰：小巩？小巩是谁呀？

江德福：就是刚走的保密员嘛！

安杰：她叫巩什么呀？

江德福：好像叫巩小梅吧？

安杰：还好像叫！知道就知道呗！干吗还好像！这简直就是欲盖弥彰！

江德福：欲盖什么彰？

安杰气呼呼地看着他。

江德福笑眯眯地：你给我解释一下呗，我真的不知道！我就知道这肯定不是什么好词！

安杰"哼"了一声，扭头就走。

江德福高兴地笑了。

29　早晨　安杰家院子里

安杰和江德福在拧床单。

江德福：这种活也让我干，你真好意思！

安杰：这种活你也不想干，你真好意思！

江德福笑了，手一松，床单掉到了地上。

江德福：哎哟哎哟，我不是故意的，真不是故意的！

安杰假装生气地望着他。

大门开了，送电报的女保密员又来了。

安杰的假生气变成真生气了，她将手里的床单扔进盆里，水花四溅，溅了江德福一脚。

江德福压着声音：你干什么？

安杰抬着声音：这床单你洗！

安杰抢在他们前边进了家，草珠帘子在她的身后噼啪乱响。

30　早晨　安杰家客厅

江德福坐着看电报,女保密员站在他的对面,目不转睛地望着他。

江德福抬起了头,正好碰上保密员专注的大眼睛。江德福一愣,有些发慌,将文件夹"啪"的一下合上,递给保密员。

女保密员疑惑地:司令,您看完了吗?

江德福:看完了。

女保密员:我怎么看,看您还有几页没看呢?

江德福:噢,后边的我看过了。

女保密员:这不是?

江德福:这不是什么?

女保密员:这不是刚来的电报吗?

江德福:你也是刚来的!要知道哪些话该问!哪些话不该问!不要什么话都说!更不要想说什么就说什么!

女保密员垂下了大眼睛:哎。

女保密员还不走。

江德福:你还有什么事吗?

女保密员:那……那……

江德福:那什么?你要说什么?

女保密员:您……您好像还没签名。

江德福:噢?是吗?那拿过来吧。

女保密员双手将文件夹递上,江德福大笔一挥,签上了名。

31　早晨　安杰家饭桌上

一家人在吃早饭。

江亚菲:爸,怎么早晨也来送电报了?

江卫民：肯定是加急电报！是不是，爸？

江德福含糊不清地：嗯。

江卫民得意地：我说的没错吧？

江亚菲：什么加急电报非现在送啊？过一会儿不就上班了吗？

江卫民：你懂个屁呀！你知道什么是加急电报吗？

安杰的筷子重重地敲在了江卫民头上：就你懂得多！

江卫民大叫：干什么你？我都快让你打傻了！

安杰：你别叫唤！我还没找你算账呢！

江卫民：找我算什么账？

安杰：先吃饭，吃完饭再说！

江亚宁：我知道！你期末考试又有两门不及格！

江卫民低下脑袋不叫唤了。

江德福望着他：怎么又考不及格了？

江德福又去看安杰。

安杰：你看我干什么？是我叫他考不及格的吗？

江德福：你是老师，又是妈！我不看你看谁！

安杰没好气：我也是她俩的老师，也是她俩的妈！人家怎么就能考班上第一第二的呢？

江亚菲叹了口气：他的智力好像有问题。这次考的作文题是《黄昏》，他上来就写"天边露出了鱼肚白"！

江德福：什么"鱼肚白"？

江亚宁："鱼肚白"是形容早晨的，形容天刚蒙蒙亮，天边像鱼肚子那么白！我们班的同学也特别爱写这句话，动不动就"天边露出了鱼肚白"！

江德福望着臊眉耷眼低着脑袋吃饭的江卫民，语重心长：卫民啊！你的精力都用到哪儿去了？你要用到学习上啊！你知道什么是加急电报有什么用啊？

安杰：对！你爸说得对！知不知道加急电报有什么用！更何况那加急电报也不知是真是假！是真加急还是假加急！

孩子们都去看江德福，连正在挨批的江卫民都抬起了脑袋。

江德福：说孩子学习的事，你说这些乱七八糟的事干什么？

安杰望着他：这是乱七八糟的事吗？

江德福张口结舌，不得不"哼"了一声，以示不屑。

32　白天　江德福办公室

江德福给老丁打电话：你这是怎么回事？怎么连早晨也来了？

33　白天　老丁办公室

老丁笑了：这不是加快进程吗？

江德福的声音：加快什么进程！你这叫欲速则不达！算了算了！结束战斗！演习不搞了！

老丁：怎么？露马脚了？

江德福的声音：暂时还没有！但就你这么个加快法，也快了！

老丁：那就不早晨送了，还是晚上吧。

江德福的声音：晚上也别送了！撤出战斗！打扫战场！让那个巩小梅哪儿来的回哪儿吧！

老丁：你以为人家是专门来搞演习的？保密室的小白回家探亲了，让她临时来顶个缺的！哪能说走就走哇？

江德福的声音：走不走是你的事！但你不要再让她去我家了！听见了没有？

老丁：行！听见了！不去就不去，这还不好说！

34　白天　江德福办公室

电话响起，江德福拿起电话。

老丁的声音：哎，光说没用的了，差点儿忘了正事！德华中午擀面条，吃打卤面，让你们全家都去吃！

江德福：那得早点儿吃，我要到码头去接要塞的安副司令！

老丁的声音：你说几点就几点呗！

35　白天　老丁家

江德福和老丁在吃面条，老丁抱着女儿一脸慈父的模样。

江德福：怎么样？还是女儿好吧？

老丁：当然了！女儿是爹妈的小棉袄！对不对呀？丫头？

江德福笑了。

老丁：哎，演习怎么不搞了？

江德福：搞什么搞？搞得乱七八糟的！

老丁：怎么会乱七八糟呢？再说，乱七八糟也好哇！乱了敌人，锻炼了我们！

江德福：去你的吧！哪是乱了敌人！连我自己都快乱了！

老丁来了兴趣：怎么回事？怎么回事？快说说！快说说！

江德福：那丫头，我看电报的时候，她跟个木头桩子似的，就戳在我跟前！戳就戳呗，她那两大眼，还忽闪忽闪地盯着你看！真是要命！我让她看得心烦意乱的！哪还有心思看电报！

老丁哈哈大笑。

36 白天 厨房里

江德华在擀面条,听见笑声,动作慢了下来,注意力集中到外边的谈话上。

江德福的声音:你他娘的还有脸笑!

老丁的声音:你知道你这叫什么吗?

江德福的声音:叫什么?

老丁的声音:叫什么,叫,叫,噢,对了,叫怦然心跳!就是心忽然怦的一下,跳了起来。

江德福的声音:扯什么淡!我哪是跳了一下,我当时跳了好几下,心都乱跳了!跳得我都有点儿慌神!

老丁的笑声。

江德华自言自语:这都说的啥呀?乱七八糟的!

老丁的声音:这说明你看上她了!

江德华手里的擀面杖掉到了地上,她也顾不上捡了,支起耳朵仔细地听。

江德福的声音:那更是扯淡!我看上她什么了?一个黄毛丫头!

老丁的声音:黄毛丫头也是丫头哇!

江德华脸一沉,生气了。

37 白天 老丁家外屋

江德华握着擀面杖出来了,江德福和老丁吓了一跳。

老丁:你要干什么?

江德华:你俩刚才说啥了?

老丁:说啥了?没说啥呀?

江德华:你们以为别人都是聋子?什么黄毛丫头呀?哥,你又看上谁了？看上哪个黄毛丫头了？小心我告我嫂子！

江德福慌了：你可别胡说八道啊！你嫂子心眼小，她真要当起真了，那就不得了了！麻烦大了！

江德华：怕麻烦就别干那不要脸的事！

江德华气呼呼地进了厨房，江德福和老丁面面相觑。

江德福没好气地：都是你干的好事！

38　白天　老丁家门口

江德福和老丁出门，正好碰上安杰。

江德福：安老师，又加班加点了？

安杰没理他，"哼"了一声进屋了。

老丁：她这是哼谁呢？

江德福：你说呢？

老丁：哼你也不对！这不还有我在场吗？

江德福：这你就太不了解安老师了，她只要心里有气，她还管谁在场不在场！

老丁：她心里有什么气？

江德福：你说呢？

老丁笑了：我说她活该！

江德福不干了：她怎么就活该了？

老丁：你看看，你看看，就你这种立场，怎么可能打赢这场战争！

江德福：打什么打呀，别打了！她现在正是更年期，别再闹出个好歹来，得不偿失呀！

老丁：行啊？你还知道更年期了！

江德福：你不知道？

老丁摇头：我不知道。

江德福：那是德华还没开始闹腾，等她闹腾开了，你就知道什么是更年期了！

老丁：她还没闹腾？那得闹腾到什么样儿，才算是闹腾呢？

江德福笑了：她闹了吗？

老丁没好气：你没长眼啊？没看她提着擀面杖进来闹哇！

第二十八集

1　白天　老丁家

安杰一个人吃饭，江德华坐在一边看着她吃。

江德华：怎么这么晚？

安杰：期末考试，批卷子了。

江德华：你慢点儿吃！又没人跟你抢！

安杰笑了：饿死我了！

江德华：还老说别人吃饭不文明！你这叫文明啊？

安杰：所以说，文明是建立在温饱之上的。

江德华：你别跟我说这些！什么之上之下的！我不懂！哎，我问你，最近你家去什么人了？

安杰：我家去的人多了！我知道你说的是谁呀！

江德华：去的人里头有黄毛丫头吗？

安杰：黄毛丫头？什么黄毛丫头？

江德华：你不知道什么是黄毛丫头吗？就是那些没结婚、没嫁人的丫头片子！

安杰：你怎么问起这个了？

江德华：没什么，我就是随便问问。

安杰放下了饭碗：不对，你不是随便问问，你肯定是知道什么了，听说什么了，对不对？

江德华：我知道什么了？听说什么了？

安杰：你知道黄毛丫头的事了！对不对？

江德华：……

安杰：你说呀！你说话呀！

江德华：俺真的不知道什么！就是今天中午，俺哥在这里吃饭，跟俺那口子说话，说到了什么黄毛丫头的事。

安杰：说什么事了？

江德华：说啥事了俺真没听清！就听俺哥说那黄毛丫头不咋的，让他心烦啥的！

安杰：让他心烦？他心烦什么？

江德华：俺哪知道他心烦什么？俺这不是在问你吗？啥黄毛丫头呀，让俺哥那么烦？

安杰抹了一把嘴：他还能心烦？他高兴还来不及呢！

江德华：你咋也这样擦嘴了呢？

安杰没好气地：还不是跟你们学的嘛！你说说我跟你们这些人，能学什么好呀！

江德华不高兴了：你是个啥人呢？咋管你吃、管你喝的，还把你管出火来了？！

2　傍晚　安杰卧室

江德福在躺椅上看报纸，安杰坐在窗前织毛衣。院门一有动静，安杰就抬头往外张望。

江德福放下报纸：我说，你好像在那儿等什么人吧？

安杰：你说得真对！我是在等一个人！

江德福：等谁呀？

安杰：等那个黄毛丫头！

江德福一惊，嘴上却装不知道：等哪个黄毛丫头？

安杰：等哪个黄毛丫头你不知道吗？

江德福：我不知道。

安杰：等那个让你心烦的黄毛丫头！

江德福：让我心烦？谁让我心烦呢？

正说着，门响了。安杰马上伸长了脖子往外看，又不是她要等的人，是江亚宁抱着丁小样进院了。

江亚菲的声音：小样来了！

丁小样的声音：小样来了。

江德福故意：是她们吗？是这些黄毛丫头吗？

安杰：她们让你心烦了吗？

江德福：她们经常让我心烦！

安杰：哼！

江德福：你哼什么？

安杰：我哼什么你知道！

江德福：我哪知道你哼什么？我知道还用问你吗？

安杰：你这是做贼心虚！是明知故问！

江德福摇了摇头：真是有文化！都用成语说话，还说得这么清楚这么好！

院门又响了，安杰又往外看。

江德福：是吗？

安杰：是谁呀？

江德福：是你说的那个人吗？

安杰：我说的哪个人？

江德福：那个黄毛丫头。

安杰：不是！

江德福：那是谁呀？

安杰：你自己看吧！

没等江德福爬起来自己看，外边就传来了江德华的声音。

江德华的声音：哎呀！别给她吃葡萄！她这几天老拉肚子！

老丁的声音：就是！就是！快让她吐出来！

江亚菲的声音：哎呀姑父，晚了，来不及了，她咽下去了！

老丁的声音：再拉我就找你们算账！

江亚宁的声音：她根本就没好！你别赖我们！

江德华进了卧室，老丁紧随其后，怀里还抱着他的宝贝女儿。

江德福：你们来干什么？

老丁：不干什么，随便串个门。

江德华：我们怕你们打起来，是来准备拉架的！

江德福：你们就这么盼着我们打起来？

江德华：不是！中午我跟嫂子说了黄毛丫头的事，他回来把我好一顿说！说我是个惹事专家，生下来就是个惹事的！这不，逼着我来做检查，让我把中午说的话再收回来！

江德福：你又胡说什么了？

老丁抢着说：她中午偷听咱俩说话，又没听清，就瞎传话，我怕安老师误会，特地跑过来解释一下。

安杰皮笑肉不笑：哎呀他姑父，你这可真是画蛇添足，越描越黑呀！我本来没什么，让你这么一解释，还真起了疑心了！看样子我是不能掉以轻心了！

江德华说老丁：就你事多！就你能！看！能出事了吧？！

3　白天　安杰家院子里

江德福和安杰一起出门去上班。

安杰关上了院门：哎，怎么不来送电报了呢？

江德福：你不是嫌天天有电报吗？

安杰：我嫌就不送了吗？

江德福：当然不能不送了！但上边没来电报，也不能瞎送啊！

安杰：可以送假电报嘛！

江德福马上站住了，盯着她看。

安杰：你看我干吗？

江德福半真半假：你知道的不少哇！你还知道些什么？

安杰：我知道的多了！你小心点儿！

江德福：我小心什么？

安杰：你小心什么你自己知道！古人说得好，要想人不知，除非己莫为！

江德福：古人这是放屁！

4　白天　大礼堂里

宣传队在排节目，安杰来了，队长迎了过去。

队长：安老师，您怎么来了？

安杰：我正好路过，顺便进来看看安然。

队长朝舞台上大喊：安然！安然！

在台上跳舞的安然跑了过来：姨妈，你怎么来了？

安杰：我来看看你，怎么，不行啊？

安然：怎么不行？热烈欢迎！

队长：安老师，你们聊，我就不陪你了。

安杰：你快忙你的去吧，我待会儿就走。

两人一前一后坐在长条椅上。

安杰望着舞台上跳舞的女兵，假装不经意地：怎么见不着你们那个报幕的了？

安然：啊，你是说巩小梅呀，她到机关帮忙去了。

安杰：不是调去的吗？

安然：不是吧？她经常出去帮忙，一会儿这个地，一会儿那个地的。她自己都说自己是一块儿砖，哪里需要哪里搬！

安杰：这么说，她还是个香饽饽呢！

安然：也不是。我们宣传队就她一个女干部，宣传队又是个闲地方，哪里需要人了，尤其是需要女干部了，没别人，就是她了！

安杰：她这个人怎么样啊？

安然：挺不错的！人虽然长得漂亮，但毛病一点儿也不多！

安杰：长得漂亮就要毛病多吗？

安然笑了：一般都是这样。哎，姨妈，你这么关心她干吗？

安杰：不干吗，随便问问。

安然歪着头：真是随便问问吗？

安杰：那你说我还能干吗？

安然又笑了：我这不是在问您吗？

安杰打了她一下：死丫头，在这儿等着我呢！

5 白天 海边

海岸炮排成一行,部队在搞训练。

江德福、老丁等人在一旁观看。

江德福压低了声音:哎,我问你,江德华都跟安老师说什么了?

老丁也压着声音:好像也没说什么,就问她最近家里来没来什么黄毛丫头。

江德福:没说送假电报的事?

老丁:没说呀?她怎么会知道假电报的事呢?

江德福:你没跟她说?

老丁:你以为我是你呢?什么都跟老婆说!怎么了?

江德福:她好像什么都知道了。

老丁:不会吧?这事就天知地知你知我知,连那个黄毛丫头都不知道。她还以为她每天给你送的都是加急电报呢!哪知道是传达到连排班的普通文件!

江德福:不对,好像安老师是知道了。她今天早晨上班走的时候,特意给我点出假电报的事,还说了要想人不知,除非己莫为的话。

老丁笑了:你那个安老师,比猴子都精!我看她快成了军事专家了,三十六计她用得比我们都熟!她这是兵不厌诈!

江德福:会吗?

老丁:百分之二百地会!这都要归功于你!你从刚结婚的时候,就带着她玩儿三十六计,怎么样,她出徒了吗?开始玩儿你了吧?

江德福也笑了:奶奶的!还真是这样呢!我们还玩儿不过她了!

老丁：怎么玩儿不过她了？我们是没跟她真玩儿，真要跟她动真格的了，你看看！

江德福：算了吧你！你就别再说大话了！你看看你玩儿的这个美人计，没把人家套住，倒差点儿把我套进去了！

老丁也笑了：那是你革命意志不坚定，买了大量的土豆！

两人都笑了起来。

6　白天　连队食堂

正在吃饭的江德福突然放下了筷子：我怎么这么难受哇？

老丁：哎呀，你的脸色怎么这么难看呀？

有人喊：卫生员？卫生员在吗？

老丁：叫卫生员干吗？他能看个屁！赶紧送医院！

7　白天　安杰卧室

江德福躺在床上，地上围了一大堆的人。

江德华：好好的，怎么就高血压了呢？

没人理江德华，她就一个人自说自话：高血压怎么办呢？能治吗？不用住院吗？还是到医院住院去吧！

安杰：哎呀，你安静一会儿，别说话了！

陈医生：不用紧张，有的人到了一定的年龄，血压就会高的。

江德华：那别人为什么不高，偏偏就高他一个人呢？

陈医生无法回答了，只好笑笑。

江德华：我看还是住院吧！吓死我了！我现在心还怦怦直跳呢！

江亚菲：姑姑！你别说了！就你话多！烦死人了！

安杰：怎么跟大人说话？真是少教！

江德华：少教也是你惯的！惯得她们这么没大没小！

江德福挥了挥手：都给我出去！我睡一会儿就好了！

众人默默地退了出去，只留下安杰一个人。

江德福：你在这儿干吗？

安杰：我在这儿看着你睡。

江德福：你这么看着我，我还能睡吗？

安杰：我不放心。

江德福：有什么不放心的？吃了药了，血压也下来了。医生说是大概没休息好，没睡好觉。你让我好好睡一觉就好了。出去吧，我要睡觉了！

安杰：那，那，那我在这儿陪你一起睡吧？

江德福笑了：平时要跟你睡个觉，你那个毛病多的！一会儿这儿不舒服了，一会儿那儿疼了的，现在我血压高了，不能动了，你倒来劲了，请缨要跟我睡觉了！

安杰也笑了：看样子你的血压的确下来了，又能胡说八道了。

江德福：你放心吧，我没事！能陪你一起白头到老的！

安杰笑了：好吧，你睡吧，我出去了。

8　白天　安杰家院子里

陈医生跟安杰讲解病情，江德华在一旁认真地听着。

陈医生：我们每天早晚来给司令测个血压。早晨那次司令不要起床，不要活动，晚上熄灯前再测一次。这样观察一段时间，再考虑给司令用什么药。

江德华：真的不用住院吗？

陈医生笑着摇了摇头。

江德华：在家真的没事吗？

安杰：哎呀，人家陈医生都跟你说了几遍了，怎么老问！

江德华：我害怕嘛！多问几遍好放心嘛！

9　傍晚　安杰卧室

江德福还在睡，安杰坐在床边，深情地望着他。

江德福醒了，看见床边的安杰，伸出手来，握住了她的手，两人含情脉脉地对视着。

10　晚上　安杰卧室

安杰夹了本厚厚的书回来了。

江德福：你上哪儿了？

安杰：我去借书了，喏！

安杰亮出了《军医手册》。

江德福满意地笑了：真是病急乱投医呀！

安杰上了床，靠在床头翻书。

安杰：哎，你看，高血压是家族遗传！

江德福：什么意思？

安杰：意思是说，你爹妈不知谁有高血压，传给你了！

江德福：放屁！我爹娘都死了快三十年了，怎么赖到他们头上了！

安杰笑了：这是医学！不是放屁！

江德福：医学也有放屁的时候！别看了！睡觉睡觉！

江德福搂住了安杰，安杰惊叫：干什么你？不要命了？

江德福笑了：看，原形毕露了吧？下午还说要陪我睡觉呢，晚上又不干了吧?

安杰:开什么玩笑!

江德福翻了个身:的确是跟你开玩笑!我现在是有这个心,没这个力了!心里很想,可浑身没劲儿!脚下都是软绵绵的!

安杰:哎呀,不会是血压又高了吧?

江德福:没高,刚量过。

安杰:那怎么会浑身没劲儿呢?

江德福:那谁知道呢?就是浑身没劲儿。

安杰:那快点儿睡吧!

江德福:睡觉能把劲儿睡回来?那书上是这么写的吗?

安杰:书上没这么写,是我说的!关灯!睡觉!

门开了,江亚菲的声音:哎呀!你们怎么又关灯了!

灯亮了,江亚菲和江亚宁站在门口。

安杰:你们有什么事吗?

江亚菲:我们来看看爸爸!爸,你没事了吧?

江亚宁:爸,你血压不高了吧?

江德福支起身子,笑容满面:没事了!没事了!你们放心去睡吧!

江亚菲和江亚宁一走,江德福躺下,安杰又关了灯。

江德福的声音:怎么又把灯关了?说会儿话不行啊!

安杰的声音:关了灯也能说话!

江德福的声音:哎呀!现在这日子可真好哇!

安杰的声音:怎么个好法?

江德福的声音:老婆孩子热炕头哇!

11　早晨　安杰卧室

江亚宁的喊声：妈！医生来给我爸量血压了！

安杰：哎，知道了！

安杰赶紧整理床铺。

江德福躺在床上：你辛苦了！昨晚没睡好吧？

安杰笑了：你睡得倒挺好，呼噜打得震天响！

有人敲卧室的门。

安杰：请进！

进来的是个三十多岁的女军医。

安杰一愣：怎么？陈军医没来呀？

女军医微笑着：我是搞保健的，师首长的保健工作都归我管。

安杰：那以后，都是你来量血压了？

女军医笑着点头：是呀。

女军医开始给江德福量血压，安杰站在一边看。

女军医解带子：没事，血压正常。

安杰：都正常吗？高压低压都正常吗？

女军医：都正常，都很好。

女军医站起来：没别的事吧？

安杰摇头。

女军医：那我就走了。

安杰：谢谢！

女军医：谢什么！这是我的工作。

女军医走了，安杰站在窗前，看着她离去。

江德福：你看什么？

安杰：陈军医怎么不来呢？

江德福：刚才人家不是都说了吗？人家是负责保健的，这一摊归她管！

安杰：他们可真有意思！为什么要弄个女的来给你们搞保健呢？这多不方便呢？你还没起床呢，连衣服都没穿！让个女的来，不是那么回事嘛！

江德福：就你毛病多！我怎么没穿衣服？我这不穿着裤衩背心吗？再说不还盖着被子吗？再说你不还站在一边吗？

安杰：我要是不站在一边，你还想干什么事吗？

江德福：我想干什么事？

安杰：你说呢？

江德福：滚一边去！你别在这儿气我了！哎哟！我头又晕了，大概是血压又高了！

安杰：活该！高了活该！谁让你想入非非的！

12　白天　卫生所

陈军医在教安杰量血压，安杰在陈军医身上做试验。

陈军医：听见了吗？听见那咚的一声响了吗？

安杰惊喜地：听见了！听见了！

13　傍晚　安杰家外屋

安杰坐在饭桌前，守株待兔。

江卫民满头大汗地跑回来。

安杰：来来来，坐下坐下！我给你量个血压！

江卫民：你给我量血压干吗？我的血压又不高！再说，你会量吗？

安杰：当然会了！你妈没那金刚钻敢揽这瓷器活吗？

江卫民坐下了，伸出了胳膊。

安杰开始量血压。她一遍遍地量，一遍遍地听，自言自语：哎，怎么听不见那咚的一声呢？

江卫民有点儿紧张：妈，我的血压也高吗？

安杰：别说话！

江卫民：哎呀，我头好像也有点儿晕了！

安杰高兴地：听见了！听见了！你头晕个屁！你的血压好着呢！

江卫民：你不是听不见什么响吗？

安杰：这不是又听见了嘛！

14　傍晚　路上

江德福在路上碰上了打开水的江亚宁。

江亚宁：爸爸，你快回家吧，我妈学会量血压了，疯了似的到处拉人量血压呢！

15　傍晚　安杰家外屋

江德福进家，安杰喜洋洋地迎了过来。没等她说话，江德福就解扣子。

安杰笑了：你知道了？

江德福：岛上的人都知道了！

江德福坐了下来，伸出了胳膊，安杰笑容满面地给他缠绑带。

安杰：这下好了，你有家庭医生了！

江德福：你行吗？

安杰：别的不行，那咚的一声我还是能听见的！

江德福：什么咚的一声？

安杰：别说话了，开始量了！

安杰一丝不苟地量着血压，江德福不信任地望着她。

安杰扯下耳朵上的听诊器：没事！高压110、低压90，正常！

江德福：你量的对吗？

安杰：只要你的血压对，我量的就对！

江德福：当个医生就这么容易？

安杰：当医生也没什么难的！我现在除了不敢上手术台，别的我都敢干！

江德福穿衣服：你敢干？但谁敢让你干呢？喊！

安杰：你不用喊！喊也没用！以后就是我来给你量血压了！没有什么女军医了，你就别指望一睁眼就能见到别的女人了！当然了，送电报的除外！

江德福：你这么能，你把送电报的差事也揽过来得了！

安杰：你以为我不敢吗？你们让，我就敢！

16　白天　安杰家院子里

安杰在收衣服，江德福回来了。

安杰：下班了？

江德福：嗯。哎，你不是有一套《红楼梦》吗？找出来看看！

安杰：谁要看？

江德福一挺胸脯：我要看！

安杰提高了嗓门：什么？你看？你要看《红楼梦》？

江德福不悦：《红楼梦》有什么了不起的？老子不能看？

江德福"哼"了一声，进屋了。安杰几下子收完衣服，跟了回去。

17　白天　安杰卧室

江德福在吃药,安杰抱着衣服进来了:好好的,怎么想起来看《红楼梦》了?

江德福一扬脖,将药咽下:哪是我想看,是主席提倡看的!提倡领导干部看,说看一遍不行,要让看三遍四遍呢!

安杰:一遍你能看完就不错了,还三遍四遍呢!

江德福将杯子重重地放到桌子上:哎!你还别小看我了,这次我不光要看《红楼梦》,我还要把中国的四大名著都看了呢!

安杰:哟,不简单哪!你还知道四大名著?

江德福笑了,拍了安杰的屁股一下:你这个资产阶级,总是这样看不起我们劳动人民!真是欠批判哪!

安杰:那我考考你,四大名著,是哪四大名著?

江德福像小学生一样,掰着手指:《红楼梦》算一个吧?

安杰权威般地点头:嗯!

江德福:《三国演义》算一个吧?

安杰又点头:嗯!

江德福在第三个上卡壳了。他嗯了半天,终于想起来了。

江德福:《西游记》吧?

安杰又点了头:嗯,不错,说出三部了!

江德福坏笑着:还有水许吧?

安杰:什么什么?你再说一遍!

江德福故作认真:水许呀?不对吗?

安杰:水什么?水许?哎呀!妈呀!

安杰笑得扑到了床上,直喊肚子痛。

安杰笑够了,爬了起来,整理了下自己凌乱的头发,笑容满面:妈呀!共产党的干部可真好当!批文件时写写错别字,作报告时念念大白话,就行了!

江德福眯起了眼睛:安杰呀!你幸亏嫁给了我,跟我进了岛!要是你还待在外边,就凭你这胡说八道的舌头,早就打成"右派"了!

安杰:你念大白字,还不许别人说呀!

江德福:就你这么自以为是、好为人师的样子,连别人逗你玩儿都看不出来,还有脸笑!

安杰:你是逗我玩吗?你是不认识那字!

江德福:我不认识那字?不就是水浒的浒吗?看把你能的!还笑话别人!

安杰不笑了,坐在那儿生气地望着江德福。

江德福:我这是给你提个醒!以后不要老这么骄傲自满!你记住!虚心使人进步,骄傲使人落后!

安杰:落后你个头哇!

这下轮到江德福笑了。

18 晚上 安杰卧室

江德福靠在床头上看《红楼梦》,安杰躺着看《军医手册》。

安杰放下书:哎,怎么老半天也听不到领导干部翻书的声音,难道你要背下来吗?

江德福叹了口气:唉!这竖着看的书可真难看!老串行,看起来前言不搭后语,驴唇不对马嘴的!

安杰笑了:你这眼睛,生生让红头文件给惯坏了!

安杰披衣下了床,出去了。

不一会儿,安杰回来了,手里拿了把学生用尺,她用尺子敲了江德福的头一下:喏!给你!

江德福:给我这个干吗?

安杰:你用尺子捂住后边,一行一行往后挪着看!

江德福大喜过望:还是群众中出智慧呀!

19　白天　安杰家厨房

江亚宁拿了把尺子进来:妈,你昨天拿我的那把尺子呢?

安杰:干吗?你不是给我了吗?

江亚宁:那把尺子有刻度,这把没有,咱俩换换。

安杰:噢,在你爸枕头底下,你去换吧。

20　白天　安杰卧室

江亚宁掀开父亲的枕头,看见了《红楼梦》,又惊又喜。她先是弯着腰看,越看越放不下,最后索性趴在床上,全神贯注地看了起来。

21　傍晚　安杰卧室

江亚宁捧着《红楼梦》,坐在窗前看。

22　早晨　安杰家外屋

江亚宁背着书包要去上学了,听见父母在饭桌上谈论《红楼梦》,就站住了脚。

江德福:哎,你说,那贾宝玉生下来嘴里就含了一块儿玉,这不他娘的扯淡吗!

安杰张了张嘴，叹了口气，懒得回答。

江亚宁情不自禁：爸，你真傻！那是神话！是假的！要不怎么叫他贾宝玉呢？

安杰大吃一惊，转过身来望着江亚宁。

安杰：你看《红楼梦》了？

江亚宁吓得赶紧跑了。

23　傍晚　江亚宁房间

江亚宁在写作业。

安杰的声音：江亚宁，你过来一下！

江亚宁放下笔：哎，来了！

24　傍晚　安杰卧室

江亚宁跑过来：干吗？

安杰掀开床边的床单：你进去，把那个墨绿色的小木箱拖出来！

江亚宁：干什么？

安杰微笑着：你拖出来就知道了。

江亚宁钻进床底，拖出了木箱。

安杰用一块儿早已准备好的抹布，将箱子仔仔细细地擦干净，递给江亚宁一把钥匙。

安杰：你自己打开看。

江亚宁迟疑地打开盖子，看见了整整一箱子的书！

江亚宁跪在地上，一下子抱住了母亲的双腿，激动得声音都变了：妈！我能看吗？

安杰慈祥地点着头：你能看！

江亚宁：我真的能看吗？

安杰再次点着头：你真的能看！

江亚宁还是不敢相信：你真的让我看吗？

安杰笑出了声，拍着她的头：亚宁，你高兴傻了吧？听不懂妈的话了吗？

江亚宁：全都让我看吗？

安杰点头微笑。

江亚宁：那我现在就看？今晚就看？

安杰又笑出了声：你这孩子真傻了吗？痴了吗？你这样将来还能当作家吗？

江亚宁跪在地上，边翻书，边颠三倒四地说：能！能！我能当作家！将来我肯定能当作家！

江德福用毛巾擦着脸进来了，见这架势，吓了一跳，他用脚踢了踢箱子，皱着眉头：谁让你把它拿出来的，小孩子能看这些封资修的东西吗？

江亚宁用手推他：你出去！你出去！你别进来！

江德福用脚轻轻地踢她屁股：这是你的房间吗？你让我出去？你出去！你出去！

安杰：孩子有这方面的天赋，咱们要支持！

江德福：有哪方面的天赋？

安杰：有作家的天赋！

江德福：作家？作家有什么好的？怎么那么爱当作家？

安杰：你懂什么？去一边去！

江亚宁：对！你懂什么？去一边去！

江德福：你看看你，在孩子面前一点儿也不知道维护我的威信！

安杰笑了：你还要威信？等你把水许看完了，再提你的威信也不晚！

江亚宁：水许？谁是水许？

安杰一本正经地：你爸的老战友！

25　晚上　江亚宁房间

漆黑一片，江亚宁的被子被掀开，江亚宁钻了出来。她望着手里越来越弱的手电光，发愁地叹了口气。

26　白天　安杰家外屋

安然坐在饭桌前削苹果吃，大声地跟厨房里的姨妈说着话：姨妈，你知道吗？那个巩小梅调到机关了，留到保密室里了！

安杰跑了出来：是吗？你听谁说的？

安然：我干吗用听别人说？她搬宿舍我还帮忙了呢！我们那儿的人说她，她这个蒲公英，终于在领导身边扎根了！我听说，她还是找了姨父，才留下的呢！

安杰望着安然，半天没说话。

27　晚上　安杰卧室

安杰抹得香喷喷地上床了，江德福热切地望着她，将她往自己的被子里拉。

安杰：你先别碰我！我问你，那个巩小梅怎么不来送电报了？

江德福一时没反应过来：哪个巩小梅？

安杰：你就装吧！你都把人留下了，还不知人家叫什么？

江德福：噢，你是说的那个小巩吧？她叫巩小梅吗？

安杰：你越装越不像了！她叫巩小梅还是你告诉我的呢！

江德福：我告诉你的？我都不知道她叫巩小梅，我怎么告诉你呢？

安杰：行了！老江！岁数都一大把了，干吗出这个洋相？

江德福不干了：我出什么洋相了？

安杰：明明知道那个女孩儿姓谁名谁，还偏要装着不知道！你这不是演戏演过了，出洋相吗？

江德福：哎，这话你要给我说清楚！我为什么要演戏？还演过了！我跟谁演呢？我演给谁看呢？

安杰：你跟那个巩小梅演！演给我看！

江德福：我跟她演什么了？你又看见什么了？

安杰：我问你，她是不是调到保密室了？

江德福点头：是呀！是留到保密室了！

安杰：我再问你，她留下来，是不是找的你？

江德福：她不光找了我，她还找了政委和参谋长。

安杰冷笑一声：她小小年纪，城府倒挺深，还知道找谁管用！这种人更不能留下了！尤其是留在保密室那种地方！

江德福：哎，我说安老师，你知不知道你是谁呀？你现在怎么越来越没数了呢？

安杰：我现在人老珠黄了，我当然没数了！比不得那年轻漂亮的黄毛丫头！让你们这么有数！非要把她留在你们身边！

江德福摇头：我看你这更年期是越来越厉害了，你能不能上医院去看看呢？成天这么疑神疑鬼的！女的来送个电报你不高兴，女的来给我量个血压你也不高兴！你忘了你自己了？让那个流氓画家画你，一画就是大半天？

安杰望着他，不认识了一般，她从床上爬起来，抱着自己的被子和枕头往外走。

江德福拉住她：哎，你要上哪儿睡？

安杰：你管了？我爱上哪儿睡上哪儿睡！反正我不能跟色狼睡一张床上！

江德福：谁是色狼？

安杰：谁是色狼谁知道！谁把年轻漂亮的女人留在保密室里，谁就是色狼！

江德福：安杰，我看你真病得不轻了。

安杰：你才有病呢！有本事你别拉着我！

江德福松了手：没人拉你！你走吧！

安杰不得不走了。

江德福躺下，又爬起来拉灭了灯。

江德福：惯的毛病！

28 白天 路上

江亚菲和江亚宁上服务社买酱油。

江亚宁：姐，你知道爸妈分居了吗？

江亚菲吓了一跳：他俩要离婚吗？

江亚宁：分居不一定是离婚！不过也快了，书上说，分居是离婚的前奏！

江亚菲：书上说！书上说！你一天到晚就知道书上说！我看你是看书看傻了！中毒太深了！不就是吵了架不愿在一起睡了吗？过两天就好了，妈就自己搬回去了！

江亚宁：他俩是为什么呀？

江亚菲：妈妈神经病！她嫌保密室调了个女的，正跟爸爸闹呢！

江亚宁：妈是更年期！更年期的女人都神经质，都特别爱吃醋。

江亚菲：什么是更年期呀？

江亚宁：我也不知道。书上写的，好像上年纪的女人，都要得更年期这个病！

江亚菲：那是挺吓人的！

江亚宁：吓什么人！离咱们得，还早呢！

29　白天　老丁家

江亚菲和江亚宁蹲在外屋砸核桃吃。

江德华抱着丁小样从里屋出来。

江亚菲：给，丁小样！

丁小样从江德华怀里挣脱下来，蹲在两个表姐中间，眼巴巴地等着吃核桃。

江德华坐下来：哎，你妈回去睡了吗？

江亚宁头也不抬：还没有！

江德华：想不到你妈还挺能熬！

江亚菲头也不抬：我妈想不到的地儿多了！

江德华笑了：这是什么好事，看你骄傲的！

姑侄三人哈哈大笑，连丁小样也跟着笑起来。

江德华：老这么下去也不是个事呀！咱得想个法子，让你妈搬回去住！

江亚菲：要想你想吧，我们可想不出来。

江德华：你们书都念到狗肚子里去了？

江亚菲笑了：是呀！就是因为念到狗肚子里去了，我们才想不出来呢！

姑侄三人又笑了起来。

丁小样哭了起来：老不给我吃！

三人再次大笑。

江德华笑够了，想出了好主意：我有主意了！你俩过来！

江亚菲和江亚宁对视了一眼，凑到了姑姑身边。

江德华对她俩嘀嘀咕咕。

30　傍晚　安杰家外屋

安杰回来，一眼就看见她睡觉的房间安了锁。

安杰大喊：你们都给我出来！

三个孩子从各自的房间出来了。

安杰：说！这是谁干的？

江亚菲：不是我干的！

江亚宁：也不是我干的！

江卫民：更不是我干的！但我知道是谁干的！

安杰：谁？谁干的？

江卫民开始不想说，但看着母亲难看的脸色，不得不说了。

江卫民：是姑姑干的，我看见姑姑安的锁。

安杰：去！把你姑姑找来去！

江卫民望着她俩：该你俩去了！

江亚菲：谁告的密谁去！

安杰：江亚宁，你去！

江亚宁望着母亲，想着还有半箱子小说没看完，只好老老实实地去了。

江亚宁走过江卫民的身边,小声地、恨恨地骂了一句:你这个叛徒肖志高!

31　傍晚　路上

江亚宁背着丁小样,一路小跑地跟在江德华身后。

江亚宁:姑姑,你没生气吧?

江德华:我生气又有什么用?摊上你们这些王八蛋侄子侄女!

江亚宁:你别连我们一起骂呀!是江卫民那个叛徒告的密!

江德华:那个兔崽子,从小就没个爷们儿相!

江亚宁:姑姑,你会开锁吗?

江德华:你妈让我开我就开吗?她是谁呀?

江亚宁笑了:就是!咱们家,就姑姑敢跟我妈斗!我妈别人都不怕,就是有点儿怕你呢!

江德华笑着站住了:小兔崽子!你这是激将法吧?

32　傍晚　安杰家外屋

江德华进来了,江亚宁背着小样紧随其后。

江德华故意装得大大咧咧:干吗呀?叫我干吗!

安杰不说话,望着她一语不发。

江德华:我忙着呢!锅里还做着饭呢!没事我回去了!

安杰开口了:德华,你行啊!你把老丁那一套学会了!你也会上锁换钥匙了!

江德华马上就老实了,乖乖地从口袋里掏出钥匙,递给安杰。

安杰不接:打开!

江德华老老实实将门打开了。

江亚宁看得目瞪口呆。

33　傍晚　路上

江德华抱着小样气鼓鼓地往回走。

江亚宁一路小跑追了上来：姑姑姑姑，你等一下！

江德华站住了，恶声恶气：干什么？

江亚宁：我问你。

江德华没好气：问我什么？

江亚宁：你怎么，怎么，老老实实就把门开开了呢？

江德华恨恨地：你妈那个母老虎，谁惹得起呀！

34　白天　安杰家厨房

安杰在做饭，江亚宁抱着一本牛皮纸包的书进来了：妈，安娜·卡列尼娜真可怜！

安杰：这么快就看完了？

江亚宁：快什么呀，都三天了！

安杰：看书不要图快，遇到那些好句子、好情节，你要反复地多看几遍！

江亚宁：我知道！我知道！看第二遍的时候我再这样看！那些好句子、好段落，我还要抄下来呢！

安杰：这就对了，你可千万别稀里马虎的！

江亚宁：妈！可能吗？看到最后，我都不舍得看了！就怕看完，就怕看完！可惜最后还是看完了！

安杰停下手里的活，望着江亚宁，笑了：你形容得还挺准确的。

以前我年轻的时候看小说,也经常是这样。

江亚宁:妈,你说安娜干吗要自杀呀?

安杰笑了:这个问题你该去问托尔斯泰才对!

江亚宁:妈,安娜是不是很漂亮?

安杰:那当然了!不然伏伦斯基能那么喜欢她吗?

江亚宁:她漂亮到什么程度呀?像谁那么漂亮啊?

安杰又笑了:你这个孩子,看小说看魔怔了吧?有你这么看小说的吗?小说还能这么看吗?

江亚宁:我就这么看!怎么啦?我就是想知道安娜有多漂亮!

安杰:那你就闭上眼睛使劲想吧!怎么美丽怎么想,怎么好看怎么想。

江亚宁:我就是想不出来!我一闭上眼睛想,就是李铁梅、小常宝她们。

安杰:你们现在可真可怜!我像你这么大的时候,看的大部分都是外国电影。那些女演员、女明星,别提了!

江亚宁:好看吗?

安杰:当然好看了!

江亚宁:有多好看?

安杰:你想着有多好看,就有多好看!

江亚宁:可惜我不会想象,就是想象不出来!

安杰:当作家不会想象可不行!要不怎么让你看这些书?

江亚宁垂头丧气:我要是会想象就好了!我就是想知道安娜有多好看!

安杰可怜地望着她:你要是看过苏联电影就好了!

江亚宁:我看过!《列宁在十月》不就是苏联电影吗?

安杰：可惜那上边没有女的。

江亚宁：怎么没有？瓦西里他老婆不就是个女的吗？

安杰：可惜她不好看。

江亚宁：我觉得她够好看的了。

安杰：那你就想象安娜比瓦西里的老婆好看十倍，百倍。

江亚宁叹了口气：唉，可惜我就是想象不出来。

安杰烦了，挥手赶她走：好了好了，出去吧！我要炒菜了！

江亚宁低着头往外走，安杰又有些不忍，叫住了她：哎，那书里没有插图吗？

江亚宁：没有，有就好了！

安杰：那你打开书皮，看看封面上有没有？

江亚宁一声欢呼：太好了！太好了！

35 白天 江亚宁房间

江亚宁坐在床上，小心翼翼地拆开了牛皮纸包着的书皮。一张照片掉了出来。

江亚宁弯腰捡起来，大惊失色。照片是一个年轻男子的半身照，穿着西服，打着领带。

江亚菲进来了：谁的照片？

江亚宁下意识将照片藏到身后。

江亚菲来劲了：谁的照片，你藏什么？

江亚宁将照片夹到书里，拉上江亚菲就往外走。

江亚菲大叫：干什么？上哪儿去？

江亚宁做了个噤声的动作。

36 白天 安杰家院子里

桃树下,江亚宁将照片拿给江亚菲看。

江亚菲只看了一眼,马上紧张起来:妈呀!这是谁呀?怎么穿这种衣服?

江亚宁:我哪知道这是谁呀?哎呀,这后边还有字!

江亚宁翻过照片,姐俩的头挤到了一起。

江亚宁:哎呀妈呀,这是什么字呀?写的什么呀?

江亚菲:怎么问我?我认识吗?这是外国字,是外国人写的!哎,这有年月日!1947年6月。妈呀!这不是新中国成立前吗?

江亚宁:是啊是啊,是万恶的旧社会。

江亚菲又翻过照片:这家伙肯定不是什么好人!你想,新中国成立前穷人能穿这种衣服吗?穷人都穿补丁摞补丁的衣服!再说,这也不是好人穿的衣服!这个人不是地主,就是资本家!肯定的!

江亚宁点头同意:对,反正不是个好人!

江亚菲望着江亚宁:哪来的这破照片?

江亚宁指着怀里的书:妈的书里,藏在书皮里。

江亚菲更紧张了,声音都压低了:是吗?江亚宁,咱妈不会是国民党特务吧?这外国字别是接头的暗号吧?

江亚宁吓坏了:你瞎说什么?瞎说什么!

身后响起了江卫民的声音:你俩贼头贼脑干什么坏事呢?

姐俩吓了一跳,照片掉到了地上。江亚宁赶紧去捡,江卫民手疾眼快也去抢。两人的脑袋碰到了一起,江亚宁抱着头蹲到了地上,照片落到了江卫民手里。

江卫民一看,吓了一跳:×!谁呀?

姐俩异口同声地:不知道!

江卫民疑惑地望着她们：哪来的？

江亚宁脱口而出：妈藏在书里！

江卫民又骂：我 ×！是吗？

江亚菲夺过亚宁手里的书，打了江卫民头一下。

江亚菲：我让你说脏话！

江卫民捂着头：你这不也说脏话了吗？

江亚菲：我是不让你说！

江亚宁：你俩别吵了！快说说怎么办吧？

江卫民：什么怎么办？

江亚宁：亚菲说，这人可能是国民党的特务！

江卫民：为什么？

江亚菲：你看他穿的这衣服！坏人才穿这种衣服！

江卫民：好人也有穿的！地下党就常穿这种衣服！

江亚菲：地下党穿这种衣服是装坏人，要打入敌人内部去！你懂什么呀！

江亚宁：对呀！

江亚菲：再说了，地下党的照片，用这样藏着掖着吗？

江亚宁：对呀！

江卫民：你对呀对呀什么呀！还不快去把大门关上！你们想让别人看见哪！

江亚宁飞快地跑过去，将大门关上。

门外江德福喊道：这是谁呀？谁这么坏？

江亚宁：是爸爸，怎么办？

江卫民：笨蛋！爸爸你怕什么！

江亚宁打开了大门，江德福进来了，他拍了一下江亚宁的头：你们搞什么鬼?

江亚宁拉住江德福的手,往桃树那边领:爸爸爸爸,给你看样儿东西!

江德福:什么东西,这么神秘?

江亚宁:看了你就知道了!

江德福接过照片,看了又看:哪来的?

江亚菲和江卫民一起看江亚宁。

江亚宁:在妈妈的书皮里夹着。

江德福:你怎么知道书皮里有这个?

江亚宁:我想看看安娜长什么样儿。

江德福:谁?你想看谁?

江亚宁拍拍怀里的书:安娜,安娜·卡列尼娜!

江德福没好气:什么玩意儿!你没事看这些牛鬼蛇神干什么!

江德福拿着照片进家了。

兄妹三人你看看我,我看看你,不知怎么办好。

江亚菲:你可真讨厌!你怎么能让爸爸看?

江亚宁:爸爸看怎么了?

江亚菲:爸爸要是一气之下,大义灭亲,可就麻烦了!

江亚宁:真的?

江亚菲:但愿不是真的!

江卫民撒腿往回跑,姐妹俩紧随其后。

第二十九集

1　白天　安杰卧室

安杰坐在床边，江德福手里拿着那张照片，站在她对面。

安杰：我说过了，这是我高中同学，一般的同学。

江德福：同学？一般的同学？一般的同学送什么照片？

安杰：……

江德福：你那么多同学，怎么就单单他送给你照片？

安杰：你真够狭隘的！一个男同学送的一张照片，你至于像审犯人一样吗？再说了，都多少年了？快三十年了！那时我甚至连认识也不认识你呢！你至于这个样子吗？

江德福：你跟我认识的时候可没提过这个人！你还说你没谈过恋爱呢！

安杰：我是没谈过恋爱！我有什么必要骗你？当初是我硬追的你吗？没你我嫁不出去吗？

江德福：为什么把照片藏起来？藏到书皮里？

安杰：第一次收到男同学的照片，自然紧张害怕了！当然要藏起来了!

江德福:你没跟他谈恋爱,他送你照片干什么?

安杰:我没法跟你解释了!你没上过学,你根本不知道同学是怎么回事!

江德福:哼!我是没上过你们那种洋学堂!我怎么知道你们这些洋学生那些乌七八糟的事!

安杰:你真无聊!

江德福:你不无聊!你藏男人的照片干什么?

安杰:……

江德福:我问你,这后边写的是什么?

安杰:写的英文!

江德福:谁不知道这是英文!我问你写的是什么!

安杰:密斯安留念!

江德福:密斯安?什么意思?

安杰望着他又不说话了。

江德福大声地:我问你到底是什么意思!

2 白天 安杰卧室门外

兄妹三人挤在门口。屋里一声巨响,是摔东西的声音,三人吓得你看看我,我看看你。

安杰的声音:安小姐!安小姐!安小姐!

江卫民小声地:安小姐是谁呀?

江亚菲看了他一会儿,有气无力地:安小姐是你妈!

3 晚上 安杰家

江德福喝得酩酊大醉,被人架着回来。

安杰吃惊地:怎么喝成这样?

一个年纪大点儿的干部:司令今天高兴,多喝了两杯。

安杰不高兴地:多喝两杯能喝成这样吗?

来人不敢说话了,七手八脚地将他扶到床上躺下,又分头拿盆的拿盆,端水的端水,忙成一团。

安杰抱着双手,冷着脸在一旁观望。干部告辞的时候,她连句客气话都没有。

江德福喊:冷!我冷!

安杰上前,拖了条军用毛毯给他盖上,接着又出去拿了条湿毛巾,回来给他擦脸。

江德福让凉气一激,睁开了眼睛,一把抓住安杰的手:安杰,你是安杰吧?是不是?你是不是安杰?

安杰没好气地:是!没错!我是安杰!

江德福:你,你为,为什么,藏,藏别人的照,照片呢?还,还是个男,男的!

安杰气得往外抽手,无奈抽不动。

江德福:想,想当年,追,追追我的,女,女的,可,可真不少!我,我全,全没看,看上!一个,都,都没看,看上!就,就就看,看上了你!我,我看,看你,年纪轻的,梳着两条,大辫子,以为,你,你一定单单纯!喊!单纯个屁!小,小小年纪,就,就知道,收,收男人的,照,照片!

安杰拿毛巾的手都抖了。

4　早晨　安杰卧室

江德福醒了，睁开眼回忆了半天，想起了昨晚上喝醉的事。他翻了个身，看见了身边和衣睡着的安杰。

江德福爱惜地看了她一会儿，将自己身上的军毯盖到了她身上。

安杰醒了，眨巴着眼想了一会儿，似乎想起了什么，马上要起来。

江德福一把按住了她，语重心长地：算了，有梯子你就快下来吧！

5　白天　安杰家大门外

要过年了。零星的爆竹声伴随着孩子们欢快的叫声。

安家大门上贴着对联，一派喜气。

6　白天　安杰家外屋

（又一年过去了）

一家人高高兴兴地围在一起包饺子。

穿着军装的江卫国和江卫东，俨然已经是大人了。

江亚宁：二哥，你看你这包的什么呀？都破了！

江卫东：哪儿都破了，这不还有没破的吗？

江亚宁：你看人家大哥，包得多好！再看看你！

江卫东：哎，你们连是不是老吃饺子呀？

江卫国：你们连是不是老不吃饺子呀？

江卫东：算你说对了！我们连南方人多，他们不爱吃饺子，嫌麻烦，也不愿包。我们很少吃饺子，过年过节才吃一次！

江亚宁：你们真可怜！

江卫东：那你还说我吗？

江亚宁：不说了，不说了。

家人们都笑了。

安杰：明天大年初一，咱们去照全家福！

江亚菲：你们还记得吗？二哥当兵走的时候，妈在码头上喊"等你回来一定去照全家福"！

这时，大门响了。

安杰：谁呀？

江卫民：人哪！

江亚菲跑到窗前向外看：哎呀！这人是谁呀？

江亚宁跑了过去：谁呀？谁呀？哎呀，真的，这人是谁呀？

一个二十多岁的农村青年，穿着一身黑色的粗布棉衣棉裤，拎了个小包，有点儿犹豫，又有点儿胆怯地往屋里走。

江亚菲：爸爸，您的乡亲又来搞突然袭击了！

江德福：谁呀？会是谁呀？

安杰用擀面杖敲了一下面板：要过年了，是谁都不应该！

门被敲响了。

一家人你看看我、我看看你，谁都不愿去开门。

门又响了。

江卫民扯着嗓子：别敲了！进来吧！

门开了，黑衣青年进来了。

江德福疑惑地：你是谁呀？

黑衣青年没吭声，却慢慢低下了头。

江德福越发吃惊了：你是谁家的孩子？你找谁呀？

那青年翕动着嘴唇，显然一副张不开口的样子。突然，他哭了起来，似乎是委屈，又似乎是屈辱。他慢慢地蹲了下去，嘴里却喊了一声：爹！

江家人望着蹲在地上的不速之客，呆若木鸡。

江德福站了起来，他用沾着白面的手挠了一下鼻子，鼻头上沾了白面：你，你叫我什么？你这是什么意思？你这孩子，开什么玩笑！

安杰握着擀面杖，看看蹲着的青年，再看看站着的丈夫，脸色越发难看了。

江德福得不到那青年的答复，低下头去看安杰。

安杰气愤地：你看我干吗？你干的好事！

安杰将擀面杖丢到面板上，擀面杖滚落到地上，一直滚到那青年的脚下。青年胆怯地看了一眼，将穿着方头布鞋的脚向一边移了移。

安杰站了起来，拍了拍手上的面粉，解下腰间的围裙，狠狠地扔到椅子上，推开椅子，进了卧室。卧室门一声巨响，又吓了江家人一跳。

江亚宁悄悄去捅江亚菲，江亚菲烦躁地将她一把推开。

江德福看看地下蹲着的青年，又看看身边围着的儿女，他也像安杰那样拍了拍手，将身后的椅子移开，进了卧室。

江家兄妹你看看我，我看看你，又一起去看蹲在地上的人。

江亚菲走了过去，她用自己的丁字形皮鞋踢了下那只方头鞋，恶声恶气地：你是谁呀？你跑到这儿来叫谁爹呀？

那青年不动，也不吭声，由于埋着头看不见他的表情，却能看见水泥地上一滴一滴的泪水。

江家兄妹被那泪水镇住了，连江亚菲都后退了一步，默默地望着他，表情复杂。

突然，卧室传出安杰的声音：你不用跟我解释！你这个骗子！十恶不赦的骗子！

江家兄妹的注意力又集中到父母卧室。

7　白天　安杰卧室

安杰站在窗前，江德福站在她身后。

江德福是一副浑身是嘴说不清的样子，安杰则是不愿看他一眼的样子。

江德福小心地：这样吧安杰，你要是不愿听我解释，我先不说什么了。今天是大年三十，咱先把这个年过完行不行？今年好不容易团聚了，咱先顾全大局好不好？

安杰转过身来，上下打量着江德福，目光最后定在江德福沾着白面的鼻子上。

安杰咬牙切齿地：你这个小丑！跳梁小丑！

江德福后退一步，有些不悦：我怎么是小丑了？咱们有话说话，不要骂人！

安杰冷笑：你现在还有资格跟我谈条件？真是不自量力！你给我滚开！

江德福听话地让开一步，安杰走到床边，甩掉皮鞋，上床躺下，拉过一床被子，将自己盖得严严实实。

江德福望着那床起伏的棉被，叹了口气，向门外走去。

8　白天　外屋

江德福垂头丧气地出了卧室，孩子们表情复杂地望着他，谁都不说话。江亚宁跑过来，将他鼻子上的白面擦掉。

江德福：来吧，咱们把饺子包完。

江亚菲：现在谁还有心情包饺子！

江卫国：亚菲，你住嘴！

江卫国扯了扯父亲的衣角,用眼示意蹲在地上的青年。

江德福这才想起还有这个喊他爹的人,他走到青年面前,低头看了他一会儿,又叹了口气:唉,你这孩子,是从哪儿冒出来的?

江亚宁悄悄开门溜了出去。

江亚宁小心地关上大门,撒腿就跑。

9　白天　老丁家

江亚宁推开老丁家门,大喊大叫:姑姑,不好了!

江德华从厨房里跑出来,老丁抱着小样从里屋出来,连四样都闻声凑了过来。

江亚宁大口喘着气,说不出话来。

江德华:你看你这孩子!怎么又不说话了?

老丁:等一会儿,让她喘口气。

江亚宁缓过气来:姑姑,来了个人,叫我爸"爹"!

江德华惊得手里的铲子掉到地上:什么?谁管你爸叫"爹"?

江亚宁:我也不知道那是谁!现在正蹲在我家哭呢!

江德华:那你妈呢?

江亚宁:我妈当然生气了!跑进自己屋里不出来了!

江德华去看老丁。

老丁:你看我干吗?还不赶快过去看看!

江德华:唉!

江德华慌慌张张就往外跑,老丁喊住了她:把围裙解下来!

江德华解下围裙,塞到四样手里:锅里还炸着鱼呢,赶紧捞出来。

老丁抽了抽鼻子:娘的,都煳了!

10　白天　路上

姑侄俩边走边说。

江德华：那人长什么样儿？

江亚宁：长的农村样儿！

江德华不爱听，站住了脚：农村样儿是什么样儿？

江亚宁更没好气：农村样儿就是农村样儿，你去看，就知道了！

11　白天　安杰家外屋

江德华推门进来，大家像见到了救兵似的，闪开了一条路。

那青年还蹲在地上，江德福蹲在他对面，一无所获的样子。见到江德华，他站了起来，腿都麻了，一下子没站稳。

江德华：咋回事？

江德福：你问吧。

江德华上去就扯着那青年的衣服，将他拉了起来，上下打量着他，还围着他转了一圈儿：你是谁呀？

青年嘴动了动，说了句什么。

江德华：你大点儿声！我听不见！

青年不吭声了。

江德华：怎么又不出声了？

青年还是不吭声。

江德华不耐烦了：你听不见我在问你话呀？你是聋子？还是哑巴？

江卫国：姑姑！

江德华：没你的事！你给我住嘴！

江德华对那青年：大过年的，你跑到人家家来干什么？捣乱吗？

不想让人家过年吗？你说话呀！你到底是谁？叫什么名字？

青年抬起头来，清晰地报了名字：江昌义。

江德华：什么？你叫什么？你再给我说一遍。

青年一字一句地：我叫江昌义。

江德华吃惊地扭头去看江德福，江德福也是一副吃惊的表情。

江德华又问青年：你爹妈是谁？叫什么名字？

青年看了江德福一眼，小声地：我母亲叫张桂兰。

江德华大吃一惊：什么什么？叫什么？你娘叫什么？

青年又重复了一遍：叫张桂兰。

江德华又上下打量起他来，看得疑惑，又有点儿紧张。

江德华：你真是张桂兰的儿子？

青年点头。

江德华回头去看江德福，一副没招了的样子。

江德福：别问了，先安顿安顿再说吧！

江德华继续问：你吃饭了吗？

青年先是下意识地摇了摇头，马上又改为点头。

江德华：你点啥头！你上哪儿去吃了！来吧，这儿有现成的饺子，先下给你吃吧！

江亚菲大叫一声：姑姑！

江德华：你喊什么？我又不聋！

江亚菲：这饺子是过年吃的！

江德华：今天不就是过年吗？饺子不就是今天吃的吗？谁去给我烧水？

江卫国：我来，姑姑我来。

江卫国跟着江德华进了厨房。江亚菲"哼"了一声，进了自己房间，

453

房门也是一声巨响,吓得江昌义又一哆嗦。

江卫东有些同情江昌义,他上前拍了拍江昌义的肩膀,将他领进了自己房间。

江德福明显地舒了一口气,他转过身来,看见包了一半的饺子,坐到面板前,拿起一张饺子皮准备开始包。

江亚宁:爸爸,你没洗手!

江德福马上放下饺子皮,看了看自己的手,又拿起饺子皮。

江亚宁也坐了过来,拿起了擀面杖。

江卫民:哎,你也没洗手!

江亚宁:要不洗大家都不洗!就这么脏着吃!

江卫民站在一边看着。

江亚宁:你站着干吗?过来干活!

江卫民指指卧室:我先进去侦察一下。

12　白天　安杰卧室

江卫民推开门,先探进头来,看了看,闪进来,将门关上。

江卫民站在床边:妈,妈,妈你睡着了吗?

江卫民去掀被子,被子又被安杰一把拽下来。

安杰:滚,给我滚!

江卫民:我又没惹你,你让我滚干吗?

安杰掀开被子,生气地瞪着他。

江卫民小心翼翼地:妈,你别生气,你听我跟你说,那个管我爸叫"爹"的人叫江昌义,他妈叫张桂兰!

安杰望着他,喘气都重了。

江卫民:我姑也来了,她审了那人半天,你猜最后怎么了?

安杰：……

江卫民：我姑给他下饺子吃去了！

安杰大吼：滚！都给我滚！

13 白天 安杰家外屋

江德福听到安杰的吼声吓了一跳，手里的饺子皮都掉了。他竖起耳朵，弯腰捡起饺子皮。

江亚宁像安杰那样，重重地敲了一下擀面杖，又吓了江德福一跳。

江德福不悦：你干什么？

江亚宁的神态都像安杰了：那还能用吗？

江德福：凑合着用吧。

江亚宁又敲了一下擀面杖：不行！不能用了！

江德福生气地看了她一眼，将饺子皮扔到面板上，起身离开。

江亚宁又敲了一下：干吗去？

江德福回过头来，上上下下地打量着她。

江亚宁有点儿胆怯：你看我干吗？

江德福摇了摇头：你也越来越像你妈了！

14 白天 安杰家厨房

江卫国拉着风箱，江德华望着冒气的锅发呆。

江卫国：姑姑，水开了。

江德华喊着"哎哟哎哟"地掀开了锅盖，手被热气烫了一下，锅盖掉了。江德华又是一连串的"哎哟"，手忙脚乱地把饺子下到了锅里。

江卫国：姑姑，谁是张桂兰？

江德华低头看了他一眼，没说话。

江卫国捅了她一下：姑姑，问你话呢！

江德华：问我什么话？

江卫国：问你谁是张桂兰！

江德华没好气：你没长耳朵？没听见吗？张桂兰是那小子他妈！江昌义的娘！

江卫国：我知道是他娘！但是咱家什么人呢？

江德华又不说话了。

江卫国停下手里的风箱，抬头望着姑姑。

江德华叹了口气，蹲下来，拉起了风箱，小声地：你别跟别人说呀！我告诉你，张桂兰是你爸的头一个媳妇儿。

江卫国笑了：我早猜到了！这么说，这个江昌义是我爸的儿子了？那他是我们同父异母的哥哥喽？

江德华拉着风箱，自言自语：不会呀！怎么可能呢？

江卫国用力拉了几下风箱，自说自话：一切皆有可能！

江德华望着他：什么意思？

江卫国：他可能就是我爹的儿子！

江德华拍着手站了起来，斩钉截铁地：不可能！

15　白天　江卫东房间

江卫东望着窗外一言不发，江昌义坐在椅子上如坐针毡。

16　白天　江亚菲房间

江亚宁推门进来，躺在床上的江亚菲马上抬起胳膊盖在脸上。

江亚宁走到她跟前，看见了她脸上的泪痕。

江亚宁：你哭了？

江亚菲：……

江亚宁：你哭什么？

江亚菲忽地坐了起来，用袖子擦了把脸上的泪水：爸爸真讨厌！咱们怎么办？

江亚宁：这事还不一定呢！没准儿那人是冒充的！

江亚菲：什么冒充的呀！肯定是！你没看见他跟二哥长得多像吗！

江亚宁吃惊地：是吗？我没注意！

江亚菲没好气：那你就去注意注意吧！

江亚菲又躺下了，这次她拖过被子，盖在身上。

江亚宁：哎呀！你怎么不脱了外衣呀！

江亚菲：都什么时候了，还管这些！

江亚宁：你说什么时候了？

江亚菲：大祸临头了！你不知道哇？你傻呀！

江亚菲用被子盖住了头，江亚宁胆战心惊地望着她，不知如何是好。她在屋里转了两圈儿，推开了门，正好碰到了江卫民。

17　白天　安杰家外屋

江卫民捂着鼻子直叫唤。江亚宁看了他一眼：活该！谁让你整天贼头贼脑的！那个人呢？

江卫民捂着鼻子，指了指江卫东的房间。

18　白天　江卫东房间

江亚宁推开房门，站在门口，她认真地看了看江卫东，又去看江昌义,一下子把江昌义看毛了,将头埋在胸前,不敢看她。

江卫东:你干什么?

江亚宁:我看看!

江卫东:你看什么?

江亚宁:我愿看什么看什么!你管了!

江卫东又要说什么,江亚宁摔门走了。

江卫东自言自语:神经病!

门又开了,江亚宁又来了。

江卫东:你到底要干什么?

江亚宁递给他一面圆镜子:你自己看看吧!好好看看吧!

江卫东:看什么?你神经病啊!

江亚宁:好好看看你,再好好看看他!

江亚宁又摔门走了。

江卫东举着镜子,问镜中的自己:看什么呀?

门又开了,江亚宁又进来:明白了吧?

江卫东将镜子扔到床上:我明白什么呀?我什么也不明白!

江亚菲挤进来了,抱着胳膊,上下打量着江卫东,又去上下打量江昌义。

江卫东:看什么呀?你们到底在看什么呀?

江亚菲冷笑着:二哥,你真可怜!真不幸!你怎么长得跟人家一个样儿!

江卫东大吃一惊,急忙去看江昌义,正好碰上江昌义看他的眼睛。两人互相打量起来。

江亚菲又是一声冷笑:怎么样?像在照镜子吧!

19　白天　安杰家外屋

江昌义在埋头吃饺子，烫得龇牙咧嘴。

江德华坐在他对面，看着他吃。

江德华：你慢点儿吃，不着急！

20　白天　江卫东房间

江家兄妹都在。

江卫国仔细看着江卫东，笑了起来：你别说，你俩长得还真有点儿像！是谁先发现的？

江亚宁：亚菲！是亚菲先发现的！

江卫国：亚菲，你的观察力很强嘛！

江卫民：她长得是贼眼，可尖了！

江亚菲踢了他一脚，江卫民故意装痛，大家都笑了。

江亚菲：你们还笑！还能笑得出来！

江卫东：不笑干什么？世界大战了？地球末日了？

江亚菲：尤其是你！更不该笑了！长了跟人家一模一样的脸，还有脸笑！

江卫国笑着：亚菲，你现在怎么变得这么厉害了？人家女大十八变，越变越好看，你怎么越变越厉害了？

江亚菲：还有你！你还笑！我要是你，早哭得上气不接下气了！

江卫国：为什么？我为什么要哭呢？

江亚菲"哼"了一声：江卫国，这下你完了！江家长子长孙的位置坐不成了！你的损失最大！你由老大变成老二了！

江卫民：这么说，我们都得变了？（挨个指着兄弟姐妹）你变成老三了，你变成老四了，我变成老五了，她变成老六了！

江亚菲从桌子上跳下来,白了江卫民一眼:你怎么好像缺根筋呀?

江亚宁:对!他就是有点儿缺心眼!

21　白天　安杰家外屋

江亚菲生气地望着饭桌上的人。江德华在江亚菲的目光下,不由自主地站了起来。

江亚菲:我爸呢?

江德华:不知道,你找找。

江亚菲:哼!

江德华:你哼什么?

江亚菲:我的鼻子我爱哼!

江德华:你这孩子真少教!

江亚菲:你就会说这句话!

江亚菲挨个屋子找江德福,最后在厨房找到了。

22　白天　安杰家厨房

江德福坐在灶前小凳上,拿着烧火棍捅灶膛里的火星子。

江亚菲喊了声:爸!你在干吗?

江德福吓了一跳,下意识地拉起了风箱。

23　白天　安杰家外屋

江德华听见厨房风箱响,好奇地跑过去看。

24　白天　安杰家厨房

江德福在拉风箱,拉得有力又有节奏。灶膛里倒出一堆堆的烟灰,他也不管，继续拉。

江德华大叫：三哥！你这是干啥呢！

江德福头也不回：德华，下饺子吧，我饿了。

25　白天　安杰家外屋

全家人围在一起吃饺子。

江亚菲：这算是年夜饭吗？

江卫国：江亚菲，你住嘴！

江亚菲：江卫国，你现在已经不是老大了，你没资格再管我们了！

江德福看了她一眼。

江亚菲：你看我干吗？你也没资格再管我们了！

江德福将筷子往桌上一摔：混账东西，什么玩意儿！

江德福气得不吃了，起身离开饭桌。

江德华小心地：三哥，你再吃点儿吧！

江德福：不吃了！

江德福拉开门，出去了。

孩子们紧张起来。

江亚宁：爸爸没戴帽子！爸爸会上哪儿？

江卫民从窗户上移开眼睛，面带微笑。

江卫民：没事，爸爸上厕所了，咱们吃吧！

江德华笑了：吃着饭，说什么厕所！

江卫民：怕什么！我妈又不在！

江亚菲：你妈不在我们在！

江卫国也摔了筷子：江亚菲，我看你是越来越不像话了！

江亚菲一点儿也不怕他：我要是像画，早就上墙上待着去了！还用在这儿生气！

江卫民：算了，大哥，你说不过她！谁也说不过她！没人能说得过她！

江亚宁：大哥已经不是大哥了，是二哥啦！

江德华吃惊地：这是谁说的？

江卫民：是我们重新论的！

江德华：谁让你们重新论的？吃饱了撑的呀！

江亚菲：你以为我们愿意重新论吗？这不是让逼的吗？逼得没办法了吗？

江德华：谁逼你们了？

江亚菲：你说谁逼我们了？

江德华：嗐！都是没影的事！别胡说八道！

江亚菲：胡说八道？事实胜于雄辩！胜于胡说八道！你看他那张脸，不就一目了然了吗？

江卫东也摔了筷子：江亚菲！我真想扇你！

江卫国：我也想扇她！

江卫民：我早就想扇她了！

江亚菲摔了筷子：你们敢！你们扇个试试！

江德福回来了：德华，给你嫂子留的饺子现在下吧。

江德华：现在就下吗？

江德福：下吧，她也该饿了。

江德福和江德华进了厨房。

江亚菲自言自语：哼！假惺惺的！

江卫国用筷子点着她：江亚菲，你现在怎么变得这么讨厌！

江亚菲不说话了。大家继续埋头吃饺子，吃得很沉闷。

26　傍晚　安杰家厨房

江德福拉风箱，江德华下饺子。

江德华：唉！这次算把她给气完了！也怪不得她，哪个女人能受得了这个！还是大过年的！她盼这个年盼了多长时间，把家里所有能洗的东西都洗了个遍！两个儿子走了几年了？当妈的能不想吗？好不容易赶到一起过年了，谁知又赶上这么一档子事！唉！咱招谁惹谁了？

江德福：你快下你的饺子吧，唠叨什么！

江德华：水还没开，我能下吗？你烦啥？你以为光你烦哪？我也烦得很！大过年的，也不让人好好过！

江德福丢下烧火棍：你走吧！你回你家过年去吧！

江德华：我不是这个意思，谁想回家过年了！真是的！

江德福：水开了，快下吧！

江德华：下了她也不见得吃呀！

江德福：你今天哪来这么多话！

江德华：你的话也不少！我说一句，你追一句，一句也没比我少说！

江德福叹了口气，不说话了。

江德华蹲下来，很小心的样子：三哥，你真不知道有这个孩子？

江德福看了她一眼，没吭声。

江德华：这孩子，难道是，是那年，你回家离婚的时候有的？

江德福：你胡说些什么？

江德华：这咋是胡说呢？这么大的儿子跑了来，那还能是假的吗?

江亚菲悄悄进来了,吓了江德华一跳。

江德华:你这孩子,咋像猫似的,一点儿动静没有呢?

江亚菲:你们在说什么呀?说什么见不得人的事吧?

江德福将手里的烧火棍抢了过去,江亚菲一溜烟跑掉了。

27　傍晚　安杰卧室

安杰蒙头躺在床上一动不动,桌子上的饺子已经放凉了。

江德华坐在床边叹了口气:你不吃啊?都凉了。

安杰:……

江德华:你倒是说句话呀!我知道你没睡,你在生气。生气你也别生闷气呀,你起来骂骂人也行啊!

安杰:……

江德华:该说的话我也都说了,你不信我也没招了!饺子都凉了,我再给你热热去!

28　傍晚　安杰家外屋

江德华端着饺子出来了,等在外边的江德福站了起来。

江德华对他摇了摇头。

江德福:一个都没吃?

江德华点点头。

江德福:说什么了没有?

江德华又摇了摇头。

江德福:我听到里边在说话呀?

江德华:都是我在说,是我一个人在说!人家一句话也没说!

不像你，我说你句，你也非要还上一句！

江德福：行啦行啦！你别再废话了！你快回去吧！

江德华：我回去行吗？

江德福：你在这儿还有什么好法子吗？

江德华摇了摇头。

江德福：那就快走吧！

江德华不满地看了他一眼。

江德福：怎么啦？

江德华：我怎么觉得你在卸磨杀驴呢？

江德福：行啦！你就别再给我添乱了！回去别跟老丁说得太多！

江德华：我知道！这还用你嘱咐！

29　晚上　老丁家院子里

老丁一家在放鞭炮，四样放完后，草草收场。

30　晚上　老丁家

全家人进屋后冻得直跺脚。

四样：真没意思！要是到舅舅家放就好了，他们家买了好多鞭！江卫民还说三十晚上要大放一场呢！

老丁：还大放一场，我看连小放一场都不可能了！

江德华停止跺脚，不高兴地望着他。

老丁给小样解围巾：怎么了？谁又惹你妈妈了？

江德华：听你说话，怎么好像是幸灾乐祸呀？

老丁：我哪幸灾乐祸了？再说了，人家那是祸吗？天上掉下了那么个大儿子，那是祸吗？

江德华真生气了：你是个什么玩意儿！

老丁笑着对小样说：你娘真生气了。

四样：你说人家哥哥，人家能不生气嘛！

老丁笑得更欢了：去！有你啥事呀，你在这儿凑热闹！

31　晚上　安杰家外屋

江卫东和江卫民挤在水池边洗漱。江卫民听着外边的鞭炮声，无限向往。

江卫民：那么多鞭，白买了！

江卫东洗脸，没搭理他。

江卫民：二哥，咱俩偷偷出去放吧？反正都在放，也不知是谁放的！

江卫东抬起头来：你还有心情放鞭？你真是缺根筋呀！

江卫民：关咱们什么事？不就是老大变老二，老二变老三，老三变……

江卫民话没说完，江卫东的脚就踢上去了，江卫民"哎哟"一声，蹲了下去。

江卫民：你踢我干吗？你这是恼羞成怒！又不是我让他跟你长得那么像！

江卫东又要踢他，江卫民一瘸一拐地跑了。

32　晚上　江卫国房间

江卫国替江昌义把床铺好。

江卫国：你没洗漱吧？你去洗漱吧。

江昌义：哎，哎。

江昌义嘴上答应着，却坐在那儿没动。

江卫国：用不用我陪你？

江昌义：不用不用！我等等，我再等等。

江卫国：我们这里到点就熄灯了，你抓紧时间吧。

江昌义站了起来：好，我去，我去。

33 晚上 江亚菲房间

江亚菲上床躺下了。

江亚宁跪在窗前，看外边偶尔的烟花，叹了口气：唉！这个年过的！

江亚菲没理她。

江亚宁又叹了口气：唉！真是天有不测风云，人有旦夕祸福啊！

江亚菲坐了起来：你老叹什么气呀！什么不测风云！什么旦夕祸福！什么乱七八糟的！

江亚宁不悦：你冲我发什么脾气？有本事，你去冲爸爸发！

江亚菲：我又不是没发！你眼瞎了？

江亚菲又躺下了，用被子蒙住了头。

江亚宁去掀她的被子：大过年的，你生这么大的气干吗？

江亚菲：你不气呀？

江亚宁：我也生气，但没气成你这样！你这是何必呢？生这么大的气干吗？！

江亚菲又坐了起来：我一想咱家凭空多了那么个人，我气就不打一处来！你说，他是从哪儿来的呀？怎么就蹦出这么个人来，喊咱爸"爹"呢？咱爸什么时候生了这么个儿子？咱们怎么一点儿都不知道呢？

江亚宁：好像爸爸也不知道，看爸爸当时那劲儿，也是吓了一大跳的样子！

江亚菲：他那是装的！装得吓一跳的样子，装得还挺像！（学父亲）"你，你是谁呀？"

江亚宁笑了：（学江昌义）"爹！我是你儿子呀！爹！"

江亚宁学着江昌义的样子，蹲了下来，笑得直接坐到了地上。

江亚菲也笑了：气死我了！我都气成这样了，别说咱妈了！

江亚宁坐在地上：就是！妈到现在一点儿东西也没吃！

江亚菲：她气都气饱了，还吃得下东西！

江亚宁：爸爸这下可惨了！看他怎么熬过今天晚上！

江亚菲：熬不过活该！谁让他找两个老婆！还偷偷地生了个儿子！把咱们都给骗了！

江亚宁从地上爬起来：就是！真不像话！

江亚宁脱了衣服上床：怎么现在还不熄灯？

江亚菲：你忘了今天是大年三十，不熄灯！

江亚宁：真的！本来说好了要打扑克熬夜的！

江亚菲：咱们不用熬了，让爸爸一个人熬吧！哼！爸爸整天说妈妈是资产阶级，动不动就批评妈妈的资产阶级思想。我看他才是资产阶级呢！无产阶级谁娶两个老婆？

江亚宁笑了：无产阶级也有娶两个老婆的！你看姑父！

江亚菲：人家姑父是第一个老婆死了！不像咱爸，是喜新厌旧！

江亚宁又叹了口气：是呀，谁说不是呀！

江亚菲：你老叹什么气呀？叹得我也想叹了！唉！亚宁，你能不能出去给我倒杯水来？我说得都口干舌燥了。

江亚宁赶紧躺下,用被子蒙住了头。

江亚菲真的叹了口气,下地穿鞋。

34　晚上　安杰家外屋

江昌义洗完脸,抬头望着头顶上挂着的一排毛巾,不知道该用哪个好。他回头看了一眼,见所有房间的门都关着,就随便抽下来一条擦起脸来。

江亚菲开门出来,一下就发现他在用自己的毛巾擦脸,马上大叫起来:干什么你?干吗用我的毛巾?谁让你用的?讨厌!讨厌!!讨厌!!!

所有的房门都打开了,除了安杰,所有的人都站在各自的房间门口,大部分人都光着脚。

江德福:吵什么?都这么晚了!

江亚菲:他用我的毛巾!

江德福:用你一下毛巾怕什么?用得着这么大喊大叫吗?

江亚菲:他是谁呀?他凭什么用我毛巾?

江德福像被击中了要害,一下就张口结舌了。

江亚菲冲过去,一把夺过毛巾,用鼻子闻了一下,马上厌恶地皱起了眉头。她在原地转了一圈儿,看见了门后的垃圾箱,走过去,将毛巾扔了进去。

江昌义一脸难堪,其余人都很吃惊。

35　晚上　安杰卧室

江德福进了卧室,深深地叹了一口气。他脱了衣服,爬上床,小心翼翼地越过蒙着被子的安杰,躺了下来。

江德福又想起晚上不熄灯的事,坐起来,小心地去拉灯绳,尽量不碰到安杰。灯被拉灭了,江德福再次躺下。

灯突然亮了,安杰坐了起来:请你出去,我不想见到你。

江德福:孩子们都回来了,你让我上哪儿睡呀?

安杰冷冷地望着江德福,江德福小心翼翼地望着安杰。安杰掀开被子,准备下床。

江德福:好好好!你别动,你别走!我走,我出去找地儿睡!

江德福下了床。安杰这才躺下,又用被子蒙住了头。江德福穿上衣服,望着被子里的安杰,深深地叹了口气,走了。

36　早晨　安杰家院子里

江昌义抱了把大扫帚扫院子,他看见提着旅行包出来的安杰,愣住了。江昌义手里的扫帚掉到了地上,他马上弯腰去捡,半天没有直起腰来。

安杰走到他的身边,停住了脚。

江昌义抱着扫帚直起了腰,对上了安杰冷冷的目光,他手里的扫帚又掉了。

安杰冷笑了一下,快步离开了。

37　早晨　码头

江德福和江德华跳下了小车,看见值班艇刚刚离开码头,安杰正在登舷梯。

江德华:嫂子!嫂子!

安杰回过头来,看见了码头上的江家兄妹,她又冷笑了一下,头也不回地进了船舱。

38　早晨　江亚菲房间

江亚宁嘴里叼着牙刷，满嘴的牙膏沫，她将江亚菲摇醒：哎哎，告你个不好的消息，咱妈不辞而别了！

江亚菲睡眼惺忪地：她上哪儿了？

江亚宁：这还用问吗？

江亚菲马上坐了起来：回青岛了？

江亚宁：当然了，回娘家了！

江亚菲：这下糟了！

江亚宁：怎么了？

江亚菲白了她一眼：问题严重了！

39　白天　安杰家外屋

江亚宁在水池边洗漱，却望着窗外发呆。

江亚菲走了过来：你看什么呢？

江亚宁头也不回：你来看！

江昌义在院子里的水龙头下洗漱，只见他嘴对着水龙头喝了口水，仰着脸漱了漱口，大概算是刷过牙了。他又接了一捧水，开始洗脸，可能水太凉了，他表情痛苦。

江亚宁回头看了江亚菲一眼，江亚菲一撇嘴，示意她继续看。

江昌义洗完了脸，先是摇头甩了甩脸上的水珠子，然后抬起胳膊，用袖子擦脸，左一下，右一下。

江亚宁又回头去看江亚菲，这次亚菲没有再撇嘴，而是扭头就走，边走边说：自作自受！

40 白天 江亚菲房间

姐俩躺在床上看书，江卫民探进头来：中午吃什么？饿死我了！

江亚菲：两顿饭，中午没饭！

江卫民：我早饭就没好好吃！你们想饿死我呀？

江亚宁：谁让你早饭不好好吃的？

江卫民：妈走了，我没心情吃！

江亚菲：想不到你还挺孝顺的！

江卫民：饿死我了！你们不能做点儿饭哪？这还是过年哪！

江亚菲：凭什么让我们做饭？

江卫民：你们是女的！都是女的做饭！

江亚菲：都是妈妈做饭，我们是你妈吗？

江亚宁咯咯地笑了起来，江卫民气得扭头就走。

江亚菲大喊：把门关上！

江卫民听话地走回来，把门推到了底。

41 白天 安杰家外屋

江家人在吃饭，吃得很简单。

江卫民：这哪是过年哪！还不如平时吃得好！旧社会过年都比这个吃得强！

江卫东：行啦！你别身在福中不知福了！这比我们连里吃得强多了！

江亚宁：你们连里吃得不好吗？

江卫东：不能说不好，只能说很一般！

江亚宁：大哥，你们连呢？

江卫国：我们连吃得不错，挺好的。

江卫民：爸爸真狡猾！知道家里没人做饭了，就跑到别人家去吃！还净吃好吃的！

江亚宁：那是人家请爸爸！你有能耐，也上人家家去吃！

江卫民：姑姑也是，也不来帮咱们做个饭，光顾她们自己家了！

江亚宁：姑姑家也请客，请那些单身汉。你不嫌丢人，你也可以去！

江卫国：吃饭的时候别说话！这个毛病可不好！

江卫民：是！江副连长！

大家都不说话了，这个时候吧嗒嘴的声音就显出来了。大家都知道是谁发出的声音，都不好意思去看他，唯独江亚菲不客气。

江亚菲用筷子敲了一下盘子，皱着眉头，像极了她的母亲：好好吃饭！不许出声！

江昌义吓了一跳，不知是怎么回事，更不知她说的是谁。他看看这个，又看看那个，傻乎乎的。

江亚菲又敲了一下盘子，并不看江昌义：说你呢！别吧嗒嘴！

江昌义终于意识到她是在说自己，非常尴尬，嘴里含了一口馒头，都不知该怎么吃了。

江卫国重重地放下筷子，怒视着江亚菲。

江亚菲并不怕他：你不用这么瞪着我，江副连长！你已经不是这个家里的长子了！人家长子都没发脾气，哪就轮到你了！

江亚宁在桌子底下踢她。

江亚菲：你踢我干吗？有话摆到桌面上！别这么鬼鬼祟祟！

江卫东：都吃饭吧，先吃饭，吃完饭再说！

江亚菲：吃完饭说什么？有什么可说的？

江卫东火了：你给我住嘴！别给脸不要脸！

江亚菲生气了，放下筷子离开了。

42　白天　江卫国房间

江昌义低着头坐在床边，一副受气的样子。

江卫国推门进来：我这个妹妹不太懂事，你别在意，不要往心里去。

江昌义感激地一笑：我没事。

江卫国从窗子上看见江卫东上了房顶，起身出去了。

43　白天　房顶上

江卫东站在房顶上抽烟，见江卫国上来了，忙把烟藏到身后。

江卫国：你别藏了！我早知道你抽烟了，你刚到家我就知道了。

江卫东：你怎么知道？

江卫国：你身上有烟味。

江卫东抽着鼻子闻自己的衣服：我抽得并不多，哪来的烟味？

江卫国：我对香烟特别敏感，一点儿味道我都能闻到。

江卫东掏出香烟：来一根？

江卫国摆手：我不抽，我不反对别人抽，但我不抽。

江卫东笑了笑，抽了一口烟，又慢慢吐掉，兄弟俩望着那团烟一点儿一点儿散掉。

江卫东：这个假休的！

江卫国：是不怎么来劲！

江卫东：早知这样，我就不回来了！

江卫国：谁说不是呀！我盼着这个探亲假，盼了整整四年了，有时做梦,都梦到回来了!唉!梦里都比这里好哇!

江卫东:你说这叫什么事呀?太荒唐了!好好的,咱们又多了一个大哥!你看那个大哥,有个大哥样儿吗?窝囊的,看着就让人憋气!

江卫国:农村人嘛,环境不一样。

江卫东:那他就好好地在农村待着呗!跑来干什么?你看闹得这鸡犬不宁的!

江卫国:为了前途吧?这点我能理解。

江卫东:那他早干什么了?为什么早不来找呢?早点儿认不更好吗?

江卫国:不知道。大概有什么不方便吧?

江卫东:现在就方便了?为什么现在方便了呢?

江卫国笑了:你问我,我问谁呀?

江卫东:你跟他住一个屋,你找个机会问问他。

江卫国摇头:我不问。他不主动说,我是不会主动问的。这种事,对我们对他,都是一件比较尴尬的事。尤其是对他,恐怕更难受了!我们毕竟是一个父亲,看他那么尴尬,那么难受,我也有点儿难受了!这大概就是血浓于水吧?

江卫东:大概吧!这个江亚菲,可真讨厌!她怎么变成这样了?

江卫国:小女孩儿嘛,恐怕一下子接受不了这个从天而降的大哥。她又从小就那么厉害!

江卫东:你能接受这个从天而降的大哥吗?

江卫国:不接受怎么办?毕竟人家在前边,咱们在后边呀!说到底,这不是人家的错。

江卫东：那是谁的错？

江卫国：你说呢？

44　晚上　江亚菲房间

江亚宁在看小说，江亚菲气呼呼地进来了：你知道那帮男的在干什么吗？

江亚宁：在干吗？

江亚菲：在一起下军棋！还有说有笑的！这些叛徒！气死我了！

江亚宁：是吗？我去看看去。

江亚菲：有什么看头？不怕生气你就去看吧！

45　晚上　安杰家外屋

江亚宁走到客厅门口，似乎想起了什么，转身进了储藏室。

46　晚上　储藏室

江亚宁从壁橱里拿了一条新毛巾，掖到了棉衣里。

47　晚上　安杰家客厅

江卫东和江昌义在下军旗，江卫国和江卫民在一旁观战

江亚宁探进头来，小声地：大哥，大哥，你出来一下。

江卫民回过头来：你叫哪个大哥？是以前的大哥，还是现在的大哥？

江亚宁看了一眼江昌义，不得不说：以前的大哥。

江卫国笑着出来了。

48　晚上　安杰家外屋

江亚菲从房间出来,见江亚宁正跟大哥在客厅门口小声嘀咕,就轻手轻脚地凑了上去。

江亚宁从棉衣里抽出新毛巾:大哥,那个大哥好像没有洗脸毛巾,你把这个给他吧。

江卫国笑了:我们亚宁真懂事!真不错!

江亚菲背着手出来了:谁真懂事,真不错呀?

江亚宁吓得够呛,一个劲儿地给她赔笑脸。

江亚菲:你别跟我笑!我恶心!你比他们更坏!你是叛徒加汉奸!

江亚菲扭头回自己房间了,又把门摔得震天响。

江亚宁可怜巴巴地:大哥,怎么办呀?

江卫国笑了:走,我陪你进去!

第三十集

1 晚上 江亚菲房间

江卫国陪着江亚宁进来了,江亚菲白了他们一眼,不理他们。

江卫国:江亚菲!

江亚菲:你别叫我!

江卫国:我要跟你谈谈!

江亚菲:我不跟你谈!我不想跟你谈!我不愿跟你谈!

江卫国:为什么?

江亚菲:我不跟叛徒谈话!更不跟汉奸谈话!你出去!我要睡觉了!

江亚菲开始解扣子,江卫国赶忙退了出去。

2 白天 安杰家外屋

江德华要蒸馒头,江昌义帮她揉面。江昌义卖力地揉着面,一下又一下,江德华坐在他对面,仔细地端详他。

江德华:昌义,你是属什么的?

江昌义：我属马的。

江德华：噢，那你的生日是？

江昌义：腊月十七。

江德华：你……

江昌义望着江德华：姑姑，你想问啥，尽管问吧，我知道的都会说。

江德华倒有些不好意思了：我这不是闲着吗？随便问问，拉拉家常。

江昌义：嗯。

江德华：那你，咋不早点儿来认呢？怎么等到现在？

江昌义：俺娘一直都没跟俺说实话，俺一直以为俺是那个爹生的。

江德华：那她咋又想起给你说了呢？

江昌义：那个爹对俺一直不大好，年前俺俩吵架，他让俺滚，俺娘气不过，就跟俺说了实话，俺就跑来了。

江德华：噢，原来是这么回事。现在你娘可好？

江昌义：挺好的。

江德华：今年你娘得有五十五了吧？俺记得她比俺哥大。

江昌义：她今年五十三。

江德华：对嘛！我记得没错，她虚岁五十五啦！

3　晚上　老丁家

床上，老丁靠在床头看报纸，江德华在一旁掰着指头算数。

江德华自言自语：六、七、八、九、十、十一、十二、一，不对呀，七活八不活呀！

老丁：什么七活八不活？你在那算什么呢？

江德华：我在算那小子的年龄。

老丁：算人家年龄干吗？

江德华：我总觉得那孩子不是我哥的！

老丁放下报纸：为什么？

江德华：生日不对。

老丁：怎么不对？

江德华：那年俺哥是六月底回去的，回去没几天就跟那个嫂子扯了离婚证。就算这孩子是那时候怀上的，早产生出来的，那也不对呀！老话说，七活八不活，八个月的孩子活不了哇！

老丁重新拿起了报纸：我当你有什么重大发现呢！什么七活八不活的？那不是放屁吗？七个月都能活，八个月就活不了了？有什么科学依据吗？

江德华：俺又不是科学家，问俺科学依据干啥！

老丁：别老俺俺的！说我别说俺！

江德华笑了：这几天老跟那个小子说话，让他把俺的口音又带回去了！

老丁：你就别一天到晚地瞎怀疑了！那能不是你哥的种吗？连模样儿都像，那还能跑得了？！

江德华：俺怀疑……

老丁：你怀疑什么？

江德华：哎呀，算了，不跟你说了！

老丁：为什么不跟我说了呢？跟我说说怕什么？

江德华：为什么啥事都要跟你说？跟你汇报？

老丁望着她不说话。

江德华：你这么看俺干啥？

老丁：我发现你跟我还是不一条心，还是跟那边好，跟那边亲！

江德华：跟你没关系的事，跟你瞎说什么？你啥事都跟我说了吗？

老丁望着她又不说话了。

4　白天　路上

下班路上，江德福和老丁走在一起。

老丁：卫国他们什么时候走？

江德福：快了，就这几天了。

老丁：安老师那有信吗？还不回来？

江德福：……

老丁：我可真服她了，愣是能做出来！

江德福：……

老丁：不过也难怪，依着她的脾气，她会这样做的。

江德福：……

老丁：她打算怎么办？就这么不回来了？哎，你怎么不说话呀？

江德福：你让我说什么！

老丁：昨晚德华不睡觉，在那掰着指头算了半天。

江德福：她算什么？

老丁：她算那个孩子是不是你的！

江德福站住不走了。

老丁：算的结果，她怀疑那孩子不是你的种！

江德福：……

老丁：她说日子不对，什么七活八不活的，乱七八糟的！

江德福：……

老丁：哎，你怎么又不说话了？

江德福：你想听我说什么？

老丁：那孩子到底是不是你的？那年你回去离婚，到底跟人家他娘睡了没有？

江德福：我说老丁，你无聊不无聊？

江德福说完就大步流星地走了，扔下老丁在后边干瞪眼。

5　白天　江卫国房间

江卫东抄着两手晃进来：咱们还是要准备点儿东西吧？总吃别人探家带回去的东西，咱们总不能空着两手回去吧？

江卫国：路上买点儿东西吧，外边的东西比岛里还多！

江卫东：这个假休的，真丧气！

江卫国：看，你又来了！

江卫东：好，不提这个了！哎，他人呢？

江卫国：大概在厨房吧？

江卫东：这不好吧？搞得人家像家里的用人！

江卫国：谁说不是呀！但谁能拉得住他呀！

江卫东：真可怜！为了得到这个家的承认还得卖力地干活！

江卫国：别这么说！

江卫东：不这么说，应该怎么说呢？哎，你看你看！

两人站在窗前往外看。

江昌义脱了棉衣，只穿着一件单衣，在院子里用铁锨在翻整菜地。

6　白天　江亚菲房间

江家姐妹也站在窗前往外看。

江亚宁看了江亚菲一眼。

江亚菲：你看我干吗？

江亚宁：多可怜！

江亚菲：这世界上可怜的人多了！你可怜得过来吗？

江亚宁：可他是咱们的大哥呀！

江亚菲：谁承认他是咱们的大哥了？你承认了？

江亚宁望着她不敢说了。

7 白天 安杰卧室

江德福站在窗前，望着院子里拼命干活的青年，陷入沉思。

8 白天 安杰家院子里

大门开了，江卫民回来了：天哪！你不冷啊？

江昌义直起腰来，抹了一把额头上的汗：不冷，你看我还出汗了呢！

江卫民：这么冷，怎么会出汗呢？

江昌义不知该怎么回答了。

9 白天 营房内

江卫国和江卫东在闲逛，走到大礼堂，听到里边有锣鼓声。

江卫东：进去看看？

江卫国：欧阳安然在里头吧？

江卫东：肯定在里头，走，进去！

10 白天 礼堂内

兄弟俩找了个角落坐下。

舞台上在排《红灯记》,一个女兵举着红灯在台上转,嘴里唱着"我爹爹像松柏,意志坚强……"

江卫东:还挺像那么回事!

江卫国笑了。

11 白天 后台

唱铁梅的女兵找到安然。

铁梅:安然安然,你表哥来了。

安然:在哪儿?

铁梅:就在台下坐着呢!

安然:是吗?走,你陪我过去。

铁梅:行!

12 白天 礼堂内

安然和铁梅从舞台侧门跑出来。

江卫东:哎,你看!

江卫国:我看见了!

安然:你们怎么来了?

江卫东:我们来看你排戏,怎么没看到你呀?

安然:今天不排我的节目,你们当然看不见了!

江卫东:那我们白来了!不过也没白来,我们还听了段京剧!

铁梅不好意思地笑了。

江卫东上下打量她,铁梅更不好意思了。

江卫东像首长那样:嗯,你唱得不错!

台上有人喊:郑小丹,开始了!

郑小丹答应了一声，说了句"我走了"！就跑了。

江卫东：身材还挺好的！

安然笑了：你看上她了？

江卫东也笑：行吗？你给介绍一下？

安然：行啊！我给你们当红娘！

江卫国：你还知道什么是红娘！

江卫东：他们宣传队的人，什么不懂！

13　白天　礼堂正门口

哥俩从礼堂里出来，站在台阶上，望着空旷的大操场，感慨万千。

江卫东：你记得吗？你牵着狼狗，装成党卫军军官的样子，站在这里给我们训话。

江卫国笑了：怎么不记得！德国黑贝，纯种的，一只叫反帝，一只叫防修。

江卫东：听说反帝后来死得很悲壮。

江卫国：是啊，它得了皮肤病，浑身的毛都掉光了。它觉得活得没有尊严了，就在领它散步的时候，走到海边，纵身跳进了海里！

江卫东：我听说，它跳海的时候，还回过头来向领它散步的人道别，眼里含着泪水？

江卫国：你别说了，我都难过了！

江卫东：难过什么！不就是一条狗吗？

江卫国：它不是狗，它是军犬，是在编的军犬！我从来不觉得它是一条狗，我觉得它是我的朋友，是我的战友，是我的兄弟！

江卫东：好家伙！你把它抬得这么高，都跟我平起平坐了！

江卫国：你以为呢？你俩差不多！

江卫东要打他，江卫国笑着跳了起来。

一辆吉普车疾驰而来。

江卫国：大概是爸爸。

江卫东：什么大概，很可能就是！

江卫国笑了：你说的跟我说的一样！

江卫东：我说的比你说的肯定！

汽车停下，江德福探出头来：你俩在这儿干啥？

江卫东：我俩没事，到处闲逛，走遍了岛上的山山水水！

江德福笑了：是闲的！

江卫东：爸爸，你干什么去了？

江德福：我刚从靶场回来，看他们打炮去了。

江卫国：还有什么事吗？

江德福：没啥大事了。

江卫国：那就下来跟我们在这儿坐坐吧，你看今天太阳多好，多暖和！

江卫东：就是！下来晒晒太阳吧！

江德福笑了：行！陪你们晒晒太阳，聊聊天！小方，你回去吧！

江家父子坐在大礼堂的台阶上，望着空旷的大操场，一时不知说什么好了。

突然，江卫东扯起嗓子喊了句：立正！

江卫国马上心领神会：向右看齐！向前看！

江卫东跳起来，一个立正站到江德福面前。

江卫东：司令员同志，部队集合完毕，请指示！中校团长江卫东！

江德福哈哈大笑：你小子，野心倒不小！还没提干，就想着当团长了？

　　江卫东笑了：那还不是早晚的事！

　　江德福：就会说大话！人家江副连长还没说啥呢，哪就轮上你先说了！

　　江卫东：他谦虚，他谨慎，他是不见鬼子不挂弦！

　　三人又大笑起来。

　　江德福一手搂着一个儿子，感慨万千：真快呀！还没觉得怎么样，你俩都这么大了！参了军，提了干，都能跟我平起平坐了！

　　江卫国：平起平坐我们还做不到。

　　江为东：就是，我在我们部队，能跟我们师长这样坐在一起，那是不可想象的，比登天还难！

　　三人又大笑起来。

　　江德福眯起眼来望着头顶上的太阳：这样多好哇！头顶上太阳暖和和地晒着，身边两个儿子这样恭维着，我真比神仙还强呢！

　　江卫东：爸，我们恭维得还很不够！我们要继续努力，争取早日跟您老人家平起平坐！

　　江德福大笑：好！好！我等着你们！等着你们早日跟我平起平坐！

　　江卫国：哪能哪！我们做儿子的，哪能跟老子平起平坐啊？不行不行！

　　江卫东马上坐到下边的台阶上：这下行了吧？

　　三人又笑了起来。

　　江德福：唉！这日子真不禁过！还没跟你们住够呢，你们又要走了。这次休假对不住你们了！

　　江卫国：爸爸，看你说的哪的话！跟自己的儿子还说这种话！

江卫东：就是！爸爸，您太客气了！

江德福又叹了口气。

江卫东望着父亲：爸爸，我可太幸福了！我一个小班长，能亲耳听到一个司令员的唉声叹气，你说这容易吗？

江卫国：就是！这比登天都难哪！

江德福笑了：说好了要跟你们照全家福的，这次又照不成了。

江卫东：哎，爸爸，咱三个去照个相吧？两代军人合个影吧？

江卫国：这个提议好！我举双手赞成！

江德福：那就全票通过！

两个儿子一下子跳了起来，转过身来，向江德福伸出手来。

江德福一手拉着儿子的一只手，幸福地眯起了眼睛。

14　白天　照相馆里

江家父子三人合影。

15　白天　安杰家外屋

江亚菲、江亚宁和江卫民在看合影。

江亚宁：真讨厌！凭什么不带我们照！

江卫民：就是！不带你们也罢了，干吗不带我？我也是男的啊！

江亚宁：男的有什么了不起？男的就该偷偷去照相呀？

江亚菲：都别吵了！你们懂什么呀！你们知道爸爸为什么要跟他俩照相吗？

江亚宁摇头，江卫民问：为什么？

江亚菲：因为爸爸要拉拢腐蚀他们！

江亚宁：爸爸为什么要拉拢腐蚀他们？

江亚菲：爸爸因为心里有愧！让大哥变成了老二！二哥变成了老三！

江卫民：我们还老三变老四、老四变老五……

江亚宁抢着说：老五变老六了呢！

江卫民：就是！

江亚宁：不行！我要去找爸爸！让他带我们也照一张去！

江亚宁拿起电话，摇了起来。

江亚宁：阿姨，请接我爸爸办公室。

16　白天　江德福办公室

江德福接电话，一个劲儿地点头：行行行！好好好！照，带上你们再照一张！

17　白天　院子里

江家人站在院子里，抬头仰望着房顶上的江亚菲。

江亚宁：姐姐，你真的不去照呀！

江亚菲：不去！坚决不去！

江卫东：我劝你还是去吧，过了这个村，可就没这个店了！

江亚菲：没有就没有！谁稀罕这个破店哪！

江德福掐着腰：我最后问你一遍，你去还是不去？

江家人浩浩荡荡地走了，房顶上的江亚菲望着他们的背影，朝地上重重地吐了一口：呸！我再告诉你们一遍，不去！打死也不去！

江德福一挥手：走！咱们走！

18　傍晚　江亚菲房间

江亚菲在写作业，江亚宁捧着照片进来了：姐姐，照片洗出来了，你快看！

江亚菲并没有接照片，江亚宁只好举到她眼前：你看！照得好吧？

江亚菲：好什么呀！锣齐鼓不齐的！

江亚宁：我知道，你这是嫉妒！

江亚菲：我嫉妒？笑话！等咱妈回来了，看见你跟他们照相了，看咱妈怎么夸你吧！

江亚宁有些后悔了：哎呀，我怎么忘了咱妈了！

江亚菲：说你是汉奸加叛徒，你还不服气！哼！这下服了吧！

19　白天　安杰家外屋

饭桌上只有江德福、江亚菲、江亚宁和江卫民在吃午饭。

江卫民：姑姑也真是的！请他们吃饭，干吗不能带上咱们？

江亚宁：是给他们送行！你也走哇？

江卫民：那江昌义也走哇？干吗叫他去？

江德福：江昌义是你叫的吗？这么没规矩！

江亚菲：那江昌义是谁叫的？起名字不是让人叫的吗？

江德福忍住没有说她。

突然，江亚菲大声地吧嗒起嘴来，越吧嗒越厉害，显然是在气人。

江卫民：你怎么也吧嗒嘴？

江亚菲阴阳怪气地：列宁同志说，榜样的力量是无穷的！

江亚宁马上响应：那我也吧嗒！

江卫民不甘落后：你们都吧嗒，我也吧嗒！

于是，饭桌上响起了各种吧嗒嘴的声音，江德福气得没办法，只好埋头吃自己的。

江亚菲：爸爸，你也吧嗒嘴吧！可舒服了，你重温一下吧？

江德福一点儿脾气没有，哭笑不得。

20　白天　老丁家院子

江德华往外推老丁：哎呀，你就去食堂将就一下吧！

老丁：有这么多好菜，我干吗要到食堂去吃？我正好也陪他们喝一杯，给他哥俩送个行！

江德华：谢谢你，不用你送行！有江昌义一个人送就行了！

老丁：我说江德华，你在搞什么鬼吧？

江德华笑了：等你下班回来就知道啦！快走吧！晚了食堂就没饭了！

21　白天　老丁家外屋

桌子上摆着丰盛的酒菜。

江德华：快上桌吧！今天没别人，全是咱姓江的人！

江卫东：还真是呢！姑姑，你把姑父都赶跑了？

江德华：他又不姓江！

江卫国：姑姑，您请上座！

江德华笑了：我当然要坐上座了！这里我是长辈！

江德华坐下了，其他三人也坐了下来。

江德华：哎呀，做了大半辈子饭了，这还是头一次坐到这位置上，坐上了上座！

491

江卫国举起酒杯：姑姑，您劳苦功高，是我们江家的功臣！来，我们敬姑姑一杯！

三个人站了起来，恭恭敬敬地跟江德华碰了杯。

江德华眉开眼笑：好，我也豁上了，我也喝干它！

江德华也一口干了一杯白酒，孩子们都叫了起来。

江卫东：哎呀，姑姑，我还是头一次见你这么喝酒！

江德华：我这不是高兴吗？来！今天咱们放开了喝！看谁能喝！看谁能喝过谁！

江卫东：行！东风吹，战鼓擂，看看这个世界上究竟谁怕谁！来！喝！咱们干一杯！

江卫国站了起来：姑姑，我单独敬您一杯！祝您身体健康，永远幸福！姑姑，我先干了！

江德华高兴得要命：行行，我也干！我也干了！

江卫东也站了起来：姑姑，我也敬您一杯！姑姑，我永远也忘不了您头上的头油味！

江德华：你小子嫌姑姑有味？

江卫东：不是！我永远都忘不了，我趴在你的后背，闻着你头发里的味道。我问你这是什么味，你说这是人味！你忘了吗？

江德华笑了：我忘了，记不得了！

江卫东：你忘了，我可没忘，我一辈子都记得姑姑身上的味道，那么好闻！来！姑姑，干了！

江德华流泪了：你小子！提这个干吗？看把我惹哭了吧！

江卫东：没事！我知道这是你高兴的眼泪！姑姑，你喝了吧！

江德华一口喝干，喝完还控着酒杯，让江卫东检查。江卫国和江卫东拍手鼓掌。

江昌义端着酒杯站起来:姑,俺的嘴笨,不会说啥,俺也敬你一杯,俺喝了。

江昌义说完一口喝干,江德华也一口喝干了。

江卫东:姑姑!你行啊!真看不出你还有这两下!

江德华:咱老江家的人,都能喝酒!

江卫国:是吗?这个可没听说!

江德华:咱江家门上,秘密多了去了!你们得慢慢了解!你仨先喝着,我还有个汤没做,我去做汤!

江卫国:算了吧,够吃的了!

江德华:都是现成的,下锅就好!

江德华进了厨房。

22　白天　老丁家厨房里

江德华在厨房做汤,耳朵听着外边。

江卫东的声音:来,江副连长,我敬你!

江卫国的声音:行!你以为我怕你!

江卫东的声音:咱们连喝三杯怎么样?

江卫国的声音:行!你敬我,随你便!

江德华自言自语:哎呀,这俩傻孩子,怎么自己跟自己喝上了!

江德华喊:卫东,你过来一下,帮我个忙。

江卫东的声音:好!来了!

江卫东跑进厨房。

江德华揪着他耳朵小声说了些什么。

江卫东:什么?真的?

江德华:你小声点儿!怕他们听不见哪?快出去吧,照我说的办！

江卫东：好，好吧。

江德华边盛汤边想：我就不信，我们仨，灌不倒你一个人！套不出你一句真话来！

23　白天　老丁家外屋

江卫东跑了出来。

江卫国举杯：来，第三杯！

江卫东：哎，别光咱俩喝呀，冷落了大哥多不好！来大哥，你陪一杯。

江昌义听话地陪了一杯。

江卫东又举杯：大哥，来，我单独敬你一杯！

江昌义赶紧举杯，又一口喝干。

江卫东：嗬！来者不拒呀，佩服！来，再来一杯！

江昌义又一口喝干。

江卫东在桌下踢江卫国，江卫国只好出兵了：我敬大哥一杯。

江昌义举杯，微笑着，真是一副来者不拒的样子。

江卫国：大哥，认识你很高兴，干了！

江昌义又干了，江卫东又踢江卫国，江卫国有些莫名其妙，江卫东只好冲他挤眼。

江卫国只好又举杯：好事成双，再喝一个吧！

江昌义点头，又一口喝干。

江卫东：行啊，看不出来，你还挺能喝！

江昌义微笑着：能喝一点儿。

江卫东：这哪是一点儿呀！这是好几点儿了！来，再喝！再来一杯!

江昌义举杯,一杯下肚。江卫国又举起了酒杯……

24　白天　食堂外

江德福碰上从食堂出来的老丁,很纳闷:你怎么吃食堂了?

老丁:嗐,别提了!在家没地位,那么一桌子好菜捞不着吃,让人家赶出来了!

江德福:为什么?

老丁没好气:还不是你家那些破事!

江德福:……

老丁:德华怀疑那孩子来路不正,在家里设下鸿门宴,不怀好意呢!

江德福:……

老丁:哎,伙计,你给我说实话,那孩子是不是你的种?

江德福停下脚步,瞪着他。

老丁:是就是,不是就不是,你跟我还有什么藏着掖着的!

江德福"哼"了一声,快步离开,老丁望着他的背影,自言自语:看来是有问题。

25　白天　老丁家院子

老丁回家,见江卫东正抱着一棵树在"呕呕"地吐。

老丁走过去,拍他的后背:你这是喝了多少酒哇?

江卫东摇了摇头:不知道,反正不少。

老丁:干吗喝这么多!

江卫东:姑姑让喝的,说,说……

老丁：说什么？

江卫东：说要套那小子的话。

老丁：套什么话？

江卫东摇头：不知道……

江卫东话还没说完就又开始吐了。

26　白天　老丁家外屋

江德华醉眼蒙眬地望着对面的江昌义，口齿也不清楚了：你，你脸咋就喝不……喝不红呢？而且还，越喝越……越白？

江昌义：我也不知是咋回事。

江德华：我知道是……是咋回事！你这点像……像俺二……二哥！他也是越喝脸……越白！

江昌义手里的杯子掉到了地上，摔得粉碎。

江德华：你，害怕啥？

江昌义：我没害怕，俺害怕啥呀！

江德华：你没……没害怕吗？你……你真的……真的不怕啥吗？

江昌义心虚地：俺……俺有啥可怕的？

江德华：昌义呀，那……那话是怎么说的咪？

江昌义：什么话？

江德华：就是……就是自己干了啥，别人就知道啥的话！

江昌义在那直眨巴眼，倒是趴在桌子上的江卫国抬起头来，说了句：是不是，要让人莫知，除非己莫为呀！

江德华一拍巴掌，吓了江昌义一跳，把筷子又碰掉了。

江德华咯咯地笑了：看吧，做了亏……亏心事了吧！

江昌义不说话了，而是弯腰捡起了筷子。老丁进来了。

江德华：你，你咋回来了？俺们这……这还没……没喝完呢！

老丁皱着眉：都喝成这样了，还没完！都散了吧！散了吧！

江德华起身，没站稳，老丁一把扶住了她：你怎么也喝成这个熊样儿了！

江德华咯咯地笑了：我高兴！我心里痛快！

老丁：你痛快什么？

江德华：我痛快什么，你问他！（指江昌义）

江昌义吓得低下了头，老丁疑惑地去扒拉他：你说话呀？

江昌义不说，老丁不干。

老丁：你为什么不说话？你怎么了？

江昌义突然蹲到了地上，捂着脸呜呜地哭开了。

老丁吃惊地望着他，江德华脸色也凝重起来，连趴着的江卫国也抬起头来，莫名其妙地望着眼前的一切。

27　白天　老丁家卧室

老丁送他们回去，江德华正坐在床边发愣。老丁看了她一会儿，出去拿了块儿湿毛巾回来递给江德华：给，擦把脸吧！

江德华看了他一眼，用毛巾捂住脸，呜呜地哭了起来，老丁一言不发，等着她哭够。

江德华终于哭够了，拿下了毛巾。

老丁：怎么回事？

江德华摇头：丢人哪！俺说不出口！

老丁：跟我有什么丢人的？快说！

江德华：那孩子不是我三哥的。

老丁：那是谁的？

江德华：是我二哥的。

老丁大吃一惊：什么什么？奶奶的，这可是乱伦哪！

江德华：啥叫乱伦？

老丁：兄弟媳妇儿和大伯哥搞到一起，就叫乱伦！

江德华：丢人哪！作孽呀！

老丁：怪不得呢？

江德华：怪不得啥？

老丁：怪不得过去一提你那嫂子，你哥就鼻子不是鼻子，脸不是脸的，闹了半天是这么回事！我还以为他是喜新厌旧呢，哪想到是这种窝囊事！

江德华：是窝囊啊！想不到俺哥心里还真能藏事！

老丁点头：你哥是条汉子，为了你们江家的名声，还真能忍辱负重！

江德华：那这事告不告诉他呢？

老丁：告诉！当然要告诉了！不过……

江德华：不过什么？

老丁：你哥好像知道吧？

江德华：他知道啥？

老丁：他知道这不是他儿子。

江德华：怎么会呢？知道了他还能不说？不冲别的，就为俺嫂子都闹成那样了，一个年都没过好，他还不说？他傻呀？过去不说离婚的事是怕丢人，现在这孩子都闹得家里鸡飞狗跳了，他还不说，那他要傻到啥样儿啊！

老丁点头：也对。

江德华：那我去跟他说？

老丁：去吧。

江德华：你跟我一起去吧，你会说，你跟我一起说。

老丁急忙摆手：不不不！我不能去！你哥那么要面子的人，我去掺和这种事，还不如先杀了他呢！我不去！我不能去！

江德华起身：好吧，不去就不去吧，我自己去！

28　白天　安杰家外屋

大门响了，江卫民看了眼门外，大喊大叫：快出来！快出来看！

江亚菲和江亚宁跑了出来，站在窗前往外看。江卫国和江昌义搀着江卫东东倒西歪地回来了。

江亚宁自言自语：谁把二哥灌醉的？

江亚菲：哼！这还用说吗？

江卫民：你是说大哥吗？

江亚宁：哪个大哥？

江卫民：当然是新大哥啦！

江亚菲打了他头一下：你叫谁大哥！你这个汉奸！你这个叛徒！

江卫民抱头鼠窜，跑去开门。刚要敲门的江卫国一愣，随即笑了：谢谢！

江卫民抱着头：不客气。

江卫国等人进来了，江亚菲捏起了鼻子：这是谁呀？臭死了！

江昌义看了她一眼，正好跟她对上了眼，江亚菲狠狠地瞪着他，吓得他赶紧移开了视线。

江亚宁：大哥，二哥怎么喝醉了？

江亚菲：不对！应该是二哥，三哥怎么喝醉了！

江卫东抬起头来：江亚菲，你……你真是欠揍呀！

江亚菲：江卫东，你……你真是活该呀！

江卫东被架到自己房间，江亚菲等人挤到门口观望。

江卫东被扶到床上，江卫国吩咐江昌义：麻烦你去拧块儿湿毛巾来。

江昌义到了门口，江亚宁和江卫民让开了，江亚菲却一动不动。江昌义过不去，又不敢让她让开，尴尬地站在那儿。

江卫国抬头看见了这一切，大喝一声：江亚菲！你让开！

江亚菲让开了，江昌义出去了。

江卫国又大喊：卫民，快拿盆来！

盆还没拿来，江卫东又吐了，江亚菲捏着鼻子跑了，江亚宁也跟着进了自己的房间。

江德福回来了，他望着干呕的江卫东一言不发。

江卫民多嘴多舌：爸，他喝多了！

江德福：滚一边去！我还不知道他喝多了！

江卫民气呼呼地回了自己房间，将房门重重地关上。

江卫国赔着笑：爸，没事，你别担心。

江德福重重地"哼"了一声，回自己房间了。

江德华来了，见每个房门都紧闭着，很是奇怪，自言自语：怪事，咋这么静啊？

一个房门开了，江昌义出来了，他和江德华都愣住了，两人对视着，一言不发。

江昌义先开口了，他小声地：姑，你来了！

江德华"嗯"了一声，径直去了江德福的卧室。江昌义担惊受怕地望着她的背影。

29　白天　江德福卧室

江德福火冒三丈，指着江德华的鼻子，气得半天说不出话来。

江德福：你，你，你是不是哪缺根筋呢？怎么这么不长脑子！这种事你也往外说！你他妈不嫌丢人哪！

江德华害怕了：俺也没对外人说，就对老丁一个人说了！

江德福：老丁不是外人吗？让他知道咱家这些烂事，你脸上有光啊！

江德华：这么说，你早知道了？

江德福：他一进门，我就知道了！他以为他喊我一声爹，就能骗过我！就能蒙混过关！

江德华：那，那你是咋知道的呢？

江德福：我咋知道的？我干没干那事，我自己能不知道嘛！真是狗胆包天！骗到老子头上了！

江德华小声地：他娘还给你戴了绿帽子。

江德福：你给我闭嘴！

江德华：我闭嘴容易，可这事咋办呢？

江德福：……

江德华：你就这么认下了？

江德福：不认下怎么办？自家兄弟办下的事，你不认谁认？他都死那么多年了，你找谁算账去？再说了，他毕竟也是咱江家的人！

江德华哭了。

江德福：有你什么事，你哭什么？

江德华抽抽搭搭地：三哥，委屈你了。

江德福：别说这没用的了！说他干啥！这事以后谁也别说了，就到老丁那结束，不能再让任何人知道了！

江德华：那俺嫂子呢？告诉她吧？

江德福：不能告诉她！这要是让她抓住了话把，我们江家在她那儿，就一辈子翻不了身了！你懂不懂！

江德华点头：对，对呀！哎呀，真不该告诉老丁！是他一个劲儿地问我，我不得不说的。

江德福：老丁说什么了？

江德华：老丁说这是乱伦！

江德福望着江德华，气得说不出话来。

30　白天　江德福家外屋

江昌义站在屋子中央望着江德福卧室的门。身后有动静，吓了他一大跳，回头一看，是横眉立目的江亚菲。

江亚菲：你在这儿干什么？贼头贼脑的？

江昌义嗫嚅着，不知说什么好。门开了，江德华出来了。

江德华奇怪地望着他俩：你俩在这儿干什么？

江亚菲：你问他！

江德华去看江昌义，江昌义更不知说什么好了。

江亚菲：他在偷听你们讲话！

江昌义急忙摆手：没有，我没有。

江德华皱起了眉头：没有就没有呗，你急啥！

江德华头也不回地走掉了，江亚菲重重地"哼"了一声，也回了自己房间，剩下江昌义孤零零地站在那里，非常可怜。

31　晚上　江德福家院子

下雪了，到处白茫茫的。家门开了，江昌义出来了，他望着眼前的雪景，深深地叹了口气。

32　晚上　江卫国房间

江卫国醒了，看见江昌义的床空着，穿衣下了地。

江卫国找了一圈儿，也没找到江昌义，拉开家门，看见外边的白雪和一行孤独的脚印，江卫国顺着脚印，追了出来。

33　晚上　一个大草垛

江卫国顺着脚印找到了这里，看见了靠在草垛上坐着的江昌义。

江卫国：你这是干什么？

江昌义抬起头来，仰望着他，江卫国看见了他满脸的泪水，很震撼，半天说不出话来，好半天，他才蹲到了江昌义的对面。

江卫国真诚地：大哥，对不起，有什么不对的地方，请你多原谅。

江昌义摇着头，哽咽着：是我不对，是我不好，我不该来，不该来打扰你们。

江卫国流泪了：大哥，你别这么说，你这么说我心里更难受了！你应该来，这也是你的家！是我们不对，是我们做得不好，太无礼了，我在这里向你赔礼道歉。请你千万要原谅我们，不要跟弟弟妹妹们一般见识！

江昌义抓住江卫国的手：兄弟！

江卫国哽咽地：大哥！

34　白天　江亚菲房间

江亚菲和江亚宁正在下跳棋，江卫民探头进来：别下了！大哥要开家庭会了！

江亚菲阴阳怪气：你说的是哪个大哥？

江卫民：以前的大哥！现在的二哥！

江亚菲：他现在都不是长子了，充什么老大呀！还开家庭会！爸爸都没召开呢，哪有他的份儿呀！

江卫民：你去不去？

江亚菲：不去！

江亚宁：那我去不去？

江亚菲：你也不准去！

江卫民：我给你告大哥去！

江亚菲：告去吧！你这个汉奸卖国贼！

35　白天　江卫东房间

江卫国和江卫东在等着开会。

江卫民回来了：她俩都不来！

江卫东：为什么不来？

江卫民：江亚菲说，大哥都不是老大了，没资格开家庭会。

江卫国站了起来，被江卫东一把拉住。

江卫东：你不用去，我去！我就不信，还反了她们了！

36　白天　江亚菲房间

江卫东来了，后边跟着江卫民。

江卫东站在她俩跟前，不说话。姐妹俩也假装认真下棋，连头也不抬。

江卫东一把将棋子抹乱，江亚菲跳了起来：干什么你？神经病啊？

江卫东：让你们开会，你们为什么不去？

江亚菲：你们是谁呀？你们算老几呀？这个家里爸爸妈妈都在呢，哪就轮得上你们开家庭会了？你们算哪棵葱啊？

江卫东一时没了话说，江卫民又多嘴多舌了：看见了吧？知道了吧？她就是这么能胡搅蛮缠！

江亚菲抓起棋盒盖，砸向江卫民，江卫民一溜烟跑掉了。

江卫东盯着江亚菲：你到底去不去？

江亚菲：不去！不去开那个破会！打死也不去！

江卫东又问亚宁：你去不去？

江亚宁嗫嚅着：那，那，那什么……

江亚菲恶声恶气：那什么！告诉他，不去！

江卫东一把抓住江亚宁的胳膊：走！不用听她的！

江亚宁叫唤着，被江卫东拖走了。

37　白天　安杰家外屋

江亚菲从自己房间出来，望着江卫东那紧闭的房门，抬起一脚踢了过去。

38　白天　江卫东房间

房门"咚"的一声巨响，正在开会的人们吓了一跳。

江卫民：肯定是江亚菲！

江卫民开开门，门外空无一人。

江亚宁指着窗外：她在那儿！

大家望过去，江亚菲不急不慢地朝外走着。

39　白天　马路上

江亚菲碰到了江昌义。江昌义一见到她，像老鼠见到猫一样，顺着墙边快步走着。

江亚菲喝道：站住！

江昌义站住了。

江亚菲：他们在到处找你呢！

江昌义小声地：找我干什么？

江亚菲：找你开会。

江昌义不相信地望着她。

江亚菲一本正经：真的，我不骗你，他们在开家庭会！

江昌义：家庭会？

江亚菲：对！就是自己家人开的会！

江昌义：那……那你怎么？

江亚菲：我有事，我请假了！

江昌义"噢"了一声，往前走了。

江亚菲：还不快跑！他们都等着你呢！

江昌义不信任地望着她。

江亚菲：行，你慢慢走吧。等你到了，黄花菜都凉了，会早开完了！

江昌义撒腿就跑，江亚菲捂着嘴笑了。

江亚菲喊：慢点儿跑，别摔倒了！

40　白天　江卫东房间

江卫国：天寒地冻的，他就那么坐在雪地上，我一看，我的心脏都停止跳动了……

门开了，江昌义气喘吁吁地进来了。大家吃惊地望着他，一时不知说什么好。

江昌义抱歉地：对不起，我来晚了。

大家面面相觑，更不知说什么好了。

江昌义发现情形不对，有些语无伦次：你们不是开……开家里的会吗？不是，到处……到处找我吗？

江卫民：谁跟你说的？

江昌义的声音啜嚅了：是……是大妹妹。

江卫东咬牙切齿：这个该死的江亚菲，我饶不了她！

江卫民：你能怎么着她？

江卫东：你少插嘴，哪儿也少不了你！

江亚宁小声地：活该！活该倒霉！

江卫国叹了口气，招呼江昌义：你坐吧。

江昌义不肯：那……那你们开吧，我走了。

江亚宁：大哥，你别走！你坐下听听吧，我大哥，不，我二哥，哎呀，也不对，是二哥，二哥在批评我们呢，说我们，我们……

江卫民：说我们对你不好，不像话。其实不是我们，主要是江亚菲！

江昌义感激地望着江卫国，其他人内疚地望着他。

41　白天　房顶上

江卫国和江卫东站在房顶上，江卫东抽着烟。

江卫国：要走了，真有点儿舍不得！

江卫东：谁说不是呀！

院门开了，江亚宁进来了，大叫：好哇二哥，你抽烟！我告爸爸去!

江亚宁撒腿往家跑。

江卫国看着江卫东,江卫东无所谓地耸了耸肩。

42 白天 客厅

江亚宁在打电话:爸爸,我告诉你,我二哥在房顶上抽烟,真的!我亲眼看见的!